ESTADOS UNIDOS DE JAPÓN

NOVA

ESTADOS UNIDOS DE JAPÓN

PETER TIERYAS

Traducción de José Heisenberg

Corrección de la traducción: Antonio Rivas
Revisión de galeradas: Antonio Torrubia

GRUPO ZETA

Barcelona • Madrid • Bogotá • Buenos Aires • Caracas • México D.F. • Miami • Montevideo • Santiago de Chile

Título original: *United States of Japan*
Traducción: José Heisenberg
1.ª edición: enero, 2017

© Peter Tieryas 2016
© Ediciones B, S. A., 2017
     Consell de Cent, 425-427 - 08009 Barcelona (España)
     www.edicionesb.com

Printed in Spain
ISBN: 978-84-666-6046-4
DL B 22122-2016

Impreso por Unigraf, S. L.
Avda. Cámara de la Industria, 38
Pol. Ind. Arroyomolinos,
28938 - Móstoles (Madrid)

Dedicado a los dos Phils que me cambiaron la vida: Phil K. Dick, por haber avivado la imaginación de mi juventud, y Phil Jourdan, por haber creído en mí.

Centro de reubicación bélica núm. 51
1 de julio de 1948
8.15

Hubo varias señales que anunciaron la muerte de los Estados Unidos de América. Ruth Ishimura, de veinte años de edad y encarcelada a cientos de kilómetros en un campo de reubicación para americanos de ascendencia japonesa, no tenía ni idea. El campo constaba de barracones destartalados, garitas de construcción barata y una alambrada de espino que marcaba el perímetro. Casi todo estaba cubierto de una gruesa capa de polvo; a Ruth le costaba respirar. Compartía dormitorio con once mujeres más; dos de ellas estaban consolando a Kimiko, otra reclusa.

—Siempre lo sueltan —le decían sus compañeras.

Kimiko estaba angustiada, con los ojos hinchados por el llanto y la garganta congestionada de flemas y tierra.

—La última vez, a Bernard le dieron tal paliza que pasó un mes sin poder andar. —El único pecado de Bernard era haber pasado cuatro semanas en Japón, ocho años atrás, por motivos de trabajo. A pesar de su profunda lealtad hacia los Estados Unidos de América, se encontraba bajo sospecha.

El camastro de Ruth estaba hecho un desastre, con partituras desperdigadas por las mantas del Ejército. El violín, con dos cuerdas rotas y otra tan desgastada que amenazaba con ceder de un momento a otro, descansaba junto a las partituras ajadas de Strauss y Vivaldi. Habían fabricado la mesa, las sillas, incluso las estanterías, con cajas rotas, cajones desmontados y cualquier desecho que pudieran encontrar. Los suelos de madera estaban cubiertos de polvo, a pesar de que los barrían todas las mañanas, y había que tener cuidado de no tropezar en las grietas. La estufa de aceite apestaba por el uso excesivo, y Ruth desearía tener algo que calentase más en las gélidas noches. Miró a Kimiko cuando los sollozos se intensificaron.

—Es la primera vez que lo retienen toda la noche —le dijo—. Siempre, siempre lo sueltan.

Ruth observó la expresión de desaliento de las dos mujeres que acompañaban a Kimiko. Por lo general, una noche de retención significaba lo peor. Estornudó; notaba algo atascado en la garganta. Se golpeó las costillas con la parte plana del puño, con la esperanza de desobstruirse los pulmones. A primera hora de la mañana ya empezaba a hacer calor; las temperaturas extremas eran habituales en aquella zona del desierto. Tenía el cuello perlado de sudor. Miró la fotografía de Kimiko de joven, una atractiva muchacha que había crecido como heredera de lo que otrora fue una fortuna.

—¡Ruth! ¡Ruth! —gritó desde fuera Ezekiel Song, su prometido, e irrumpió en el barracón—. ¡Se han ido todos los guardias! —exclamó al entrar.

—¿De qué hablas? —preguntó Ruth mientras le sacudía el polvo del pelo.

—Los americanos se han ido. Nadie los ha visto en toda la mañana. Los viejos dicen que los vieron marcharse.

Kimiko alzó la vista.

—¿Se han largado los americanos?

—Eso parece —respondió Ezekiel, radiante.

—¿Por qué?

—Creo que han huido asustados.

—Entonces, ¿está ocurriendo de verdad? —preguntó Kimiko, con un hilo de esperanza en la voz.

—No estoy seguro. —Ezekiel se encogió de hombros—. Pero dicen que el Emperador ha exigido que nos liberen a todos.

—¿Por qué le importamos? —preguntó una mujer.

—Porque somos japoneses —aventuró Ruth.

—Yo solo soy medio japonés —replicó Ezekiel. También era medio chino, y la complexión escuálida y los hombros caídos lo hacían parecer más bajo de lo que era. Tenía la piel curtida por el trabajo en el campo, seca como una ciruela pasa al sol. Era resistente, con un encanto juvenil oculto tras el pelo negro ondulado que le formaba un remolino—. Todos los viejos decían que somos americanos.

—Ya no —dijo Ruth, consciente de que bastaba con tener una dieciseisava parte de sangre japonesa para acabar en un campo de reubicación para nipoamericanos, independientemente de la nacionalidad. Era delgada, como casi todos los demás jóvenes, de extremidades endebles y labios agrietados. Tenía la piel en buenas condiciones, aunque su pelo era una maraña de nudos. A diferencia de Ezekiel, Ruth se erguía con aplomo y determinación, negándose a permitir que el polvo la afectase.

—¿Qué pasa? —preguntó Ezekiel a Kimiko.

—No han soltado a Bernard en toda la noche.

—¿Has mirado en Wrath Rock?

—Lo tenemos prohibido.

—Ya no hay guardias. Podemos ir a ver.

Los cinco salieron de la estrecha habitación. En el terreno había cientos de barracones equidistantes, dispuestos en bloques lóbregos y desolados. Un cartel rezaba «War Relocation Authority Center 51», pero lo habían tachado y habían escrito en su lugar «Wrath 51»: Ira 51. Casi todas las paredes de los barracones estaban recubiertas de papel alquitranado que, castigado por la intemperie, se desprendía en tiras quebradizas. Habían acumulado capa sobre capa para reforzar el exterior, pero los intentos de engrosar la piel solo habían conseguido debilitar el conjunto. Estaban los restos de un colegio, un campo de béisbol, algo que podría haber sido una tienda y un remedo de centro social, aunque casi todos los edificios estaban abandonados o en ruinas. Era una ciudad carcelaria con un velo de tierra interminable y un sol abrasador que imponía su voluntad a través de una densa niebla de carencias.

Mientras el grupo se encaminaba a Wrath Rock, una multitud se reunía alrededor de la garita de la esquina noroeste.

—Vamos a ver qué pasa —dijo una de las acompañantes de Kimiko.

Ezekiel y Ruth miraron a Kimiko, que hizo caso omiso del gentío y echó a correr hacia Wrath Rock sin esperarlos.

Se acercaron a la garita, donde ya habían entrado varios hombres. Tanto los iséi como los niséi observaban atentamente, gritando instrucciones y haciendo preguntas sin parar. Había muchos a los que Ruth no reconocía; por un lado estaban los ancianos iséi, los primeros que habían emigrado, y por otro, los niséi, más jóvenes, nacidos en los Estados Unidos de América. Había acudido todo el mundo, desde un hombre con tres verrugas en una nariz porcina hasta una mujer que llevaba gafas rotas, pasando por unos gemelos cuyos rostros mostraban arrugas divergentes, indicadores de la forma de reaccionar de cada uno ante la amargura de la experiencia. El sufrimiento era un artesano imparcial que adaptaba la carne al hueso, que trazaba surcos oscuros en los poros de la aflicción absoluta. Casi todos los prisioneros tenían solo unas pocas mudas y mantenían la ropa tan limpia como podían. Evitaban que se cayera en pedazos remendando sutilmente los puntos débiles del tejido para reforzarlos. Era más difícil paliar el desgaste de los zapatos, imposibles de reemplazar; las sandalias y los pies callosos estaban a la orden del día. Un numeroso grupo de adolescentes había acudido a averiguar a qué venía tanto alboroto.

—Comprobad que los americanos no se hayan escondido en algún compartimento.

—Igual se han tomado un descanso.

—¿Se han llevado las raciones?

—¿Y las armas?

Los que estaban registrando la garita salieron al cabo de unos minutos, y confirmaron que los soldados americanos habían abandonado sus puestos y se habían llevado las armas.

El alboroto subsiguiente giró sobre todo en torno a una pregunta: qué hacer a continuación.

—¡Volver a casa! ¿Qué vamos a hacer si no? —dijo un joven.

—Volver, ¿adónde? —adujeron los mayores, reticentes—. Ni siquiera sabemos qué está pasando ni dónde estamos.

—¿Y si siguen peleando ahí fuera?

—Nos pegarán un tiro antes de que lleguemos a ningún sitio.

—¿Y si los americanos nos están poniendo a prueba?

—¿A prueba? No, se han marchado.

—¿Qué quieres hacer? —preguntó Ezekiel mirando a Ruth.

—Si es verdad que nos han soltado... Mis padres no se lo habrían creído jamás.

Habían pasado varios años desde que los soldados se presentaron en su clase y ordenaron a los alumnos salir y ponerse en fila. Ella pensó que sería para una excursión o algo corto, porque solo le dejaron llevarse una maleta. Lloró a mares cuando se enteró de que iba a ser su último día en San José y no había cogido ninguno de sus libros favoritos.

La gente se puso a señalar al sur entre exclamaciones de

sorpresa y apremio. Ruth siguió los dedos con la vista: una pequeña columna de polvo presagiaba la llegada de un jeep.

—¿Qué bandera lleva? —preguntó un joven.

Las miradas se concentraron en el costado del jeep, oculto en la nube de polvo.

—Americana.

—De eso nada, *baka*. Es un círculo rojo.

—¿Estás ciego? Es americana, seguro.

El tiempo parecía estirarse a medida que se acercaba el jeep. Unos pocos metros parecían kilómetros, y hasta hubo quien lo tomó por un espejismo que los zahería con un rescate ilusorio. El sol caía a plomo, y tenían la ropa empapada de sudor e impaciencia. Cada soplo de aire convertía los pulmones de Ruth en un miasma congestionante, pero se negaba a marcharse.

—¿Ya se ve la bandera? —preguntó alguien.

—Aún no —contestó otro.

—¡No ves tres en un burro!

—Pues anda que tú...

Poco después ya estaba bastante cerca para que se distinguieran las marcas.

—Es del Ejército Imperial Japonés.

El jeep se detuvo, y se apeó un joven imponente. Medía alrededor de uno ochenta y llevaba el uniforme marrón de los soldados imperiales japoneses ceñido con un *senninbari*, un cinturón rojo de tela con mil puntadas usado como amuleto. Los prisioneros lo rodearon, preguntando qué ocurría ahí fuera, pero antes de responder hizo una reverencia.

—Probablemente no me reconocéis —dijo con los ojos anegados—. Me llamo Sato Fukasaku y soy cabo del EIJ. Me llamabais Steven cuando escapé del campo, hace cuatro años, y me alisté en el Ejército japonés. Traigo buenas noticias.

Ruth, como casi todos los demás, se mostraba incrédula. Cuando desapareció, el joven Fukasaku era un chaval escuálido de catorce años que apenas alzaba metro y medio del suelo; los otros chicos no le dejaban jugar al béisbol porque siempre que le tocaba batear hacía un ponche.

—¿Qué ha pasado ahí fuera? —preguntó una mujer. Sato miró a los presentes con una sonrisa atolondrada que desmentía su porte marcial.

—Hemos ganado —anunció.

—¿El qué?

—El Gobierno de los Estados Unidos de América ha capitulado esta mañana. Ahora estamos en los Estados Unidos de Japón. Unos cuantos rebeldes se han dado a la fuga e intentan resistir en Los Ángeles, pero no durarán mucho después de lo que pasó ayer.

—¿Qué pasó ayer?

—El Emperador empleó un arma secreta para que los americanos se dieran cuenta de que no tenían nada que hacer. Hay autobuses de camino; llegarán pronto para poneros a todos a salvo. Se os liberará y se os proporcionarán casas nuevas. El Emperador pidió personalmente que cuidáramos de vosotros. En los campos hay internados más de doscientos mil nipoamericanos, que ahora tendrán nuevas oportunidades en los Estados Unidos de Japón. ¡Larga vida al Emperador! —gritó.

—¡Larga vida al Emperador! —corearon los iséi de forma instintiva—. ¡Larga vida al Emperador! —Mientras tanto, los niséi, nacidos en los Estados Unidos de América, no sabían que debían gritar lo mismo en respuesta.

—*Tenno Heika Banzai!* —gritó Fukasaku. Que, en japonés, quería decir «Larga vida al Emperador».

—*Banzai!* —Esta vez respondieron todos al unísono.

Ruth también gritó, sorprendida al comprobar que, por primera vez en su vida, algo parecido a un respeto reverencial surgía en su interior.

Un camión militar se detuvo cerca.

—Para celebrarlo hemos traído comida y sake —anunció Fukasaku.

Entonces Ruth vio algo que no había visto jamás: por la portezuela del conductor salió una mujer con el uniforme imperial. Era mestiza, con los ojos azules y el pelo negro desparejo. Fukasaku le hizo un saludo militar.

—Bienvenida, mi teniente —dijo acto seguido.

Sin prestar atención al gesto, la mujer dedicó a la multitud una mirada comprensiva y dijo:

—En nombre del Imperio, honramos el sacrificio y el sufrimiento de todos ustedes. —Hizo una reverencia, prolongada para indicar lo profundo de sus sentimientos. Hablaba un inglés perfecto, por lo que debía de ser niséi. Ruth se dio cuenta de que no era la única sorprendida por la visión de la oficial. Los presos no podían apartar la mirada; nadie había visto jamás a un soldado varón saludando a un superior que fuera mujer. Los ojos de Ruth se dirigieron al *shin gunto*, la katana que identificaba a su portador como oficial—. Me llamo Masuyo Yoshida. Crecí en San Francisco, como muchos de ustedes, bajo la identidad occidental de Erica Blake. Mi madre fue una valiente japonesa que me enseñó la importancia de nuestra cultura. Igual que a ustedes, me encarcelaron con falsas acusaciones de espionaje y me separaron de mi familia. El EIJ me rescató y me dio un nuevo nombre para que desechara el falso. Nunca nos aceptaron como americanos, y fuimos unos necios al intentarlo. Ahora soy teniente del Ejército Imperial Japonés, y ustedes son ciudadanos del Imperio. También se les asignarán nuevas identidades. ¡Vamos a celebrarlo!

Cuatro soldados descargaban barriles de licor de la parte trasera del camión.

—Que alguien traiga vasos.

Al rato, todo el mundo vitoreaba al Emperador y pedía detalles sobre la guerra a Steven/Sato. Unos cuantos ancianos se llevaron a la teniente Yoshida para enseñarle las instalaciones.

—Deberíamos alistarnos —le dijo Ezekiel a Ruth, con las mejillas sonrosadas por el alcohol.

—¿Qué pintarías ahí? Puedo hacer más flexiones que tú —bromeó ella.

—Me pondría en forma. —Ezekiel flexionó los músculos.

—Parece un ratoncillo —dijo Ruth, poniéndole la mano en la minúscula bola del brazo—. ¿Te has fijado en que los dos llevan las nuevas semiautomáticas Nambu 18?

—Ni había visto las pistolas.

—Se supone que en las 18 reforzaron el resorte de recuperación del cargador, por lo que son mucho más resistentes. El modelo anterior usaba balas de ocho milímetros y...

De pronto se oyeron gritos, y todo el mundo se volvió. Los lamentos procedían de Wrath Rock, y Ruth se dio cuenta de que, con la conmoción de los acontecimientos recientes, se había olvidado de Kimiko.

Wrath Rock era el único edificio de tres plantas de todo el complejo, y en él se alojaban los soldados y el centro especial de interrogatorios. Era una gran construcción rectangular de ladrillo rojo, con dos alas. No era infrecuente que de ahí salieran gritos perturbadores en plena noche. Según el ángulo y la intensidad de la luz de la luna, resplandecía como una piedra carmesí que rezumaba rayos de sangre. Mientras se acercaban, todos hacían lo posible por no echarse a temblar. En la parte superior seguía ondeando la bandera americana.

Habían sacado a una docena de prisioneros famélicos, ensangrentados y magullados.

—¿Qué ha pasado aquí? —preguntó el cabo Fukasaku.

—Mataron a mis hermanos y me acusaron de colaborar con el Imperio —gritó un hombre que llevaba solo un taparrabos, con la mitad del pelo arrancado—. ¡Más quisiera! —Intentó escupir en el suelo, pero no le quedaba saliva. Tenía el cráneo lleno de cortes, y las anchas ventanas de la nariz y los ojos saltones le daban aspecto de chimpancé—. Soy americano y me trataron peor que a sus perros —gritó temblando de cólera.

—El Emperador ha venido a salvaros a todos —respondió el cabo—. Se ha vengado de los americanos por todos nosotros.

Kimiko apareció en la puerta con un cuerpo entre los brazos.

Ruth contuvo el aliento. Era Bernard, pero le faltaban las piernas; unos muñones vendados ocupaban su lugar. Kimiko estaba muy pálida y tenía los ojos inexpresivos por la conmoción, como congelados. Ruth observó a Bernard para ver si aún respiraba, pero no pudo saberlo.

—Pobre Kimiko —oyó decir a alguien—. Con lo rica que era su familia, y ahora se lo han quitado todo.

—Los ricos fueron los que peor lo pasaron.

Muchos mostraron su conformidad asintiendo, abatidos.

—Hermana... —empezó a decir el cabo Fukasaku.

—¿Por qué no lo salvó el Emperador? —interrumpió Kimiko, furiosa—. ¿Por qué no pudo rescatarnos a todos un día antes?

—Mi más sentido pésame. Ten en cuenta que quien mató a tu amigo no fue el Emperador, sino los americanos. Te aseguro que el Emperador les ha hecho pagar con creces lo que os ha pasado aquí a todos vosotros.

—Me da igual la venganza. Está muerto. ¡ESTÁ MUERTO! Si el Emperador era tan todopoderoso, ¿por qué no pudo enviaros un día antes?

—Calma. Sé que estás alterada, pero está prohibido hablar mal del Emperador.

—Que le den al Emperador. Que te den a ti. Que les den a todos los americanos.

—Solo te lo voy a pedir una vez, y porque sé que no piensas con claridad. No hables mal del Emperador o...

—¿O qué? ¿Se vengará de mí? Me cago en él y en tod...

El cabo Fukasaku desenfundó la pistola semiautomática Nambu 18, apuntó y disparó. La cabeza de Kimiko estalló, salpicando la tierra de sesos y sangre. Cayó con su novio muerto entre los brazos.

—Nadie tiene permitido hablar mal del Emperador —proclamó el cabo. Enfundó la pistola, rodeó el cadáver de Kimiko y se dirigió a los demás supervivientes para asegurarles que todo saldría bien.

Estaban demasiado impresionados para hablar. Ezekiel temblaba. Ruth lo rodeó con un brazo.

—¿Aún quieres ser soldado? —le preguntó, tanto por él como por sí misma. Miró a Kimiko, esforzándose por contener las lágrimas—. Tienes que ser fuerte. —Le cogió las manos y se las llevó a su abdomen—. Por la pequeña Beniko, sé fuerte.

Sur de San José
2 de julio de 1948
12.13

Ruth y Ezekiel viajaban en uno de los cientos de autobuses que se dirigían al sur, hacia Los Ángeles, por la I-99. Ruth lo miró y recordó cómo había empezado su noviazgo, a base de discusiones sobre política y religión que pronto se convirtieron en largas diatribas sobre la naturaleza de Dios y la existencia, y pronto pasaron a pelearse haciendo manitas. No tardaron mucho en convertirse en amantes. Se preguntaba si la sensación de desgracia inminente habría contribuido a unirlos más.

Ruth vio por la ventanilla una montaña de humo que parecía un mar con sus propias olas dentro. Se escribían haces negros en una caligrafía de destrucción, kanjis de pesar que subían por el aire y, como casi todos los sufrimientos, se integraban en el resto con indiferencia. Las emanaciones y la distorsión térmica hacían que pareciera que el horizonte se estaba fundiendo.

—Los alemanes se han hecho con toda la Costa Este. —En la parte delantera, un hombre retransmitía las noticias según las oía en la radio—. Rommel está en Manhattan. El Führer llegará esta semana. Han encarcelado al alcalde La Guardia porque se niega a rendirse, pero alguien ha aceptado la capitulación en su lugar.

—¿Y San José?

—Ni idea.

Fletcher Bowron, alcalde de Los Ángeles, habló por la radio para tranquilizar a los americanos:

—Atravesamos un periodo de transición; esta situación es provisional. No presenten resistencia a los soldados japoneses y no sufrirán ningún daño.

—Espero que mi tío esté bien —comentó Ezekiel—. Es el dueño de una de las principales fábricas de ropa de Los Ángeles, y nos dará trabajo hasta que consigamos algo por nuestra cuenta.

—Solo estuve una vez en Los Ángeles, e íbamos a todas partes en tranvía. ¿Ya sabes qué nombre vas a ponerte?

—¿Por qué voy a ponerme ningún nombre?

—¿No oíste anoche a la teniente? Nos van a asignar nombres japoneses a todos.

—Me gusta Ezekiel Song.

—Puedes conservar tu nombre occidental como apodo, pero también tendrás que adoptar un nombre formal.

—Me apellidaré Ishimura.

—¿De verdad?

—Si te parece bien.

—Claro que sí. ¿Lo dices en serio?

—Sí, a no ser que estés pensando en cambiar de apellido.

—Supongo que no tiene sentido. —Ruth sonrió—. ¿Y de nombre de pila?

—¿Alguna sugerencia?

—¿Qué tal Naoki?

—¿Qué significa eso?

—Árbol dócil.

—No, gracias. ¿Qué nombre vas a ponerte tú?

—Aún estamos con el tuyo. El... ¿Por qué paramos?

Los autobuses estaban atascados en una larga hilera de vehículos. Delante había un gran campamento con un montón de tiendas enormes que bullían de soldados y civiles. A su alrededor había transportes militares, tanques y globos de gran tamaño. Varios cazas los adelantaron volando. El tráfico se había detenido hasta donde alcanzaba la vista. El conductor recibió un mensaje por radio y anunció:

—Aún hay combates al sur, así que nos recomiendan pasar aquí la noche. Van a proporcionarnos tiendas y camastros.

Ruth se alegró de tener la oportunidad de estirar las piernas, y se apearon rápidamente.

—Te echo una carrera —dijo señalando las tiendas.

—¿Puedes? —preguntó Ezekiel, mirándole la tripa.

—El ejercicio es bueno para el cuerpo —replicó ella, y echó a correr antes de que él empezara.

Todo el mundo estaba saliendo de los autobuses, por lo que no podrían haber ido muy deprisa aunque hubieran querido. Se concentraron en evitar los obstáculos: familias, adultos impacientes y espectadores desconcertados que se preguntaban qué ocurría, intimidados por los cazas que los sobrevolaban.

—¡Mira cuántos globos! —gritó Ruth. Al otro lado del campamento había cientos de globos aerostáticos dispuestos en largas hileras. Muchos, aproximadamente la mitad, estaban desinflados; otros estaban listos para despegar—. Qué bonitos. ¿Para qué serán?

—¡No intentes distraerme! —gritó Ezekiel al llegar a su altura y adelantarla.

Unos hombres que vieron a Ruth correr detrás de Ezekiel lanzaban chanzas: «¡Debería estar persiguiéndote él!» Un grupo de chicos se interpuso en el camino del hombre para que ella recuperase la delantera.

—Los dos deberíais estar huyendo de la pelea —bromeó otro hombre.

Ruth fue la primera en llegar a las tiendas, y el hedor de los heridos la asaltó de inmediato. Un gordo y un niño corrían en círculos gritando: «Gorila, gorila, gorila, gorila, gorila.»

Llegó Ezekiel, confuso por la extraña serenata de gorilas.

Los médicos se afanaban en atender a los heridos. Los soldados no eran como los que Ruth había visto hasta entonces, con peinados y uniformes conservadores: llevaban el pelo teñido de colores diversos, incluidos el morado, el naranja y el verde; algunos lo tenían cortado a cepillo y otros iban con unos peinados en punta con aspecto de requerir varias horas de elaboración. No todos eran japoneses; soldados multiétnicos cuidaban a los heridos, que al parecer se contaban por millares. Dentro de la tienda había mucha menos luz, y las pupilas de los recién llegados tardaron un rato en adaptarse. A medida que se ampliaban los pozos negros del iris fueron captando la magnitud del horror. Se cogieron de la mano de forma inconsciente. Había asiáticos, muchísimos caucásicos, afroamericanos y gente de ascendencia latina. Muchos de ellos habían perdido tanta piel que era imposible distinguir su raza. Predominaban los músculos, la piel quemada y las extremidades retorcidas. Estaban cubiertos de hollín, gente de ceniza que parecía a punto de desmoronarse. El olor de la mierda, el vómito y el fuego intensificaba la sensación nauseabunda. Una mujer sostenía un bebé carbonizado entre los brazos, negándose a soltarlo. Muchos llamaban a gritos a familiares perdidos. Una joven tenía casi todo el pelo quemado, y el ojo izquierdo le colgaba en el lugar que debería ocupar la nariz. La carne calcinada hacía que las personas parecieran figuras de cera desfiguradas a dos mil grados de temperatura. Ruth se preguntó por qué había cubos llenos de clavos oxidados hasta que se dio cuenta de que las manchas no eran de óxido, sino de sangre. Tres de los hombres tumbados tenían placas y tuberías metálicas que les salían del cuerpo. Soldados y civiles transportaban cuerpos.

—¿Qué ha pasado aquí? —balbuceó Ruth.

—Han desplegado una superarma —explicó un paciente—. No queda casi nada de San José.

—¡San José! —exclamó Ruth—. ¿Co..., cómo?

—Estaba en las afueras cuando vi una explosión que parecía un hongo —relató otro.

—Era más bien como un bonsái de nubes negras que no paraba de crecer. Nunca había visto nada parecido.

—Hubo un estallido y después perdí la vista.

—Sí, ese estallido.

—Justo antes estaba todo en calma.

—Luego todo se prendió, y hubo un terremoto que no acababa. Después llegó la lluvia negra.

—¿Lluvia negra? —preguntó Ezekiel.

—Creí que era petróleo —dijo una mujer con la cara quemada.

—A mi perro se le cayó el pelo y le vi la mandíbula a través de la piel derretida.

—Había cadáveres por todas partes, y la lluvia negra cayó durante una hora.

—Ha sido un arma nueva que han creado los japos.

—No era solo un arma —gritó un hombre que llevaba una máscara de hollín por cara. Le faltaba el brazo izquierdo y tenía todo el cuerpo vendado—. Justo antes de la explosión vi un hombre de ojos rojos más alto que un edificio.

—Estás loco —dijo alguien, y varios más lo corearon.

—¡De eso nada! Lo vi justo antes de la explosión y supe que iba a pasar algo malo.

—Has perdido la cabeza, idiota. No puede haber un hombre tan grande.

—Yo también lo vi —dijo otra voz—. Hizo temblar la tierra, y le vi escupir fuego al cielo.

—¿Qué sería?

—¿No habéis oído que el Emperador japonés tiene poderes sobrenaturales? Eso es lo que ha pasado. Ha destruido San José con sus poderes. No tenemos nada que hacer contra algo así.

—Los japos nos lo advirtieron. Dijeron que si no evacuábamos San José, Sausalito y Sacramento, el Emperador haría llover fuego. Pero nos reímos de ellos; creímos que se estaban marcando un farol.

—¿Por qué no nos protegió nuestro dios?

Nadie supo responder a aquello, y el silencio resultó aún más inquietante que los lamentos omnipresentes de un momento atrás.

Ruth estaba temblando. Ezekiel la rodeó con el brazo y le pasó la mano por el hombro.

—¿Qué hacéis aquí? —espetó un médico—. ¡Largo ahora mismo!

Una enfermera los acompañó al exterior.

—Dicen que el Emperador es un dios —dijo Ruth al salir, y se llevó la mano al crucifijo que llevaba colgado al cuello—. ¿Será verdad que puede hacer todo eso? Quiero decir, ¿hay otra explicación?

Junto a ellos pasaron ocho hombres y mujeres de pelo rubio y brazaletes con esvásticas, hablando con un oficial japonés. Grababan a las víctimas con cámaras y hacían preguntas en alemán que nadie entendía. Su entusiasmo solo estaba igualado por la curiosidad manifiesta en su tono.

—No tengo ni idea —respondió Ezekiel. A los dos los aterrorizaba la idea de que un dios pudiera entrar en una ciudad y destruirla—. Vamos al autobús —propuso con voz débil.

Por las calles de Los Ángeles circulaban tanques con el sol naciente de la bandera japonesa. Cientos de bombarderos surcaban el aire como una nube de langostas, encabezados por los letales Mansyu Ki-99 que volaban a gran altura. Las familias lloraban a sus seres queridos en una ciudad que apestaba a humo, explosivos y cadáveres. Había edificios en llamas; las casas seguían desmoronándose y las calles estaban convertidas en escombreras. El horizonte era un gradiente fisurado de rojo conflicto, gris desamparo y azul disipación. La temperatura era cálida, con brisas que aplacaban los ánimos. No había más rastros de vida animal que los perros callejeros y las legiones de hormigas que se afanaban en reparar sus colonias. De vez en cuando se oían disparos por encima del zumbido constante de los motores de los cazas, pero era el silencio del Ejército de los Estados Unidos de América lo que resonaba ominosamente en las exclamaciones de incredulidad. ¿De verdad habían perdido?

Ezekiel y Ruth observaban embelesados los batallones de soldados japoneses que recorrían la ciudad. Menores de veinte años en su mayoría, se fundían entre sí, sujetando los fusiles con tenacidad. A pesar de la marcha disciplinada, su orgullo era inconfundible: las botas se sincronizaban en un paso firme de victoria.

Al igual que a otros millares de prisioneros, a ellos dos les habían reservado asientos de honor en el desfile militar de celebración de la victoria japonesa. Su zona estaba coronada con una pancarta: «Por la libertad de nuestros compañeros asiáticos y la liberación del mundo de la tiranía occidental.»

Miles de presos americanos encadenados se exhibían por las calles, acompañados de insultos y abucheos. Ezekiel miró a Ruth y se fijó en que no tenía puesto el crucifijo.

El día anterior se había quedado estupefacto cuando llegaron a la fábrica de su tío. El edificio principal era un cráter, y solo quedaban los restos carbonizados del armazón. Un anciano chino hablaba solo junto a las ruinas. Tenía mechones de pelo blanco a los lados de la cabeza y el ceño le formaba ondas de piel que se extendían hasta el cuello, grietas de carne desplegadas por el dolor.

—¿Qué ha pasado aquí? —preguntó Ezekiel.

El viejo alzó la vista hacia él.

—Los bombarderos japoneses destruyeron todas las fábricas de la zona.

—¿Sabe dónde está Henry Song?

—¿Por qué? —Se puso en tensión y miró a Ruth—. ¿Quiénes sois?

—Soy su sobrino.

—Henry fue uno de los pocos supervivientes —dijo el anciano, escrutando el rostro de Ezekiel—. Casi todos murieron en el incendio o les dispararon.

—¿Por qué les dispararon?

—Por resistirse.

—¿Usted trabajaba aquí? —se interesó Ezekiel.

—Mi mujer —respondió, negando con la cabeza.

—¿Quiere venir con nosotros?

—No tengo adónde ir.

—Pero...

—Largo —dijo, y de nuevo se puso a murmurar para sí.

—Mi tío vive a unos pocos kilómetros —dijo Ezekiel después de dejar al anciano.

Casi todas las casas que veían tenían daños de algún tipo. Había calles enteras quemadas, campos de ascuas como ecos destrozados de las comunidades que se asentaron en ellas. El humo formaba columnas en las avenidas. Las calles habían desaparecido, los edificios mostraban las entrañas y los coches que normalmente circulaban no tenían adónde ir. Los americanos que se cruzaban estaban en trance, con el rostro inexpresivo, un vacío que los hacía parecer fantasmas disfrazados. Veían pasar a Ruth y Ezekiel pero no reaccionaban; sus espíritus se habían doblegado al espectro de un sol carmesí. Una mujer rubia se les acercó y les enseñó un boceto de un hombre. Iba descalza, con la falda rasgada y una bufanda de sangre alrededor del cuello y los hombros.

—¿Habéis visto a mi marido? —preguntó.

Ezekiel y Ruth miraron el retrato, pero era tan primitivo y esquemático que podría representar a cualquiera.

—Lo siento —dijo Ruth, y se acercó para intentar consolarla.

—¡No me toques! —gritó la mujer. Adoptó una expresión inhumana y se agazapó, con las manos curvadas como garras en actitud defensiva—. ¡No te acerques! —Tenía la mirada perdida, los recuerdos anclados en algún pasado horrible que ni Ezekiel ni Ruth podían ver.

Al cabo de un par de kilómetros de escombros llegaron a un control de seguridad. Un grupo de soldados japoneses había cortado la calle. En el otro extremo había dos tanques. Se veían varias docenas de perros extrañamente gordos. Un teniente apuntó con la espada a Ezekiel y le soltó un grito en japonés. Tenía la piel cetrina, no se había afeitado en varios días y las mangas de su uniforme mostraban manchas de sangre seca.

—No hablo bien el japonés, pero estamos...

El teniente le puso la espada al cuello, dispuesto a decapitarlo si la respuesta no le resultaba satisfactoria. Lo contuvo otro oficial, un capitán:

—Aparta.

—Sí, iba a apartarle la cabeza —respondió el teniente en inglés con mucho acento.

—¿No ves que ella es japonesa? —dijo el capitán, pasando por alto el sarcasmo—. ¿Qué hacen aquí? —les preguntó.

—Hemos venido por la celebración de mañana —respondió Ruth; explicó de dónde salían y mostró los papeles sellados que autorizaban su liberación del campo de prisioneros—. Íbamos a ver a su tío.

—¿Dónde está su tío?

—A unas pocas manzanas.

—Vayan a verlo y vuelvan aquí cuando terminen. Les pondré escolta para volver.

—¿Estamos a salvo?

El teniente blandió la espada y soltó una carcajada.

—Los americanos están vencidos y ensangrentados —respondió—. Cualquier cosa que puedan hacer a estas alturas será como si una mosca atacara a un tigre. No tienen nada que temer.

Ezekiel y Ruth se inclinaron ante los oficiales en muestra de agradecimiento, pero Ezekiel se dio cuenta de que había una pila de más de cuarenta cabezas; los cuerpos no se veían por ningún lado. El soldado de la espada tenía un aire inmisericorde que le daba escalofríos. Se dio cuenta de que le miraba el cuello con avidez.

Atravesaron el control apresuradamente.

—No me puedo creer que esto sea Los Ángeles —dijo Ezekiel, observando los escombros.

—Por lo menos Beniko no crecerá sintiéndose inferior por ser oriental.

—¿Tú crees?

—Piensa en cómo nos trataban los americanos. Antes de recluirnos en los campos ya nos llamaban *nips* o *chinks*, nos destrozaban las tiendas y nos acosaban. Están convencidos de que todos somos iguales: chinos, japoneses, vietnamitas, coreanos...

—Pero los Estados Unidos de América representaban algo, un sueño que va más allá de la raza y la procedencia —dijo Ezekiel.

—Y ni ellos se lo creían cuando llegó la hora de la verdad.

—Aspiraban a eso.

—¿Habrías preferido que ganaran los americanos? ¿Volver a la cárcel?

—Mientras Beniko tenga una vida mejor... —respondió tras meditarlo.

—Nuestra hija la tendrá —le aseguró Ruth.

—¿Sigues segura de que es una niña?

—Es un pálpito.

—Si sale niño, ¿podemos ponerle otro nombre?

—¿Qué tiene de malo Beniko?

—Esperaba ponerle un nombre occidental, como Emmanuel.

—Se abreviaría Ben —dijo Ruth. Ezekiel se echó a reír.

Tras veinte minutos de caminata llegaron a la casa de su tío. El césped llevaba meses sin segarse y estaba sembrado de casquillos.

—¿Qué haces aquí? —gruñó Henry Song, frunciendo el ceño al ver llegar a su sobrino.

Ezekiel, eufórico por ver a su tío con vida, se sorprendió por la frialdad del recibimiento.

—Esperábamos que pudieras ayudarnos.

—Aunque quisiera, no puedo hacer nada. Los japoneses me destrozaron la fábrica y se presentarán en cualquier momento para quitarme también la casa.

—Hemos estado allí —dijo Ezekiel—. Lo siento mucho.

—¿Cómo habéis pasado el control?

—Gracias a Ruth.

—¿Fuiste a un campo de concentración para japoneses y te casaste con una? —dijo con cara de asco.

—No hemos tenido oportunidad de casarnos, pero en cuanto podamos...

—Chico listo. Así, se acabaron todos tus problemas —dijo cargado de bilis mientras fulminaba a Ruth con la mirada.

—Yo era americana —dijo Ruth.

—Eres japo.

—Mi familia luchó por los Estados Unidos de América en la Gran Guerra —replicó con enfado—. Perdí a dos tíos en Alemania, luchando por nuestro país. Nací aquí y nunca he estado en Japón, pero les dio igual cuando llegó el momento de encarcelarnos.

—¿Sabes qué hacen los japoneses con sus prisioneros? Cargárselos para dar de comer a los perros, porque es más barato que comprar pienso.

En la radio, un almirante de las Fuerzas Imperiales dirigía un discurso a los americanos, a quienes aseguraba que su misión era eminentemente pacífica, consistente en liberar a los hermanos japoneses a los que habían internado y ejecutado en campos de exterminio como Manzanar: «Cuando hayamos asegurado su libertad y su seguridad organizaremos nuestra marcha», dijo un intérprete en un inglés excelente con ligerísimos vestigios de acento japonés.

—Seguro que están deseosos de marcharse —dijo su tío con sorna.

—Tío... —empezó Ezekiel.

—Atraparon a siete buenos amigos míos, un poco al este. Los obligaron a cavar sus propias tumbas y, cuando acabaron, los mataron a tiros. Uno sobrevivió porque se hizo el muerto y pasó dos noches con los cadáveres. En total han matado a mil hombres a bocajarro.

—Sé que estás enfadado, pero... —empezó Ezekiel de nuevo, intentando tranquilizarlo.

—¡No sabes lo que es estar enfadado! Han asesinado a todos mis seres queridos.

—Todos hemos perdido a alguien —le recordó Ezekiel—. Pero el caso es que la guerra ha terminado y los americanos han perdido.

—La guerra acaba de empezar, a no ser que quieras aceptar la muerte con calma. —Lanzó a Ruth una mirada asesina—. Vete a vivir tu vida con los carniceros. No somos familia.

Volvió a entrar en la casa.

El recuerdo de aquel encuentro hizo que Ezekiel se estremeciera al ver pasar a los últimos prisioneros americanos, una mezcla de razas unidas por la vergüenza. En sus ojos no había resistencia ni cólera; solo resignación.

Apretó con fuerza la mano de Ruth; aún quedaban tres cuartas partes del desfile de celebración.

—¿Qué pasa? —preguntó ella.

—¿Cómo vamos a sobrevivir? Contaba con la ayuda de mi tío.

—Encontraremos la forma de empezar una vida.

—¿Y lo que dijo mi tío del Imperio?

Pasaron más bombarderos. La línea de soldados parecía interminable. Su actitud ufana y arrogante era comprensible, ya que habían derrotado a los americanos, aparentemente invulnerables, que se habían estado afanando en Europa sin prever los ataques decisivos de Hawái, Alaska y California.

—Llegarán nuevos tiempos. La paz cambia hasta a los peores asesinos —dijo Ruth.

—¿En qué los convierte? —preguntó Ezekiel.

Retiraron del Ayuntamiento de Los Ángeles la bandera de los Estados Unidos de América y el sol naciente japonés ocupó su lugar, envolviendo el rojo, blanco y azul en un resplandor carmesí que lo fundía todo en una bola al rojo vivo. Corría el 4 de Julio. Los fuegos artificiales preparados para la conmemoración se emplearon para celebrar la caída de Los Ángeles. Las chispas iluminaron el aire en un *graffiti* de derrota. Intensos trazos de luz emborronaron el cielo como si fueran sangre, pero de un color más vivo, resplandecientes de desesperación, funestos presagios de un futuro desolado. Los americanos se agrupaban para planear rebeliones y disidencias; creían que la verdadera batalla empezaría tras la falsa capitulación. Los japoneses sabían que no era así. Estaban preparados para la resistencia.

CUARENTA AÑOS DESPUÉS

Los Ángeles
30 de junio de 1988
0.09

No pasaba un día sin que Beniko Ishimura pensara en la muerte. Si la mortalidad fuera un cóctel, sería amargo con un toque de lima y transportaría al olvido en tragos cortos. El cóctel de Ben era demasiado dulce para su gusto, porque a Tiffany Kaneko, la mujer con la que había salido esa noche, le gustaban las bebidas afrutadas. Era una pelirroja impresionante con las mejillas moteadas de pecas. Sus ojos verdes y sus labios finos podían desatar incendios, como ocurrió la primera vez que sus miradas se encontraron. Llevaba un *quipao* rosa porque le gustaban los vestidos tradicionales chinos y la forma en que resaltaban el contraste de su ascendencia irlandesa y sus puntadas asiáticas. Aunque el padre de Ben era medio chino y su madre era japonesa, él parecía japonés por los cuatro costados, e intentaba ir siempre a la última adaptando su imagen a las tendencias que llegaran de Tokio. Como casi todos los militares presentes en la sala, llevaba el pelo largo y aceitado, peinado hacia atrás. Se había puesto el uniforme marrón de los oficiales, con insignias que lo identificaban como capitán del Ejército Imperial. Las solapas bermellón le rozaban las carnosas mejillas, y a juzgar por el abultamiento abdominal que se negaba a reconocer, saltaba a la vista que luchaba contra sus apetitos y contra la gravedad. Chupaba un cubito de hielo del cóctel, regodeándose en el frío que le adormecía la lengua.

Era Tiffany quien quería ver ese número circense chino. Sus amigos de la prensa le habían hablado de él, y sabía que solo los oficiales del Ejército podían conseguir entradas. En realidad se trataba de una feria de monstruos, una plétora de bichos raros que empezaron a separarse de la norma en cuanto nacieron. La mujer que ocupaba el centro del escenario tenía la barba más larga que Ben hubiera visto nunca. La usaba de lazo, haciéndola girar en el aire y ejecutando trucos. Su compañero, un hombre escuálido, se contorsionaba para bailar al ritmo de las cabriolas geométricas que imponía la pilosidad de la mujer.

—¿Por qué te llama tanto la atención lo extraño? —le preguntó a Tiffany en un susurro.

—Lo extraño lo es por coincidencia, por azar. Si todas las mujeres tuvieran barba, yo sería la más extraña.

—La más extraña, sí, pero también la más bella.

—La belleza es tan genérica... No pagaría por verla.

—¿Te suena mejor «de una elegancia cautivadora e intrigantemente provocativa»?

—Un poco. Si fueras el único hombre lampiño del mundo, te exhibiría en un circo y vendería entradas sin frases publicitarias.

—¿Cuánto cobrarías?

—Cien yenes.

—¿Nada más?

—Pareces decepcionado.

—Esperaba que fueran mil por lo menos.

—No soy tan avariciosa —respondió, y le hundió el dedo en el brazo, juguetona.

Estaban en una sala circular, con las mesas dispuestas por rango. La cena era una mezcla de sashimi y filetes. Un especialista de Kioto había preparado el arroz, y el tamago estaba jugoso, cocinado a la perfección. Casi todos los oficiales fumaban cigarrillos, y la iluminación era tenue excepto por los focos de colores caprichosos centrados en la tarima. El placer olía a tabaco, pescado crudo, bourbon y perfume.

—¿Te hace ilusión lo de esta noche? —preguntó Tiffany, cogiendo a Ben de la mano.

—Mucha —respondió en voz igualmente baja—. Tendrían que haberme ascendido a comandante hace tiempo. Casi todos mis compañeros de la AMLB —la Academia Militar de Ludología de Berkeley— son coroneles a estas alturas.

—El puesto de capitán en la Oficina de Censura no está mal —dijo Tiffany—. Es cómodo, y puedes pasar conmigo todo el tiempo que quieras. Pero supongo que te viene bien ser por fin el comandante Ishimura.

—En esencia consiste en hacer lo mismo cobrando un poco más.

—Y con mejor aparcamiento.

—Probablemente use más el coche para ir al trabajo —dijo riendo. Agitó la copa y observó el hielo que daba vueltas—. No esperaba tardar tanto.

—Aunque te haya llevado más tiempo, has conseguido lo que querías.

—Menos mal. ¿Sabes que los compañeros ya se reían de mí? «Ishimura, ¿cómo es que sigues siendo el capitán más viejo del EIJ, con treinta y nueve años?»

—¿No te gusta ser el centro de atención?

—No por cosas como esa.

—Supongo que no aguantarías mucho enjaulado.

—Depende de quién estuviera conmigo en la jaula.

Ben se preguntaba cómo sería la mujer barbuda sin la barba. Por sus ojos color avellana, habituados a los vaivenes de las emociones, se la imaginaba entreteniendo a los oficiales del Imperio por todo el mundo, desde Nueva Delhi hasta Beiping pasando por Bangkok. El humo de cigarrillos era su *leitmotiv* olfativo, oficiales desconcertados e hipnotizados por su rostro hirsuto. Cuando la mujer se perdió entre las sombras salió un danzarín de espadas que proclamó ser descendiente de un famoso señor de la guerra chino llamado Cao Cao. Hacía malabares con cinco espadas, y lanzó una más arriba que las demás. Al bajar le entró por la boca hasta el estómago. Salió sangre; varios oficiales y acompañantes contuvieron la respiración, pensando que se había ensartado por accidente. Pero siguió bailando como si nada, sin preocuparse por la sangre, que resultó ser mermelada de fresa. Se sacó la espada y se dirigió al público:

—¿Alguien puede ayudarme a cortarme la cabeza?

Tiffany levantó la mano. Justo cuando Ben estaba a punto de protestar, se acercó una camarera japonesa con la cara pintada de blanco.

—Disculpe la interrupción, Ishimura-san, pero tiene una llamada.

—No acepto llamadas durante el espectáculo —respondió Ben mientras la despachaba con la mano.

—Con todos mis respetos, el llamante insiste mucho.

—¿Vas a cortarle la cabeza? —preguntó Ben a Tiffany.

—Solo si miras.

—Soy un poco aprensivo con estas cosas.

—Es un truco.

—Vuelvo enseguida —dijo Ben.

—Para entonces habrá terminado.

—Puedes contármelo con todo detalle.

—Si te marchas, te lo vas a perder.

Ben le dio un beso en la mejilla y siguió a la camarera escaleras abajo. Se inclinó ante varios oficiales superiores y fingió que no veía a los que habían acudido con sus amantes. Tras salir de la sala donde se realizaba la representación se sacó la portical, doblada en cuadrado, y le abrió las solapas para darle la habitual forma triangular. Las porticales fueron, en un principio, calculadoras portátiles, pero en las décadas transcurridas tras la guerra se habían ampliado para incorporar un teléfono con pantalla, una interfaz electrónica para buscar información en la *kikkai* (el espacio digital donde se almacenaban los datos) y más cosas. El monitor triangular de cristal interaccionaba con el procesador, que se manejaba por control táctil. Los bordes plateados acentuaban el elegante diseño.

—Páseme la llamada —dijo a la camarera. No llegaba ninguna señal—. ¿Qué ocurre?

Era difícil leer la expresión de la mujer, con la cara blanca y los labios carmesí. Su rostro parecía una máscara, un conjunto inescrutable de pinturas que miraba con pupilas incoherentes.

—¿Puede seguirme, si es tan amable?

—¿Adónde?

—A una sala privada.

—¿No tenía una llamada? —protestó Ben.

—Quería hablar con usted.

—¿De qué?

—¿Podemos hablar en privado?

—Puede hablar aquí.

—Como ya he dicho varias veces, en privado sería mejor.

El centro escénico tenía las paredes recién pintadas de rojos saturados y azules oscuros que supuraban opulencia decadente. En casi todas las esquinas había estatuas de heroicos oficiales de los Estados Unidos de Japón: la valentía alegorizada en esculturas. Ben se fijó en una placa que explicaba que el coronel Ando contrajo las fiebres tifoideas en los levantamientos de San Diego, mientras combatía a los rebeldes, y se ahogó en el depósito de agua para contagiar a los americanos; el sargento Okanda era un chef de ineptitud notoria que envenenó mil castañas y mató a mil americanos con ello; la teniente Takahashi era una piloto que dio su vida para hundir un portaaviones enemigo estrellándose contra su puente de mando, inexpugnable por otros medios. Todos habían tenido una muerte honorable. Pocas veces erigen estatuas a los soldados vivos, se dijo Ben.

Entraron en una gran sala con cientos de jaulas llenas de pájaros que trinaban de forma caótica; graznidos estrepitosos en una cacofonía aviar. Casi todos los pájaros criticaban la falta de espacio, el aire seco y la comida rancia. Los más nerviosos se inquietaron por la posibilidad de ser el centro de atención, ansiosos por deslumbrar a los humanos que correspondían a sus cantos con aplausos atronadores.

—¿Qué hacemos aquí? —preguntó Ben.

La camarera se quitó el kimono. El contraste de la piel color melocotón con el rostro de *kami* era inquietante.

—¿Qué está haciendo? —quiso saber Ben.

La mujer se había juntado los senos con cinta adhesiva, pero por su escasez y por el bulto de los pololos saltaba a la vista que en realidad era un hombre.

—Es halagador, pero he venido acompañado —dijo Ben—, así que si lo único que pretende es desnudarse...

El hombre empezó a arrancarse la piel del abdomen, y Ben se encogió hasta que vio una tira de aspecto coriáceo con circuitos minúsculos integrados en la carne y el hueso. Sacó un cable del kimono y lo conectó a un circuito del orificio. La piel con que lo cubría era falsa, pero el cableado tenía sangre seca y grasa, un suflé de teléfono integrado en las entrañas. Ben había oído hablar de mensajeros privados que elaboraban teléfonos alimentados con la bioquímica corporal, con impulsos eléctricos del corazón, con conectores de radio adicionales integrados en los intestinos, pero nunca había visto por sí mismo un «teléfono de carne». Costaba una fortuna utilizarlos y no era capaz de imaginar que nadie tuviera que decirle nada tan importante como para recurrir a ese método. Eran llamadas imposibles de rastrear;

los teléfonos pasaban inadvertidos a los detectores de metales, y los mensajeros eran simples repetidores que no tenían ninguna información en caso de que los atraparan. Era la única forma segura de evitar que dieran con ellos la Kempeitai y la Tokko, las dos policías secretas.

—Su llamada —dijo el hombre desde su máscara femenina de armiño—. ¿Me deja su portical?

Ben obedeció y la conectó directamente al cable, curioso por averiguar quién se había tomado tantas molestias solo para hablar con él. A continuación enlazó la portical a un micrófono y se lo puso en la oreja.

—¿Lo sabía? —preguntó una voz.

—Que si sabía, ¿qué? ¿Quién es usted?

—¿Lo sabía? —repitió la voz.

—No tengo ni idea de a qué se refiere.

—¿Sabía lo de Claire?

—¿Qué Claire?

—Claire ha muerto —dijo la voz del otro lado. Le sonaba de algo.

—¿General? —preguntó, tentativo.

—Claire ha muerto —repitió la voz, esta vez con tono de dolor.

—¿Qué quiere decir con que Claire ha muerto?

—Voy a desmenuzar a esos malditos folívoros en un millón de trocitos, freírlos en un centenar de infiernos y echárselos a las cobayas, por lo que le hicieron.

—¿Es usted, general? —preguntó, aunque, a juzgar por la voz de barítono, estaba seguro de que así era.

—Claire no sabía nada. Ha tenido que morir por mis errores.

—¿Puedo servir de alguna ayuda?

Se oyó un bufido de sorna.

—Ni siquiera se sirve de ayuda a sí mismo, Ishimura.

—Entonces, ¿por qué me ha llamado?

—Porque ella confiaba en usted y porque no puedo organizar los ritos funerarios desde aquí. Encárguese de que reciba un entierro adecuado. No una ceremonia sintoísta, sino americana, cristiana, tal como ella quería.

—¿Está seguro de que ha muerto? —Hubo una larga pausa—. ¿General? —insistió Ben, preguntándose si la llamada se habría desconectado. No era así.

—Me avergüenzo profundamente de no haber podido proteger a mis dos personas más queridas —dijo el general—. ¿Se encargará usted?

—Por supuesto. ¿Dónde...?

La comunicación se cortó, y el mensajero desconectó la portical de Ben, se cerró el pliegue de piel del abdomen y empezó a ponerse el kimono. Los pájaros seguían graznando.

—Tengo órdenes de matarlo si esta noche habla con alguien de esta conversación —le advirtió el mensajero.

—¿Y mañana?

Sin hacerle caso, se marchó.

Ben lo siguió, deseoso de interrogarlo, pero no lo veía por ningún lado. Tuvo que hacer acopio de disciplina y autodominio para no llamar de inmediato a Comunicaciones Centrales. Se fue al servicio a lavarse la cara. Llevaba años sin ver a Claire; su separación no había sido amistosa precisamente. Después de tranquilizarse, salió del baño y llamó a CC desde la portical.

—¿Qué desea? —preguntó la operadora.

—¿Tenemos información sobre la muerte de Claire Mutsuraga?

—Ahora mismo lo compruebo, Ishimura-san. ¿Qué tal va su día?

—Inmejorable. ¿Y el suyo?

—Cualquier día pasado al servicio del Emperador es glorioso —respondió con voz afable—. No hay nada sobre la muerte de ninguna Claire Mutsuraga, aunque en Los Ángeles hay cinco mujeres vivas con ese nombre. ¿Busca a alguna en concreto?

—A la hija del general Kazuhiro Mutsuraga.

—Veo su dirección y su información laboral, pero no hay obituarios ni informes de defunción.

—¿Y si ha ocurrido hace poco?

—Nuestra información se actualiza horariamente, pero no veo nada.

—¿Puede ponerme con ella?

—¿Es un asunto milit...?

—Sí —interrumpió Ben, impaciente.

—Necesito su código de autorización para...

—Olvídelo —dijo Ben, pensándolo mejor—. ¿Sabe dónde está su padre actualmente?

—El general Mutsuraga se encuentra en paradero desconocido.

—Gracias —dijo Ben, y colgó.

Volvió a pensar en Claire y supo que necesitaba otra copa. Corrió de vuelta con Tiffany. La actuación del danzarín de espadas había terminado, y ocho acróbatas bajitos presentaban un número con osos panda. Una mujer se quemó todo el cuerpo, que quedó como un dibujo al carboncillo con las articulaciones descascarilladas y las venas como cañerías rotas envueltas en abalorios. Ben se bebió la copa de un trago.

—¿Qué pasaba? —preguntó Tiffany—. Has tardado media hora.

—La camarera ha intentado acostarse conmigo —mintió; le parecía suficientemente indignante para resultar verosímil.

—¿Has aceptado?

—¿Lo dices en serio?

—Sí, completamente. No me molestan esas cosas. De hecho, resultan halagadoras.

—¿Qué tiene eso de halagador?

—Hace falta mucho valor para intentar ligar contigo delante de mis narices.

—O ser muy estúpida.

—Sabes que no voy a irme contigo esta noche, ¿verdad?

—Sí. Lo de todas las noches. ¿Y después?

—Búscate otra chica.

—¿Ya tienes otro chico esperando?

—¿Te molesta?

—En absoluto.

—Entonces, ¿qué te preocupa?

—Los fantasmas —respondió Ben.

Un hombre se dejó ahogar en el escenario, boqueando hasta morir de asfixia, solo para que lo reanimaran al cabo de un momento. Ben se sintió identificado.

2.12

Tal como imponía la costumbre, los agentes de la Oficina de Censura de Santa Mónica celebraban una ceremonia nocturna con abundante sake, para festejar los ascensos que se anunciarían oficialmente después de las conmemoraciones. Estaban en un restaurante llamado Hakodate, famoso por las ostras y las orejas de mar. Las tres plantas inferiores estaban abiertas al público y las dos superiores se reservaban para ceremonias privadas. Los suelos eran de tatami y todo el mundo se descalzaba. Había sesenta asientos en la mesa, y Ben estaba a punto de entrar en busca del suyo cuando lo interceptó un edecán del general Hirota.

—¿Podemos hablar un momento? —le preguntó.

En una sala adyacente, el ayudante, un teniente teñido de rojo, hizo una reverencia y dijo:

—*Sumimasen*. Se ha decidido que siga siendo capitán durante este ciclo.

Ben tardó un momento en procesarlo.

—¿Qué ha pasado? Creía que era una formalidad.

—No tengo todos los detalles. Le agradezco su comprensión.

—¿He ofendido a alguien? ¿He cometido alguna transgresión sin darme cuenta?

—Una vez más, lo siento. Solo le transmito la noticia.

—Supongo... —Ben se agitó, intranquilo—. Supongo... Supongo que debería irme a casa.

—Se ha solicitado su presencia en la ceremonia.

—¿Por qué? No van a ascenderme.

—Quedaría en mal lugar si se marchara nada más llegar.

—Quedaré en peor lugar si no me voy —espetó Ben.

—Está levantando la voz —le comunicó el teniente; las paredes eran de papel—. El departamento quedaría en mal lugar si usted se marchara.

Ben hacía lo que podía por contener el temblor de las manos. El semblante inexpresivo del teniente lo sacaba de quicio más aún.

—Parece que no tengo otro remedio.

El teniente lo condujo al final de la larga mesa. Todos los que iban a recibir el ascenso se habían sentado cerca del teniente general. Ben estaba en el extremo opuesto, ya que los asientos se asignaban por rango y el suyo era de los más bajos. Allí había dos jóvenes suboficiales recién graduados que se inclinaban ante todos los superiores. Cuando Ben se sentó con ellos no le hicieron ni caso.

No le gustaba nada sentarse en el suelo; le dolía el culo. Entró el teniente general Hirota, director de la Oficina de Censura de Santa Mónica; todos se levantaron e hicieron una reverencia.

—Este es un gran día —anunció. Miró con orgullo a los que estaban a punto de recibir el ascenso y les indicó por señas que se sentaran—. Solo existen dos relaciones sagradas e inviolables: la de los siervos con su Emperador y la de los padres con sus hijos. Ustedes han realizado un trabajo sobresaliente al servicio del Emperador.

Bebieron chupitos de sake hasta que el eritema les impregnó el rostro de rojo acetaldehído.

Se entregaron cuchillos ceremoniales a los veintitrés ascendidos. Estos se hicieron un corte en la mano, vertieron unas gotas de sangre en sus respectivos vasos y las mezclaron con el sake especial, el tokutei mesho-shu. Un brindis de sangre: así se llamaba la mezcla de plasma y arroz fermentado. Geishas de uno y otro sexo interpretaban una soporífera canción bailada que escenificaba la victoria de Japón sobre los Estados Unidos de América, así como los grandes sacrificios realizados por el Imperio en aras de la protección del mundo frente a la tiranía y el caos de la república.

—«Peligro amarillo nos llamaban —cantaba una mujer—, aunque nuestra piel no es amarilla. Nos robaron con el Tratado de Portsmouth, pese a que habíamos sacrificado nuestras vidas combatiendo a los rusos.» —Y seguía y seguía. El tono agudo laceraba la mente ebria de Ben, así como su ego. Ni siquiera las ostras, preparadas a la perfección, lograban disipar su descontento.

Al final se llevaron en andas a los ascendidos a otra ceremonia privada llena de pompa, libertinaje y letanías sintoístas, que les impediría pegar ojo hasta la mañana siguiente. Aunque era una semana festiva, seguirían cansados en la celebración del 4 de Julio, el aniversario de la victoria imperial y el nacimiento de los Estados Unidos de Japón. Ben lo sabía porque lo había vivido diez años atrás, cuando lo ascendieron por última vez.

—Estos jóvenes oficiales son nuestro futuro —afirmó el teniente general Hirota, y siguió con un discurso grandilocuente sobre lo importantes que eran. El malhumorado tirano cuyas cejas de halcón tenían aterrorizados a innumerables oficiales de rango bajo se comportaba esa noche como un abuelo jovial—. ¡Brindemos por ellos!

—*Kanpai!* —gritaron todos, y apuraron sus vasos de un trago.

El de Ben estaba vacío; no quería brindar por ellos. Se miró el reloj.

—¡Otro! —ordenó el teniente general, y levantó el vaso mientras camareros y camareras servían más bebida. Ben no podía eludir el brindis esta vez—. Que inspiren a las nuevas generaciones para servir al Emperador con más fervor y valentía.

—*Kanpai!*

Seis *kanpais* después, el comportamiento habitualmente severo del teniente general se había convertido en cantos. Su ayudante, junto con una geisha, lo acompañó a la salida. Todos se levantaron para hacer una reverencia, que mantuvieron durante el minuto aproximado que tardó en marcharse. La fiesta había terminado.

Ben se frotó las caderas. Odiaba el dolor acumulado en músculos y huesos. Salió a trompicones, demasiado borracho para prestar atención al restaurante y, ya puestos, a su entorno. Necesitaba un taxi y estaba esperándolo en la calle hasta que, de algún modo, se encontró sentado en un bar. Había peces radiactivos de un brillo sobrecogedor nadando en un acuario.

—Proceden de los mares que ocupan el espacio de Oregón y el norte de California —dijo una mujer. Era delgada, con el pelo morado y joyas por toda la cara.

—¿Quién eres?

—He actuado en la ceremonia —respondió.

—No te reconozco.

—Porque me he quitado la peluca y el maquillaje. Hacía de Kanji Ishiwara.

—Encantado de tomarme una copa con el liberador de Manchuria. ¿Qué hago aquí?

—Te has desmayado en la calle.

No se acordaba.

—Normalmente aguanto mejor la bebida. —Pidió un vaso de agua—. Gracias por ayudarme. Si pudieras echarme una mano para coger un taxi, estaría doblemente agradecido.

—¿Cuántos años tienes? —preguntó la mujer, y lo cogió de la mano.

—Casi cuarenta.

—Eres mono para tener cuarenta años.

—¿Cuántos tienes tú?

—Adivínalo.

—Estoy demasiado borracho para adivinarlo y no quiero ofenderte —dijo Ben.

—¿Ofenderme?

—Hoy es un día muy raro y tengo las aptitudes sociales bajo mínimos.

—Para mí, todos los días son raros. No te preocupes; eres demasiado mayor para ofenderme. —Aquello le dolió y lo serenó a la vez.

—No soy tan viejo.

—Vamos a buscarte un taxi.

Lo ayudó a salir. No había ningún taxi a la vista; solo los tendones índigo de los neones y la marea de coches que avanzaba a velocidad masoquista, con los motores alimentados silenciosamente por la electricidad. Todos conducían por la derecha, aunque normalmente era una costumbre de las islas.

—¿Te duelen esos aros de la nariz? —preguntó Ben.

—Son muy cómodos. Me siento desnuda sin ellos.

—Para actuar te los quitas, ¿no?

—Entonces llevo una máscara distinta. ¿Siempre eres tan parlanchín?

—Solo con los desconocidos —replicó Ben.

—No me gustan los hombres que hablan mucho.

—¿Por qué no?

—Porque no.

—Suenas enfadada.

—Esperaba que fueras más callado —dijo sacudiendo la cabeza.

—¿Y eso?

—Casi todos los hombres mayores que he conocido son aburridos. —Se encogió de hombros.

—Culpable. Sobre todo esta noche —añadió al recordar la ceremonia y después a Claire—. Gracias por tu ayuda.

—De nada. Nos vemos.

La mujer sacó la portical y abrió un juego mientras se alejaba. Ben reconoció la música.

—¿Estás jugando al *Honor of Death*? —dijo Ben.

—¿Lo conoces? —Se volvió.

—En el trabajo tengo que jugarlos todos.

—¿Se te da bien?

—No se me da mal.

—Nadie me ha vencido nunca en un combate.

—Si no estuviera tan borracho, podría cambiar eso —dijo Ben—. Me conozco todos los trucos; podría enseñarte unos cuantos.

—Buen intento.

Se marchó, absorta en el juego.

Ben llamó a Tiffany, pero tenía la portical apagada. Le mandó un mensaje: «Espero que estés divirtiéndote más que yo.» Miró el reloj; ya eran las cuatro y veintidós de la madrugada. En unas horas empezaba a trabajar. El alcohol le hacía sentirse un muñón de persona, cauterizado y recosido, un maniquí sujeto por débiles vendajes. Se dispuso a entrar en un motel para desmoronarse, pero pasó un taxi por casualidad y lo paró.

Volvió a pensar en Claire. Había sido como una hermana para él, más noble, más honorable, que se resistía a tomar el camino fácil y débil de la desilusión. La deslumbrante llamarada de su idealismo era tan pura que habría quemado hasta al sol. Dio su dirección al taxista, que preguntó:

—¿Una noche larga?

Habría contestado si no se hubiera dormido ya.

8.39

No dejaba de sonar la alarma, aunque ya había intentado pararla cuatro veces. «¿Para qué madrugo?», se dijo. El recuerdo de los brindis por los recién ascendidos lo sacaba de quicio. Apartó la manta de un tirón y se levantó.

Ben vivía en un piso espacioso lleno de cuadros americanos antiguos. Las paredes blancas estaban cubiertas de retratos de vaqueros, soldados muertos y dinosaurios; todos los oficiales del EIJ recibían su tajada de arte americano. El suelo de tarima estaba inmaculado, y bajó un tramo de escaleras para llegar a la cocina, donde la criada, una anciana china, le había dejado el desayuno. Bebió un par de tragos de sopa miso, dio un bocado al beicon y se comió dos rollitos de pepino. Después se puso el uniforme azul que usaban todos los servicios diplomáticos de los Estados Unidos de Japón.

—Tiene que comer más —dijo la criada.

—La báscula no está de acuerdo. —Ben se palmeó la barriga y se apoyó en la encimera. Le daba vueltas la cabeza—. ¿Puede traerme un vaso de agua?

Tras bebérselo cogió la chaqueta que había colgado de la armadura de samurái que tenía junto a la puerta, de aspecto convincentemente envejecido a pesar de estar chapada en titanio; el regalo que hacían a todos los graduados de la Academia Militar de Berkeley. Salió del piso, que estaba en la planta cincuenta, y bajó en el ascensor de alta velocidad. Al otro lado de la calle había un precioso parque que bullía de niños. Entró en el metro en Broadway. La estación estaba inmaculada. En las paredes había paneles conectados a la red de portical que emitían los noticieros de la California Nippon News; se cumplían cuarenta años de la Gran Guerra del Pacífico y casi todos hablaban de los monumentales sacrificios realizados en ella. A continuación pasaron a informar de las grandes victorias de las fuerzas japonesas en Vietnam. «Pronto estarán aniquilados los rebeldes», aseguraba un general.

Había limpiadores públicos barriendo la estación, y Ben pagó tres yenes por una lata de zumo de naranja. Al pasar frente a una imagen holográfica del Emperador se inclinó como todos los demás. El Emperador llevaba la ropa ceremonial, aunque la máscara de dragón carmesí impedía que el pueblo llano le viese la cara. Ben se aseguró de que la inclinación fuera bastante profunda y de mantenerla el tiempo suficiente, ya que las cámaras registraban la impaciencia y la falta de respeto para retransmitírselas a las autoridades competentes. Del mismo modo, muchos civiles se inclinaban ante él para mostrarle respeto como oficial del Ejército. El tren llegó a tiempo, a las nueve quince exactamente, y aunque la estación no estaba tan llena como habría estado en hora punta un día laborable, seguía habiendo cientos de viajeros. Ben ocupó uno de los asientos adyacentes a la puerta, reservados para los japoneses puros y los mandos militares. Independientemente de su origen étnico, muchos viajeros estaban inmersos en su portical, jugando a solas, ya que era de mala educación charlar con los amigos en el metro. Una agradable voz femenina automatizada informó en inglés y japonés de que la siguiente y última parada era la calle 3 de Santa Mónica.

El tren subió a la superficie. Grandes rascacielos se alzaban a lo lejos. Los mechas, soldados robóticos tan altos como los edificios, custodiaban los cielos en busca de enemigos procedentes del exterior y el interior. Ben tenía la portical sincronizada con la California Nippon News, y la gobernadora Ogasawara presentaba el informe anual sobre el estado de la Unión. «La criminalidad es la más baja del hemisferio occidental y la polución es prácticamente inexistente —afirmaba mientras se mostraban imágenes de Nueva Berlín e Hitlérica, con sus ciudades contaminadas por los vehículos que aún usaban gasolina; en los Estados Unidos de Japón, todos eran eléctricos—. Nuestra industria de SKE —Sistema de *Kikkai* Eléctrica— está en pleno apogeo y, pese a los esfuerzos del ministro alemán Goebbels de convertir Nueva Berlín en la capital mundial del entretenimiento para porticales, Los Ángeles mantiene su supremacía con más de mil distribuidoras.»

El tren se detuvo y Ben se apeó en la calle 3, que era la última parada de la línea 196. Los limpiadores recogían la basura. Unos cuantos civiles se inclinaron ante él, y saludó a varios policías de servicio con leves movimientos de cabeza. Subía a la plaza por las escaleras mecánicas cuando le salió una música del bolsillo. Sacó la portical y abrió las solapas.

Era Tiffany Kaneko.

—¿Mala noche? —le preguntó.

Ben le explicó a grandes rasgos lo ocurrido en la ceremonia.

—No te lo tomes como algo personal —dijo ella.

—¿Y cómo quieres que me lo tome?

—No pienses en ello. Sé un poco más como Saigo.

—¿Quién?

—El último samurái, durante la Restauración de Meiji. Le daban igual las recompensas, el rango y el título.

—¿No fue el que murió rebelándose contra el Gobierno? No deberíamos mencionar su nombre por portical.

—No te preocupes; es un héroe.

—Cosa que yo, desde luego, no soy. ¿Lo pasaste bien anoche?

—Se podría decir que sí —contestó Tiffany, sin entrar en detalles—. Suenas cansado.

—Es increíble la facilidad con que me emborraché. Unos cuantos chupitos no suelen bastar para tumbarme.

—Cosas de la edad.

—¿La edad? Solo tengo treinta y nueve años —protestó Ben.

—¿Solo?

—Muy graciosa.

—¿Quieres que deje de traerte la crema antiarrugas? —bromeó Tiffany.

—¿Quieres ir esta noche a las carreras, o no?

—Es muy eficaz para la piel.

—No parece que tengas muchas ganas de ir a las carreras.

—No seas tan susceptible —dijo Tiffany, riendo—. ¿Tienes las entradas?

—Asientos de tribuna. Esta noche vas a ver los hidroplanos de Sollazzo y Chao.

Tiffany soltó un silbido de alegría.

—Llevo siglos deseando verlos —dijo.

—He leído tus semblanzas de uno y otro.

—¿Qué te parecen?

—Que se te da de maravilla.

—Más bien que me pasé tres noches seguidas reescribiéndolas una y otra vez.

—Después vamos a jugar al go, ¿no? —dijo Ben con una sonrisa.

—Mientras a tus amigos no les importe perder dinero...

—El dinero es la última preocupación de mis amigos.

—¿Y tú? ¿Cómo te sientes?

—Nunca apuesto tanto.

—Me refiero al ascenso.

—Ya lo sé. No tengo muchas opciones, ¿no? —Era la respuesta más contundente que podía dar.

—¿Quieres que investigue un poco y pregunte por ahí?

—No —dijo Ben—. Intento no pensar en ello.

—Luego te ayudo a olvidarlo.

—¿Cómo?

—Tengo mis métodos —dijo con un guiño lascivo.

—Ya he llegado —dijo Ben, riendo—. Te llamo más tarde.

Tiffany besó la pantalla. Ben entró en el gran edificio acristalado con el emblema de Taiyo Tech en la fachada. En el vestíbulo había un intrincado jardín de piedras y una catarata. Gente con traje de chaqueta y uniforme militar iba y venía. Se inclinó ante unos cuantos y otros se inclinaron ante él. Atravesó la puerta del detector, y su identidad se comprobó automáticamente en el código de barras de su tarjeta de acceso. Tras los mostradores, un grupo de agentes de seguridad contrastaba identidades y fotos antes de franquear la entrada. Cuando Ben se dirigía al ascensor se le acercó una mujer rechoncha a la que no reconocía. Era eurasiática, aunque resultaba difícil determinar exactamente de qué zona. Llevaba el pelo corto, desigual, los labios pintados de rojo oscuro y unas pestañas violeta que parecían arañazos en las mejillas pálidas.

—Buenos días, Beniko Ishimura —saludó en tono sombrío.

—¿Qué desea?

—¿Está ocupado?

—Siempre lo estoy, pero puedo sacar tiempo si es importante.

—Vamos a hablar a su despacho.

—¿A mi despacho?

La mujer sacó una placa que hizo encogerse a Ben. Era Akiko Tsukino, de la Tokubetsu Koto Keisatsu, comúnmente abreviada Tokko: la policía secreta japonesa. Se le hizo un nudo en la garganta. Se dirigieron al ascensor; solo subieron ellos dos.

Ben se devanó los sesos en busca de cualquier desliz que pudiera haber dado pie a una visita de la Tokko. ¿Había olvidado pagar algún soborno? ¿Alguna amante había informado de algo que hubiera dicho en sueños? No podría ser por el comentario de Tiffany sobre Saigo, ¿verdad? Después se preguntó si no lo habría denunciado el teniente de la noche anterior por manifestar su descontento al enterarse de que no iban a ascenderlo.

—¿Qué tal va su día? —dijo, y de inmediato se sintió estúpido por ello. La mujer hizo caso omiso de su pregunta.

—¿Por qué preguntó anoche por Claire Mutsuraga?

—Es... Es una vieja amiga —respondió Ben, sorprendido.

—Preguntó concretamente si había muerto. ¿Por qué?

—Oí un rumor estúpido. Da igual.

—¿Qué relación tiene con ella?

—Ya se lo he dicho: es una vieja amiga. Serví a las órdenes de su padre y era como una hermana pequeña para mí.

—¿Cuándo habló por última vez con el general Kazuhiro Mutsuraga?

Ben dudó. ¿La mujer sabría que el general se había puesto en contacto con él? No era posible que hubieran rastreado al mensajero, a no ser que se tratara de una prueba de lealtad desde el principio.

—Anoche. —Dijo la verdad, con la esperanza de que la amenaza del mensajero solo fuera aplicable a la noche anterior—. Llevaba siete años sin hablar con él.

—¿Qué le dijo?

—Que Claire había muerto.

—¿Algo más?

—Que me encargase de su entierro.

—¿Algo más?

—No que yo recuerde.

—Piénselo detenidamente —dijo la agente Tsukino.

—Eso hago. La conversación fue muy corta.

—¿Comentó dónde estaba o adónde iba?

—No. Fue muy críptico.

—He examinado el registro de su portical y no figura ninguna llamada.

Ben le explicó lo del «teléfono de carne».

—Es un método de comunicación bastante raro —dijo la mujer.

—Toda la llamada fue muy rara.

—Hace un mes cursó un informe sobre dos sospechosas.

—El mes pasado cursé un montón de informes.

—Uno de ellos estaba relacionado con Claire Mutsuraga.

Tan solo la semana anterior habían pasado miles de informes por sus manos. Un mes era una eternidad.

—¿La misma Claire Mutsuraga? —preguntó él, aunque la respuesta era evidente.

—Sí.

—¿Qué decía el informe?

—Que se cuestionaban la capacidad sexual del Emperador, ya que no ha sido capaz de engendrar un heredero.

—Tengo entendido que muchos hombres tienen ese problema, a causa de la radiación atómica.

—El Emperador no es un hombre.

—Lo sé, y no lo insinuaba —se apresuró a asegurarle Beniko, reprendiéndose por el desliz.

—Explíqueme qué hace aquí. —La agente parecía enfadada—. Los juegos no son mi especialidad.

Normalmente, antes de visitar a una persona, los agentes se informaban a fondo sobre ella. ¿Pretendería pillarlo en alguna contradicción? «Cíñete a los hechos —se dijo Beniko—. Sin exageraciones.»

—Las tres plantas que hay justo encima del vestíbulo se dedican a la creación de contenidos y es donde se elaboran los juegos para portical —explicó Ben—. En cada planta hay un equipo de unos cien diseñadores, artistas e ingenieros, que trabajan en distintos campos. Las quince plantas superiores forman parte de la Oficina para la Protección del Pensamiento Moral. Estoy... Estoy a cargo de la décima.

En la décima planta, las mesas estaban dispuestas en veinte hileras de cuarenta puestos. Había porticales en todos los cubículos, tres pantallas por estación.

—Todos están conectados al SKE —prosiguió Ben—, y nuestros trabajadores criban miles de comunicaciones diarias en busca de indicios de deslealtad. Se aplican filtros a las comunicaciones privadas, a los mensajes, a las citas, a lo que se dice en sueños, a cualquier cosa que pueda despertar sospechas. Se combinan el cifrado técnico, los rastreadores de audio, el reconocimiento de expresiones y el análisis del tono para descubrir posibles traidores. El personal de esa planta es funcionariado civil en su mayoría. Contamos con especialistas técnicos, pero normalmente se emplean como recursos compartidos.

»Nuestra sección abarca los sectores 550 a 725 —continuó Ben, y señaló las distintas posiciones—. Estas secciones corresponden a zonas determinadas de Los Ángeles. Lo controlamos todo, pero nos centramos en los juegos, sobre todo en las decisiones que toma la gente al jugar y a sus respuestas en texto. Hemos pedido a los diseñadores que incluyan ramificaciones con un potencial de deslealtad, para identificar a quienes tomen esos derroteros.

—¿Ramificaciones desleales?

—Supongamos que un espada está luchando por su Emperador y se le presenta la oportunidad de unirse a un grupo de rónins errantes descontentos con la falta de trabajo. Si un jugador elige unirse a los rónins, lo señalamos e investigamos el resto de su registro para ver si en su formación, en sus informes sociales y en sus estados financieros hay algo que pueda indicar un descontento más profundo.

Seré sincero: la mayoría de los informes no llega a ningún sitio. Los jugadores descargan su frustración de formas extrañas.

—¿Ve con buenos ojos a aquellos que puedan estar resentidos con el Emperador?

—Por supuesto que no, pero parte de mi trabajo consiste en distinguir entre un jugador que quiere desahogarse y otro que en realidad planea algo.

—Me sorprende que un hombre con su reputación de lealtad incuestionable no considere que todas esas acciones tienen ideas sediciosas de base. En una antigua religión americana existía el dicho: «Si la mano derecha te hace pecar, córtatela.»

Ben hacía todo lo posible por ocultar la frustración que le provocaban sus respuestas nerviosas.

—¿Quiere un té? —preguntó mientras entraban en su despacho—. Tengo da hong pao importado expresamente del monte Wuyi. Cuesta una fortuna, pero vale la pena: es el mejor té que he tomado nunca.

Su despacho estaba en una esquina, y las cristaleras proporcionaban unas magníficas vistas del mar. De las paredes colgaban pósters de estilo *ukiyo-e* de algunos juegos en los que había trabajado. La mesa era de caoba, decorada con kanjis que narraban la historia de Taiyo Tech.

La mujer se sacó del bolsillo una pistola plateada. De la culata sobresalía una cápsula de vidrio llena de un líquido verde.

—¿Había visto alguna vez una de estas? —preguntó.

—No —confesó Ben.

—Es una pistola vírica que reescribe la historia de la sangre. Si le disparara con ella, en cinco minutos sería irreconocible.

—No parece muy agradable.

—No lo es ni por asomo. Lo desarrollaron nuestros científicos de la Eastern Coprosperity Sphere.

—¿Para Vietnam? —preguntó Ben. Miró la vitrina de las espadas ceremoniales que había recibido al llegar a oficial, intentando no prestar atención a la pistola. La mujer asintió.

—¿Por qué se resiste la gente cuando sus esfuerzos son fútiles? —preguntó.

—Porque está loca —respondió Ben.

—Lo dice el hombre que denunció a sus propios padres cuando intentaron cometer traición contra el Imperio.

Los ojos de Ben vagaron un momento, e intentó que su respuesta no sonara enlatada:

—Soy leal al Emperador y a nadie más. Cualquier persona que ponga en entredicho al Emperador está loca.

—¿Qué ha sabido del general Mutsuraga estos últimos años?

—Poca cosa. Lo ha pasado mal desde que falleció su mujer.

—Llevamos un tiempo tras su pista.

—¿Por qué? ¿No se había jubilado?

—Tiene relación con un juego que estamos investigando.

—¿Qué juego?

—¿Qué sabe sobre los restos de la sociedad americana? —preguntó Akiko.

—Está Colorado, pero es un páramo. Los últimos vestigios se ocultan en las Montañas Rocosas. Se dice que tienen ciudades subterráneas y la gente se mata entre sí por cualquier cosa. He visto a padres, aquí, amenazar a sus hijos con abandonarlos entre los monstruos americanos si se portan mal.

—Es un hervidero de disidentes —confirmó la agente—. Si los alemanes no hubieran pedido la moratoria nuclear, lo habríamos volado hace mucho.

—¿Mutsuraga tiene alguna relación con Colorado?

—No con Colorado. Con San Diego. Un grupo con el que usted está familiarizado.

—Los George Washingtons —dijo Ben, y sintió que se le erizaba el vello de los brazos.

—Usted luchó contra ellos.

—Hace diez años.

—Uno de los pocos conflictos en los que no salimos victoriosos. Esencialmente, nos derrotaron porque consiguieron hacerse con armas atómicas —dijo Akiko.

—Fue una guerra muy sanguinaria. Murieron muchos buenos oficiales.

—Usted sobrevivió.

—Yo era un oficinista con ínfulas; apenas tomé parte en los combates.

—Las cosas no han cambiado mucho, ¿verdad?

—Mutsuraga odiaba a los Washingtons —dijo Ben, pasando por alto la pulla—. Es imposible que tenga ninguna relación con ellos.

—No subestime nunca la locura. Mutsuraga ha contribuido a la distribución entre los ciudadanos de los Estados Unidos de Japón de un juego sedicioso que desarrolló en San Diego, creo, con lo que queda de su lastimosa resistencia. Por desgracia, se ha popularizado bastante, y hasta se dice que en Colorado se juega asiduamente.

—¿Qué juego? —preguntó, aunque sabía que nunca era aconsejable mostrar abiertamente interés por productos que no fueran japoneses.

—Se llama *United States of America*, abreviado *USA*. Representa un mundo ficticio donde los americanos ganaron la guerra e intenta enseñarles a ganar ahora, mediante un simulador. Indignante desde cualquier punto de vista. ¿Ha oído hablar de él?

—Sí.

—¿Por qué no informó?

—Lo hice, constaba en uno de mis resúmenes, pero cuando me enteré de su existencia no sabía aún cómo se llamaba.

—Entonces, ¿sabe de qué va?

—Por encima. Estoy de acuerdo en que es indignante. ¿De dónde saca que lo desarrolló el general?

—Tal como le he dicho, estamos tras su pista —dijo la agente Tsukino—. El juego tiene su impronta. Tengo entendido que usted fue un buen diseñador en sus tiempos.

—No era malo.

—Trabajó con Mutsuraga en Juegos Bélicos.

Ben recordó el tiempo que había pasado en San Diego e inspiró a fondo varias veces para tranquilizarse.

—Dé instrucciones a su departamento de pasar el resto del día rastreando a cualquier persona relacionada con la familia de Mutsuraga —ordenó la agente Tsukino.

—De acuerdo.

—También quiero que me acompañe al piso de Claire Mutsuraga.

—¿Yo? —preguntó sorprendido—. ¿Por qué?

—Porque su padre estaba en lo cierto. Claire Mutsuraga se hizo el *jigai* ayer por la tarde.

El *jigai*, el suicidio ritual consistente en degollarse. Ben se puso blanco al imaginar el cuchillo hundiéndose en el cuello de Claire.

—¿Dejó alguna nota?

—No —dijo Tsukino—. Aún estamos investigando el asunto. Llevábamos tiempo vigilándola, pero no habíamos hecho nada porque esperábamos que nos condujera a su padre. Ahora que ha muerto, necesito que alguien inspeccione su portical.

A Ben le costaba articular palabra, pero recuperó la compostura al captar la mirada impaciente de Akiko.

—¿Cuándo vamos?

—En cuanto haya impartido las órdenes para su departamento.

Beniko pulsó unos cuantos botones de la portical y escribió las instrucciones.

—Ya está —anunció.

—¿Lleva la pistola?

—¿La necesitaré? La verdad es que no sé si la tengo aquí. Llevo siglos sin usarla.

—Búsquela.

9.38

El coche de la agente Akiko Tsukino era triangular y compacto, como casi todos los coches eléctricos de la carretera. Como las puertas eran transparentes, desde ciertos ángulos parecía que flotaban en el aire. Ben esperaba que el vehículo tuviera instrumental de vigilancia, pero no había nada digno de mención, ni siquiera adornos ni detalles que le dieran una idea de las afinidades de su propietaria. Akiko conducía a una velocidad constante de cuarenta kilómetros por hora, igual que los centenares de coches que circulaban a su alrededor. Los grandes rótulos de los rascacielos parecían muertos sin el neón. Ben se revolvió en el asiento, miró a la derecha y vio un enorme anuncio de la nueva galería de arte alemán.

—Siempre me he preguntado por qué los alemanes conducen por el lado que no es —comentó Ben. Akiko se encogió de hombros.

—Lo hacen todo al revés que los demás.

—¿Por qué no usa la portical para conducir?

—Me gusta tener el control —dijo, y aferró el volante con más fuerza.

—Pero la portical puede calcular perfectamente las velocidades y los ángulos de cada permutación, y...

—No voy a poner mi vida en manos de una portical

—interrumpió Akiko—. ¿Cuánto tiempo lleva trabajando en Taiyo?

—Ocho años.

—¿Es normal que un hombre conserve tanto tiempo el cargo de capitán? Solo por progresión natural debería ser comandante o coronel.

Ben se habría mostrado de acuerdo, pero sabía que debía ser prudente.

—Depende.

—¿De qué?

—¿De la política, tal vez? —aventuró—. Creía que iban a ascenderme anoche; eso me habían dicho unos amigos, pero no fue así. No sé por qué y tampoco me interesa demasiado. Estoy satisfecho en mi cargo y cumpliré mi deber, sea como capitán, sea como suboficial. ¿Y usted? ¿Cuánto tiempo lleva en la Tokko?

—Cinco años —contestó volviendo la cabeza.

Ben se preguntó qué edad tendría, pero decidió que era mejor no indagar.

—Estudió en la Academia Militar de Ludología de Berkeley —afirmó ella.

—Hace casi veinte años. ¿Por qué?

—Yo también.

La AMLB, la Academia Militar de Ludología de Berkeley, estaba construida sobre los restos de la ciudad, reconvertida en instituto militar. Dado que San Francisco estaba abandonada en su mayor parte pero los edificios seguían intactos, era el lugar perfecto para simular batallas. Allí estaba también una de las mejores escuelas de pilotaje de mechas, que usaba la bahía para las prácticas. La propia Berkeley estaba deshabitada, salvo por los alumnos de la Academia y el contingente de comerciantes civiles que los aprovisionaba.

—¿Qué tal andan las cosas por Berkeley? —preguntó Ben.

—Se está ampliando.

—¿Sigue existiendo ese restaurante coreano del gueto asiático? Iba mucho a tomar sopa de kimchi.

—No tengo ni idea —respondió Akiko.

—¿Qué restaurantes le gustaban?

—Me comía lo que sirvieran en las cantinas.

—Déjeme adivinar: estuvo entre los primeros de su promoción.

—Fui la novena. —Ben se sintió impresionado. La AMLB seguía siendo una de las principales instituciones de formación, superada solo por la Academia Militar de Tokio—. ¿Y usted?

—Quedé bastante más abajo. En el puesto seiscientos ochenta y dos. —No añadió que eran seiscientos ochenta y cuatro en total.

—Qué desastre.

Ben se echó a reír.

—No debería haberme matriculado. Una junta militar decidió que merecía una oportunidad y presentó una solicitud de matrícula extraordinaria. Muchos compañeros me tenían manía porque les parecía que había entrado haciendo trampas.

—Según los informes de sus profesores, pasaba más tiempo persiguiendo a las chicas que estudiando.

—Culpable.

—He examinado los expedientes de sus compañeros de promoción. El suyo es de los menos distinguidos.

—La función de censor es importante.

—Casi todos los que estudiaron con usted sirvieron con honor en San Diego.

—Eran más listos que yo y tenían más talento.

—De todos los oficiales a los que he visitado, ninguno era tan propenso a la autodenostación como usted.

—Soy un evaluador objetivo. ¿Dónde está el piso?

—En el centro. Estamos llegando.

10.15

El centro de Los Ángeles estaba lleno de edificios altos, con una casa consistorial basada arquitectónicamente en el Castillo Imperial de Osaka. Grandes paneles de portical mostraban anuncios y noticias sobre las diversas victorias obtenidas en las empresas bélicas del Imperio. Un mecha de cincuenta metros de altura, con la forma de un hombre vestido de samurái, recorría las calles. Tenía la movilidad limitada para no causar demasiada conmoción al avanzar mediante las grandes ruedas de los pies. Junto al mecha patrullaban soldados con mochilas propulsoras. Ya había varias personas que se dirigían a los restaurantes para comer a primera hora.

La casa de Claire Mutsuraga estaba en un rascacielos de ochenta plantas. Ya había un guardia en la puerta y el interior estaba todo revuelto tras el registro policial. Era un piso de tres dormitorios, con suelos de madera y muebles que sin duda estuvieron inmaculados, aunque la policía había destripado los sofás y los colchones. Había varias estatuas de mármol, refinados cuadros franceses y un holoproyector en medio del salón.

—Bastante lujoso para una estudiante —observó Ben—. Supongo que son las ventajas de ser hija de un general.

Vio una serie de fotos y pósters enmarcados y recordó

el rostro del general. Mutsuraga era el diseñador de juegos como la serie *Honor of Death*, una de las franquicias más célebres entre los usuarios de porticales. Los últimos juegos de Mutsuraga adornaban las paredes: grandes éxitos ambientados en la Insurrección del Arroz china o la Guerra Civil coreana.

—¿Qué relación tiene con el general? —preguntó la agente Tsukino.

—Serví a sus órdenes.

—¿Le gustó?

—Mutsuraga era una leyenda entre los jugadores. Fue un honor trabajar para él. —Se rascó un picor de la muñeca—. Era el oficial más condecorado de su promoción, y nos decían a todos que siguiéramos su ejemplo.

En la pared había fotos del general en su graduación, rodeado de oficiales que lo felicitaban. Nada más salir de la Academia Militar de Tokio, Mutsuraga recibió una invitación para incorporarse al grupo de estudiantes de élite Sumera (un juego de palabras entre *emperador* en japónes y Sumeria, la primera civilización conocida), lo que no era moco de pavo.

—No hizo usted muy buen trabajo —dijo la agente Tsukino—. Cuando era su profesor, el general lo reprendió varias veces por ser vago y poco disciplinado.

—Era muy estricto.

—Lo era porque estaba entre los mejores. Se distinguió por sus servicios en México, y era un táctico sobresaliente.

—Claro. Y después del armisticio fundó Shudarin Design Works y creó algunas de las mejores simulaciones bélicas del Imperio. Todo el mundo quería trabajar en Shudarin, y no solo por la fabulosa paga.

—Entonces, ¿está familiarizado con sus juegos?

—Mucho —respondió Ben—. Colaboré en algunos de ellos. Pequeñeces que se desecharon en su mayoría por tener un código descuidado.

Examinó una foto de Mutsuraga con su hija en una excursión de pesca. Claire tenía un aspecto triste y aburrido.

—He leído los informes de la muerte accidental de su esposa en San Diego —dijo Akiko—. Nuestros soldados bombardearon un mercado civil registrado incorrectamente como un bastión rebelde. Los medios de comunicación dijeron que había sido un ataque terrorista, pero en el Ejército todo el mundo sabía la verdad.

—Fueron unos tiempos de mucha confusión.

—¿Sabía que aquella muerte provocó una tremenda intensificación del conflicto? —preguntó Akiko, no para corroborar los hechos, sino para cotejar sus conocimientos con los de Ben.

—Como he dicho, fueron unos tiempos de mucha confusión.

—Los registros son muy irregulares. Al final depusieron a Mutsuraga, cosa muy infrecuente. ¿Un oficial superior depuesto en plena guerra? Pero no se dan explicaciones. ¿Le gustaría añadir algo a la nota oficial?

—Está hablando de asuntos que sobrepasan mi cargo. Por aquel entonces solo era teniente.

—Y a usted también lo apartaron, junto a Claire.

—El general me pidió que cuidara de ella. Hice lo que pude.

—Unos años después, Mutsuraga intentó desarrollar un juego con un protagonista no japonés; mostraba la invasión de San Diego desde su perspectiva. Era un esfuerzo ridículo por empatizar con los nativos. Había otro juego sobre un piloto kamikaze que albergaba dudas sobre su misión y, en el último momento, decidía no llevarla a cabo.

—No he oído hablar de ninguno de los dos.

—Porque se censuraron —dijo la mujer—. En vez de detenerlo, con el escándalo que habría supuesto, se le presentaron las opciones de jubilarse o hacerse el *seppuku*. Eligió lo primero, para disgusto de muchos de sus superiores. Pero empezó a desarrollar el nuevo juego en secreto.

—¿*United States of America?* —preguntó Ben. Ella asintió.

—Es un cáncer.

—Afortunadamente, hemos erradicado el cáncer.

—Excepto el mental. —Akiko se acercó a una mesa y cogió una portical. Tenía arrancadas las solapas triangulares, lo que significaba que estaba desconectada del SKE—. La portical de Claire Mutsuraga.

Se la tendió a Ben, pero este miraba la cama. Los criminólogos la habían envuelto en plástico para evitar la contaminación.

—¿Lo hizo ahí?

Akiko negó con la cabeza.

—En el baño —respondió. Ben se dirigió allí—. Ya lo han limpiado —añadió Akiko.

Era un cubo alicatado de normalidad, con dibujos de animales peludos en las paredes, toallas secas y pelo acumulado en el lavabo.

—¿En la bañera? —preguntó Ben. Ella asintió—. ¿Hubo algo en su muerte que se saliera de lo normal?

—¿Que se saliera de lo normal?

—Algo que indicase que podría no tratarse de un suicidio.

—No. Lo he investigado a fondo, y los criminólogos también.

Ben se llevó el puño a la boca, cerró los ojos y combatió los recuerdos.

—Merecía algo mejor.

—Ah, ¿sí?

—Sí.

—¿Su relación era de índole romántica?

—¿Qué? No, en absoluto. Ya le he dicho que para mí era como una hermana. Le sacaba muchos años.

—A juzgar por algunas de sus relaciones anteriores, la diferencia de edad nunca le ha parecido un problema.

—¿Quién se encarga de las disposiciones funerarias? —preguntó, haciendo todo lo posible por contener la indignación.

—Parece que usted.

La mente de Ben se remontó a diez años atrás, cuando Mutsuraga le pidió que cuidara de Claire, en San Diego. Eso ocurrió antes de que todo se fuera al infierno, cuando ella aún podía escabullirse por las noches y estar a salvo. Ben daba por supuesto que se reunía con algún amante o salía de fiesta por San Diego. No esperaba encontrarla en un auditorio lleno de americanos que adoraban a su dios cristiano. Claire formaba parte del coro, que cantaba himnos abiertamente. Cuando se unió a la congregación, le dieron la bienvenida diciendo: «Saludos, hermano.»

La letra le pareció ridículamente pueril, con la adulación de un ser ficticio, pero le gustó la melodía. Pedían auxilio a su dios caído. Muchos rezaban en busca de redención, con los brazos levantados en penitencia. Ben se quedó adormilado mientras el cura soltaba un soporífero discurso sobre mostrar amor a los conquistadores japoneses. Interceptó a la salida a Claire, que se inclinó para saludarlo, sorprendida.

—Ishimura-san, ¿qué hace aquí? —preguntó.

La primera reacción de Ben habría sido decirle: «¿Sabes los problemas que tendrías si se enterase tu padre?», pero decidió que sería contraproducente y solo avivaría su rebeldía juvenil.

—Tenía curiosidad por ver qué hacías.

—¿Quiere decir que lo envía mi padre?

—Me pidió que te echara un ojo. —Miró la estatua de Jesucristo en la cruz—. ¿De verdad crees en estas cosas?

—No —respondió Claire, que esperaba una dura reprimenda—, pero tienen un mensaje poderoso.

—¿En qué sentido?

—Nos dicen que amemos a nuestros enemigos; que no paguemos el mal con mal. Si el enemigo tiene hambre, dale de comer; si tiene sed, dale de beber.

—No me extraña que perdieran los americanos.

—Los ganadores no siempre tienen razón —replicó Claire, ofendida.

—Lo siento, pero no entiendo su sistema de valores, de verdad.

—En sus creencias hay cosas que a mí también me parecen increíbles —reconoció Claire, confortada por su tono convincente.

—¿Por ejemplo?

—Jesús dice que hay que perdonarlo todo, pero estoy segura de que hay pecados imperdonables.

—¿Como cuál?

—El asesinato. Los crímenes solo pueden perdonarlos sus víctimas; si la víctima no está viva, el crimen no se puede perdonar.

—Estoy de acuerdo —dijo Ben—. ¿Cómo conociste este sitio?

—Mi madre viene de vez en cuando.

—¿Tu padre lo sabe? —preguntó Ben con los ojos desorbitados. Ella negó con la cabeza.

—Mi madre viene a despejar la mente.

—¿Y sabe que estás aquí?

—No. No está en casa.

—¿Dónde está?

—No lo sé.

Ben se preguntó qué pensaría Mutsuraga si se enterase de que su mujer y su hija acudían a misas americanas.

—Debería llevarte a casa.

Claire no puso objeciones y se dirigió al metro. Ben, caminando junto a ella, se fijó en que tenía la pose, el paso firme y la mirada neutra de su padre. Cuando se acercaban a la estación oyeron una algarabía. Cientos de americanos se manifestaban, y un grupo de soldados japoneses con uniforme antidisturbios bloqueaba la calle. Estaban en formación de falange, con los escudos antepuestos y las armas enfundadas por el momento. Había un mecha dispuesto, sobrevolado por dos aviones de reconocimiento que apuntaban con los focos a la multitud encolerizada.

—¿Por qué protestan? —preguntó Claire.

—Dos soldados han disparado contra un chaval americano. Están muy enfadados; vamos a darnos prisa. —Aceleraron el paso.

—Mi padre dice que debería aprender más sobre programación de porticales contigo —dijo Claire.

—Supongo que podría enseñarte un par de cosas.

—¿Es verdad eso que dicen de ti?

—¿Qué dicen?

—Que delataste a tus padres cuando te enteraste de que iban a traicionar al Imperio.

—Es verdad —respondió Ben sin inmutarse. Claire se detuvo en seco.

—¿Cómo fuiste capaz?

—¿Por qué no iba a serlo? Tenían planes de colaborar con los americanos y revelarles nuestros secretos.

—¿Cómo te enteraste?

—Los oí hablar de ello.

—¿No se te ocurrió preguntarles qué pasaba?

—No creo que me lo hubieran dicho. Escuchaba cuando podía y memorizaba todo lo que decían. No los denuncié hasta que me di cuenta de que estaban verdaderamente dispuestos a seguir adelante.

—Lo dices como si tal cosa. Eran tus padres.

—No fue fácil —dijo Ben; le temblaron los dedos—. Sigo echándolos de menos. Pero tenía que hacer lo correcto.

—¿Cómo reaccionaron tus padres al enterarse?

—No lo sé. Después de denunciarlos no volví a verlos con vida.

—Así que te tomas esto muy en serio, ¿eh? El siervo más leal del Emperador.

—Lo intento —dijo Ben débilmente—. Supongo que cometí uno de tus pecados imperdonables.

—¿Quieres acompañarme a la iglesia la semana que viene y confesarte?

—¿Me tomas el pelo?

—No, qué va. Lo digo en serio.

Oyeron a sus espaldas que las protestas se intensificaban, y sonó un estruendo que parecía una explosión. Claire y Ben bajaron a toda prisa las escaleras del metro. Se habían encendido luces rojas intermitentes, y las puertas se cerraron nada más pasar ellos. Subieron al último metro antes de que se suspendiera el servicio en la estación.

—¿Por qué pierdes el tiempo con esas supersticiones? —preguntó Ben.

—Los elementos que me atraen no son los supersticiosos. Es la forma en que su credo les aporta fuerzas y los mantiene comprometidos con una serie de valores humanitarios y honorables. Me pregunto cómo sería el mundo si los Estados Unidos de América siguieran siendo importantes.

—No todos los americanos son humanitarios y honorables. Y, la verdad, no estoy seguro de que estés a salvo rodeada de disidentes americanos. Sé que aún no ha habido ningún incidente, pero los ánimos se están calentando.

—No saben quién es mi padre y les daría igual si lo supieran. Solo me consideran un vehículo de Dios.

—No todos los americanos son cristianos —dijo Ben, preocupado por aquella actitud—. Muchos usan la religión para organizarse y ocultar sus verdaderas intenciones.

—En el Imperio hay gente que finge servir al Emperador aunque le importa un pimiento. ¿Dónde está la diferencia?

—Solo te digo que tengas cuidado.

—*Arigato* —dijo Claire—. Lo tendré.

En el metro, la joven estuvo viendo las noticias en las pantallas de portical: mostraban las erupciones de violencia de los recientes altercados de San Diego.

—Cada vez que mis padres discuten —dijo Claire de repente—, mi madre se va a llorar a su habitación. Me resulta frustrante. ¿Por qué no planta cara? Sabes lo cabezota que puede ser mi padre; cuando se equivoca, nunca lo reconoce. Un día, cuando llevaba una hora gritando, yo no pude más y fui a decirle a mi madre que saliera a soltarle cuatro frescas.

—Como de costumbre.

—Ya veo que tú también lo oyes todo. Pero ese día la encontré en su habitación leyendo una Biblia que le había regalado su madre. Me dijo que no me preocupara por ella, que había encontrado fuerzas para resistir.

—¿En la Biblia?

—En sus creencias. No conseguía entenderla. ¿Por qué soportarlo cuando se puede cambiar directamente? Fue entonces cuando me habló de los cristianos.

—Ishimura. —Akiko devolvió a Ben al presente.

—Lo siento —dijo al salir del trance.

Aceptó la portical que le tendía Akiko y salió del cuarto de baño. Encendió la pantalla, pero estaba cifrada: solo se veía estática.

—¿No lo han descifrado aún? —preguntó.

—Lo han intentado varios técnicos, pero siempre que le conectan otra portical, la infecta.

—¿Por qué no la envían a Port Techs?

—Tiene un dispositivo de traílla que nos impide sacarla de aquí sin que se autodestruya.

—¿Qué quiere que haga yo?

—Tengo entendido que sabe mucho de porticales.

—No tanto. He...

—No es momento de ser modesto, capitán. —Akiko le puso la mano en el brazo—. Estoy al tanto de su fama de descifrador de claves. Aparte de seducir mujeres, es lo único que se le da bien.

—Esa fama es inmerecida. Me rechazan continuamente.

Sacó su portical y un cable y, dado que la portical de Claire no estaba conectada al SKE, las enlazó directamente.

—Tenga cuidado —dijo Akiko—. Ya hemos perdido una docena de...

—Estoy dentro —anunció Ben.

—¿Cómo que está dentro?

—Ya he descifrado la clave, o al menos la primera capa. La segunda va a ser peliaguda. Tiene algoritmos que alteran las variables con cada intento. Si no se conoce la ecuación en que se basan, las dos porticales sufrirán un cortocircuito.

—¿En cuanto tiempo?

—Tengo treinta segundos antes de que haya que tirar las dos a la basura.

Saltó de número en número, pulsando teclas de su portical, alternando ecuaciones y variables. Su dispositivo le permitía introducir tentativas sin alertar los protocolos de seguridad normales, lo que significaba que podía equivocarse sin activar el mecanismo de autodestrucción. La base matemática no era más que un secreto que debía interpretar; señas e indicadores de prudencia o audacia; saber cuándo contenerse y cuándo lanzarse. La clave estaba en la combinación adecuada de palabras; una mezcla de humor, estupidez supina y afecto. Ben entresacaba las órdenes, desenmarañando con delicadeza pistas silenciosas. La criptografía respondía como accionada por una ganzúa, una línea nítida de añoranza que se desbloqueaba a medida que la sondeaba perforando aquí, apretando allá, ululatos melancólicos, girar hasta acoplar, una simetría de deseo inmerecido.

—Segunda capa descifrada. A ver si hay una tercera...

La había, y en la pantalla apareció una pregunta:

«¿Cuál es el sentido de la vida?»

Estuvo a punto de soltar un «¿Qué?», pero pensó que probablemente provocaría un cortocircuito. ¿Sería una pregunta trampa, o una de esas claves de cifrado subjetivas que captaban las emociones midiendo las longitudes de onda para determinar la sinceridad?

—La desesperación —contestó.

«¿A qué te dedicas?»

Ben ya había puesto en marcha un programa de contraórdenes que intentaría descifrar toda la capa.

—Censuro material sedicioso.

«¿Te gusta "Censuro material sedicioso"?»

—Me encanta.

«¿Por qué?»

Mientras el programa se esforzaba por infiltrarse, Ben tuvo otra idea: si lograba atravesar el cifrado cada vez que se procesaban sus respuestas, podría transferir los datos básicos a su portical.

—Protejo a la gente contra la discordia.

Se oyó un sonoro *bip* que indicaba un error. Akiko observaba atentamente. Ben supuso que si volvía a equivocarse una o dos veces, las dos porticales resultarían destruidas.

«¿Por qué?», repitió la portical de Claire.

—Porque me gusta controlar las cosas.

«¿Existe alguna relación entre "La desesperación" y "Porque me gusta controlar las cosas"?»

—Espero que no.

La portical se apagó y Ben se apresuró a interrumpir la conexión.

—¿Está muerta? —preguntó Akiko.

—Esta sí, pero he transferido casi todos los datos a la mía. —Accedió a la portical duplicada y aparecieron varias órbitas de influencia: comunicaciones con amigos, fotografías, música... Giraban unas alrededor de las otras como los planetas y las estrellas—. ¿Qué quiere que busque? —preguntó.

—¿Cómo ha entrado? —preguntó Akiko, situándose junto a él.

—Es como quedar bien con una chica: basta con ser adaptable.

—¿Lo tiene todo? —preguntó Akiko con impaciencia mientras examinaba las diversas órbitas de influencia, en busca de algo.

—Todo no, pero casi.

Akiko maldijo en japonés entre dientes.

—No está aquí —bufó.

—¿El qué?

La agente pulsó la órbita de fotos y apareció un álbum: amigos en fiestas, bailes, restaurantes, excursiones... Una mujer salía en muchas de las imágenes.

—Tenemos que interrogar a todos sus acompañantes —dijo Akiko—. ¿Puede pasarme las fotos a la portical?

Ben tecleó unas cuantas órdenes en la pantalla.

—Ya está. —Miró a la pared y de nuevo al dispositivo—. Se me escapa algo —añadió.

—¿Qué quiere decir?

—¿A qué vienen tantas medidas de seguridad en la portical si dentro no hay nada de valor?

Ben entró en el dormitorio, observó la alfombra, rebuscó entre los libros y echó una ojeada detrás de la mesa. Algunas plantas parecían móviles e inspeccionó la tierra, pero no había más que raíces. Abrió la ventana y palpó la fachada, más allá de donde alcanzaba su vista. Nada. Se dirigió a las ventanas del salón y repitió el proceso.

—¿Qué busca? —preguntó Akiko.

Ben blandió una tira metálica que había encontrado adherida a la fachada.

—Un dispositivo sincronizador. —Lo introdujo en su portical y apareció una serie de números—. Normalmente, si se superan las medidas de seguridad de la portical que se conecta, se sincroniza directamente y proporciona acceso a los datos que no estén sincronizados. De lo contrario, ni siquiera se nota que no ha habido sincronización, a no ser que se esté buscando. —Apareció una nueva esfera—. Parece ese juego, *United States of America*.

Akiko cogió la portical y pulsó unos botones.

—Mire esta introducción y las vergonzosas exageraciones sobre las bajas americanas —dijo, fuera de sus casillas.

—¿Por qué no lo censuran?

—Lo hemos intentado, pero circula mucho por redes clandestinas y se extiende rápidamente. —Akiko le devolvió la portical a Ben—. ¿Qué es eso de «modo Kami»?

—La creación de mundos —respondió Ben—. Permite modificar y diseñar el mundo con la portical.

—¿Es normal que lo tengan los juegos?

—A veces. Depende del diseñador.

—Si está ahí, ¿eso significa que cualquiera puede coger el simulador del juego y modificarlo?

—En resumidas cuentas.

—Hemos encontrado el juego integrado en varios de los que más se usan —dijo Akiko—. Aunque un censor estuviera examinando un juego que lo lleva, no lo vería si no tuviera los códigos de acceso específicos.

—¿Cómo dieron ustedes con él?

—Podemos ser convincentes —respondió Akiko con una mirada sombría—. Necesito su portical. Tendrá que solicitar otra.

—Siempre llevo unas cuantas de repuesto. ¿Puedo copiar mis datos personales?

—Dese prisa.

Ben organizó su portical y envió los datos a su almacén personal de la *kikkai*. A Akiko le llegó un mensaje.

—¿Ha terminado? —preguntó a Ben después de leerlo.

—Sí.

Akiko le mostró el retrato de la ubicua amiga de Claire.

—Acaban de informarme —explicó— de que la mujer de las fotos es su amiga Jenna Fujimori, sospechosa de colaborar con los americanos. En estos momentos están rastreando su posición. Era la que hablaba con Claire en la comunicación en la que se burlaban del Emperador. Esperamos que pueda decirnos algo más sobre los planes actuales de Mutsuraga.

—¿Qué pasará cuando atrapen al general?

—¿Usted qué cree?

—¿Hay alguna teoría sobre el motivo por el que Claire...? —Miró hacia el baño involuntariamente.

—Quizá no soportara la deshonra de la sedición de su padre.

Mientras se dirigían al ascensor, Akiko volvió a mirar la portical. No había actualizaciones.

—Tengo que comer —dijo.

—Aquí cerca hay una tempurería muy buena.

—Vamos.

11.31

—Estupendo. Llegamos antes de la hora punta —dijo Ben—. Recomiendo la hamburguesa tempurizada clásica. Empapan el pan en salsa de miel y pacanas, y está espectacular. Se pueden pedir con tempura de verdura o de cerdo, aunque a mí me gusta sobre todo la de gambas. Son frescas, y...

—Pida para los dos —dijo Akiko—. Elija usted.

Por dentro, el restaurante estaba pintado con una colorida mezcla de tonos amarillo curry y marrón braseado que le daban el aspecto de un crustáceo frito. Las estatuas de Shrimp Boy, su mascota, les sonreían desde todas las esquinas. En el centro había una zona de juegos infantiles y las paredes estaban cubiertas de grandes pantallas de portical que mostraban a niños y adultos las versiones de dibujos y dramática de la serie Shrimp Boy. Los camareros, disfrazados de gambas rosas, se inclinaron y les dieron la bienvenida en japonés.

—Buenos días, agentes.

Los condujeron a un reservado oculto mediante paneles de *shoji*.

—Es barato, tiene un servicio excelente y la comida es increíble —dijo Ben con entusiasmo. Se descalzaron y se sentaron en el tatami—. Solo hay un sitio que me gusta más

para comer a mediodía; está en Pico y sirven pollo con go-
fres. Es fantástico, aunque también me encantan la salsa ca-
jún y la de cangrejos de esa marisquería de Wilshire.

Akiko sacó la portical y se puso a leer expedientes.

—Tengo una regla —añadió Ben—. Nada de trabajo
mientras se come.

—¿Por qué no?

—Todo el mundo necesita descansar de vez en cuando.

—Los enemigos del Imperio no descansan. Nosotros
tampoco deberíamos. —Y siguió mirando la portical.

—¿Qué es eso tan interesante? —preguntó Ben.

—¿Qué busca? ¿Un intercambio de información inútil?
—Apartó la portical—. ¿Qué quiere saber?

—Algo sobre quién es usted.

—Trabajo siete días a la semana, los terroristas americanos mataron a mi hermano y odio a la gente que me hace
perder el tiempo.

—¿Qué aficiones tiene?

—Perseguir traidores —espetó Akiko—. ¿Algo más?

Las hamburguesas tardaron poco en llegar. Ben pala-
deaba cada bocado, saboreando la combinación de la miel
con las gambas; Akiko masticaba imperturbable.

—Demasiado dulce —dijo tras comerse una cuarta parte, y la dejó.

—La berenjena frita está bastante buena —dijo Ben.

Akiko dio un bocado y lo escupió.

—Demasiado salada.

Cuando Ben iba por la mitad de la hamburguesa, Akiko
preguntó:

—¿Cuánto tiempo más va a pasar comiendo?

—Deme un minuto.

La mujer suspiró y volvió a concentrarse en la portical.
Sonó el timbre y contestó de inmediato.

—Buenos días, general —saludó.

—¿Han avanzado en el caso? —preguntó su superior.

—Un poco. Hemos encontrado pruebas de que Claire Mutsuraga tenía el juego en la portical. Fue complicado conectarse, pero he logrado dar con el mejor método para romper el código. Ahora mismo estoy examinando sus datos.

—Excelente. Nuestra primera relación tangible. Bien hecho.

—Gracias, mi general. Hay que investigar a su amiga Jenna Fujimori.

—La hemos localizado en la Compton Opera House; está ensayando. Vaya a interrogarla y llámeme de inmediato en cuanto tenga novedades. El alto mando ha mostrado interés en este asunto; quieren actualizaciones continuas. ¿Ha entendido las órdenes revisadas que se le enviaron antes?

Para sorpresa de Ben, Akiko pareció incómoda al contestar:

—Así es, mi general. ¿Hay algún margen para...?

—No —interrumpió la voz, y la comunicación terminó.

—Ya estoy —dijo Ben cuando Akiko levantó la vista hacia él, aunque todavía le quedaba un tercio.

Ella apartó la vista, evidentemente inquieta por algo.

12.11

La Compton Opera House, conocida comúnmente como la COH, era uno de los sitios favoritos de las parejas en ciernes, a causa de los preciosos jardines y un zoo que no cerraba de noche y estaba ideado para dar la impresión de salida a la naturaleza. El Gobierno había reconstruido Compton después de que quedara arrasado en las revueltas, unas décadas atrás, y ahora era uno de los barrios más acomodados y exclusivos de Los Ángeles. La COH tenía la forma de la máscara de dragón del Emperador, un enorme conglomerado de ojos carmesí, nariz imponente y labios desafiantes. Entre los edificios colindantes se encontraban la Tojo Theater House y los Wachi Tea Gardens, con enormes fuentes dominadas por estatuas de los tres tesoros: la espada *Kusanagi*, la joya *Yasakani no Magatama* y el espejo *Yata no Kagami*.

Atravesaron el vestíbulo y se dirigieron al auditorio. El interior estaba acondicionado para un nuevo espectáculo llamado *La geisha acuática*; un depósito de agua ocupaba la mitad del espacio. Ben había oído que un millar de nadadores sincronizados realizaban un espectacular número acuático para conmemorar la victoria de Japón en el Pacífico durante la Guerra Santa. Aún no se habían vestido los intérpretes que personificarían submarinos, portaaviones y cañoneros en un intenso drama musical. Olía intensamente a cloro, y hacía tanto calor que Ben sudaba bajo el uniforme.

—Es impresionante —comentó, admirando el tamaño del depósito.

La agente Tsukino se acercó a un empleado, le mostró la placa y dijo:

—Venimos a hablar con Jenna Fujimori.

Habían retirado la alfombra que normalmente cubría los pasillos de cemento. Los nadadores pasaban a su lado, muchos de ellos desnudos salvo por la pequeña mascarilla de oxígeno. Eran de diversas etnias y llevaban lentillas de colores que además servían de protección contra el agua. Cientos de hombres y mujeres desnudos nadaban en el depósito y las luces oscilaban en un baile propio, haciendo piruetas y quiebros en un torbellino resplandeciente. De algún modo conseguían que las burbujas se agruparan y adoptaran la forma de torpedos que se desintegraban al contacto con los nadadores. Junto al depósito, un grupo de hombres y mujeres de vestimenta estrafalaria ladraba indicaciones al micrófono. Muchos nadadores eran bajos, fornidos y musculosos. Los brazos de la mujer que se les acercaba eran el doble de gruesos que los de Ben, pese a que mediría un metro y medio. Tenía el pelo oscuro recogido en un moño húmedo y se enjugaba el agua de los ojos verdes. Llevaba un murciélago tatuado en el hombro derecho y no se mostraba cohibida por su desnudez, aunque tampoco pareció alegrarse de verlos.

—¿Qué ocurre? Estoy muy ocupada, y...

—Tenemos que hablar con usted —dijo Akiko, exhibiendo la placa—. Debería ponerse algo.

—Ya llevo una piel protectora transparente. El...

—¿Qué ocurre aquí? —preguntó un hombre de pelo verde y traje de baño amarillo mientras se les acercaba—. La necesito en el espectáculo. —Vio la placa de Akiko—.

Estrenamos en la celebración y faltan cuatro días. Esto es en honor de los Estados Unidos de Japón. No tiene tiempo que perder con sus preguntas; ¡la necesito ¡ahora!

—Lo siento, Hideki-san —dijo Akiko, aunque no se inclinó—. Tenemos varias preguntas importantes que hacerle, relacionadas con la seguridad del Imperio.

—¡Voy a presentar una queja en el Ministerio de Defensa! ¿Cómo voy a preparar el espectáculo sin mis nadadores?

—Podrá prescindir de una un momento.

—Para usted es un momento; para mí es un efecto dominó que nos retrasa días que no tenemos —gimoteó; incluso le salió una lagrimilla—. Los militares no entienden el arte. El único arte que dominan es la paranoia. La gobernadora Ogasawara asistirá personalmente al estreno, y la interpretación tiene que ser impecable.

—¿Por qué no llama a su sustituta? —sugirió Akiko.

—¿Se la van a llevar? —preguntó escandalizado.

—Sí.

El hombre se puso a soltar gritos y golpearse la cabeza con la palma de la mano. Sus ayudantes se desplegaron a su alrededor e hicieron lo posible por consolarlo, ya que parecía a punto de desmoronarse.

Akiko cogió a Jenna por el brazo y, al ver que la chica dudaba, miró a Ben, que la cogió del otro brazo y la ayudó a conducirla a la salida.

—Creía que solo iban a hacerme unas preguntas —dijo Jenna.

—No va a volver esta noche —le comunicó Akiko.

—¿Qué he hecho?

—No se trata de qué ha hecho mal. Lo que se está preguntando en realidad es en qué la han pillado.

—Yo no he hecho nada.

—Eso ya lo veremos.

Salieron de la ópera.

—¿Quién era ese hombre? —preguntó Ben a Jenna.

—Hideki Inouye, el director.

El único director de un balé nacional que no era de origen japonés. Ben no lo había reconocido con el pelo verde; claro que Inouye siempre llevaba peinados extravagantes.

—Su papel debe de ser muy importante —dijo Ben.

—Soy el *Panay*, una de las cincuenta embarcaciones occidentales que hundimos durante la Guerra Santa —respondió Jenna—. Se podría decir que hago de extra.

12.54

Junto a la COH estaba aparcado un camión gris con un tráiler que, Ben supuso, sería la sala de interrogatorios. La parte trasera estaba abierta, y la rampa, bajada. Condujeron a Jenna al interior y, acto seguido, dos hombres de negro cerraron las puertas. A lo largo de las paredes había paneles y porticales atendidos por personal diverso. Dos guardias sujetaron a Jenna, la ataron de brazos y piernas y la lanzaron a una silla sin miramientos. Las luces circundantes se atenuaron, y un foco se centró en su cara.

—Jenna Fujimori —empezó la agente Tsukino—, ¿qué le parecería que le fracturase las dos piernas y la columna, para que nunca pudiera volver a nadar?

Ben sintió un escalofrío y se preguntó por qué la habían aprehendido a plena luz del día en su lugar de trabajo. Si quisieran romperle las piernas, se la habrían llevado por la noche para que nadie se diera cuenta. Esa detención estaba orquestada para ser de dominio público.

—No me gustaría —respondió Jenna.

—Si coopera con nosotros, quizá pueda actuar en otros espectáculos.

—¿Y en *La geisha acuática*?

—Imposible. No es una verdadera patriota.

—¿Qué quiere decir?

Akiko levantó el dedo índice y se oyó la voz de Jenna en una grabación.

—¿Qué pasa con Tim? —preguntaba Jenna.

—Le preocupa que él no pueda tener hijos —contestaba otra voz; Ben reconoció la de Claire.

—Tengo entendido que hasta el Emperador se ha quedado estéril —respondía Jenna.

Tras una serie de chistes procaces, seguidos de risitas tontas e infantiles pero en modo alguno maliciosas, la grabación concluyó.

—Solo estábamos bromeando —intentó defenderse Jenna.

—A expensas del todopoderoso y clemente Emperador. ¡Les dio la vida a todos ustedes! ¡A todos los extranjeros! Liberó América de la tiranía de los esclavistas. ¿Y le parece divertido poner en ridículo su capacidad para procrear? Por extensión, también se está burlando de todos sus hijos e hijas, y de todos los hijos e hijas de estos; ¡toda la línea monárquica!

—No era mi intención.

Akiko le dio una bofetada.

—Persiste en la insolencia pese a su evidente culpabilidad. No parece arrepentirse lo más mínimo.

Jenna le dirigió una mirada asesina.

—¿Tiene algo que alegar? —preguntó Akiko, desafiante.

—Siento haber dicho eso.

—No lo parece.

—Lo siento, de verdad.

—Debería haber tenido honor, como su amiga Claire.

—¿De qué habla?

—Se hizo el *jigai* para expiar su insolencia.

—¿Qué? ¿Cuándo?

Akiko volvió a abofetearla; esta vez, la sangre manchó el labio de Jenna.

—He examinado sus registros financieros, los espectáculos que ha visto y las decisiones que ha tomado en los juegos. —Se puso a enumerar transacciones y elecciones; por sí solas podían parecer inocentes, pero combinadas, manipuladas y condensadas en un veredicto hacían incuestionable la culpabilidad de Jenna—. Todas sus acciones son indicativas de una mentalidad traidora. ¿Sabe cómo se castiga la traición por pensamiento?

Jenna negó con la cabeza.

—Cincuenta años en un campo de trabajo —dijo Akiko—. ¿Le gustaría ir al campo de trabajo de Catalina?

—No.

—¿Cuándo vio por última vez a Claire Mutsuraga?

—Hablé con ella por portical hace un par de semanas, pero he estado tan ocupada con el...

Akiko le asestó una patada en la espinilla.

—¡Tengo sus registros de portical! ¡Hablaron la semana pasada!

—No lo recuerdo. Todo está mezclado, y estos días he tenido tanto ajetreo...

—¿Mencionó el suicidio? —preguntó Akiko.

—No, claro que no.

—¿Está segura?

—¡Sí!

—¿Dónde está el padre de Claire?

—No lo sé.

—¿No lo sabe?

—No lo sé, lo juro —dijo Jenna, presa del pánico—. Solo he hablado con él unas pocas veces.

—¿De qué?

—De nada importante. Solo de cosas, ya sabe.

Akiko sacó la pistola plateada.

—Según una antigua religión americana, si la mano derecha te hace pecar, córtatela. Si es la lengua, córtatela también.

—De verdad que no sé nada.

—Esta pistola reescribe la historia de la sangre. Si le disparo con ella, en un minuto estará irreconocible; en cuatro sufrirá un dolor incomparable; en siete morirá la peor muerte conocida en el Imperio. Solo se lo preguntaré una vez más: ¿dónde está el padre de Claire?

—¡No lo sé, de verdad!

Akiko le disparó al cuello. Jenna tardó treinta segundos en echarse a gritar.

—¿Qué...? ¿Qué está pasando?

—¿Dónde está el general Mutsuraga? —preguntó Akiko.

—¡No lo sé no lo sé no lo sé! Por... Por favor, no..., no...

Jenna vomitó mientras se le transformaba el contorno de la espalda. Los músculos presionaban la carne y formaban bultos. Su respiración era fiera, desesperada y solitaria. Los virus le arrasaban el sistema inmunitario, saqueando, esquilmando y devorando. La naturaleza no dudaba jamás. El olor de la sangre y la mierda llenó el aire. Había vaciado el intestino y no dejaba de chillar. Ben apartó la vista, pero la oía revolverse en la silla, presa de arcadas. Miró a Akiko, que lo miró a su vez. Se dirigió a la parte trasera del tráiler y golpeó la puerta.

—Déjenme salir —ordenó—. ¡Déjenme salir!

Un guardia abrió; Ben salió apresuradamente, jadeando. Había presenciado ejecuciones y conocía los métodos de tortura de San Diego, pero no estaba preparado para algo tan repulsivo como contemplar la mutación bioquímica de Jenna y oler lo que llegó a continuación. Nunca era conveniente delatarse emocionalmente de esa forma, pero no podía evitarlo.

—Sé que no es una visión agradable —dijo Akiko a su espalda—. Lo ha aguantado bastante bien para ser la primera vez.

—¿Cuántas veces lo ha hecho? —le preguntó.

—Con esta van trece. Era culpable de colaborar en una

acción terrorista que tuvo lugar el año pasado en Palos Verdes, con la muerte de diecisiete de nuestros soldados como resultado.

—¿Cómo lo sabe?

—Encontramos la información en la portical de Claire después de que usted la descifrara.

—No le ha preguntado nada de eso.

—Le extraeremos los recuerdos del cerebro.

—¿Qué? —preguntó Ben, desconcertado porque ni siquiera sabía que eso fuera posible.

—El Ministerio de Biología nos pide más sujetos para experimentar.

—¿Y si no funciona?

Ben observó en Akiko la expresión inquieta que había visto antes, pero la mujer endureció el gesto al reparar en que la miraba.

—Eran mis órdenes —respondió con una sequedad que parecía más un intento de justificarse que una simple afirmación.

—¿Por qué me ha traído? —Ben se llevó la mano al cuello inadvertidamente.

—Porque no se toma en serio su trabajo. Muchos compañeros y subordinados suyos han presentado quejas. Creo que es competente por los pelos, que se ha apoltronado en lo que considera un trabajo estable. ¿Por qué cree que anoche no lo tuvieron en cuenta en los ascensos? Debo recordarle las repercusiones de sus informes, tiene que darse cuenta de que lo que ve, lo que censura, se toma muy en serio. Debemos estar siempre alerta frente a los enemigos del Imperio.

—¿Lo ha hecho por hacerme un favor?

—Un recordatorio interdepartamental entre compañeros de *alma mater*.

—¿Por qué le parece tan preocupante ese juego?

—Que me haga esa pregunta indica que aún no tiene la lección aprendida.

—Olvida que me gradué entre los últimos de mi promoción.

—Nunca olvido.

—¿Me necesita para algo más?

—Sí, pero no por hoy. Conságrese esta noche a la estúpida diversión de las carreras de *kyotei*. ¡Capitán Ishimura! —añadió cuando Ben estaba a punto de marcharse.

—¿Sí?

—Salude a su superior antes de irse.

Realizó el saludo; ella lo aceptó con un gesto y volvió al tráiler de interrogatorios.

Ben llegó dando tumbos a la boca de metro del final de la plaza. Varios civiles se inclinaron ante él en muestra de respeto. Se dirigió a los servicios y vio que la puerta «Otros» tenía un cartel de «Fuera de servicio». Buscó la destinada a los japoneses puros y fue a lavarse la cara. Se desatascó la nariz, echó los mocos y volvió a lavarse. No conseguía disipar el hedor de la muerte de Jenna. Se sentó en el suelo del baño, mirando inexpresivo a la gente que entraba. Le sonó la portical, pero no le hizo caso.

18.12

Un par de centímetros más habrían supuesto la muerte. El piloto viró en el momento preciso para girar suavemente, sin chocar con las dos lanchas contiguas a la suya. Nueve caballos mecánicos competían como tributo al milagro del dominio del agua por parte del hombre. El estadio de *kyotei* de Los Ángeles era gigantesco, con pistas acuáticas cuyo tamaño solo superaban las de Tokio. Los espectadores se contaban por millares, y Ben y Tiffany estaban en el palco de Taiyo Tech con otras cinco parejas.

—¡Son increíbles! —exclamó Tiffany Kaneko. A diferencia de la noche anterior, iba teñida de rubio y llevaba un kimono rojo. Aunque no se había empolvado la cara de blanco, Ben recibía muchas miradas de envidia; sin embargo, bebía sake cariacontecido—. ¿Qué te pasa?

Ben forzó una sonrisa al darse cuenta de que los otros ocupantes del palco los miraban.

—Estoy impresionado con la carrera. Chao es muy hábil para estar tan gordo.

—Su gordura es engañosa —dijo Tiffany—. Míralo en las esquinas: usa el cuerpo de contrapeso en los virajes. No sabes la cantidad de ramen que tiene que engullir para conservar esas lorzas. Antes estaba muy flaco, pero no era tan bueno. Ese culazo lo mantiene pegado a la lancha.

—¿Eras tú la que decía que le van los hombres de culo gordo?

—Un hombre que gusta de sentarse no se largará corriendo.

—No creo que tengas que preocuparte por que los hombres huyan de ti —observó Ben.

—Siempre les digo a mis amigas que se busquen un gordo.

—¿Le has puesto el ojo encima a Chao?

—Seguro que tiene un plan más divertido para esta noche —respondió Tiffany, riendo—. ¿Qué mosca te ha picado, Mister Iko? —Lo pronunció como *mystery ko*, el mote que más le gustaba dedicarle.

—Al parecer, está de moda entre los oficiales cambiarse el color del pelo.

—¿Estás intentando elegir un tinte? —preguntó Tiffany.

—¿Cómo crees que me quedaría un rubio como el tuyo?

—Me gusta el pelo negro. Creo que voy a escribir una columna sobre eso cuando termine con las dos que tengo entre manos.

—¿De qué van?

—No puedo decírtelo.

—¿Por qué?

—No quiero que me las censures preventivamente.

—Solo te hago sugerencias para que no te metas en líos.

—Lo sé y te lo agradezco, pero antes había una cosa llamada libertad de prensa, que consistía en que no había que preocuparse por ofender a la persona o al grupo político incorrectos.

—Aún tengo libertad de prensa contigo —respondió Ben, pasándole el brazo por la cintura.

—Hay gente alrededor. Luego —prometió.

—¿Vas a decirme sobre qué has escrito?

—Sobre lo que soñé anoche.

—¿Soñaste con pilotos de *kyotei*?

—Con ratas. Vivía en una mansión impresionante, pero siempre que intentaba dormir estaba cubierta de ratas.

—¿Olían mal?

—¿Las ratas huelen?

—Nunca me ha dado por oler una —respondió Ben.

—¿Por qué no pruebas la próxima vez? —Ben se puso a olfatearle la ropa y ella lo apartó, riendo—. Después de soñar con las ratas soñé que estaba casada con un viudo. Seguía enamorado de su primera mujer y daba igual lo que yo hiciera: no se la quitaba de la cabeza. Era muy triste.

—¿Basado en hechos reales? —preguntó Ben. Su mente había vuelto a Mutsuraga.

—Probablemente en alguna película que vi. ¿Censurarías una historia triste?

—Si fuera aburrida.

—Para ti, todas las historias tristes son aburridas.

—Todas las historias tristes suenan igual. Son las alegres las que... Espera, ¿eso no era un dicho?

—Creo que es al revés.

—¿Quieres una familia feliz?

—Me encantaría que fuera desgraciada y todos nos odiáramos.

—¿Por qué?

—Para que pudiéramos encontrar solaz mutuo abrazándonos. —Lo besó—. ¿Por qué no estás mirando la carrera?

—No puedo teniéndote cerca. —Le puso las manos en las caderas.

—¿Vamos a jugar esta noche?

—Estupendo. Vamos —dijo Ben.

—¿A jugar al go?

—A casa a jugar a otra cosa.

—Los oficiales siempre estáis pensando en lo mismo.

—¿En qué?

—En procrear —dijo Tiffany.

—Yo lo considero una actividad recreativa.

—Déjame ver correr a Sollazzo, ¿vale? Por favor, por favor. —Ben asintió y Tiffany dio unas palmaditas—. Anda, sé un cielo y sal a buscarme unos yakitori y unos caramelos Botan —dijo con un tono suficientemente meloso para resultar imperativo.

Ben se cuadró ante ella y salió del reservado por la escalera mecánica. Muchos espectadores se inclinaron a su paso. Cuando llegó al puesto de comida había mucha cola. Un empleado le hizo una reverencia y le dijo:

—Adelántese, por favor.

Ben negó con la cabeza.

—No hace falta. Puedo esperar.

—No, no. Los oficiales no deben esperar.

—No pasa nada, gracias.

Vio en la pantalla que empezaba otra ronda. Los corredores aceleraban en la pista. A todos los efectos, tenía el aspecto de un soldado que hacía cola para comprar comida a su amante.

—Buena carrera, ¿eh? —comentó alguien.

—¿Qu...? Sí, sí —tartamudeó—. Llevaba toda la semana esperándola.

—¿Con quién va?

Tuvo que mirar las pantallas para recordar los nombres de los pilotos.

20.37

Cuando llegaron a casa de Ben, Tiffany se deshizo del kimono y se puso a besarlo. Él le acarició el pecho, los pezones marrón claro erguidos. Llevaba tatuado a la derecha del ombligo un lagarto de tres cabezas: la mascota y talismán de las Campañas del Norte, cuando, supuestamente, un lagarto de tres cabezas dirigió al Ejército japonés, que vagaba sin rumbo, hasta los campamentos de los rebeldes americanos.

—¿Qué te pasa? —preguntó Tiffany al cabo de un rato.

—Nada.

—Esto no es propio de ti. —Le sopesó el paquete—. Con lo animado que estabas antes.

—Lo siento.

—¿Por qué no te tumbas? Voy a darte un masaje. —Lo ayudó a desvestirse y, cuando se tendió, le puso las manos en los hombros—. Aquí está el problema. Estás hecho un manojo de nervios. —Le masajeó el cuello para disipar la tensión.

—¿Te acuerdas de cuando ibas a la facultad? —preguntó Ben.

—Claro.

—¿Guardas buenos recuerdos?

—Buenos y malos. ¿Y tú?

—El cuadro de mando nos envió a San Diego como parte de la formación como oficiales. Una de las primeras cosas que tuvimos que hacer fue decapitar a un prisionero. A mí me pusieron un tipo flacucho. Se le notaban todas las costillas, y le costaba respirar. Lo ataron a un poste y me dijeron que tenía que cortarle la cabeza. El tipo tenía tanto miedo que se cagó encima. Fui incapaz de hacerlo. Lo intenté, pero no me obedecían las manos. Después de aquello dijeron que no tenía lo que hay que tener para servir en San Diego y me impusieron un montón de sanciones. —Se apoyó en los codos—. Sigo pensando en lo asustado que estaba ese tipo.

—¿Por qué?

—Puede que sea algún problema psicológico. Disparar contra un enemigo es una cosa, pero cortarle la cabeza... No sé si sería capaz, pero igual me veo obligado alguna vez. Me dijeron —impostó la voz para hacerla más grave—: «La espada es una extensión del alma. Si la empleamos bien, se convierte en quienes somos, en una expresión de nuestro ser. Si se mata a un hombre con una pistola, no se tiene ninguna relación con él; cuando se mata con la espada, las almas se entrelazan.»

—Cualquiera se impresionaría si se viera en una situación así sin contexto —dijo Tiffany—. No le des más vueltas.

—Por aquel entonces, los oficiales se reían mucho de mi nombre.

—A mí me encanta. Beniko. Suena muy bien.

—Es un nombre de mujer.

—¿Lo eligió tu madre?

Ben asintió.

—Antes de que naciera —dijo—. Estaba convencida de que sería niña.

—Habrías sido muy guapa. —Tiffany le acarició la cara.

—No me gustaba que se rieran de mí, y hasta se metían con mis padres por haberme puesto ese nombre. Cuando intenté defenderlos, me dijeron que qué más me daba. ¿No los había denunciado? No podía decir nada y el acoso se hizo más intenso, así que dejé de preocuparme y me puse a hacer el idiota. Eso empeoró mi fama y nunca he sido capaz de quitármelo de encima. —La besó—. ¿Alguna vez te da por escribir sobre algo que no sea el *kyotei* ni el fútbol?

—¿Sobre capitanes del Ejército traumatizados, por ejemplo?

—Lo siento —dijo Ben, riendo—. Esta noche no ando muy fino.

—Ya puedes sentirlo. Voy a pasar fuera la semana que viene. Competiciones de *kyotei* importantes en Beiping y Hong Kong.

—¿No vas a cubrir el aniversario?

—Sí, pero desde Beiping.

—¿Tienes amantes en todas las ciudades?

—¿De verdad quieres saberlo? ¿Eso no aguaría la fiesta?

—Ya sabes que no me pongo celoso por esas cosas. Pero me pregunto cómo serás cuando estás con otras personas.

—Igual. Bueno, un poco distinta.

Ben la sujetó por la barbilla para mirarla a los ojos.

—Te echaré de menos —añadió Tiffany.

—Solo será una semana. Aquí estaré, esperándote.

Lo miró con un destello de pesar, y Ben se preguntó a qué se debería.

—Vuelve a tumbarte —le ordenó, y continuó masajeándolo—. Duérmete.

—No tengo sueño. Tengo muchas cosas que hacer.

—¿Qué cosas?

—Organizar un entierro. Y cumplir una promesa que hice hace mucho.

—¿Qué promesa?

—Me comprometí a guardar el secreto.

Tiffany le recorrió la espalda con las manos.

—Ocúpate mañana de tus secretos. Ahora, despeja la mente.

—Ojalá pudiera.

—Yo te ayudo.

—¿Cómo?

—Con dolor.

Intensificó la fuerza del masaje. Ben ahogó la inquietud en el vacío táctil.

23.41

Lo despertó el décimo timbrazo de la portical. No había ni rastro de Tiffany. Ben activó el dispositivo. No había vídeo; era una llamada de audio procedente de un número no identificable.

—Sigue usted vivo.

—¿Quién es?

—Soy yo —dijo la agente Akiko Tsukino. Como todos los miembros de la Tokko, tenía el número bloqueado para proteger su intimidad.

—¿Necesita algo?

—Mire debajo de la cama —le ordenó.

—¿Por qué?

—Hágame caso. Tengo que comprobar si también lo tienen a usted en el punto de mira.

Ben se acercó al borde de la cama e iluminó con la portical. Para su sorpresa, descubrió debajo un artefacto que no había visto nunca, lleno de cables y lo que parecían explosivos.

—¿Qué...? ¿Qué... es eso? —tartamudeó.

—¿Ve un piloto rojo?

La luz roja le daba en los ojos.

—Sí.

—Eso significa que está activada. Es una bomba sensible a la presión.

—¿Quiere decir que si me levanto...?

—Morirá, a no ser que me escuche.

—¿A qué viene esto?

—Alguien desea su muerte. Entre las pertenencias de Jenna encontré una lista de nombres que incluía el suyo. Los demás ya han muerto.

—¿Puede mandar a los artificieros?

—Acabamos de mandarlos a otro objetivo.

—¿Y?

—Muertos. Estoy delante de su edificio. Los técnicos han elaborado una señal de interferencia, pero en cuanto la envíe solo tendrá un minuto antes de que quede anulada.

—¿Qué hago? —preguntó Ben.

—Espere. Voy a sincronizarme con la señal de *kikkai* de la bomba.

Ben contempló los cuadros de la pared y pensó en los días que había pasado alineando los muebles para obtener un *feng shui* óptimo.

—Ya está —anunció Akiko—. Deje la portical en la cama, abra la ventana y salte.

—¿No tiene un plan B?

—¿Qué tiene de malo el plan A?

Ben se imaginó estrellándose contra el cemento.

—Creo que prefiero morir en una explosión que de una caída.

—¿Puede dar un salto de fe?

—¿En usted?

—Soltaré una red de seguridad. —Esas redes se desplegaban cuando alguien intentaba suicidarse tirándose de un edificio.

—Muy generoso por su parte. ¿Qué más le da que viva o que muera?

—Aún necesito su ayuda para localizar al general.

—Entonces, ¿no es un favor interdepartamental entre compañeros de *alma mater*?

—Esta vez no.

—Si no me muestro muy colaborador, ¿me disparará a mí también?

—Dispararé a cualquiera que traicione al Emperador.

Tirarse por la ventana era una locura, pero ¿tenía otra opción? Volvió a mirar debajo de la cama. Era una bomba, sin duda. ¿Así era como iba a morir? «¡Piensa, Ben, piensa!» Si se tiraba por la ventana y Akiko no activaba la red, era muy posible que dictaminaran que se había suicidado. Una conclusión más que conveniente del plan de la Tokko para deshacerse de él. Prefería estallar en mil pedazos. Miró hacia la ventana y supo que el suelo estaba muy lejos. Demasiado lejos.

—Active la interferencia —le dijo a Akiko.

Soltó la portical, salió corriendo de la habitación y bajó a la planta inferior; estuvo a punto de resbalar en la escalera. Corrió a la puerta y cogió la armadura de samurái; esperaba que, al estar chapada en titanio, ofreciera algo de protección. Se cubrió el cuerpo con el peto, salió del piso y cerró la puerta. No le pareció buena idea coger el ascensor, de modo que se dirigió a la escalera. Entonces oyó un estruendo. El fuego, extrañamente, parecía frío, y sintió un golpe en la espalda que lo lanzó contra el suelo. Cerró los ojos, listo para morir.

—*Shikata ga nai* —murmuró para sí, con la satisfacción morbosa de que su último sentimiento fuese de aceptación.

Los Ángeles
1 de julio de 1988
1.36

Casi veinticuatro horas antes, Akiko había despertado a su novio muy temprano. El día empezaba a disolver la noche y una capa de niebla cubría la playa de Venice. Conservaba vestigios de un sueño, un viejo amigo que pintaba su casa de azul, cubriendo lámparas, estanterías e incluso flores de un tono ultramar oscuro. Recordó a su novio su obligación:

—Si en la clínica de fertilidad no contribuyen más hombres con un material genético como el tuyo, en los Estados Unidos de Japón acabará por desaparecer la población de japoneses puros.

—¿Sabes lo que tengo que hacer ahí todos los días? —protestó—. Le quitan toda la gracia a...

Ella no daba importancia a nada, mientras que aparentes naderías podían significar cualquier cosa en el contexto adecuado. En el inadecuado, la preocupación de Akiko por la infertilidad de los hombres japoneses debida a todas las pruebas con armas atómicas realizadas en Nevada se podría considerar traición.

—¿Por qué tuviste que ofrecer mis servicios? —gruñó él.

—Porque somos ciudadanos del Imperio y tenemos la obligación de contribuir cuanto podamos.

—¿A qué viene tanto interés por la sangre japonesa? Tú eres francocoreana y eres mucho más importante para el Imperio de lo que yo seré nunca.

Akiko se encrespó ante la mención de su ascendencia impura.

—Para el Imperio es esencial que seas íntegramente japonés —dijo, aunque objetivamente no tenía sentido: algunos de los mejores agentes con los que había trabajado eran mestizos, mientras que muchos japoneses de pura cepa eran unos capullos arrogantes que se creían por encima del sentido común.

Como agente de la Tokko, sabía que se debía eliminar cualquier indicio de personalidad. No tenía fotografías; casi todos los regalos le parecían basura y contaba únicamente con el mobiliario básico. Tenía la cocina vacía, ya que rara vez comía en casa. Los suelos eran de cemento; había arrancado la madera para evitar las escuchas electrónicas. No había estantes que revelaran sus gustos literarios, nada que se pudiera considerar una afición, aunque en la portical tenía una amplia biblioteca de lecturas recomendadas por la AMLB.

Se sentía extremadamente satisfecha ante la idea de que, incluso si los terroristas tuvieran su casa en el punto de mira, no habría perdido nada y su habitación sería prácticamente indistinguible entre un millar. Su identidad secreta era el anonimato. Iba sin maquillar; solo se ponía crema solar para protegerse la piel, aunque cuando tenía que realizar una visita oficial en nombre de la agencia se pintaba los labios de rojo oscuro y se echaba sombra violeta, ya que el efecto resultaba intimidatorio. Era una combinación de colores que había pulido a lo largo de los años hasta dar casi la impresión de que llevaba pinturas de guerra, y era la que había empleado para ir a ver a Beniko Ishimura.

Casi un día después de mandar a su novio a la clínica estaba con Ben en el hospital. Había sobrevivido al ataque y estaba tendido frente a ella en una cama; le estaban tratando las quemaduras de la espalda. El médico había asegurado a Akiko que Ben podría reincorporarse a sus tareas en unas horas. Lo había salvado la armadura.

—Gracias por ir a buscarme —le dijo Ben—. Si no hubiera retrasado la explosión, ahora estaría esparcido en mil pedazos.

—Era mi obligación.

—De todas formas, se lo agradezco. —Se tumbó de lado—. Sinceramente, creía que le importaba una mierda que viviera o muriera.

—¿Por qué no iba a importarme? Los dos estamos al servicio del Emperador.

—Me alegro de que siga pensando eso.

—¿Por qué no confió en mí cuando le dije que se tirase por la ventana? Si quisiera acabar con usted, no usaría un método tan elaborado.

—No es que no confiara en usted; es que me dan miedo las alturas.

Akiko observó las lesiones, que ya tenían mejor aspecto.

—Tiene suerte de que Los Ángeles tenga las mejores instalaciones médicas del Imperio.

La avanzada biotecnología imperial había eliminado la mayoría de las enfermedades conocidas, cosa que tenían muy en cuenta todos los oficiales alemanes que había visto en el vestíbulo. Las quemaduras de la espalda de Ben curaban rápidamente, pero Akiko no pudo evitar que la asaltase el recuerdo de la noche en que murió su hermano, víctima de un atentado terrorista con explosivos. Estaba tan carbonizado que resultaba irreconocible, y los surcos ennegrecidos de la piel de Ben se lo habían recordado brevemente. Aun así, solo era un archipiélago de quemaduras en un océano de carne, en comparación con el campo de lava en que se había convertido su hermano. Ben había sobrevivido con heridas superficiales en la espalda y el brazo.

—Me siento muy afortunado —dijo Ben—. Y agradecido.

La misión principal de Akiko consistía en ejecutar a Jenna públicamente, por mucho que afirmara lo contrario, y preparar su cerebro para el Ministerio de Biología. También le habían encomendado evaluar al capitán y determinar si eran fundadas las acusaciones de ética laboral relajada. No le caía bien; no creía que se tomara el trabajo suficientemente en serio. Pero, tal como figuraba en su informe, había conseguido extraer los datos de la portical de Claire después de que fracasaran más de treinta especialistas.

—¿Cuántas personas han muerto? —preguntó Ben.

—No tengo la cifra exacta. Aún hay agentes recabando información.

—¿Algún conocido suyo?

—La jefa de la brigada de artificieros —respondió Akiko—. Debería haber ido yo.

—Lo siento mucho.

—No la conocía muy bien. Pero ha muerto en acto de servicio; no hay mayor honor.

—Aun así, debe de resultarle duro que alguien haya muerto en su lugar.

—Morimos y renacemos a una nueva vida; es el círculo asimétrico que impulsa nuestra existencia. Ella ocupó mi puesto, pero algún día yo ocuparé el de otra persona.

—¿Cree en la reencarnación?

—¿De qué se sorprende?

—Los agentes de la Tokko no suelen ser religiosos.

—Todo se recicla. El polvo de estrellas, la mierda de vaca, hasta nuestras cenizas. ¿Por qué no los impulsos eléctricos del cerebro? ¿Usted no lo cree?

—No. —Ben corroboró la negación con la cabeza.

—Por eso tiene miedo de matar.

—Temo más el nacimiento que la muerte.

—¿El nacimiento?

—Es un crimen traer hijos al mundo sin tener en cuenta sus deseos. Aunque sean almas renacidas.

—Solo alguien que delató a sus padres podría decir algo así —comentó Akiko.

Ben parecía dispuesto a defenderse cuando entró una enfermera, que le retiró el gel regenerador con que le trataban las quemaduras.

—Quédese así dos horas más —le dijo. Volvió a cubrirlo con el gel y se marchó.

—¿Tienen idea de quién puso las bombas? —preguntó Ben a Akiko.

—La principal sospechosa es su novia, Tiffany Kaneko.

—Imposible.

—¿Por qué? Fue la última persona con la que estuvo. Durante el último mes se ha observado en su itinerario mucha actividad desacostumbrada sin justificación en los registros normales.

—Eso quiere decir que viaja mucho. Es periodista.

—¿Siente apego por ella?

—Claro —respondió Ben.

—¿A pesar de que puede que haya intentado matarlo?

—Lo dudo mucho.

—La duda es mi especialidad, capitán Ishimura. No es recomendable pasar por alto dudas de ningún tipo.

—Si solo hubiera sido yo, tendría sentido, pero esto es de mayor envergadura.

—Ya lo he tenido en cuenta —dijo Akiko—. Hay agentes investigando su casa y se pondrán en contacto conmigo si encuentran algo en los escombros. Me gustaría saber cuánto tiempo llevaban colocados los explosivos y por qué han decidido hacerlos estallar esta noche. —Se incorporó.

—¿Adónde va? —preguntó Ben.

—A hablar con Tiffany.

—La acompaño.

—Tiene que esperar a que le haga efecto el gel.

—Estoy bien.

Tras él, los bioescáneres que medían diversas constantes mostraban unos valores saludables.

—Su sesgo podría obstaculizar el caso —dijo Akiko.

—¿Qué quiere decir?

—Si resulta que su novia fue quien puso la bomba, será ejecutada.

—¿Y si es inocente?

—Todo el mundo es culpable; solo es cuestión de averiguar de qué.

—¿Hasta los agentes de la Tokko?

—Si no fuéramos culpables de algo, no seríamos buenos en nuestro trabajo. —Ben intentó levantarse, pero Akiko lo detuvo—. Tengo que investigar un incidente —añadió.

—¿Qué incidente?

—Hay problemas desacostumbrados en el Gogo Arcade.

—Me gusta el Gogo Arcade —dijo Ben—. Me apunto.

Akiko estaba a punto de negarse, pero había algo en la impaciencia de Ben que le recordaba a su hermano.

—Espere un par de horas más para que el gel haga su trabajo y reúnase allí conmigo. —Ben se recostó—. Le envío la dirección a...

—Sé dónde está el Gogo Arcade.

Akiko bajó al aparcamiento subterráneo y vio en la pared la sombra de una criatura enorme que aleteaba. Tardó un momento en darse cuenta de que era una minúscula polilla que volaba cerca de la luz, proyectando una silueta negra como *alter ego*. Entró en el coche y sacó un trozo de chicle de la guantera.

—¿Alguna novedad? —preguntó, mientras conducía, al comunicador central conectado a la portical del coche.

—Nada desde la última comprobación —contestó el operador del mando central de la Tokko—. Los criminólogos siguen investigando la escena.

—¿Algún parámetro de misión para el Gogo?

—Debe interrogar a Tiffany Kaneko y determinar si es válida como sospechosa.

No le había dicho a Ben que Tiffany había sido vista por última vez en el Gogo Arcade, de fiesta en las cabinas de karaoke con un grupo de pilotos de *kyotei*.

—¿Se considera desechable?

—No de momento.

Eso significaba que las pruebas eran, como mucho, circunstanciales. Se frotó los ojos. Estaba cansada y le apetecía un cigarrillo, pero lo había dejado, o al menos eso se decía. Iría a buscar un café cuando llegara al salón de juego.

2.08

El Gogo Arcade, con cuatro alturas y cuarenta mil metros cuadrados, bullía de actividad. Estaba conectado con los centros comerciales de las inmediaciones, edificios tan grandes como el del salón de juego, mediante escaleras mecánicas cubiertas. La primera planta estaba llena de tragaperras, máquinas de *pachinko* y taquillas de venta de *takarakuji*. Había barras de bar prácticamente en todas las esquinas, y los camareros se inclinaban ante los clientes. Las plantas segunda y tercera ofrecían juegos a los que se podía conectar directamente la portical. Las grandes pantallas exhibían una amplia variedad de simuladores: lucha como soldado en la Guerra Santa, pilota un mecha o aniquila rebeldes en un ataque de artillería con proyectiles controlados por el jugador. En la pantalla del salón se desarrollaban grandes batallas con millares de jugadores enfrentados a otros millares, cada uno con una portical, sin perder de vista que la *gyokusai*, la «muerte gloriosa», era el mejor resultado posible. Para quienes quisieran tomarse un respiro del combate de vídeo hiperrealista había una ecléctica selección de simuladores adicionales: sé una chinche durante la noche y multiplícate cuanto puedas; vive la vida de un ladrillo durante diez años; conviértete en mapache y viaja en el tiempo; controla las llamas y quema cuanto puedas de una antigua ciudad americana (por supuesto, ninguna víctima era de etnia japonesa, tal como imponían los censores). La amalgama de sonido era tan ensordecedora que se convertía en un borrón de disparos, explosiones e improperios. Era un aluvión incesante de estímulos, un espectáculo que se esforzaba por superarse en una orgía visual más cegadora que las gorgonas. Akiko se preguntó si el estudio de los caprichos humanos sin identificar tendría nombre.

Nunca le habían gustado los juegos. Su hermano jugaba siempre que tenía ocasión, y decidió unirse al Ejército a causa de su pasión por los juegos de guerra. «Quiero ser como los héroes del *Honor of Death*», decía. «*Baka* —maldecía Akiko en respuesta—. Solo es un juego.»

Le molestaban el fervor y la intensidad con que la gente aporreaba las porticales. Hasta Hideyoshi, su novio, se quedaba hasta las tantas enganchado a algún juego. Los guardas de seguridad tuvieron que poner fin a una pelea entre ocho jugadores, así como aplacar a una pareja de amantes que competía en volumen vocal por un error en el resultado. Akiko sabía que todos los juegos dependían del Ministerio de Propaganda Pacífica, pero no le gustaba el efecto que tenían en los ciudadanos. Pidió un café, rehuyendo con la mirada el expositor de tabaco. Olisqueó el humo del aire, con la esperanza de que tuviera algún efecto. Hacía seis días que se había prometido dejarlo.

Las cabinas de karaoke estaban en el ala este de la cuarta planta. Muchas eran tapaderas de bares de acompañantes, hombres y mujeres cuya compañía se podía comprar por horas. Poco después de graduarse, unos años atrás, varios compañeros de clase la llevaron a un bar de acompañantes para celebrarlo. Aunque encontraba guapos y atractivos a muchos de los hombres, eran demasiado artificiales para tomárselos en serio. Ladraban lo que suponían que quería oír y, básicamente, su compañía era una caricatura. En aquella ocasión le sorprendió que los chicos se dejaran embelesar por el artificio femenino, a pesar de que su falsedad saltaba a la vista.

Fue uno de esos acompañantes quien la recibió a la puerta del Alchemist Bar, situado en la planta superior. Era musculoso, con un pelo naranja que subía en espiral como un minarete. Quedaría ridículo si no fuera tan mono.

—¿Una persona? —preguntó, y mostró los hoyuelos al sonreír. Según la portical, lo apodaban Avispón. Tenía veintidós años, no había ido a la universidad y vivía en un piso de Torrance.

Sacó la placa y le enseñó la imagen de Tiffany en la portical.

—Busco a esta mujer. Se llama Tiffany Kaneko y la han visto aquí hace poco.

—No recuerdo...

—Avispón. ¿Por qué te llaman así?

—Porque pico en la cama —respondió con una sonrisa de falso pudor.

—Seguro que en el campo de trabajo de Catalina les encanta tu aguijón. ¿Estás al tanto de lo que hacen allí a los recién llegados?

—He oído historias.

—Ya te han detenido cuatro veces por obscenidad. Podría detenerte por quinta vez.

—¿Con qué cargos? Ya tengo la licencia.

—Por mala memoria.

Avispón bajó la vista.

—No recuerdo cuándo han entrado exactamente, pero están atrás.

La acompañó a través del recibidor de mármol. Akiko se conectó a la portical de Tiffany para acceder a la cámara y el micrófono. Sonaba música muy alta y solo unas luces estroboscópicas rompían la oscuridad, por lo que era imposible ver nada. A los lados había cabinas llenas de clientes, borrachos que vaciaban el alma a berridos con la esperanza de una noche de absolución. El karaoke era su evasión, un intento de exorcizar los grilletes de la rutina cotidiana. Para los civiles, las juergas alcohólicas y las escapadas cantarinas eran una forma de vinculación afectiva, algo que necesitaban para sobreponerse a la arbitrariedad de los jefes que imponían su voluntad a sus subordinados. Para Akiko era un alivio que la Tokko prohibiera confraternizar. Estaban adiestrados para sospechar de todo el mundo, hasta de los compañeros.

Avispón entró en la cabina y volvió con Tiffany. Estaba borracha y llevaba un vestido rojo minúsculo; tenía el pelo rubio revuelto de bailar. Avispón se inclinó y se marchó.

—¿Qué desea? —preguntó Tiffany.

—¿Cuándo vio por última vez a Beniko Ishimura? —preguntó Akiko a su vez, mostrando la placa.

—Esta noche, hace unas horas. ¿Por qué?

—¿Cómo describiría su relación con él?

—Somos... buenos amigos.

—¿Alguna hostilidad entre ustedes?

—Claro que no. ¿Le ha pasado algo?

—¿Tiene algún motivo para pensar que pueda haberle pasado algo?

—¿Le parece poco que una agente de la Tokko me esté preguntando por él?

—¿El comportamiento de Ishimura se salió de lo normal? —preguntó Akiko, y prestó especial atención a la respuesta de Tiffany.

—Parecía distante, como si algo lo tuviera preocupado.

—¿Dijo qué?

—No. Me figuré que habría tenido un mal día en el trabajo.

—¿Es habitual que tenga un mal día en el trabajo?

—Suele estar alegre.

—¿Esta noche ha observado a alguien que se saliera de lo normal dentro o fuera del piso?

—Dentro no, desde luego. Fuera... —Hizo memoria—. No.

—¿Por qué no está con él? —preguntó Akiko.

—Se quedó dormido, y estos chicos querían salir de fiesta. Estoy escribiendo un reportaje sobre el *kyotei* y me ha parecido una buena ocasión para conocerlos mejor.

—¿Periodismo interactivo?

—Algo así.

—¿Eso no afectará a su objetividad?

—Se me da bien compartimentar.

—¿Beniko forma parte de algún reportaje?

—No, aunque me encantaría escribir sobre la Oficina de Censura —respondió Tiffany, sonriendo—. Mi relación con él es puramente personal. ¿Ocurre algo?

Akiko estaba a punto de contestar cuando una cabeza conocida se asomó a la puerta de la cabina.

—¿Tiffany? —dijo—. ¿Va todo bien?

Akiko se sobresaltó. Era Jenna, la chica a la que había ejecutado. Aunque estaba normal, sin el efecto del virus.

—No te preocupes —respondió Tiffany.

Cuando Akiko volvió a mirar a la mujer vio una cara completamente distinta, mucho más redondeada y de nariz más fina. No guardaban el menor parecido.

—Aquí tiene mi itinerario de la semana pasada —dijo Tiffany, y le mostró la agenda de la portical—. Tengo testigos de casi todos mis desplazamientos. —Akiko echó un vistazo. No parecía que hubiera nada sospechoso—. ¿Alguna otra pregunta, agente?

Volvió a guardarse la portical. Akiko negó con la cabeza.

—Me pondré en contacto con usted si es necesario.

—Viajo a Beiping por la mañana.

Tras cumplir su misión, Akiko se marchó apresuradamente. Avispón se inclinó al verla salir, pero ella ni lo miró.

2.45

«Es porque estoy cansada —se dijo Akiko—. Tengo que ir a casa a dormir.» Fue a una sala de reuniones que le proporcionó el personal de seguridad a redactar un informe para el mando; en él consignó que el interrogatorio preliminar no indicaba que Tiffany estuviera involucrada. Después atravesó la sala de juego y observó a los millares de personas que libraban una guerra digital. El general Mutsuraga, el *taisho* de los juegos, había desarrollado simuladores de los primeros Conflictos Mexicanos y el Levantamiento de San Diego; tal era su exactitud que los había ayudado a aniquilar a la oposición. Cuando los nazis provocaron un revuelo en Afganistán, Mutsuraga programó juegos de táctica que los prepararon para prácticamente cualquier contingencia relativa al Ejército alemán. Era como si Mutsuraga se adelantara a todos sus pasos. Su genialidad y su valor para el Imperio eran indudables, hasta que la muerte de su mujer lo echó a perder. Akiko se preguntó una vez más por qué la esposa de Mutsuraga había ido sin protección a un mercado público de San Diego a pesar de que se estaba desarrollando una revuelta; era algo que nunca había conseguido explicarse.

Vio que había llamado Hideyoshi. Le devolvió la llamada, pero no contestó. Probablemente ya estaría durmiendo.

«Debería volver a casa», pensó, pero no quería descansar aún. Vagó por la sala de juego, observando a la gente. Entendía a los quinceañeros que estaban allí; los jugadores de más edad eran los que la desconcertaban. ¿Qué pintaban ahí en plena noche, enganchados a una tragaperras o a un juego para portical? ¿No tenían familia? No le habría costado nada usar la portical para recibir hasta el último detalle de cada uno, pero prefería dedicarse al único juego que le gustaba: adivinar la vida de la gente. Vio a un calvo que jugaba una simulación en la que era un gato, y conjeturó que era un padre de tres hijos que intentaba evadirse del ajetreo familiar viviendo la tranquilidad de un felino perezoso. La portical confirmó que tenía tres hijos, pero había perdido recientemente a su mujer, así como al gato de la familia. Dos de sus hijos combatían en Vietnam, y el tercero había muerto. Pasó a una enjuta mujer mayor que jugaba a que era un samurái que descuartizaba *kami* (espíritus) horripilantes; observó el reloj de oro y su aspecto general y supuso que era rica, con una ristra de amantes jóvenes. La portical la informó de que llevaba más de veinte años casada, tenía dos hijos y vivía en la opulencia gracias a su marido, un ingeniero que se encontraba de viaje de negocios en Nueva Berlín, en las Islas Británicas. Observó el registro de aventuras que había tenido la mujer en locales de acompañantes. Estaba a punto de seguir haciendo cábalas sobre los jugadores cuando cambiaron las pantallas.

—Imaginen un mundo en el que todos son iguales —dijo una voz por los altavoces—. Donde hombres y mujeres de todas las razas conviven en paz. Un mundo en el que los chinos, los africanos y los judíos siguen existiendo, en el que no fueron masacrados sin piedad. No pasa un minuto sin que nos mientan, sin que nos digan que las «razas inferiores» fueron víctimas de pestes falsas. Están recreando nuestra literatura, nuestra historia, incluso nuestra religión. Gengis Jan no era japonés; Jesucristo no era un monje sintoísta; Franklin Roosevelt no capituló voluntariamente ante el Imperio japonés. Los Estados Unidos de América no eran un país implacable y despótico empeñado en borrar del mapa Japón y Alemania; eran una tierra de libertades que consideraba que la búsqueda de la felicidad era un derecho inalienable. No tenían emperador; sus gobernantes se elegían por y para el pueblo. Podían decir, hacer, escribir y creer lo que eligieran. Los Estados Unidos de Japón se impusieron sobre la que fue la mayor nación del mundo. Ahora, alzaos, recuperad vuestro país para que vuelva a ser lo que fue: los Estados Unidos de América.

En la secuencia inicial del juego, los soldados japoneses digitales ejecutaban a un grupo de civiles desarmados; los asesinaban brutalmente por millares, y atravesaban por la espalda o disparaban a la cabeza a aquellos que intentaban huir. Algunos se reían mientras realizaban «pruebas de corte» decapitando niños.

Akiko reconoció de inmediato el juego de Mutsuraga, ya que lo había visto hacía poco. Reinaba un silencio sepulcral; todos los jugadores estaban absortos. Llamó al mando para notificar lo ocurrido y explicó la situación a grandes rasgos.

—El juego se está ejecutando en todas las pantallas —concluyó—. ¿Qué hago? —preguntó al operador que retransmitía las órdenes.

—Manténgase a la espera.

—Pero todos están jugando.

—La ayuda está de camino.

—¿No puedo intentar detenerlo al menos?

—Manténgase a la espera, comandante.

—Pero...

La comunicación saltó, y otra figura apareció en la pantalla.

—Comandante Tsukino...

—General Wakana —saludó Akiko.

—Estaré ahí en diez minutos.

La comunicación finalizó. Akiko se sintió aliviada.

La historia alternativa que proponía el juego seguía desarrollándose en varias pantallas de portical. El planteamiento le parecía ridículo. Todo el mundo sabía que el Ejército Imperial había mostrado clemencia con los civiles obedientes y se había desvivido por ayudarlos. Los daños colaterales eran una desafortunada realidad de la guerra; era inevitable que entre las bajas hubiera algunos inocentes. Pero solo habían ejecutado en masa a los rebeldes y a sus familiares: gente que fue castigada por apoyar furtivamente los esfuerzos bélicos. No se podían considerar inocentes cuando suministraban armas y recursos a peligrosos disidentes que instigaban el asesinato de soldados leales.

El juego se basaba en una decisión que se tomó al principio de la Guerra del Pacífico, con una detallada cinemática que analizaba el camino divergente. Cuando los nazis invadieron la Unión Soviética, pidieron al Imperio japonés que atacara por el este. El alto mando de Tokio quería atacar la Indochina francesa para obtener recursos que escaseaban, principalmente petróleo (en cuanto terminó la guerra, una de las mayores prioridades del Imperio fue desembarazarse de la dependencia del petróleo). Esto se debió también a la derrota inicial del Ejército de Kwantung en la campaña de Janjin Gol, rematada por la paliza que les dio el general soviético Georgi Zúkov. Yosuke Mosuota, el ministro de Asuntos Exteriores, el héroe que lideró enérgicamente la decisión de que Japón abandonase la incompetente Liga de Naciones, convenció al Ejército Imperial para que atacara la Unión Soviética, pues estaba seguro de que un ataque a Indochina acarrearía represalias por parte de los americanos y los británicos. «O derramamos nuestra sangre o nos embarcamos en la diplomacia, y es mejor derramar sangre», había dicho. También sostenía que la derrota inicial de los japoneses a manos de los rusos no había sido consecuencia de la fortaleza de los sóviets, sino de la negligencia del Ejército de Kwantung y su negativa a coordinarse con el Ejército Imperial.

Hizo valer sus argumentos y, antes de que llegara el frío invierno, Alemania había conquistado Moscú mientras Japón distraía a gran parte del Ejército oriental soviético. Al año siguiente se hicieron con la Unión Soviética, y la victoria sobre Occidente fue la consecuencia natural.

En el juego *USA*, Japón cometía la estupidez de atacar Indochina en primer lugar, con lo que se ganaba antes de tiempo la animadversión de los Estados Unidos de América y el Reino Unido. Un planteamiento absurdo; pero incluso aunque hubieran entrado en la guerra en ese momento, en 1941 y no seis años después cuando, junto con los alemanes, desarrollaron el torpedo atómico, el Imperio los habría aplastado.

Solo había una cosa que la inquietaba. Siempre se había sentido inspirada por la historia de Gengis Jan, el gran conquistador japonés de China, muerto de un malhadado percance cuando lo tiró su caballo. La afirmación de que no era japonés la sacaba de quicio. Ese juego era un virus que había que erradicar. Mejor no seguir pensando en él.

3.12

El general Wakana llevaba las espadas ceremoniales sobre el uniforme negro sin cuello, aunque había prescindido de la capa estándar. Cojeaba ligeramente y apoyaba una mano ensortijada en un bastón de marfil. Llevaba el uniforme cubierto de medallas, muestras de su servicio en México y Vietnam. Era alto, de mejillas chupadas y bigote recortado morosamente. Sus ojos color avellana eran inquisitivos, aunque su mirada traslucía una violencia rayana en lo inquietante. Controlaba estrictamente la sonrisa, con los músculos de la boca tensos. No estaba acostumbrado a las banalidades.

A su espalda había camiones llenos de soldados. La agente Tsukino saludó y dijo:

—Recomiendo encarecidamente sellar el establecimiento, mi general.

—¿Por que?

—Por el juego. Debemos evitar su difusión.

—Deduzco que no está al tanto de que no ha sido un incidente aislado.

—No lo estaba.

—En estos momentos está ocurriendo en todas las salas de juego de los Estados Unidos de Japón. Ha sido un lanzamiento coordinado. No queremos detenerlo hasta haber determinado su origen.

—Puede que por eso hayan hecho estallar hoy esas bombas —murmuró Akiko.

—No parece una coincidencia —dijo Wakana tras considerarlo.

—Tendríamos que pararlos. —Akiko miró a la multitud—. Si les dejamos continuar, cundirá la sedición.

—¿Tan poca fe tiene en el Imperio que cree que un juego puede desestabilizarlo?

—Claro que no, mi general.

—Si les impedimos jugar, solo aumentaremos su curiosidad. No; más vale dejar que se harten mientras investigamos.

Akiko reconoció para sí que, por supuesto, el general tenía razón. El juego había estado difundiéndose pese a todos sus intentos de bloquearlo.

—He ordenado a los soldados grabar directamente a todos los jugadores —dijo Wakana.

—¿A qué se debe, mi general? —preguntó Akiko—. Toda la actividad realizada con una portical se graba automáticamente, y tenemos una lista de todos los presentes.

—Intimidación.

Entraron en la sala y, en efecto, la visión de cientos de soldados que grababan todo lo que ocurría en la planta puso nerviosos a muchos jugadores, sobre todo porque no les impedían jugar.

Sonó la portical de Akiko. Era Ben:

—Ya he llegado. ¿Dónde está?

Cinco minutos después se presentó ante ellos.

—Cuánto tiempo, Ishimura —dijo Wakana a modo de saludo.

—Así es, mi general.

A Akiko le extrañó que se conocieran.

—Me he alegrado al enterarme de que había sobrevivido a la explosión —dijo Wakana.

—Gracias, mi general —respondió Ben.

—¿Va a echarnos una mano con este desastre?

—Voy a intentarlo, mi general.

—Para un montaje de este calibre hace falta un equipo considerable —dijo Akiko—. El año pasado, unos activistas se infiltraron en una reunión de jugadores y cambiaron todas las puntuaciones con una portical privada que montaron en un cubículo del servicio. Esto tiene que haberse hecho desde un nodo central situado en el salón o algún otro lugar cercano. Si examinamos los circuitos en busca de aumentos de potencia o alta concentración de consumo eléctrico, seguro que damos con ellos.

—Bien pensado —dijo Wakana—. Voy a ordenar a los soldados que inspeccionen el consumo eléctrico de las inmediaciones.

—También existe la posibilidad de que la mujer a la que estaba investigando tenga relación con estos hechos. Antes no estaba segura, pero a la vista de lo ocurrido, debería realizar un seguimiento.

—¿Qué mujer? —preguntó Ben.

—Tiffany Kaneko.

—¿Está aquí?

Akiko asintió.

—La acompaño —dijo Ben.

—Lo necesito aquí —le dijo Wakana, y se volvió hacia Akiko—. Tiene razón. Está involucrada. No la interrogue delante del grupo; limítese a traerla.

Akiko se inclinó y se marchó. El general Wakana reanudó su tarea de observar como un halcón a todos los presentes.

3.41

Tiffany aún estaba cantando, intentando seguir el ritmo del conocido grupo femenino Vertical Pink, o al menos eso parecía desde fuera. Al entrar, Akiko vio a seis de los presentes apelotonados alrededor de la pantalla, jugando al *USA* tan hipnotizados que ni siquiera se fijaron en ella. Llamó tres veces a Tiffany, que no la oía porque estaba cantando karaoke en una esquina. Furiosa por ver disparar contra soldados japoneses como si fueran enemigos, Akiko sacó la pistola y le pegó un tiro a la pantalla, que se hizo añicos.

Se volvieron hacia ella.

—¿Se divierten? Ese juego va contra la ley. —Agarró a un hombre y lo abofeteó—. ¿Le gustaría pasar los treinta próximos años en un campo de trabajo? ¿Y a ustedes?

—Creíamos que tenía que ver con el aniversario —terció Tiffany.

—Fuera —ordenó Akiko mientras volvía al vestíbulo.

Tiffany la siguió y cerró al salir.

—¿No podíamos jugar a ese juego? —se interesó.

—¿Lo había jugado antes?

—Es la primera vez que lo veo.

—¿Había oído hablar de él?

—No —respondió Tiffany—. Es una idea bastante rara.

A saber en qué caos estaría sumido el mundo si hubieran ganado los americanos.

—Mi superior, el general Wakana, desea verla.

—¿A mí?

—Sí, a usted —confirmó Akiko.

—¿Para qué?

—Tiene preguntas.

Cuando salieron, un par de camareras rubias de cara esmaltada saludaban a unos clientes y les preguntaban si querían compañía.

—¿Qué opina de ellas? —preguntó Tiffany.

—Parecen maniquíes.

—Camareras sintéticas. Me gusta más la versión pelirroja. Hay hombres que prefieren su compañía a la de las mujeres reales.

—¿Por qué?

—Todo el mundo tiene alguna fantasía.

Mientras se marchaban, muchos camareros se inclinaron ante ellas y les pidieron que volvieran pronto.

Cuando nadie podía oírlas desde el bar, la sonrisa de Tiffany se esfumó.

—¿Por qué intenta descubrir mi tapadera?

—¿Disculpe?

—¿No se lo ha dicho? —preguntó Tiffany, echando humo.

—Decirme, ¿qué?

—Soy agente encubierta de la Kempeitai. —La Kempeitai, abreviada Kempei, era la policía militar del Ejército Imperial Japonés. En los Estados Unidos de Japón hacía frente sobre todo a amenazas externas y extranjeras, aunque en ocasiones sus intereses se solapaban con los de la Tokko, que se encargaba de los problemas internos—. Ya les ha parecido sospechoso que fuera a verme la primera vez. Ahora que me ha sacado, se acabó.

—¿Qué se acabó?

—Los americanos. Los rebeldes. ¿No lo sabe?

—No se me ha informado.

Tiffany bufó, exasperada.

—Estamos siguiendo la pista a un grupo de George Washingtons huidos de San Diego.

El general estaba en un almacén lleno de máquinas de juego rotas y camareras artificiales como las que habían visto antes, aunque envueltas en bolsas. Cuando entró Tiffany estaba hablando por la portical. La mujer hizo la reverencia preceptiva y preguntó, furiosa:

—¿Dónde está el general Nakajima?

—Lo han transferido a Singapur —respondió Wakana después de colgar.

—¿Por qué?

—Su misión ha terminado.

—¿Qué quiere decir con eso? ¿No ve que están jugando al juego por todas partes?

Wakana empujó una camarera mecánica.

—Se ha quedado sin tapadera.

—¿Y eso?

—Poco después de que estuviera con Beniko en su casa, una bomba la destrozó. Por eso la investigaba la Tokko.

—¿Qué? —Se quedó mirando al general mientras registraba sus palabras—. ¿Está...? ¿Está bien?

—Eso es lo de menos.

—¿Creen que he tenido algo que ver?

—Aunque no sea así, es sospechosa, y la única forma de eximirla es revelar su verdadera identidad.

—Quiero ver al general Nakajima.

—Sé que tenía una relación muy especial con él, pero se acabó.

—¿Desde cuándo?

—Desde ahora. —Wakana se incorporó—. Puede retirarse.

—¿Y la misión de Beiping?

—Cancelada. Puede retirarse —repitió.

—No estoy bajo su jurisdicción. Tengo otros superiores.

—Y en este momento tengo órdenes de apoyarlos; usted queda a mi cargo.

Tiffany dudó; quería poner objeciones, pero sabía que le convenía abstenerse. Hizo una inclinación y se marchó echando chispas.

—¿Desconcertada? —dijo el general a Akiko.

Entraron dos edecanes. Uno realizó una extraña danza ceremonial del té con un abanico; los movimientos de brazos y piernas recordaban a un cisne. El otro gesticulaba exageradamente, como si estuviera gritando pero sin emitir sonido, un mimo en uniforme de campaña. El general no les prestó atención.

—En efecto —respondió Akiko, aunque no sabía si la desconcertaba más la participación de la Kempei o el insólito comportamiento de los edecanes.

—Yo también lo estoy a veces. Hay tantas tramas y subtramas, llenas de subtramas a su vez, que al final se enreda la madeja y no se sabe quién espía a quién. Tengo la impresión de que nadie sabe siquiera por qué se perpetúan esas tramas.

—¿Aquí hay simpatizantes americanos?

—Están por todas partes, y enviaré a otros a seguir por donde lo ha dejado Tiffany —respondió el general. Bajó la cremallera de una bolsa colgante y abrió el panel de la camarera mecánica del interior—. Son modelos fallidos. Reproducir la conducta humana no es tan fácil como les gustaría creer a nuestros científicos.

—¿Qué hacen aquí?

—El coronel al cargo de la sala de juegos es coleccionista; para él, cualquier trasto es un tesoro. Hasta tiene máquinas de juego estropeadas de hace décadas. Le encantan porque pone «Made in America». —Abrió la bolsa de una camarera de proporciones ridículas—. Las trampas amorosas me parecen de mal gusto. ¿Sabía que los chinos las incluían en la instrucción militar?

Akiko asintió.

—La *Mei ren ji*, una de las treinta y seis estratagemas clásicas. Pertenece al grupo de las que se pueden usar cuando se está en una situación desesperada.

—Su eficacia es cuestionable. Las victorias usurpadas con malas artes se desmoronan ante la primera adversidad. —Pasó la mano por las mejillas y el cuello de la muñeca—. Es tan realista... ¿Algún día nos sustituirán por estos humanos artificiales?

—No sé, mi general.

—Cabe esperar que los robots tengan sus propios problemas. Su suposición se ha confirmado.

—¿Disculpe?

—Lo del nodo central. Póngase en contacto con Ben; él lo ha encontrado.

—Ahora mismo.

—¿Cree que el perpetrador seguirá aquí?

—Puede ser, para jactarse y regodearse en su acción.

Wakana cerró la cremallera de la bolsa.

—¿Sabía que en México la Unidad 798 enviaba perros rebosantes de pulgas transmisoras de la peste? Antes tiraban ratas en los campamentos enemigos, desde aviones, pero las ratas muertas no se movían mucho, así que decidieron infestar de pulgas a los perros y mandarlos a los campamentos enemigos. Cuando morían, las pulgas no se quedaban en el cadáver, y transmitían a los enemigos una variedad de la peste bubónica modificada genéticamente. Nuestros soldados esperaban a que se les empezara a caer el cuerpo a trozos para barrerlos.

—Estoy familiarizada con las actividades en el oeste del Ministerio de Prevención de Epidemias y Depuración del Agua.

—¿Cómo buscamos al perro enfermo?

—Tenemos que averiguar quién lo ha soltado.

—Nuestros enemigos son pulgas hambrientas —dijo el general, asintiendo—, dispuestas a hacer estragos. Tenga cuidado de que no la infecten.

4.21

Tiffany esperaba nerviosa a la salida.

—¿Ben está vivo? —le preguntó a Akiko.

—Sí.

Tiffany suspiró aliviada.

—Si lo ve...

—Está aquí.

—¿Dónde?

—Ocupado, pero aquí cerca.

—Por si se lo pregunta, no tengo ningún motivo oculto.

—Lo que me preguntaba era si, como agente de la Kempeitai, no observó nada sospechoso.

—¿Me culpa por lo ocurrido? —Akiko no respondió—. ¿Por qué está Wakana al mando? —añadió Tiffany.

—El general Wakana es uno de nuestros comandantes más distinguidos.

—Tengo entendido que cabreó a un montón de gente en los Levantamientos de San Diego; que hacía todo tipo de peticiones descabelladas. Creía que lo habían aparcado en África. Esos rebeldes son unos bárbaros sin sentido de la cultura; deben de ser los que pusieron las bombas. Hay que borrar ese juego y ejecutar públicamente a sus creadores —dijo Tiffany con convicción.

—Estoy de acuerdo. Es una pena que se haya descubierto su tapadera. —En el tono de Akiko había más mofa que lástima. A Tiffany le molestó, pero decidió que era mejor no ponerse a discutir.

—Cuando vea a Ben, dígale... Dígale que lo siento.

—¿El qué?

—Haber mentido sobre mi trabajo.

—¿Por qué tendría que disculparse? Formaba parte de su misión.

—Sé que tenemos que mentir a nuestro alrededor, pero eso no significa que me guste engañar a las personas que aprecio.

Tiffany hizo una breve inclinación respetuosa y se marchó.

4.52

Akiko se reunió con Ben a unos kilómetros de la sala de juegos, en una floristería con forma de invernadero especializada en bonsáis. Estaba en un barrio tranquilo que contrastaba con la Babilonia de neón del edificio lúdico que no cerraba nunca. Las lámparas laminadas del interior estaban encendidas, y Akiko entró por la puerta principal. A primera vista no había nada que llamara la atención, pero se percató de que no olía a abono. No es que todas las floristerías apestasen a estiércol, pero la densidad de plantas de la parte delantera parecía más destinada a ocultar que a exhibir: cactus, orquídeas y macetas elaboradas le bloqueaban el camino. Los apartó; detrás había hileras e hileras de porticales, conectadas en un circuito mediante cables que discurrían en todas direcciones, como un sistema nervioso electrónico que bombeara información. El flujo de datos recorría el edificio como si un entramado de compuertas digital canalizara las rutas. En los monitores se ejecutaban a toda velocidad diversas variaciones del juego *USA*, donde los soldados japoneses caían bajo los disparos de los americanos que luchaban por su «independencia». Habría como mínimo mil porticales apiladas formando torres.

—Los rebeldes han realizado el ataque desde aquí —explicó Ben, examinando los aparatos.

—Debe de haber sitios parecidos cerca de las otras salas de juego —aventuró Akiko.

—He informado a las demás secciones y puede que pillen a alguien, aunque supongo que se habrán marchado. Estoy estudiando esto por si encuentro algo que se les pase a los equipos de investigación. —Miró a Akiko—. Me ha dicho el general que Tiffany es de la Kempeitai. ¿Usted lo sabía?

—Acabo de enterarme.

—¿Está libre de sospecha?

—De momento. Esos rebeldes deben de haber recibido ayuda desde dentro.

—No se puede confiar en nadie. —Ben negó con la cabeza.

—No, cuando hay tanto en juego. Le pide disculpas.

—¿Por qué?

—Por el engaño —explicó Akiko.

—No sé. A fin de cuentas, eso no significa nada. Pero tengo la impresión de que he estado saliendo con una desconocida.

—En los Estados Unidos de Japón, todos somos desconocidos —dijo Akiko.

—Supongo que está en lo cierto. Pero tiene gracia...

—¿El qué?

—Usted es la única persona de la que estoy seguro, y es de la Tokko.

—No crea que soy un caso especial. Aún no le he dicho a mi madre dónde trabajo.

—¿Por qué no?

Akiko se sorprendió de haber revelado a Ben aquel detalle personal.

—¿Dónde estarán fabricadas estas porticales? —preguntó por cambiar de tema.

—Buena pregunta. —Ben levantó una—. No son japonesas ni chinas, desde luego. Son de material barato y de escasa calidad, sin números de serie que permitan hacer un seguimiento. Yo diría que están fabricadas en los Estados Unidos de Japón, muy probablemente en Anaheim, en Portical Valley.

Akiko echó un vistazo a los cubos de basura y vio que estaban llenos de colillas y cuencos de ramen vacíos; aún olían. Hacía poco que se habían marchado. Los agentes de basurología podrían examinarlo, y los criminólogos buscarían huellas dactilares.

—¿El Gogo Arcade no tiene sistema de seguridad?

—Sí, y muy bueno —contestó Ben.

—¿Cómo se lo han saltado?

—He dicho que es muy bueno, no que sea excelente. A un técnico de porticales con experiencia no le costaría mucho atravesarlo. Vamos a Anaheim.

—¿No estará cerrado? Son las cinco de la madrugada.

—No duermen nunca. A usted parece que le vendría bien echar una cabezada. ¿Y si me deja conducir?

Akiko estaba demasiado cansada para protestar.

5.32

Akiko estaba en una tienda donde se vendían recuerdos, un batiburrillo de emancipación hortera embotellada en falsa indefensión y uñas de músicos olvidados que se tostaban en kebabs de deseo mal encaminado. Si tuviera mejor gusto habría podido huir de la corpulencia del descontento. Pero no: sintió que se le hinchaba el abdomen y las manos se le convertían en garras cuando su nariz captó el olor de la pintura al látex.

—Eh —oyó, y sintió hielo en la muñeca.

—¿Qu...?, ¿qu...?

—Estamos llegando —dijo Ben.

Lo miró mientras se orientaba.

—¿Me he quedado dormida?

—Profundamente. Estaba soñando.

Akiko se frotó los ojos.

—Seré feliz cuando los médicos encuentren la forma de eliminar la necesidad de sueño del cuerpo humano —dijo.

—A mí me encanta soñar.

—Tenemos científicos buscando la manera de grabar los sueños, para ver qué piensa de verdad la gente a nivel inconsciente.

—¿En serio?

—Sí.

—No se puede detener a alguien por lo que sueñe.

—¿Por qué no?

—¿Y si se interpreta mal?

—Tendríamos agentes que lo cotejaran —dijo Akiko—. Por desgracia, no parece que el sistema vaya a existir pronto; están más concentrados en extraer recuerdos de los muertos.

—¿Están muy cerca?

—En las etapas iniciales. —Akiko intentó no pensar en Jenna.

—Así que pronto se acabará lo de llevarse los secretos a la tumba —observó Ben.

Giraron a la izquierda por una carretera llena de gigantescos anuncios en portical de nuevos espectáculos y competiciones de juegos.

—¿Cuánto falta? —preguntó Akiko.

—Estamos llegando. Aquí son más relajados con las normas, y no les gustan los militares. Espero que no se ofenda si le pido que me siga el juego.

—Bien —respondió Akiko, que no estaba familiarizada con Portical Valley.

—¿Le pasa algo?

—¿Qué me va a pasar?

—Parece hecha polvo.

—Estoy cansada.

—¿Un chute de cafeína? —Ben le tendió el inhalador.

—Después.

Portical Valley era una extraña intersección de tecnología y flagrante obscenidad. Había crisálidas de luz intermitente coreografiadas para convertirse en cabinas de demostración de aparatos nuevos, y por encima se alzaban los grandiosos monumentos al márketing. Era un centro comercial del tamaño de una plaza pública, un bazar en el que se vendía todo tipo de porticales y accesorios. El techo era una pantalla que mostraba anuncios con actores y actrices ligeros de ropa. Abundaban los modelos promocionales: el habitual desfile de camisetas ajustadas, bikinis y hombres de torso desnudo que vagaban por ahí con eslóganes y sonrisas falsas, todo ello empaquetado para atraer las libidos reprimidas. Las porticales y el sexo formaban una alianza sorprendentemente bien avenida.

—¿Adónde vamos? —preguntó Akiko.

—Esto es solo la superficie. Vamos a visitar a un antiguo conocido.

Elefantes, cebras y monos campaban a sus anchas. Aves exóticas volaban de cornisa en cornisa. Se exhibía la gigantesca pierna de un mecha roto, los restos del goliat que arrasó a los americanos en San Diego. En la base había puestos donde vendían calabaza y albahaca, que proporcionaban virilidad; chiles minúsculos que prometían ampollas en la lengua, y chalotas rellenas de especias que hacían implosionar otras partes.

La hierba luisa y las limas se sumaban al canal internacional de leche de coco que recorría los intestinos de todos los visitantes del valle. Muchos estaban absortos en juegos de portical comunitarios en quioscos, para sacudirse la fatiga y la frustración.

—¿Por qué hay tantos animales? —preguntó Akiko.

—Las porticales orgánicas integradas en cuerpos animales son el último grito. Algo parecido a los teléfonos de carne, pero con conexiones más profundas. Mire esos avestruces. —Ben señaló un grupo de aves con placas de cobre en la cabeza—. Son de carreras. Les aumenta la actividad hormonal y los vuelve más fáciles de controlar.

—¿Tienen una portical por cerebro?

—A medias. Lo mismo en el cuerpo.

—¿Quién los controla?

—El sistema de inteligencia por portical. Algunos animales tienen conexión directa con sus controladores. Al parecer, en Manchukuo organizan unos combates de grillos brutales con pilotos humanos. Muchos se vuelven locos por vivir como un insecto.

—Supongo que resulta útil como distracción para las masas.

—Nunca he visto un combate de grillos, pero las carreras de avestruces son inquietantes, muy violentas. A veces luchan a muerte; están dispuestos a cualquier cosa por ganar.

—Como sus amos humanos —observó Akiko con sequedad.

Muchos de esos amos humanos tenían partes artificiales, y había tiendas que prometían la actualización de prótesis en cuestión de horas. Incluían suplementos con herramientas intercambiables orientadas a trabajos como la limpieza, la fontanería y la construcción. También se vendían dientes adicionales que aumentaban el sabor, uñas postizas con pantallas de portical integradas y amplificación sensorial para estimular los nervios más débiles.

Entraron en una marisquería que apestaba a peces muertos. Cocineros de piel cobriza trinchaban la carne y retiraban las aletas de cadáveres de salmón. Las cajas de conchas y raspas goteaban líquidos viscosos que llenaban el suelo de sangre acuática. Ben y Akiko entraron en lo que parecía un almacén pero conducía a otra puerta que, a su vez, daba paso a una escalera. En una hornacina de la pared de la izquierda, el torso de un hombre con la cara cubierta por una red se volvió hacia ellos sobre su plataforma giratoria de acero. Llevaba la cabeza rapada, pero lucía un irritante bigote cuadrado.

—¿Qué puedo hacer por ustedes, agentes?

—Venimos a ver a Koushou —dijo Ben.

—¿Tienen cita?

—Sabe que no.

—Koushou está ausente en este momento.

—Podemos esperar —dijo Ben con una sonrisa, y le colocó un fajo de yenes en la mano.

—Tardará poco en volver.

—Probablemente lo que tardemos en llegar a sus dependencias.

—Puede ser.

Bajaron por la larga escalera, guiados por una radiación violeta que emanaba tentaciones.

—¿Qué ha sido eso? —preguntó Akiko.

—La versión moderna de engrasar al eunuco.

—¿Era humano?

—Cortado por la mitad.

—¿Sin nada debajo?

Ben negó con la cabeza.

—¿Y está ahí todo el tiempo? —continuó Akiko.

—Lo sustituye otro eunuco cuando tiene que descansar —explicó Ben—. Trabajan por turnos.

—¿Por qué hacen eso?

—La falta de la mitad inferior garantiza su lealtad. Es un rasgo que se aprecia mucho por aquí abajo.

—¿Cómo se alimenta?

—Con inyecciones de proteínas y otros nutrientes.

—Qué salvajada.

—Los porteros llevan una vida muy cómoda.

—¿Con sobornos?

—Peajes.

—¿Cuánto le ha dado? —Akiko se cruzó de brazos.

—No pregunte —dijo Ben, y se sacudió la pelusa de la chaqueta.

—¿No le duele?

—El gel regenerativo hace que se sienta en el cielo, y es más rico de lo que usted o yo podríamos imaginar.

—Hay cosas más valiosas que el dinero.

—Aquí abajo no.

Entraron en una sala cargada de humo, dividida en unos

espacios con dispensadores de alcohol y otros con camareros desnudos que servían las bebidas. Algunas de las paredes de cristal eran traslúcidas y mostraban siluetas de la acción humana, parejas desnudas que se refocilaban con animales. Una mujer bañada en perfume besaba apasionadamente a un hombre musculoso con cara de plástico, uno de esos machos artificiales. Cada vicio tenía su olor distintivo: drogas, tabaco, perversiones sexuales, alcohol, la repelente abundancia de obsesiones oscuras mezclada con lo indefenso de la adicción y la fragilidad.

—¿Por qué no me funciona la portical? —preguntó Akiko.

—Las conexiones con el exterior están bloqueadas.

—¿Por qué?

—Por orden de Koushou. Solo funcionan las comunicaciones internas, y no tenemos acceso. Se podría decir que es el rey de estos lares.

—¿El rey? —repitió Akiko, ofendida por la mención en vano de la realeza.

—Cada vez le va más la crueldad.

—¿De qué lo conoce?

—De San Diego.

—¿Luchó allí?

—Y con honores. En cuanto consigamos lo que buscamos, nos largamos. Déjele gobernar su pequeño imperio, aunque no le haga gracia.

—No sé muy bien qué quiere decir.

Entraron en una sala de techo convexo, paredes blancas, un estanque poco profundo y estatuas de animales grotescos. Parecía un templo, con su alineación axial y los nenúfares que flotaban serenos. Akiko estaba a punto de hacer un comentario sobre la arquitectura cuando observó algo raro: las estatuas parecían reales, y una de las mujeres desnudas parpadeó. Tardó unos segundos en darse cuenta de que eran personas de carne y hueso sujetas con tiras metálicas; algunas tenían el cuerpo perforado por barras, o alambres entrelazados con venas y músculos. Un hombre escuálido tenía una punta metálica que le sobresalía de cada articulación; una línea negra tatuada las unía en una constelación de tormento. Una mujer tenía la piel como una colcha de patchwork, aquí metal, aquí carne, cientos de casillas que le convertían el cuerpo en un tablero de ajedrez. Otra estaba retorcida hacia atrás, con la columna enroscada en un ángulo imposible de trescientos sesenta grados; tenía la cara inmovilizada por un sustituto de laringe y miles de agujas. Esculturas que eran una loa a la extravagancia protésica. En el otro extremo había un altar y varias columnas que conducían a un pasillo. Junto al altar había una alta jirafa con cara humana, un perro con cuerpo de hombre y una mujer con alas y patas de flamenco. Eran híbridos, pero lo peor era que, a pesar de que tenían el cuerpo inmóvil, sus ojos vagaban incansablemente.

En la cabecera del estanque, meditando, había un hombre de aspecto anodino: ni feo ni especialmente guapo, un asiático cuya cara habría pasado desapercibida en una multitud. No tenía ningún peinado distinguible; tan solo se había cepillado para que no le quedara el pelo revuelto. Llevaba una túnica azul, mostraba una expresión neutra y revelaba unos dientes escasos y amarillentos, estalactitas de un apetito inescrutable.

—¿Han oído esa teoría según la cual la mitológica Arca de Noé fue el primer museo de ciencias naturales? —Hasta hablaba con voz átona.

—No —respondió Akiko después de ver que Ben hundía las manos en el estanque, ajeno a la pregunta.

—Hay fanáticos que afirman que los humanos no son sino máquinas orgánicas con sistema autosuficiente, creadas hace relativamente poco.

—Eso contradice nuestro conocimiento de que el Emperador es Dios —replicó Akiko.

—Como he dicho, fanáticos. Siempre he sentido curiosidad: ¿y si Noé no era más que un hombre del tiempo venido a más, que sabía cuándo había que recoger a los animales?

—Noé forma parte de una estúpida superstición a la que se aferran los americanos.

—Todas las culturas antiguas del mundo están cargadas de mitos.

—Excepto la japonesa.

—¿Y eso?

—Japón es el culmen del mundo.

—Fuimos los primeros en desarrollar la alfarería y vivir según dictan todos los *kami* hasta que los occidentales nos sacaron del letargo.

—Mire, Koushou, no he venido a recibir una lección de historia. Hemos encontrado unas porticales que...

—Sé a qué han venido. Ishimura me envió todos los datos.

Koushou entró en el estanque, indiferente al agua que le mojaba la túnica, se acercó a un hombre que colgaba boca abajo y le sacó del cuello un dispositivo con forma de puñal. El extremo inferior era puntiagudo. Pulsó un botón de la base. El hombre se echó a llorar.

—¿Por qué llora? —preguntó Akiko.

—Está tan excitado —contestó Koushou, riendo— que no cabe en sí.

—¿Excitado?

—Mírele el paquete.

Akiko observó el bulto.

—Controlo todas las hormonas de su cuerpo —se jactó Koushou—. Puedo hacer que tenga tanta hambre que quiera destrozarle el cuello a bocados, o que se deprima hasta el punto de sacarse los ojos por un comentario estúpido que dejó caer hace catorce años a alguien irrelevante.

—¿Dónde consigue eso?

—En el mismo sitio que casi toda mi tecnología: en el Ejército —explicó Koushou—. Nos lo pasamos muy bien con estas cosas en San Diego, ¿verdad, Ben? Aunque tú no tenías estómago para esto, con tus porticales y tus números.

Akiko miró a Ben, que seguía concentrado en el agua. Intentó llamar su atención.

—Suelo tratarlos bastante bien —añadió Koushou.

—¿Quiénes son?

—Mis animalitos. Los que me traicionaron o intentaron robarme. Y algunos con los que me encapriché. Todos merecían la muerte y les ofrecí esta alternativa. Se han comprometido contractualmente. El único arte que merece la pena contemplar es el arte vivo. Cambia a diario; obliga a aceptar posibilidades de la naturaleza humana que en cualquier otra circunstancia serían incomprensibles.

—¿Qué ha aprendido? —preguntó Akiko, dubitativa.

—Que hay un universo dentro de cada ser humano. Que cada uno es Dios para los glóbulos sanguíneos y los órganos de su cuerpo. Que este universo no es sino un individuo en una infinidad.

—¿Cree que el universo es un ser vivo?

—Uno entre miles de millones que acabará por morir. Nos peleamos por las rebañaduras. ¿Sabe que, después de la guerra, el Gobierno japonés se planteó proscribir el cristianismo?

—Sí.

—Entonces sabrá por qué decidió abstenerse.

—Porque nadie seguiría a un dios derrotado —respondió Akiko.

—Porque unos dioses sustituyen a otros continuamente.

—Lo único que quiero saber ahora mismo es quién compró esas porticales.

—Ya sé qué le interesa —dijo Koushou—. ¿Qué puede ofrecerme a cambio?

—Su vida. ¿Qué le parece? —Akiko se llevó la mano a la pistola vírica del cinturón.

—Estoy vacunado contra sus virus. Necesitará algo mejor.

—Es un arma nueva, desarr...

—Estudié en el Noveno Laboratorio de Investigación Técnica Militar. He trabajado con las últimas pistolas de rayos, globos incendiarios, mechas humanoides, sumergibles equipados con cazas, torpedos atómicos del tamaño de un lápiz y enfermedades que escapan a su imaginación. Si no tiene más que amenazas inanes, puede largarse.

Akiko sabía que el Noveno Laboratorio se encontraba entre las instalaciones más secretistas del Imperio. A la vista de la tecnología a la que tenía acceso aquel hombre, lo creía.

—¿Qué quiere? —le preguntó.

—¿Hasta qué punto desea esta información?

—Es un asunto de seguridad imperial.

A Koushou se le iluminaron los ojos.

—Quiero cuerpos.

—¿Qué clase de cuerpos?

—Muertos. No estuvo mal el experimento que hizo con esa pobre chica.

¿Se referiría a...?

—Esa chica trabajaba para los George Washingtons.

—Van a por usted —dijo Koushou—. Puedo entregárselos si lo desea. Un buen grupo ha salido de su refugio de San Diego. Lo único que quiero a cambio de revelar su paradero son ocho infectados; muertos o, preferiblemente, congelados vivos.

—Solo tengo un cadáver y está en manos del Ministerio de Biología.

—El Estado tiene más enemigos.

—¿Qué pretende hacer con ellos?

—Existe un mercado de muertos por torturas de la Tokko. Un artículo de moda, por así decirlo. Me quedaré muestras de su sangre y los datos virológicos, que también son útiles.

—Útiles, ¿para qué? —preguntó Akiko.

—Para los entendidos que quieren desentrañar las complejidades de una ejecución horripilante. Yo colecciono híbridos de humano y animal. Tengo un buen museo en otro sitio. He creado sirenas y centauros, literalmente. Son especímenes fascinantes, pero la cirugía palidece en comparación con un virus que reconfigura el genoma de las víctimas.

El hombre invertido seguía llorando y soltando chillidos. Akiko sintió una punzada al recordar de repente la primera vez que torturó a una persona. Aquel hombre tampoco dejaba de gritar.

—¿Puede callarlo? —le dijo a Koushou, y se pinzó el puente de la nariz para acallar la sensación lacerante del recuerdo.

—¿Por qué? Esperaba que, siendo de la Tokko, apreciara esto mejor que la mayoría.

—No hay nada apreciable aquí —replicó, y se dijo que el hombre en el que pensaba había muerto muchos años atrás, durante el interrogatorio que condujo ella—. Es usted un sádico.

—¿Yo soy un sádico? La hipocresía no favorece a los agentes de la Tokko.

—No tenemos nada en común —afirmó Akiko, airada, aunque sabía que lo tenían—. Es un repugnante...

—Mida sus palabras. La cortesía militar tiene un límite.

—Por eso sigue usted con vida —afirmó Akiko.

—Todos somos siervos del Emperador.

—Dudo que usted lo sea.

—¿Sabe a cuántas personas he matado en su nombre? Usted puede sentirse satisfecha de limpiarle el culo, pero yo ya me cansé.

Los berridos inagotables del hombre le hacían escupir sangre.

—Cállelo o lo callo —advirtió Akiko, y volvió a pensar en su primera víctima. Seguía gritando dos horas después de que hubiera dejado de torturarlo. Quería matarlo, aunque solo fuera para dejar de oírlo, pero sus superiores no se lo permitían mientras no obtuviera suficiente información. No paraban de enviarla a continuar.

—Ni siquiera los americanos se atrevían a darme órdenes —dijo Koushou—. Puede retirarse.

—¿Puedo retirarme? —El tono del hombre le recordó el de sus superiores.

—Ya me ha oído.

Akiko sacó la pistola vírica y disparó a la escultura humana en la frente. El silencio en que cayó cuando la enfermedad se extendió por su cuerpo provocó en Akiko una intensa sensación de alivio.

—¿QUÉ CREE QUE ESTÁ HACIENDO? —bramó Koushou—. ¿Sabe cuánto me costó acondicionarlo?

—Ya tiene un cadáver —dijo Akiko—. Le proporcionaré siete más. ¿Trato hecho?

—Acaba de firmar su sentencia de muerte.

—Es usted un traidor que ha usurpado equipo oficial para sus propios fines egoístas. Queda detenido.

—¿Sabe qué le harán por detenerme? Tengo amigos en el alto mando, en Tokio.

Akiko apuntó a la mujer retorcida trescientos sesenta grados y disparó.

—¡BASTA! —rugió Koushou, corriendo hacia Akiko.

—¿Está dispuesto a hablar en serio? —intervino Ben, a la vista de que las cosas se estaban descontrolando.

—Hágala entrar en razón —dijo Koushou—. Dígale que pare.

—¿Dónde podemos encontrar a los George Washingtons?

—Están de camino.

—¿Por qué?

—Los avisé de que estaban ustedes aquí, por si no se mostraban cooperativos. Parece que acerté.

—¿Cuánto tardarán en llegar?

—Poco.

—Puedo conseguir esos cadáveres si...

Pero antes de que Ben terminara, Akiko se acercó a Koushou y le arrebató el mando. Koushou, furioso, le escupió a la cara. Le olía el aliento a ajo.

—¡Agente Tsukino! —exclamó Ben.

Pero la agente que había en ella no escuchaba. Clavó el extremo puntiagudo en el cuello de Koushou; del esófago roto salió un chorro de sangre. Koushou boqueó e intentó hablar, pero la sangre le devoraba la garganta. Se desmoronó hacia atrás y cayó al agua; el bermellón manchó el azul cielo y extendió la corrupción.

—¿Por qué ha hecho esto? —gritó Ben mientras corría chapoteando hacia el cadáver de Koushou para examinarlo.

Akiko se limpió el escupitajo.

—Se ha mofado del Emperador —dijo. Le daba igual que fuese una excusa muy endeble.

—Era un héroe de guerra que se codeaba con el alto mando.

—Lo había sido —corrigió Akiko—. Ahora era un traidor que merecía la ejecución.

—Pero...

—Mire a su alrededor. ¡Era un demente!

—¿Y qué diferencia...? —Ben empezó a protestar, pero se contuvo.

—Termine la frase.

—Olvídelo.

—Todo lo que hago es por el Emperador —dijo Akiko, empujando a Ben.

—Ya lo sé.

—¿Lo sabe? —preguntó, aunque no se dirigía solo a él.

—Sí.

—Debería acusarlo de negligencia y cobardía.

—¿Por qué? —preguntó Ben.

—Debería haberlo matado en el momento en que cuestionó la divinidad de nuestro Emperador, y antes de eso debería haber informado de su conducta —afirmó, aunque estaba verdaderamente enfadada consigo misma por haber vuelto a perder el control.

—¿Dónde cree que Koushou se aficionó a esto? En San Diego era torturador profesional. Toda esta zona tiene el beneplácito de los Estados Unidos de Japón.

—Lo ha llamado rey. ¡Rey! En el Imperio no hay sino un Emperador. Este *baka* es un civil. También debería haberlo detenido a usted por una insinuación tan sediciosa, aunque contuve el aliento con la esperanza de que supiera lo que se hacía. Es increíble que haya sobrevivido tanto tiempo.

—Lo siento. Usé una figura retórica...

—Cierre el pico, Ishimura. Mi jurisdicción va más allá de los Estados Unidos de Japón. Solo rindo cuentas al Emperador; ¿le supone algún problema?

—No, mi comandante. Lo siento mucho.

Akiko volvió la vista hacia las estatuas vivas.

—Sé que es difícil de creer —añadió Ben, siguiendo su mirada hacia las monstruosidades disfrazadas de arte—, pero era un hombre realmente amable. Perdió la cabeza porque lo obligaron a torturar gente, incluido su mejor amigo, un oficial que creían que espiaba para los George Washingtons. Resultó que no era así; el tipo era inocente, pero para entonces ya le habían sacado el cerebro y los testículos. Koushou no volvió a ser el mismo.

Akiko contempló el cadáver, sin fijarse en su propio reflejo en el estanque poco profundo.

—Voy a clausurar este antro en cuanto salgamos —dijo decidida.

—Puede intentarlo.

—¿Cómo que intentarlo?

—No se lo tome como una falta de respeto, pero los sitios como este han llegado para quedarse.

—Quizás a usted le resultaría difícil, pero a mí no. El alto mando me escuchará.

—Eso espero. ¿Qué hacemos con los americanos?

—Tenemos que ponernos en contacto con el general Wakana para pedir refuerzos.

—No hay conexión —dijo Ben, examinando la portical.

—¿Cómo se sale de aquí?

—Esperemos que los guardas de seguridad no estén al tanto y podamos irnos por donde hemos venido.

—¿Qué es eso? —Akiko señaló una puerta, al otro lado del altar.

—No lo sé.

La mujer corrió a abrirla; daba a un pasillo estrecho con puertas a ambos lados. Estaban cerradas, y Akiko iba a abrirlas a tiros cuando Ben la detuvo y usó la llave digital de la portical para descifrar las cerraduras numéricas. En la primera habitación había dos hombres escuálidos guillotinados. Estaban sorprendentemente limpios y cuidados, aunque tan descarnados que se les notaban todos los huesos. La habitación siguiente parecía una nevera. En una esquina había seis personas hechas un ovillo, temblando de miedo.

—Pueden marcharse —ordenó Akiko. Al ver que no obedecían disparó contra el techo—. ¡Fuera de aquí!

—¿Adónde vamos? —preguntó uno.

—Firmamos un contrato con Koushou.

—Se encarga de nosotros.

—Koushou ha muerto —respondió Akiko—. Lárguense antes de que los mate a ustedes también.

Salieron corriendo. Ben contempló con expresión de dolor a los demacrados prisioneros que daban tumbos en su camino a la libertad.

—¿Qué pasa? —preguntó Akiko.

—Esas personas...

—Aún quedan ocho puertas.

Cinco habitaciones estaban llenas de aparatos de tortura, desde aplastapulgares hasta doncellas de hierro, pasando por picotas, porras eléctricas, potros, *jia gun*, *tean zu* y ruedas en las que se destruían los sistemas circulatorio y linfático. Ese equipo habría convertido en penitente hasta al hereje más convencido; la muerte en una hilera de cedros y coníferas desafiaba la maleabilidad. Las tres últimas habitaciones eran calabozos, y Akiko supuso que era allí donde Koushou jugaba con sus víctimas.

—No es por meter prisa, pero creo que deberíamos irnos —dijo Ben.

Volvieron a la sala principal. Las miradas tensas de Ben delataban su ansiedad. La rigidez con que caminaba Akiko era fruto de la indignación; no apartaba la mano de la culata.

—Sigue llevando la pistola, ¿verdad? —preguntó a Ben.

—No soy muy buen tirador.

—Si surge algún problema, apunte y dispare.

Ben se tocó la funda.

—Si subimos lo suficiente para conectar las porticales, podré servir de algo.

Dos perros fornicaban ante un grupo de parroquianos borrachos que se reían del espectáculo. Una mujer llevaba un osito de peluche rosa casi de su tamaño. Akiko y Ben subieron por la escalera donde los había recibido el eunuco.

—¿Por qué ha soltado Koushou a sus contratistas? —preguntó este.

Akiko apuntó, dispuesta a disparar, pero Ben le sujetó la mano y la bajó con delicadeza.

—Se había aburrido de ellos, y nos ha echado. No quiere que lo molesten.

Salieron a la tienda de pescado.

—¿Qué hace? —preguntó Ben.

—No vuelva a tocarme —advirtió Akiko.

—¿Va a matar a todos los que se crucen en su camino?

—Usted sigue vivo. ¿Le funciona la portical?

Ben estaba a punto de llamar a Wakana cuando lo agarraron por detrás. Intentó zafarse de un codazo, pero la muralla de músculos que tenía a la espalda ni lo notó. Era un hombre corpulento, una montaña de esteroides conectados por venas que parecían valles.

—Suéltelo o disparo —amenazó Akiko.

El hombre no le hizo ni caso, y estaba a punto de romperle el cuello a Ben cuando Akiko le pegó un tiro en el hombro. La bala lo hizo retroceder, y ella se adelantó y le dio una patada en la entrepierna. El gorila se encogió, bufando; ella le retorció el brazo alrededor de la espalda y se detuvo justo antes de rompérselo. Él intentó liberarse y ella se lo rompió, arrancándole un grito de dolor; después lo empujó al suelo y lo apuntó con el arma.

—¿Para quién trabaja?

El hombre se negó a contestar.

Akiko desplazó el cañón y disparó justo al lado del pie.

—No volveré a preguntarlo. ¿Para quién trabaja?

El hombre siguió mudo. Akiko le incrustó una bala en la pantorrilla; le desgarró la piel. Él rugió de dolor e intentó incorporarse, pero ella lo inmovilizó poniéndole un pie en el pecho.

—No voy a matarlo —dijo Akiko—. Pero estoy convencida de que si la pierna derecha hace pecar, hay que cortarla. Lo dejaré tullido el resto de su vida. Sin piernas ni brazos. Le meteré una bala en la tripa para que no pueda ir al baño sin dolor. Le sacaré los ojos. Le meteré una bala en la mejilla para que las mujeres sepan que... —Un charco de orina empezó a formarse alrededor del hombre, y Akiko dio un salto atrás—. ¡Qué asc...!

Notó algo frío y redondo en la nuca: el cañón de una pistola.

—Suéltela —le ordenó una voz.

Akiko giró en redondo, agarró la pistola y se la estampó a su adversaria en la sien. La mujer cayó al suelo. Llegaron otros tres rebeldes y Akiko se lanzó contra ellos. A uno le dio una patada en la entrepierna; a otro, en la cabeza, y al último, en el costado. Todos cayeron. Llegó una docena más, con armas automáticas y porras antidisturbios.

Akiko buscaba una vía de escape cuando cuatro rebeldes la golpearon con las porras eléctricas. Se desmoronó; los golpes la dejaron inconsciente.

12.15

Akiko estaba reunida con sus superiores cuando se tiró un pedo que agujereó la silla. Fue un pedo tan fuerte que los oficiales cayeron de espaldas. Quería negar que había sido ella, pero el dilema gaseoso que planteaban los árboles heridos por su escrupulosa flatulencia la tenía cohibida, y el estómago le rugía sin cesar. No sabía qué hacer; se preguntaba qué destino la aguardaba en su ascenso por el escalafón cuando se despertó y se encontró enjaulada. Era un espacio muy reducido, más adecuado para un mono que para un humano. La iluminación era tenue y había docenas de jaulas a su alrededor. Le habían quitado la placa y las armas.

—Por fin se despierta.

—¿Ishimura? ¿Dónde estamos? —preguntó.

—Nos han capturado los George Washingtons —respondió Ben desde la jaula contigua.

—¿Cómo?

—Estaban esperándonos. Martha Washington, su líder, está furiosa con usted.

—¿Conmigo?

—No dudo de su integridad ni de su lealtad al Emperador, pero no la provoque ni le dé ninguna excusa para empeorar las cosas. Si les da lo que quieren, no se ensañarán con usted.

—¿Me sugiere que me rinda?

—Solo que medite bien sus respuestas.

—Sirvo al Emperador, el dios verdadero.

—Y ellos a una implacable deidad occidental que murió hace mucho. Ya me lo sé. El caso es que siguen adorando a ese dios.

—Su dios les dio la espalda y por eso ganamos. Me comportaré con la dignidad y la responsabilidad que me otorga el cargo —prometió Akiko.

—En ocasiones me cuestiono todo eso. Los dioses, sus dictámenes, todo lo que hace la gente en su nombre... ¿Algo de eso es lo que quieren en realidad? Como lo de San Diego. Si el Emperador hubiera conocido los detalles, ¿de verdad habría deseado que hiciéramos lo que hicimos?

—Como siga por ese camino, lo ejecutaré personalmente en cuanto salgamos de aquí.

—Si salimos de aquí. Ya he asumido que tendré una muerte lenta y dolorosa. A no ser que tenga algún método de huida secreto de la Tokko.

—Si lo tuviera, no me fugaría con un traidor como usted —aseveró con vehemencia.

—Los dos acabaremos cediendo ante ellos. Créame; lo vi en San Diego. Cuanto más nos resistamos, más se regodearán en quebrarnos. ¿Por qué resistirse?

—Resistir es honorable.

—¿Tuvo algo de honorable esa mujer a la que ejecutó? Fue ayer mismo, ¿no? —preguntó Ben.

—Los traidores no merecen ningún honor.

—¿Cree que usted se habría resistido?

—Por supuesto. Moriría antes que traicionar al Imperio.

—Muerta no le resulta muy útil.

—Ni usted vivo —dijo Akiko.

—Soy el siervo más leal del Imperio.

—Ya no.

—No tengo por qué aguantar que cuestione mi lealtad.

—¿Se cree incuestionable por haber delatado a sus padres? ¿Sabe cuántos hijos delataron a sus padres tan solo el año pasado?

—Me alegro de que aprecie mi sacrificio.

—Le recuerdo —dijo Akiko, irritada— que sus superiores lo consideran un lastre; se toma sus obligaciones demasiado a la ligera. No tiene ni idea de cuántas quejas se han presentado contra usted por retrasos, ausencias y conducta inadecuada.

—Nunca he negado mi ética laboral ni que soy un juerguista.

—La incompetencia debería castigarse con la pena capital.

—Entonces nos habrían ejecutado a mí y a tres cuartas partes del Imperio —murmuró Ben—. Probablemente, eso le gustaría, ¿eh? O no mucho, porque no le quedaría nadie a quien perseguir.

—La mala suerte lo ha vuelto osado.

—Esto es algo más que un revés de la suerte. Van a matarnos a los dos esta noche por su conducta descuidada.

—¿Mi conducta descuidada?

—Koushou —dijo Ben.

—Le he salvado la vida ahí arriba.

—Y se lo agradezco. Pero creo que habría preferido que me rompieran el cuello a la tortura que nos tengan reservada.

—Cobarde —le escupió Akiko.

—Sea un cobarde o el hombre más valiente del mundo, me doblegarán.

La actitud de Ben frustraba aún más a Akiko, ya bastante frustrada por haberse dejado atrapar. Era agente de la Tokko, entrenada para resistir cualquier tormento.

—¿Qué quieren de mí? —preguntó.

—No lo sé —contestó Ben.

—¿Qué quieren de usted?

—Por mí no parecían tan preocupados.

—¿El general Mutsuraga está con ellos?

—No que yo haya visto, aunque tampoco me han dicho gran cosa. Tengo la impresión de que están detrás de los atentados de anoche.

—¿Por qué cree eso?

—Martha Washington me ha preguntado cómo sobreviví.

—¿Consiguió conectarse con la portical?

—No.

—¿Tiene idea de dónde estamos?

—Ni la más remota.

Se encendieron las luces y oyeron unos pasos que se acercaban. Se adelantó una mujer caucásica cubierta de tatuajes de la bandera de los Estados Unidos de América. Mediría dos metros por lo menos, y tenía la cabeza rapada y líneas de acero grabadas en la carne; llevaba un pantalón de campaña caqui y una chaqueta de lana negra. La seguía una cohorte de hombres y mujeres de diversas etnias.

—Tú fuiste la que mató a Jenna —ladró a Akiko.

—¿Y quién es usted?

—Martha Washington.

Akiko había leído los informes sobre la sorprendente aptitud de Martha Washington. Durante los Levantamientos de San Diego había recibido diez balazos en el pecho, pero había hecho caso omiso del dolor, como si la hubieran alcanzado con simples perdigones, y había matado a sus atacantes. Era la tercera columna del congreso de los George Washingtons, que, más que personas, eran baluartes de la violencia y el dolor. Procuraban la supervivencia de los suyos gracias a la amargura que constantemente les llenaba las dendritas de furia.

—¿Qué le hiciste a Jenna? —preguntó Martha.

—Está muerta —respondió Akiko.

—Ya lo sé. —Martha tenía el rostro congestionado por la rabia—. ¿Cómo?

—Murió durante el interrogatorio.

—¿Con esto? —Martha blandió la pistola de Akiko, que asintió—. Ella no tenía la menor relación con lo que hacemos.

—Ayudó a su grupo a matar a siervos leales del Emperador en Palos Verdes —afirmó Akiko.

—¿Qué ocurre cuando se dispara a alguien con esto?

—Que tiene una muerte dolorosa.

Martha apuntó a Akiko y disparó. Una flecha de un verde vivo alcanzó a la agente, que alzó la mirada con indiferencia y dijo:

—Si se rinden ahora, les prometo una muerte rápida.

—¿Por qué no funciona contigo? —preguntó Martha.

—Estoy vacunada.

—Lo suponía. —Sonrió—. Tenemos nuestras propias formas de castigar a la gente como tú. Pero creo en un dios misericordioso. Si suplicas perdón y me das los códigos de acceso de la Tokko, morirás limpiamente; te doy mi palabra.

—No les tengo miedo —dijo Akiko con desprecio.

—Bien.

Tres hombres abrieron la jaula y la sacaron. No se resistió; mantuvo la compostura y caminó con la cabeza muy alta.

—Traed también al otro —ordenó Martha.

—Pero ese va detrás de Mutsuraga —protestó uno de los hombres.

—Ya lo sé. Traedlo de todas formas.

12.55

Estaban en un almacén con pasillos formados por cajas. Akiko no vio ningún logotipo conocido, y en las paredes no había nada que indicase dónde estaba. Vio gente que la miraba con mala cara. Como los guardas, eran multiétnicos. Intentó memorizar cada rostro para poder detenerlos cuando saliera. Nadie hablaba ni hacía el menor ruido.

Llegaron a un foso cubierto por un suelo de plástico transparente con una trampilla de acceso. Al otro lado del plástico se arracimaban millones de hormigas, puntos orgánicos que giraban en un huracán de insectos. Akiko vio que había varias calaveras cuya carne había sido retirada minuciosamente para su consumo, y oyó la orquesta que formaban los exoesqueletos quitinosos al chocar y frotarse entre ellos. Era un sonido inquietantemente alienígena, longitudes de onda de construcción distorsionada, mandíbulas y abdómenes que aplastaban órganos. Los espiráculos devoraban gases y las aortas dorsales hacían circular la hemolinfa por los cuerpos. Su idioma era sencillo: consumir, consumir, consumir. No hacían distinciones por raza, sexo, religión, cultura ni creencias.

—Dígales lo que quieren oír —aconsejó Ben a Akiko—. Su dios americano los obliga a perdonar a los arrepentidos.

—Solo perdonamos a los penitentes reales —dijo Martha—, no a los de boquilla.

—No me arrepiento —dijo Akiko. Martha asintió.

—Me alegro de que seas sincera. —Señaló los insectos—. Estas hormigas proceden de lo que queda de Sudamérica, criadas y manipuladas genéticamente por rebeldes que combaten el Imperio. Las llaman hormigas antropófagas porque les encanta el sabor de los humanos.

Un guarda agarró a Akiko por detrás y la sujetó por la mano; otro le clavó una jeringuilla en el brazo. Intentó resistirse, pero los otros guardas la mantuvieron en el sitio.

—¿Cuánto crees que tardan en comerse a una persona? —preguntó Martha.

—No sé —respondió Akiko. Se le agarrotaban los músculos y sentía que perdía movilidad en los pies. Intentó mover el brazo, pero no pudo.

—Pues depende. Hay gente que no les hace gracia y gente que les encanta. Cada cual tiene su propio sabor. ¿Verdad que es raro pensar que estas hormigas no tienen ni idea de que eres un ser humano? No tienen concepción de la vida más allá de su pequeña existencia de hormigas. Son crueles; tienen esclavos y combaten entre ellas. Normalmente te interrogaría, pero no creo que sirva de nada. —Hizo una seña a los guardas—. ¿Qué es eso que sueles decir a tus víctimas? ¿Si la mano derecha te hace pecar, córtatela?

—¡Espere! —gritó Ben—. Perdónele la vida y le daré todo lo que quiera.

—¡No se meta en esto, Ishimura! —chilló Akiko.

—La van a echar a las hormigas.

—No les tengo miedo.

—Los avances médicos del Dai Nippon Teikoku son asombrosos —dijo Martha Washington—. Pueden curar cualquier cosa. Pero cuando pienso en el precio... ¿A cuántos pacientes desguazaron e infectaron con todas las enfermedades imaginables? Pero si el Imperio puede curar cualquier cosa es gracias a todo lo que aprendieron los médicos de esas muertes. ¿Eso lo justifica? Se salvaron millones de vidas, siguen salvándose, pero a costa de la muerte horrible de decenas de millares de personas. Yo sería incapaz de vivir después de tomar esa decisión.

—Porque es débil —dijo Akiko.

—Si la conciencia le parece una debilidad, me declaro culpable. ¡Metedle la mano en el foso! —gritó.

Akiko había perdido el control muscular del cuerpo, pero aún podía mover la cara. Los dos guardas abrieron la trampilla, la arrodillaron y le dejaron caer el brazo al foso de las hormigas. Aunque no podía moverlo, notaba cómo estas lo recorrían y empezaban a mordisquearlo. Las punzadas de dolor se amplificaron y los picotazos esporádicos se convirtieron en un paroxismo de dolor concentrado, que se hizo insoportable mientras le devoraban los dedos. Rasgaban la piel, perforaban los músculos, los tendones, los ligamentos.

—¿Qué le parece? —preguntó Martha.

Akiko quería descargar los puños contra el suelo, retorcerse y liberar la mano, pero no podía apartarla y sentía que las hormigas le subían por la muñeca. No quería bajar la vista y ver lo que ocurría, pero los ojos se le arrastraron en esa dirección. Horrorizada, vio una masa negra en el lugar de los dedos y atisbó las uñas mientras se las llevaban; dos de ellas estaban manchadas de rojo. Se sintió desfallecer. Junto a Martha estaba su sobrina Jenna, mutada y llena de virus que le desbordaban por la cara.

—¿A cuántas personas has matado? —preguntó Jenna.

Ya no se acordaba. ¿Habían sido catorce, o quince si contaba a Koushou?

—A menos de las que debería —replicó Akiko.

—¿Por qué las mataste?

—En aras del Imperio.

—¿Todas tenían que morir? —Akiko vaciló—. ¿Por qué las mataste? —repitió Jenna, furiosa.

—No lo sé.

—¿No lo sabes, o no quieres decirlo?

—Eran traidores.

—¿Cómo lo sabes?

—Tenía pruebas en todos los casos.

—¿También en el mío?

—No quería matarte. —Akiko suspiró—. Consideraba que bastaba con interrogarte, pero el alto mando insistió.

—¿Así que obedeciste ciegamente?

—Hacer comentarios negativos sobre nuestro dios es sacrilegio.

—¿Y si son la verdad?

—¿Qué verdad?

—Que tu dios no puede tener hijos, o que va a morir.

—Los dioses no mueren.

—Casi habéis matado la idea de nuestro dios, pero en realidad eso te importa poco. Lo único que temes es tu propio...

—¿Qué balbuceas? —le preguntó Martha a Akiko. Le habían sacado la mano del foso de las hormigas. No se la miró—. ¿Te arrepientes?

—¡Estoy dispuesta a morir por el Emperador! —respondió, furiosa.

—Eso te gustaría, ¿verdad? Pero no voy a concederte ese honor. Se te juzgará en la misma medida en que has juzgado a otros. Metedle la otra mano.

Akiko se acordó de su madre. Cuando estudiaba para los exámenes, su madre la esperaba hasta las tantas, y le hacía sándwiches y té para ayudarla a mantenerse despierta. Creía que se esforzaba para entrar en el Conservatorio Yamamoto de Oahu, pero en secreto se preparaba para la Academia Militar de Berkeley y detestaba tener que dedicar tantas horas a tocar el violín. Cuando se iba a la cama, su madre le masajeaba los dedos con aceite de oliva. A Akiko le parecía una pérdida de tiempo, pero su madre insistía siempre.

—La otra mano no —le dijo a Martha.

—¿Qué?

—No me metáis la otra mano.

—¿Por qué no?

—¿Y si me matáis y ya está? No sois más que traidores y cobardes, y cuando llegue el Ejército a por vosotros, os harán cosas mucho peores que nada que podáis hacerme. Os arrastraréis y suplicaréis por vuestra lastimosa vida, pero os rajarán...

Siguió hablando, pero nadie pareció enfadarse por sus palabras. Ni siquiera parecían molestos; al contrario: en los rostros apareció una alegría cruel. Akiko la reconoció: sabían que estaban quebrantándola, que empezaba a invadirla la furia y, lo que es peor, la desesperación.

No pudo evitar que el guarda le introdujera la mano en el foso de las hormigas. Sintió que se agolpaban sobre la carne. Comían con voracidad, apelotonadas por millares. El olor de la piel les despertaba el apetito. El dolor hacía que le sudara todo el cuerpo. No dejaba de pensar en su madre, cuando le lavaba las manos por las noches. Sintió vergüenza al reconocer que no recordaba ninguna de las canciones que interpretaba con el violín. Los picotazos se hicieron más agresivos mientras las hormigas se cebaban con sus dedos.

—Basta —dijo—. Basta, por favor.

—¿Te arrepientes? —preguntó Martha; Akiko vaciló—. ¿Te arrepientes?

Akiko negó con la cabeza. Era de la Tokko, de la policía especial del Imperio. No podía ceder ante...

—Hundidle más el brazo —ordenó Martha.

—No, por favor, no.

—Nunca te preguntaste qué sentían los torturados en

—165—

realidad, ¿eh? Puede que en la instrucción te sometieran a ahogamientos, pero eso no cuenta porque sabías que no iba a ser permanente. Voy a asegurarme de que no vuelvas a torturar a nadie con tus propias manos.

—Por favor, mi madre...

—¡No te atrevas a mencionar aquí a tu madre! ¿Qué hay de los padres de Jenna? ¡Ni siquiera pueden ver su cadáver!

No había una sola cara comprensiva en toda la multitud.

—Está perdiendo mucha sangre —dijo alguien.

—Remendadla.

Le sacaron el brazo; de codo para abajo era un esqueleto descarnado. Akiko contuvo la respiración; sentía el pecho oprimido. Empezó a hiperventilar. Un hombre que llevaba un hacha corta le puso el brazo contra el suelo.

—¿Qué...? ¿Qu..., qué hace? —tartamudeó Akiko—. ¿Qu...? ¿Qu...?, ¿qué...?, ¿qué ha..., ha..., hace? Ba..., ba... ¡Basta!

No le hicieron caso.

22.55

Se despertó en una cama. Se miró los brazos y solo vio dos muñones vendados; si el shock no la tuviera atontada, se habría echado a gritar. Le resultaba demasiado difícil procesar lo que le había pasado.

—Buenas noches.

Era Ben. Estaba apoyado en la pared opuesta y tenía la cara magullada. Akiko lo miró con dureza.

—¿Cómo es que estamos vivos? —le preguntó—. ¿Por qué no me han matado?

—Decidieron que dejarla vivir con esta humillación era un castigo peor que la muerte.

Akiko cerró los ojos e hizo todo lo posible por contener las lágrimas antes de que la traicionaran.

—Han cometido un error —dijo temblorosa—. Voy a matarlos personalmente, a todos ellos; les arrancaré los brazos y las piernas y se los echaré a los animales.

—Es una forma de vengarse.

—¿Qué haría usted? —preguntó, harta de lugares comunes.

—No sé. Ni siquiera puedo concebirlo.

—Puedo ponerme prótesis, implantarme un brazo con pistola e ir a por ellos antes de que sea demasiado tarde.

—Eso lleva su tiempo y para entonces habrán desaparecido.

Akiko negó con la cabeza.

—No lleva tanto si me limito al brazo con pistola —dijo—. Solo tardan un día o dos; en Vietnam lo hacen todo el tiempo. —Miró a su alrededor—. ¿Dónde estamos?

—En el Anaheim County Hospital. El médico quería hablar con su familia para ponerla al tanto, pero no han encontrado ningún...

—No —interrumpió Akiko. La asaltó el recuerdo de la noche en que tuvo que informar a sus padres de lo que le había ocurrido a su hermano. ¿Cómo explicarles que un fervor mal encaminado lo había conducido a hacer lo impensable?—. No quiero que se enteren mis padres.

—Pero...

—He dicho que no.

—¿Tiene algún amigo o ser querido a quien podamos llamar en su lugar?

Akiko pensó en Hideyoshi, en que no podría volver a tocarlo con sus propias manos.

—Luego me pongo en contacto con él. ¿A usted qué le han hecho?

—¿A qué se refiere?

—Sigue teniendo manos —dijo Akiko; una acusación y un veredicto a la vez.

—Me han dado una buena paliza, así que les he dicho todo lo que querían saber.

—¡Idiota!

Ben no lo negó.

—Necesito seguir con vida. Me queda un largo camino por delante y tengo una promesa que cumplir.

—¿Qué promesa?

—Ya se lo diré en otro momento.

—¿Adónde cree que va?

—A por Mutsuraga.

—¿Lo ha visto? —preguntó Akiko.

—No, pero les he dicho la verdad sobre él.

—¿Qué verdad?

—Es lo de menos.

—¿Hay algo que le importe?

—Por supuesto —respondió Ben—. Mucha gente murió sin motivo en San Diego. El general Wakana fue uno de los pocos que intentaron detenerlo.

—¿El general Wakana? ¿Qué tiene que ver?

—Hace casi diez años. Llegó después de que un Washington matara a un coronel, a intentar salvar la situación, pero no hubo manera. Puede que, como usted dice, estemos en un círculo asimétrico y yo solo desempeñe mi papel. En unos días dará igual.

—¿Qué quiere decir?

—Ya lo verá. Adiós, agente Tsukino.

—No haga tonterías.

—Las hago siempre.

Se marchó.

Akiko echaba chispas y quería interrogar a Ishimura, pero no estaba en condiciones de intentarlo.

Por la radio del hospital, que sonaba en todas las habitaciones, se oía una orquesta. El violinista corría por las cuerdas de forma impecable en un choque de *staccatos*. Akiko reflexionó sobre su vida y las melodías le sonaron vacías. Quería cerrar la emisora; se enfureció al pensar en las personas a las que había torturado. Contuvo las lágrimas que intentaban brotar de sus ojos: el llanto era para los débiles y no iba a ceder.

«Elegí esta vida. Lo único que debería sentir es no haber muerto por el Emperador. Soy un samurái moderno y no tengo nada de que avergonzarme. Mataré a esos George Washingtons o moriré en el intento.»

Aun así, le habría gustado no tener un trabajo en el que se sentía obligada a mentir a su madre. Quizás eso le habría permitido detener el temblor de unas manos que ya no existían.

DIEZ AÑOS ANTES

San Diego
2 de julio de 1978
8.05

—¿Qué lo trae por este precioso rincón de la guerra, comandante Wakana?

La base de Otay Mesa no era grande, aunque ocupaba una posición estratégica en San Diego y tenía su propia barricada con guardas y erizos checos por todo el perímetro. Estaban prohibidas las visitas, y todo el personal militar debía pasar por un escáner de seguridad. El edificio principal tenía cinco plantas; cuando el comandante Wakana llegó hasta el puesto de mando se lo encontró vacío, a excepción de dos jóvenes tenientes que jugaban a las cartas con las porticales. Dejaron los aparatos, se pusieron en pie e hicieron una reverencia.

El comandante Wakana, de treinta y seis años, se retorció el bigote, se apoyó en el bastón de marfil y dijo:

—El coronel Doihara ha muerto hace una hora en un atentado terrorista.

—¿Han atrapado a los culpables, mi comandante? —preguntó aquel en cuyo parche figuraba el apellido Nomoto.

—Ha sido un ataque kamikaze. Se encontró una peluca blanca cerca del lugar de la explosión.

—Un George Washington —dijo Nomoto—. Habría que detenerlos y fusilarlos a todos.

—Lo hemos intentado. Pero ya van dieciocho atentados en un mes, y no parece que vayan a terminar pronto.

—Como he dicho, habría que detenerlos y fusilarlos a todos ellos, mi comandante.

—¿Dónde están sus superiores?

—No han llegado aún, mi comandante —respondió el otro teniente, que llevaba una placa con el apellido Ishimura—. Casi todos se quedaron anoche hasta las tantas; es la semana del aniversario.

—Pues a ver si pueden ayudarme ustedes. ¿Está destinado aquí un oficial llamado Shigeko Yoshioka?

—Es uno de nuestros mejores soldados —dijo Nomoto.

—También ha matado a muchos civiles, y tengo una orden de detención contra él por crímenes de guerra al amparo del artículo EUJ 3432.23. ¿Dónde está?

—El capitán Yoshioka no se encuentra en la base en estos momentos, mi comandante.

—¿Dónde puedo encontrarlo?

Los tenientes cruzaron una mirada.

—No lo sabemos, mi comandante.

—¿Quién lo sabe?

—El capitán Yoshioka tiende a seguir sus propias órdenes —explicó Nomoto—. A veces desaparece, y vuelve a aparecer cuando le viene en gana. Podría estar en cualquier parte.

—Ya veo. Lo han advertido de mi llegada —dijo Wakana. Se apoyó de nuevo en el bastón y miró a Ishimura—. Su cara me suena.

—Asistí a su curso de tácticas de guerrilla en la AMLB —respondió Ishimura.

—Ah, sí, ya me acuerdo. Beniko Ishimura. Siempre llegaba tarde.

—Así es, mi comandante —dijo Ben, y se inclinó, cohibido.

—Teniente Nomoto, vaya a llamar al teniente coronel Mutsuraga y dígale que tengo que hablar con él.

—Hoy no llega hasta las diez, mi comandante.

—Dígale que se dé prisa; que he insistido.

—A la orden —dijo Nomoto; saludó y se marchó.

—¿Yoshioka ha estado aquí esta mañana? —preguntó Wakana, rodeando con el brazo a Ishimura. Este vaciló—. Entiendo que no quiera delatarlo. ¿Cuánto tiempo lleva aquí?

—Tres años, mi comandante.

—Así que está desde el principio de la insurrección. ¿Cómo andan de moral?

—En la tropa es muy buena, pero entre los americanos es difícil saberlo. La gobernadora Ogasawara tomó medidas para mejorar sus condiciones cuando prohibió los acompañantes y redujo el tiempo de condena por incumplimiento de la legislación de segregación. Tengo la impresión de que llegaría más lejos si se lo permitiera el alto mando.

—Quién iba a pensar que un hatajo de fanáticos religiosos nos iba a dar tantos problemas, ¿verdad? —dijo Wakana con una amplia sonrisa—. Estos George Washingtons son duros y taimados, y están completamente dedicados a su causa. ¿Sabe a qué aspiran?

—A independizarse.

—Sí. A independizarse del Imperio, ¿se imagina? Después de la generosidad con que los tratamos, nos la escupen a la cara. ¿Sabe por qué?

—Porque son estúpidos e inflexibles.

—Si fueran estúpidos, no habrían durado tres años. ¿Cree que el que seamos asiáticos les aviva la cólera? Si fuéramos blancos, como ellos, ¿parpadearían siquiera cuando fuéramos a la guerra y aniquiláramos otros países?

—Con todos mis respetos, los británicos y los alemanes eran como ellos, pero también los combatieron.

—Cierto. —Wakana asintió—. Muy cierto. Así que quizá sea imposible meter en vereda a estos americanos. Tengo entendido que están haciendo la vida imposible a los alemanes en Manhattan. ¿Se enteró de lo del ala Hitler del Louvre?

—No, mi comandante.

—Hitler tiene toda una galería dedicada a sus cuadros, con cámaras que registran la expresión de la gente; detienen a cualquiera que se ría o realice un gesto de desdén. La Resistencia francesa entró y pintó en los cuadros, pero de tal forma que las cámaras no pudieron captar ningún problema. Los agentes no se dieron cuenta porque quienes contemplaban los cuadros tenían miedo de que los detuvieran si informaban de una anomalía y resultaba ser algo que el Führer había pintado intencionadamente.

—¿Cómo se enteraron al final?

—Siguen sin enterarse. —Wakana golpeó el suelo con el bastón. La reacción de sorpresa de Ishimura lo complació, y se echó a reír—. Sabe dónde está Yoshioka, ¿verdad? No conteste. Igual después podemos ir a comer, como profesor y alumno. Puede llevarme a un lugar donde quizá nos topemos con un sujeto al que busco.

—Quizá, mi comandante.

En aquel momento entró Nomoto.

—El teniente coronel Mutsuraga llegará en breve —anunció—. Le ruega que lo espere en su despacho.

Wakana volvió a retorcerse el bigote.

—Indíqueme el camino.

10.08

Wakana esperó casi dos horas, durante las cuales estuvo revisando informes de personal. El teniente coronel tenía el despacho adornado con fotos suyas, de su mujer y de su hija, de viaje por distintos lugares de los Estados Unidos de Japón y de Asia. Su esposa era una jovial morena llamada Meredith, medio italiana, medio japonesa, hija de un agente comercial de los puertos de Long Beach, y una mujer que se encontraba entre los principales administradores de la *tonarigumi* (asociación de vecinos) de la zona. Claire, la hija de Mutsuraga, estaba considerada un genio de las porticales, como su padre. La caoba dominaba el despacho, con paredes cubiertas de mapas de los Estados Unidos de Japón y las Américas Germánicas, así como ignotas ecuaciones de programación.

El teniente coronel Mutsuraga apareció con aire circunspecto. Tenía el pelo entrecano y la complexión de un oso pardo; llevaba la pechera del uniforme cubierta de medallas y condecoraciones, y colgadas del cinto, las dos espadas ceremoniales. Tenía unos ojos sombríos, unas manos gruesas y una postura que rezumaba confianza.

—Eso de clausurarme las salas de interrogatorio no irá en serio —dijo con voz atronadora.

—Completamente —replicó Wakana—. Tengo instrucciones del alto mando de encargarme de los George Washingtons, y sus cámaras de tortura son un obstáculo.

—Son una valiosísima fuente de información.

—Incorrecta en muchos casos. La tortura hace que todo el mundo confiese cualquier cosa, aunque sea mentira.

—¿Cómo nos ayuda a ganar el poner a uno de mis soldados ante un consejo de guerra? —preguntó Mutsuraga con el ceño fruncido.

—En la medida en que cumple una de las peticiones de los Washingtons. Son cinco. La prioritaria era el cierre de las cámaras de tortura; la siguiente, que se haga justicia por la masacre de Balboa Park. Les voy a conceder a Yoshioka.

—Es uno de nuestros mejores militares.

—Responsable de la muerte de más de dos mil civiles. Civiles desarmados, mi señor. Si hubieran sido soldados, le concedería una medalla.

—¿Qué va a ocurrir en ese consejo de guerra?

—Existen pruebas abrumadoras de su culpabilidad. Si se refutan, será liberado.

—¿Y si no?

—Ejecutado, según lo dispuesto en la normativa 3432. 23.

—¿Se ha vuelto loco? —espetó Mutsuraga, y sacó un cigarrillo—. ¿Ejecutar a un oficial de los Estados Unidos de Japón por disparar contra nativos? Aquí se está librando una batalla, comandante.

—Con todos los respetos, no la está ganando. Como no los masacre a todos, tiene por delante un conflicto prolongado y debilitador a no ser que empiece a colaborar con los «nativos».

—¿Sabe de quién es sobrino Yoshioka?

—Soy leal al Imperio y al Emperador, no a ningún almirante.

—¿Qué cree que ocurrirá si ejecuta a Yoshioka?

—Si se cumplen las otras cuatro peticiones de los George Washingtons, espero que un diálogo.

—¿Un diálogo?

—De buena fe.

—¿Quiere negociar con traidores y sacrificar a nuestros soldados en el proceso?

—Su propia simulación predijo que esto sería inevitable —señaló Wakana—. Y algunos son honorables. Tienen valor, recursos y resolución, y hay sectores que esperan poder negociar. Afortunadamente, sus demandas son razonables. Pero se niegan a sentarse antes de que se haya resuelto el asunto del Balboa Park. Yoshioka desobedeció órdenes expresas de no provocar a la multitud y, ni que decir tiene, no disparar contra ella.

—Es usted un curioso ejemplar de oficial, Wakana.

—¿Dónde está el capitán Yoshioka?

—Fuera, en una misión.

—¿Dónde?

—En estos momentos, esa misión es confidencial. Cuando Yoshioka esté disponible, se lo comunicaré.

—Mi señor, eso es...

—¡Está en una misión de suma importancia para el Imperio!

—Pero, mi señor...

—¡Respete el rango, comandante! —ladró el teniente coronel.

—A la orden, mi señor. Le ruego que me disculpe —dijo Wakana con una reverencia.

—Cuando regrese Yoshioka lo pondré en su conocimiento. Puede hacer lo que desee con las salas de interrogatorio.

El comandante Wakana se inclinó, agradecido.

—¿Puedo hacerle otra petición, mi señor?

—¿De qué se trata?

—Me gustaría tener al teniente Ishimura bajo mi mando directo durante mi estancia.

Mutsuraga soltó una carcajada.

—No creo que los George Washingtons quieran que ejecute a Ishimura —dijo.

—¿Por qué lo dice?

—Es un cobarde, y le importan más las mujeres que el deber.

—Entonces, ¿le da igual que me lo quede?

—¿También va a ejecutarlo?

—No; fue alumno mío y me gustaría que me ayudara a coordinar las actividades de tiempo libre de algunos de los soldados que me van a llegar.

—Muy bien.

—Muchísimas gracias por su paciencia —dijo Wakana. Dio media vuelta, salió y cerró la puerta. Mientras tanto, pensaba en el informe de la Kempeitai según el cual la mujer de Mutsuraga tenía una aventura con un líder de los George Washingtons que se hacía llamar Andrew Jackson. Las presencias y ausencias de su esposa tenían a Mutsuraga en ascuas y le nublaban el juicio. A Wakana le resultaba preocupante. No quería verse jamás en situación de tener que interrogar a sus seres queridos.

11.25

—Aquí sirven una ensalada de carne increíble, mi comandante —dijo Beniko.

—En primer lugar, suprima el tratamiento. En segundo lugar, no me hacen gracia las ensaladas.

—Ya verá como se convierte. Tataki de lomo, patatas asadas, champiñones, virutas de parmesano, rodajas de pera nashi y una vinagreta con limón y mostaza de Dijon, todo ello sobre un lecho de hojas verdes. Las ensaladas el Toasties son las mejores que he comido en mi vida.

—Si mi abuelo hubiera vivido para ver esto... —dijo Wakana—. Siempre hablaba de lo que escaseaba la comida en tiempo de guerra. Todas las semanas se les acababan los alimentos básicos, como la harina y el azúcar, y en la posguerra siguieron igual.

—La comida es para los vencedores.

El distrito de Tijuana había sido un destino turístico hasta que se desató la revuelta. Incluso entonces, con mayores medidas de seguridad, era un buen sitio para salir de fiesta. Había dos controles con numerosos guardias, y los pasaron por el escáner a pesar de ir en un vehículo militar. Los perros adiestrados para detectar explosivos inspeccionaban los coches, y en unas jaulas de acero permanecían los detenidos, esposados y amordazados. Más allá estaban los establecimientos de lujo, con letreros en japonés entre los altos hoteles y discotecas. Soldados, inspecciones aleatorias, mechas grandes como edificios y barridos con helicóptero constituían recordatorios del caos que reinaba al otro lado de las fronteras.

—¿Conoce el Cancún? —preguntó Ben.

—No. ¿Qué es?

—Uno de los principales hoteles. Tiene la piscina cubierta más grande del mundo, con delfines que acompañan a los bañistas. Es increíble. —Señaló otro hotel, atiborrado, que parecía un diamante gigantesco—. Ese es el Gemini. Dentro tiene norias de todo tipo. No hay demasiada cola porque aún es pronto, pero por la noche hay que esperar dos horas para montar.

—¿Esto se va a llenar más aún?

—Después de cenar habrá el triple de gente, y están llegando muchos viajeros por las celebraciones.

—¿No les preocupan los rebeldes?

—No tienen intención de dejar que les agüen la fiesta.

El Toasties estaba en un centro comercial. Ben aparcó en la sección para japoneses, más cercana a la entrada y junto a cientos de ciclomotores. Hombres y mujeres llevaban ropa deportiva de verano; muchos iban en bañador. Los turistas del continente lo fotografiaban todo con la portical, y Wakana encontró divertidos sus comentarios de asombro. Las palabras *sugoi* y *awesome* sonaban por doquier.

—En el Sea Palace tienen un espectáculo impresionante con ballenas —dijo Ben—. Conozco a una entrenadora que puede enseñárnoslo entre bastidores. Es increíble lo inteligentes que son esos animales. A ella le parece mal que los tengamos cautivos como entretenimiento.

En el Toasties, Beniko se dirigió a la metre, una joven atractiva que llevaba unos vaqueros cortos y la parte superior de un bikini.

—Creía que ibas a pasar fuera las vacaciones —comentó la mujer.

—Cambio de planes. Le estoy enseñando la ciudad al comandante.

—Tenemos muchas cosas de que hablar —dijo ella, sacudiendo la cabeza.

—Ya lo sé. Más tarde.

—Llevo toda la semana intentando ponerme en contacto contigo —insistió, cruzada de brazos.

—No me funciona muy bien la portical —dijo Ben con una sonrisa incómoda—. Los Washingtons nos interfieren las líneas.

Los acompañó a una mesa del restaurante abarrotado y pellizcó a Ben.

—No te vayas sin hablar conmigo —dijo antes de volver a la entrada.

—¿Amiga suya? —preguntó Wakana.

—Algo así —respondió Ben con tono indefenso—. Demasiado salvaje para mí.

Wakana se echó a reír.

El camarero les sirvió un té verde y les entregó la carta. Otro transportaba carne coloreada de blanco y negro.

—¿Qué es eso? —preguntó Wakana.

—Mofeta frita. Eso de ahí es una brocheta de saltamontes sobre un lecho de sesos de mono. Se lo recomiendo encarecidamente si le apetece algo experimental.

—Yo comía saltamontes —dijo Wakana—. Cuando tenía ocho años, íbamos al bosque de detrás de la vía férrea, cerca del colegio. Capturábamos una docena de saltamontes, les arrancábamos las patas para que no pudieran escaparse y los hacíamos a la brasa. Me gustaban mucho con wasabi.

—¿Quiere que se los pida?

—Mejor no. ¿Por qué no me recomienda otra cosa?

Ben pidió por los dos.

—Entonces, ¿a Yoshioka le gusta este sitio? —preguntó Wakana después.

Ben negó con la cabeza.

—Los gustos culinarios del capitán Yoshioka son muy sencillos: salsa de soja, arroz y un huevo cocido. Cualquier otra cosa le parece una extravagancia innecesaria.

—Entonces, ¿por qué me ha traído aquí?

—Creía que quería comer bien.

Wakana volvió a reír.

—¿Le gusta ser oficial?

—Lo intento, mi com... —se interrumpió a tiempo.

—¿Y al capitán Yoshioka? ¿A él le gusta ser oficial?

—Por motivos distintos.

—¿Como cuáles?

—No estoy seguro. —Ben removió el té—. Pero no creo que sea por la comida.

—Yo también tengo gustos bastante sencillos —dijo Wakana tras beber un trago.

—Oh.

—Me como lo que me cocine mi mujer.

—¿Está en San Diego?

—Está criando a mis dos hijos en Kauai.

—¿La ve mucho?

—No tanto como me gustaría. Para ella es duro, porque renunció al trabajo, y yo he pasado la mayor parte de los cuatro últimos años en Vietnam.

—¿Qué tal van las cosas por allí?

—Oficialmente, todo es maravilloso. Extraoficialmente, es confidencial.

—¿Tan grave?

—Peor. El alto mando quiere evitar por todos los medios que ese desastre se repita aquí, sobre todo porque Tijuana es un destino muy popular. Esperamos encontrar una solución pacífica. Nadie quiere otro Saigón.

—Y usted, ¿qué quiere? —preguntó Beniko.

Wakana lo miró.

—Lo que cualquier buen soldado. Paz.

Les sirvieron las ensaladas. Wakana examinó la suya con recelo y probó un bocado. Se le iluminó el rostro.

—¡Está buenísima! —dijo.

—Me alegro de que le guste.

—No, en serio, nunca había comido nada parecido.

—Debería pedir otra para llevar.

—Pues es posible.

Wakana dedicó un rato a comerse la carne y saborear los champiñones.

—¿Conoce la simulación bélica de Mutsuraga? —preguntó después.

—Todos la conocemos.

—Es increíble. Pensar que empezó a programarla en la AMLB... Un juego de guerra perfecto que mide todos los parámetros de una situación y predice el resultado.

—Probabilidades estadísticas —dijo Ben—. A veces tiene un margen de error considerable.

—Pero sigue siendo impresionante.

—Sin duda.

—¿Cómo funciona exactamente?

Ben se sacó la portical del bolsillo y la abrió. Aparecieron unas letras verdes sobre fondo negro: «Operación San Diego.»

—¿Cómo puede conectarse a la *kikkai* sin cable? —preguntó Wakana.

—Una nueva tecnología desarrollada al sur de la AMLB: porticales inalámbricas que entran en la *kikkai* desde cualquier sitio. —Escribió su nombre y su contraseña—. Actualmente, la capacidad gráfica de las porticales es limitada, pero este soldado representa el Ejército. —La pantalla mostraba un soldado japonés de dibujos animados—. Puedo introducir la fecha, el tipo de enemigos que espero, los factores psicológicos, las condiciones climatológicas, los datos geográficos, cualquier anomalía que surja y hasta los hábitos alimentarios de los oficiales. —Introdujo una serie de variables al azar, concentrado en mostrar la lista de opciones—. Este es el mínimo imprescindible. Cuando realizamos una simulación real pasamos días, hasta semanas, planificándola; después la ejecutamos y estudiamos lo que hace la IA.

—¿Tiene tanta precisión como dicen?

—Ni se acerca a la deseable, pero estamos trabajando en ello, y de aquí a final de año debería incluir cincuenta mil variables más.

En la portical, los soldados combatían entre los edificios. Hombres y mujeres vestidos de George Washingtons, con sus pelucas blancas, se inmolaban para llevarse por delante vehículos y edificios.

—¿Dónde estaba cuando la primera andanada? —preguntó Wakana.

—Me enteré por las noticias.

Wakana pensó en los millares de personas ataviadas con la peluca colonial que irrumpieron en el Ayuntamiento de San Diego y detonaron sus explosivos. Un hombre negro que afirmaba ser el padre fundador George Washington realizó una demanda: «Entréguennos San Diego o lucharemos hasta el último hombre.»

—¿Qué dicen las simulaciones de nuestras posibilidades de ganar?

Ben apuró el té antes de contestar.

—No trabajo en esa parte de la planificación.

—Predicen que los George Washingtons destruyen la ciudad, o bien tenemos que matar a trescientas mil personas para establecer un control absoluto, ejecutando indiscriminadamente con la esperanza de que caigan también ellos.

—El programa podría equivocarse.

—Podría. —Wakana se chascó los nudillos—. Es fascinante: en el expediente académico de Mutsuraga, la programación estaba entre sus puntos débiles. Incluso había gente que dudaba que lo hubiera escrito él.

—De eso no sé nada, mi comandante.

Wakana se fijó en el «mi comandante» inconsciente y en que bajó la vista al responder.

—Claro. Tengo entendido que quieren hacer una versión comercial del juego, para que el público pueda librar diversas batallas —comentó Wakana.

—Yo también lo he oído. Los avances tecnológicos en materia de porticales son más rápidos de lo que nadie habría esperado.

—Quién lo iba a decir. Los niños lucharán en nuestras guerras como «juegos de portical».

—Es una propaganda muy eficaz, disfrazada de entretenimiento.

Wakana se dio cuenta de que la metre los miraba.

—¿De qué quiere hablar con usted esa chica?

—De dejar a su novio.

—¿Por usted?

—Eso creo.

Ben se frotó la cabeza, y Wakana lo señaló con el índice.

—Es usted un buscalíos, teniente. —Se terminó la ensalada—. ¿Va a ayudarme a encontrar al capitán Yoshioka?

—¿Ha visitado el templo de Musashi?

—No, aunque mi padre me dijo que debería aprovechar para verlo.

—Solo está a diez minutos, a pie. Vale la pena —dijo Ben.

—Vamos a presentar nuestros respetos.

—¿Le importa que salgamos por atrás?

—En absoluto.

12.43

El santuario de Miyamoto Musashi estaba dividido en cinco zonas. Wakana e Ishimura estaban en una sección en la que había pequeñas cataratas, fuentes y escalones, todo ello diseñado de tal forma que evocaba una armadura líquida. Había estatuas de samuráis, deidades y espadas. Todo el templo era de cristal, y el agua corría entre los paneles con kanjis que explicaban la antigua filosofía del guerrero. Llegaron al altar y Wakana cogió una barrita de incienso.

—¿Recuerda sus estudios de Musashi? —le preguntó a Ishimura, que negó con la cabeza.

—Soy un inútil con la espada.

Wakana apoyó el bastón en una columna, sacó la espada, la sujetó ante sí con ambas manos y se inclinó. Murmuró unas palabras y volvió a inclinarse.

—Mi padre me hacía estudiar a Musashi todas las mañanas —dijo.

—¿Era soldado?

—Campesino, pero me educó para el Ejército.

—¿Por qué?

—Para que los campesinos como él no tuvieran que sufrir a manos de los militares.

Un grupo de monjes entró en el templo y se puso a entonar una letanía.

—¿Ha visitado alguna vez el gran santuario de Ise? —preguntó Wakana.

—Aún no.

—Lo reconstruyen cada veinte años como recordatorio de la fugacidad de todas las cosas: *wabi-sabi*. Antes de ganar la Guerra del Pacífico luchamos por establecer el dominio en nuestra tierra natal. Ahora controlamos territorios en las cuatro esquinas del mundo, pero seguimos aferrados a nuestras idiosincrasias en vez de comportarnos como gobernantes.

—No lo entiendo.

—Dominamos el océano Pacífico. La República panamericana y el Imperio chino. ¿No deberíamos ser magnánimos con sus habitantes? Los han abandonado sus dioses, no los nuestros.

—Su dios los conmina a luchar a través de George Washington —dijo Ben.

—Su dios simboliza valores arcaicos, una moralidad que brinda falsas concepciones a la masa para hacerle más tolerable el sufrimiento. El paraíso es como Tijuana, pero sin consecuencias. Banquetes interminables, un éxtasis perpetuo inducido por drogas sagradas, y el resto, una luz difusa.

—¿Cree que los dioses habrían sido distintos si hubiéramos perdido la guerra?

—No perdimos la guerra —dijo Wakana—. Para los griegos, el peor pecado no era el asesinato, ni siquiera el infanticidio, sino la soberbia. Un hombre que se hace pasar por dios, ¿no comete el sacrilegio definitivo?

—No cuando es un dios.

—¿Quién decide eso?

—El vencedor —respondió Ben, aunque con tono de pregunta.

—Sí. —Wakana rio—. El vencedor. ¿A cuántas personas hemos matado en nuestra marcha hacia el Imperio?

—No lo sé.

—Los cimientos de cualquier gran imperio están formados por una montaña de cadáveres. Los romanos, los chinos... Hasta los americanos aniquilaron a millones de indios y esclavizaron a los africanos. Nadie recuerda a los sacrificados. Es como nuestros terremotos, que barren las glorias del pasado. Tres veces utilizamos el torpedo atómico contra los americanos, las tres el mismo día, y aún existe polémica sobre si fue necesario. Estaban dispuestos a rendirse.

—Siempre pensé que los habíamos usado para evitar el combate directo a nuestros soldados, ya que los americanos estaban dispuestos a luchar hasta la muerte.

—Ya habíamos descifrado todas sus claves y sabíamos que iban a deponer las armas, sobre todo porque habían perdido casi toda la Costa Este. Planteaban una serie de condiciones bastante razonables; nada desorbitado a la vista de las circunstancias.

—¿Por qué no las aceptamos?

—Porque queríamos asustar a los alemanes, demostrarles que este era nuestro terreno y estábamos dispuestos a cualquier cosa por defenderlo. Se supone que era una afirmación política y una forma segura de poner fin a la guerra. Murieron cientos de miles de americanos, casi todos civiles. Hubo muchas manifestaciones contra el uso de armamento atómico; ahora mismo se ha concentrado en Tokio mucha gente que protesta contra nuestro conflicto con los George Washingtons y exige una resolución pacífica.

—¿Por qué?

—Eso mismo me pregunto yo. ¿Cree que el mundo sería más pacífico si el Imperio hubiera perdido?

—Es difícil saberlo. Hace unos años vi una película de portical sobre Musashi. Mató a un montón de personas. Puede que lo llevemos en la sangre.

Wakana encontró gracioso el comentario.

—Una de las tácticas que enseña es «el cuerpo de cola y laca». Consiste en pegarse al enemigo con la cabeza, el cuerpo y las piernas, de forma que no quede un resquicio entre los contendientes.

—¿Como si fueran amantes? —preguntó Ben. Wakana resopló.

—¿Es que para usted todo se reduce al amor?

—No todo.

—Tengo tantas preguntas sobre usted... Lo encuentro desconcertante.

—¿A mí?

—Disculpe que sea tan brusco, pero casi todos los informes que he leído sobre usted son negativos, desde la AMLB y durante los años siguientes. Sin embargo, vaya adonde vaya, el teniente coronel Mutsuraga solicita expresamente que le asignen el mismo destino a usted; de hecho, insiste en ello. De no ser por él, lo habrían mandado hace mucho a África o a Vietnam. ¿A qué se debe?

—No sabía que el teniente coronel solicitara mi presencia.

—Tiene que haberse dado cuenta. Su expediente de la Academia dice que suspendió el entrenamiento básico por su incapacidad para la esgrima.

—Ya le he dicho que soy un inútil con la espada.

—Sin embargo, aquí está.

—No sé muy bien adónde quiere llegar.

Wakana enfundó la espada y volvió a apoyarse en el bastón mientras salían del templo.

—¿Cuánto sabe sobre la relación del teniente coronel con Meredith, su esposa? —preguntó cuando se hubieron alejado del altar.

—No mucho.

—¿Quiere decir que prefiere no hablar de ello?

—La vida personal del teniente coronel es cosa suya.

—¿Y no cree que afecta a su juicio a la hora de tomar decisiones?

—No lo sé. Soy teniente y tengo poco trato con él.

—Sí, y su trabajo oficial consiste en censurar los mensajes que envía la gente con la portical, así que debe de haber leído su correspondencia privada.

—Así... Así es.

—¿Y?

—Su relación solo les importa a ellos.

—No cuando afecta al Imperio.

—Pero...

—Voy a tener que tirar de rango y recordarle que me respalda el alto mando de Tokio.

—Me parece inadecuado hablar de la vida personal del teniente coronel.

—¿Aunque esté en juego la estabilidad de los Estados Unidos de Japón?

—Su relación es algo tensa —expresó Ben de la forma más diplomática posible, tras cierta vacilación.

—¿Tensa? ¿Por qué?

—El... El teniente coronel cree que Meredith tiene una aventura.

—¿Le ha ordenado que la vigile?

Ben se agitó, incómodo.

—He estado supervisando su actividad en la portical.

—¿Y qué ha sacado en claro? —preguntó Wakana.

—Que tiene una aventura con un George Washington.

—¿Se lo ha dicho al teniente coronel?

—Se lo confirmé recientemente.

Wakana se volvió a mirar la estatua de Musashi en posición de combate, con una expresión fiera y la espada entre las manos.

—Y esta capacidad para vigilar la actividad de las porticales ajenas, ¿se la proporcionó el Departamento de *Kikkai*?

Ben negó con la cabeza.

—Es algo que..., que... El teniente coronel Mutsuraga me ayudó a desarrollarlo.

—¿Qué hacemos en este santuario, teniente Ishimura? —Ben miró, por encima del comandante, hacia un hombre de aspecto adusto que llevaba una gorra con un logotipo, unas enormes gafas de sol que le ocultaban media cara y una cazadora militar abotonada. Era el capitán Yoshioka—. ¿Cómo sabía que estaría aquí?

—He estado controlando la actividad de su portical mientras comíamos. ¿Quiere que pida refuerzos?

—Espero que no haga falta.

El capitán Yoshioka se inclinó frente al altar, con los brazos ante el pecho en señal de obediencia. Dos veces se quitó las gafas y se frotó los ojos para enjugarse las lágrimas.

—¿Por qué cree que reza? —preguntó Wakana.

—Creo que el teniente coronel Mutsuraga le ha ordenado que mate a alguien —respondió Ben tras mirar la portical.

—¿A alguien?

—A un tal Andrew Jackson.

Wakana maldijo entre dientes.

—Si hubiera sabido lo de su dispositivo, podríamos habernos ahorrado un montón de problemas.

—¿Conoce a Andrew Jackson?

—Es el George Washington que se acuesta con Meredith Mutsuraga. Es probable que el teniente coronel haya prometido a Yoshioka cuidar de su familia si se inmola en un ataque suicida. Pero Andrew Jackson no puede morir.

—¿Por qué?

—Entre sus filas es el más firme defensor de alcanzar un compromiso con nosotros. Meredith lo ha convencido de que los George Washingtons deben negociar, puesto que no pueden derrocar al Imperio y eso no tiene por qué ser malo.

—¿La señora Mutsuraga es agente doble? —preguntó Ben. Wakana negó con la cabeza.

—Resultaría más fácil si lo fuera. Aun así, la paz es la paz.

—Pero ¿a qué precio?

—Al que va a haber que pagar.

—La reputación del teniente coronel...

—No es nada al servicio del Emperador. Piense en las vidas que se salvarán. Tenemos que proteger a Andrew Jackson, aunque para ello tengamos que ponerle escolta militar.

Ben miró a Wakana de hito en hito.

—¿Viene a por el capitán Yashioka, o a por el teniente coronel?

—Y decían que tiene pocas luces —comentó Wakana con una risita.

Yoshioka terminó de rezar y se apartó rápidamente, con un giro de cabeza paranoico para asegurarse de que no lo seguían. Al ver a los dos hombres de uniforme echó a correr.

—¡Capitán! —gritó el comandante—. ¡Capitán!

Yoshioka se detuvo. Cuando giró tenía una pistola en la mano. Wakana se aproximó sin amilanarse.

—¿Cómo me han encontrado? —preguntó Yoshioka. Sus ojos eran agujeros negros, y sus labios, un amasijo seco de carne desgarrada. Tenía una nuez enorme que se movía adelante y atrás cuando hablaba, y un narigón con varias protuberancias romas. Fulminó a Ben con la mirada—. ¿Me has delatado, Ishimura?

—Habríamos dado con usted —dijo Wakana—. Tenemos que hablar. Soy el comandante Wakana; me envía el alto mando de Tokio.

—Sé que viene a por mí, ¡pero no permitiré que me ejecuten por obedecer órdenes! —gritó.

—Nadie ha dicho nada de ejecutarlo. Solo quiero hacerle unas preguntas.

—¿Sobre qué?

—Sobre Balboa Park. ¿Alguien le dio la orden de disparar contra los civiles?

—Ellos atacaron antes. Tengo testigos. Los oficiales me dijeron que no pasaría nada. No pueden matarme por haberme defendido.

—Se le proporcionará un juicio justo.

—¿Y mi madre? ¿Quién cuidará de ella si no estoy?

—El Imperio se ocupará de ella.

—Nunca se ocupa de la familia de los oficiales ejecutados, ¿cree que no lo sé?

Wakana daba vueltas al bastón, preguntándose si habría alguna manera de aplacar a Yoshioka.

—Como se acerque, lo mato —amenazó Yoshioka, y lanzó a Ben una mirada asesina—. Ni siquiera tienes la lealtad de un perro.

Wakana levantó los brazos para demostrar que estaba desarmado y dio un paso al frente.

—He leído su expediente, capitán. Era una bomba de relojería. Para empezar, no deberían haberlo puesto al mando. Es indudable.

—No es culpa mía. Tiraron una botella a un soldado, y me pareció oír un disparo. Tenía que proteger a mis hombres.

—¿El teniente coronel Mutsuraga le ha ordenado matar a alguien? —preguntó Wakana. Yoshioka bajó la cabeza—. ¿Le ha prometido proteger a su madre a cambio?

—¡Atrás! —gritó Yoshioka, y se abrió la chaqueta. Estaba cubierto de explosivos. Ben se encogió, pero Wakana dijo:

—Si quiere matarme, adelante, pero antes responda a mis preguntas.

—¿Qué...? ¿Qué preguntas?

—¿A cuántas personas ha matado?

—No lo sé.

—¿Antes de Balboa Park?

—Diecisiete.

—¿Combatientes enemigos? —preguntó Wakana. Yoshioka asintió—. Pero esta vez fue distinta, ¿eh?

—¿Qué quiere decir?

—Esta vez fueron inocentes.

—¡No eran inocentes! ¡Les ordené que se dispersaran!

—Shigeko. ¿Le importa que use su nombre de pila?

—Me da igual.

—Shigeko. ¿A quién ve cuando se va a dormir? —dijo Wakana. A Ben le resultó desconcertante, pero a Yoshioka se le desbordaron los ojos—. Sé que hay alguien. Puede que una persona. Puede que dos. Siempre están ahí. Intenta distraerse, pero justo antes de dormir no hay escapatoria. Por eso lleva semanas sin pegar ojo.

—No fue culpa mía. Les dije que se fueran a casa.

—Ya lo sé. ¿A quién ve?

—No importa. —Yoshioka sacudió la cabeza.

—A mí me importa.

—¿Por qué?

—Porque yo también veo a alguien —reconoció Wakana.

—¿Cuánto hace?

—Desde que empecé, hace décadas.

—Así que nunca... ¿No se va nunca?

—Mutsuraga le dijo que se inmolara por el Imperio, pero usted solo quiere acabar con eso.

Yoshioka se enjugó los mocos.

—Era muy pequeña. No tendría más de ocho años. La vi demasiado tarde. Un George Washington la estaba usando de escudo humano. ¿Cómo pudieron llevar allí a una niña, sabiendo que era una zona de combate?

Wakana lo miró largo rato.

—Hay soldados que no sienten una pizca de arrepentimiento, ni siquiera por matar inocentes. Al menos, usted tiene conciencia. Los americanos creían que todo el mundo puede redimirse siempre que crea en su dios.

—Yo no creo en sus dioses.

—¿Cree que se redimirá volando por los aires?

—Mataré a enemigos del Imperio.

—¿Se refiere a Andrew Jackson?

—¿Cómo...? ¿Cómo lo sabe? —preguntó Yoshioka, sobresaltado.

—El teniente coronel ha omitido que el verdadero motivo por el que desea la muerte de Jackson es que tiene una aventura con su mujer. Es una venganza personal, no una misión del Imperio. ¿Estoy en lo cierto, teniente Ishimura?

—En efecto, mi comandante. He estado rastreando sus mensajes. El...

—¡Cierra el pico, Ishimura! ¡No quiero oír una palabra más de ti!

—Pero sabe que no hay nadie que tenga más información que el teniente —afirmó Wakana. Yoshioka agitó las manos en los bolsillos—. Si quiere volarse por los aires, adelante, pero no mate a otro padre en el proceso.

—¿A otro padre?

—Andrew Jackson tiene dos hijas. Quiere firmar la paz con los Estados Unidos de Japón. Usted pretende matar a nuestra única esperanza de firmar la paz con ellos.

—¿Qué...? ¿Qué debería hacer?

—Estallar aquí mismo o rendirse —respondió Wakana.

—Pe... Pero...

—No puedo prometerle la redención; no soy americano. Pero puedo prometerle justicia.

—¿Se refiere a mi vida?

—A la oportunidad de exonerarse.

—¿Cómo?

—No lo sé. Eso depende del juez.

—He causado demasiados problemas.

—Son los problemáticos quienes cambian los imperios —replicó Wakana—. ¿Qué decide?

—No estoy seguro. Nece...

Wakana rodeó a Yoshioka con los brazos.

—Quiere morir. ¡Adelante, capitán! ¡Active la bomba! ¡Yo también estoy listo para morir! Lo he estado a diario desde aquella mañana, ¿y usted?

—¡Suélteme!

Yoshioka intentaba zafarse, pero Wakana desarmó rápidamente el detonador y separó los explosivos empleando hábilmente un cuchillo que se sacó de la manga.

—¿De verdad quiere morir? —preguntó Wakana—. Si se lo clavo en el cuello, se acabó. —El capitán se debatía, pero Wakana lo esposó—. Ishimura, llame para pedir apoyo. Y que vengan también los artificieros.

14.31

La policía militar acabó de desactivar a Yoshioka y se lo llevó en un jeep. La policía local también había acudido, aunque más por seguridad general, ya que el prisionero estaba bajo la jurisdicción del Ejército. Los monjes, consternados, se preguntaban a qué venía toda esa conmoción. Wakana le pidió un coche sin marcas identificativas a uno de los agentes que investigaban la escena.

—¿Adónde vamos? —preguntó Ben.

—¿Conoce a algún George Washington? —preguntó Wakana a su vez.

—¿En persona?

—Sí.

—He espiado a algunos.

—Vamos a ver a unos cuantos —dijo Wakana.

—¿Dónde?

—En un mercado del Gaslamp Quarter.

—¿El Stingaree? Creo que ahí se dirigía Yoshioka.

—Porque los George Washingtons tienen una reunión allí.

—¿Cómo lo sabe?

—He estado negociando con Andrew Jackson y va a explicar allí nuestro acuerdo. Pero hay algo que no me cuadra. Mutsuraga sabe que usted está conmigo, así que también debería saber que puede localizar a Yoshioka. No podemos presuponer que fuera el único dispuesto a atacar la reunión.

—¿Cree que Mutsuraga quiere vengarse?

—Vengarse y humillarlos públicamente. Espero equivocarme, pero no es el único que tiene interés en procurar que fracasen las negociaciones.

—¿Qué va a pasar con Yoshioka?

—Depende de cómo transcurran las negociaciones con los George Washingtons.

Entraron en el coche, y Beniko se puso al volante.

—No sabía que Andrew Jackson tuviera dos hijas —comentó.

—No las tiene —respondió Wakana.

—Entonces, ¿por qué...? —comenzó Ben, pero él solo cayó en la respuesta.

—Para desarmarlo mentalmente —confirmó el comandante.

—¿Y eso de ver a alguien?

—Mantenga los ojos en la carretera —dijo Wakana, mirando al frente.

Tardaron menos en salir de Tijuana que en atravesar todos los controles de seguridad de la entrada.

—¿Está muy lejos? —preguntó Wakana.

—No mucho. —Ben aceleró—. ¿De verdad cree que es posible firmar la paz con los George Washingtons?

—¿Ha oído hablar de lo que hacen con los traidores?

—Echarlos a los animales —respondió Ben.

—A veces usan hormigas. Son unos salvajes, pero tienen una organización disciplinada e implacable. Si matáramos a un George Washington, otro ocuparía su lugar: un amigo, un hermano, otro patriota. Están dispuestos a combatirnos hasta la muerte. Si llegamos a un acuerdo, San Diego quedará dividido en dos zonas. Tendrán autonomía, aunque nos concederán el derecho de paso. A cambio prometen poner fin a los atentados.

—¿En el alto mando de Tokio están de acuerdo?

—Me han enviado —afirmó Wakana.

—Siento curiosidad por lo que diría de esto la simulación.

—¿Por qué no introduce luego las variables?

Ben cambió de carril.

—¿Puedo hacerle una pregunta? —dijo.

—Por supuesto.

—¿Por qué me ha traído?

—¿Por qué no?

—No suelen elegirme para las misiones importantes.

—¿Y eso?

—Creo que usted conoce la respuesta mejor que yo.

—Hay una cosa que no entiendo, Ishimura.

—¿A qué se refiere?

—A su doble baremo. Delató a sus propios padres por conspirar contra el Imperio, pero no fue capaz de matar a un prisionero mexicano durante la instrucción en campo como oficial. Nunca ha matado a un hombre con sus propias manos, ¿verdad?

Ben negó con la cabeza.

—¿Alguna vez se arrepiente de haber delatado a sus padres? —prosiguió Wakana.

—Estaban conspirando contra el Imperio. ¿De qué iba a arrepentirme?

—Podría no haberse dado por enterado —dijo Wakana con tono acusatorio, tras considerar la respuesta.

—No fue una decisión fácil. Y con todos mis respetos, mi comandante, no me gusta que la pongan en tela de juicio.

—Por supuesto. Disculpe. Pero eso no le facilitó las cosas, ¿verdad? Todo el mundo lo alababa de puertas afuera, pero nadie volvió a confiar en usted.

Subieron por una rampa a un escaléxtric desde el que se podía contemplar todo el centro de San Diego, con sus edificios en espiral que se alzaban como montañas artificiales que apuñalaban el cielo.

—Lo que nos devuelve a mi pregunta original —dijo Ben—. ¿Por qué me ha traído?

—Quiero que me explique el verdadero motivo por el que el teniente coronel lo lleva a todas partes consigo.

—No lo sé. Tendrá que preguntárselo a él.

—Su fachada de vacuidad e indolencia displicente puede engañar a otros, pero...

Sonó un estallido y las ventanillas se hicieron añicos. De un edificio, ante ellos, surgía una columna de fuego que se apelotonaba en el extremo superior. La nube tenía forma de flor abierta; los pétalos desprendían ceniza y esporas en una fiera polinización. Ben y Wakana estaban cubiertos de cristales, y les sangraba la cara. Casi todos los vehículos habían parado en seco.

—Eso ha sido en el Stingaree —dijo Ben.

—Ya lo sé.

—Si Jackson estaba ahí...

—Tenemos que llegar cuanto antes.

Ben pisó el acelerador.

15.16

Un escuadrón militar llegó antes que ellos y acordonó la zona. Las tiendas del mercado habían quedado destrozadas; el suelo estaba lleno de comida quemada, con cócteles de frutas compuestos de manzanas, naranjas y sangre. El polvo formaba una niebla que envolvía toda la calle. Los heridos gemían de dolor; los miembros amputados se apelotonaban con las latas de conserva. De vez en cuando se avivaban las llamas, aunque los bomberos las combatían. El suelo empezó a temblar; Wakana reconoció el anuncio de la llegada de un mecha y se acercó al sargento que dirigía la operación.

—¿Se ha identificado algún cadáver?

—Aún no, mi comandante.

—¿Se sabe ya cuántas víctimas hay?

—No. —El sargento movió la cabeza de un lado a otro—. No creo que haya muchos supervivientes. Los George Washingtons estaban de mitin y ha muerto la mayoría.

—¿Tienen idea de quién ha sido?

—Aún no. Antes, unos agentes han dicho que iban a examinar las grabaciones. El...

—Lo necesitan urgentemente —interrumpió un soldado.

—Discúlpeme —dijo el sargento; se inclinó y se alejó apresuradamente.

La entrada principal del mercado se había desmoronado, y una pila de escombros ocupaba el lugar de reunión extraoficial. El armazón había quedado al descubierto; huesos metálicos puntiagudos apilados descuidadamente, sin la menor armonía. Los fractales de la destrucción se disputaban el protagonismo; cables y conducciones hechos jirones. Los humanos eran frágiles como insectos aplastados, y los trozos de cadáver eran indistinguibles de las columnas de hormigón requemado.

—¿Qué hacemos? —preguntó Ben.

—Esperar a que se confirme lo que ya sé.

—¿A qué se refiere?

Wakana aplastó una berenjena con el bastón y se abstuvo de contestar.

19.34

Se lo confirmó al cabo de unas horas un agente que no solo había extraído los restos de Andrew Jackson, sino también los de Meredith Mutsuraga, a la que una viga de acero había aplastado la cara. Un espasmo muscular hacía que le temblara la pierna, pero pasó pronto. Wakana pidió a Ben que lo llevara de vuelta al cuartel general.

No había tráfico porque el Ejército había impuesto el toque de queda, y las autopistas estaban custodiadas por tanques. Cuando intentaron volver a la base de Otay, les comunicaron que se habían cerrado todas las carreteras.

Varios mechas patrullaban la ciudad.

—¿Ha estado alguna vez dentro de uno de esos?

—No —confesó Ben—. Mi nivel de autorización no lo permite.

—Deme unos minutos y conseguiré una escolta personal para volver a casa. Es la forma más segura de entrar en una zona de combate y no sufrir daños.

Wakana hizo una llamada con la portical y habló en tono tajante, en japonés.

Volvieron al Stingaree y allí estaba esperando ya el mecha, una gigantesca armadura de samurái pintada de negro, con hombreras rojas. El coche tendría el tamaño de un dedo del pie. Del enorme peto bajó una escalera. El mecha estaba parado, pero emanaba calor por todas partes.

—El *Harinezumi*, de la clase Torturer; el mejor mecha de por aquí —dijo Wakana—. También tiene el mejor piloto de los Estados Unidos de Japón: Kujira.

—No he oído hablar de él.

—De ella. Y eso se debe a que es uno de los secretos mejor custodiados.

—¿Por qué?

—Porque es rematadamente buena. De pequeña necesitaba órtesis para andar. Cuando les dijo a sus profesores que quería ser piloto de mechas, se rieron de ella. Pero esa afección le dio una familiaridad con las piernas mecánicas que nadie había previsto.

—¿No se puede subir de otra forma? —preguntó Ben mientras seguía a Wakana escalera arriba, listón tras listón.

—¿No le gusta hacer ejercicio? Yo tengo un problema en la pierna y estoy subiendo.

—No me gustan las alturas.

—¿Lo dice en serio, Ishimura?

—Sí.

—Pues no baje la vista.

La subida era larga, y Ben tuvo que parar varias veces a recuperar el aliento. La pierna de Wakana estuvo a punto de ceder en tres ocasiones, pero contuvo el dolor y se obligó a continuar; no estaba dispuesto a permitir que fuera un obstáculo.

Las placas estaban conectadas mediante una «piel» flexible; las piezas rígidas se doblaban en las articulaciones. Desde abajo, la superficie parecía inmaculada, pero de cerca se podían apreciar la corrosión, las abolladuras de peleas y las cicatrices de guerra. La cara era una mezcla entre una máscara de kendo y otra de noh: la muerte desencadenada en una obra de arte impactante. Los tubos de escape de debajo de los alerones desprendían calor y humo.

A su espalda sonaron disparos, y oyeron a americanos

que gritaban órdenes. Varias explosiones rompieron la línea del horizonte. Llegaron a la escotilla y se sintieron aliviados de contar con la protección de la armadura frente a la lluvia de balas del exterior. El interior era metálico, de aire húmedo y viciado por el humo. El calor convertía el uniforme de Wakana en un trapo mojado. Solo contaban con las luces auxiliares, que los mantenían inmersos en un resplandor rojizo. Los pasillos eran estrechos como en un submarino, con el espacio justo para que cupieran.

—Es como una sauna a la antigua usanza —dijo Ben.

—No me importaría ir a un *onsen* ahora mismo.

—Conozco unos cuantos sitios en Los Ángeles. En uno de ellos sirven el mejor fugu que pueda comer nunca.

—¿Hasta ahora está pensando en comida?

—Lo siento. No tengo otra forma de evitar que la situación me deprima demasiado.

Llegaron a otra escalinata que había que subir.

—Echo de menos los udon de Ise —dijo Wakana—. Son mi pasta favorita.

—No los he probado.

—Ya lo llevaré. Solo los preparan bien en unos pocos sitios de Ise Shima.

—Me gustaría mucho —respondió Ben.

Subieron hasta el puente. Todo el techo estaba cubierto de porticales. En el centro, miles de cables se conectaban al cuerpo de la piloto. Kujira estaba inmersa en una esfera de líquido gelatinoso; sus compuestos facilitaban la transmisión de las órdenes de los nervios al mecha. Los cables eran suficientemente largos para que la piloto pudiera girar en todas direcciones; resultaba útil, ya que toda la sala estaba rodeada de un espejo unidireccional por el que se veía el exterior. La información que se mostraba en trescientos sesenta y cinco grados incluía indicadores térmicos, datos técnicos y lecturas de los sensores. Le cubría la cara una interfaz neuronal que analizaba los datos más detalladamente.

—Gracias por llevarnos —le dijo Wakana.

—Estaba cerca —respondió Kujira a través del comunicador—. ¿Cómo es que habéis vuelto a joderla, tíos?

Wakana sabía que el masculino de «tíos» no era genérico.

—Eso es lo que pretendo averiguar en Otay.

—El Imperio tiene tantos enemigos con uniforme como sin él.

—Cuidado —dijo Wakana—. Sabe que en la cabina se graba todo.

—Me da igual. Desmantelé todo lo que no aprobé que estuviera a bordo.

—La Tokko tiene sus métodos.

—Que les den —dijo Kujira—. Si hicieran bien su trabajo con los criminales de verdad no estaríamos otra vez en este fregado.

—Kujira...

—Ya que somos caracoles en el filo de la navaja, podemos decir las cosas como son.

—Eso no va así —le recordó Wakana.

—Pues vamos a cambiarlo. Estoy cansada de tener que elegir entre hacer cosas horribles o más horribles.

—Así es la guerra.

—La... —Guardó silencio mientras recibía órdenes—. Tenemos que desviarnos.

—¿Qué pasa? —preguntó Wakana.

—Los George Washingtons traman algo.

Pusieron rumbo al este. Las ruedas permitían al mecha desplazarse sin deteriorar el asfalto. Casi todos los edificios bajos le cabían sin problemas bajo la entrepierna. Era la primera vez que Wakana veía San Diego desde tan arriba. Era una gran ciudad con un centro cuajado de rascacielos, edificios residenciales y maravillas arquitectónicas tan llamativas por su belleza como por la originalidad de su diseño. Se concedía más manga ancha a los arquitectos en los Estados Unidos de Japón y en los territorios externos en general, y desde el descomunal planetario hasta el centro municipal que lucía en el ápice un motivo de alas de mariposa, San Diego era como un jardín de granito y madera. Le llamó especialmente la atención el complejo bibliotecario cónico que, hasta entonces, solo conocía de oídas, y que contenía un archivo subterráneo de millones de novelas europeas y americanas difíciles de encontrar en otra parte, ya que los celosos censores nazis y japoneses habían quemado la mayoría de los ejemplares. Aunque Wakana no distinguía humanos a simple vista, los sensores detectaban puntos de calor. Había miles de personas en los edificios. Kujira podía enfocar algún punto para ampliarlo, cosa que hacía con frecuencia. Los George Washingtons habían retirado muchas banderas con el sol rojo del Imperio y las habían sustituido por las rojas, blancas y azules, que también habían pintado en los muros de la ciudad.

Kujira se centró en una mancha negra que a los escáneres les costaba analizar. En el sitio ya había tres mechas más pequeños, de la mitad del tamaño del *Harinezumi*. No tenían ningún color que los distinguiera, y sus placas pectorales eran menos ostentosas. También se desplazaban más despacio y las articulaciones tenían menos margen de movimiento.

—¿Qué pasa? —preguntó Kujira a la portical.

—Los homúnculos detectan una anomalía —respondió una voz por el comunicador.

—¿Qué son los homúnculos? —preguntó Ben a Wakana.

—Robots controlados por simulaciones de portical.

—Una farsa —declaró Kujira, que los había oído—. El alto mando de los Estados Unidos de Japón cree que puede sustituirnos por cerebros simulados.

Los homúnculos investigaban la anomalía negra ameboide, de contorno nebuloso, que crecía lentamente.

—¡Ordénenles que se retiren! —gritó Kujira en cuanto la vio en la pantalla.

—Negativo —respondió la voz por el comunicador.

—Es la funda de camuflaje del supertanque Panzer Maus IX. Los homúnculos no tienen la menor oportunidad. Tengo que llegar de inmediato o...

—Quédese a la espera y deje que los homúnculos se encarguen de la situación, a no ser que se nos vaya de las manos. Estamos atacando el proyector de deformación poliédrico para...

—¿Es que son idiotas? —gritó Kujira—. ¡Les van a destrozar los juguetes!

—Tiene sus órdenes.

El borrón se disipó y reveló cuatro tanques enormes; pequeños en comparación con el mecha, pero dotados de grandes cañones. Las orugas eran su principal método de locomoción, aunque tenían patas a los lados que servían de apoyo, o para desplazarse por terreno irregular. Tenían un blindaje tan grueso que casi todos los proyectiles rebotaban. Hasta las bombas y las balas de cañón lograban, como máximo, abollarlos.

—Son viejos tanques alemanes —dijo Ben.

—Parece que los George Washingtons los han conseguido en el mercado negro —dijo Wakana.

—Yo creía que solo los biomorfos podían conducirlos.

Wakana estaba en Afganistán cuando los alemanes desplegaron sus vehículos guiados por biomorfos. Dentro había personas manipuladas genéticamente, mutiladas física y psicológicamente durante años, para convertirse en soldados ideales, carentes de emociones y de lealtad absoluta.

—Deben de haberlos adaptado —dijo Wakana—. ¿Son peligrosos, Kujira?

—Pueden serlo para quien no sepa manejarlos.

—¿Usted sabe?

—La primera vez que me enfrenté a un nazi era un biomorfo. Mató a mi compañero y estuvo a punto de matarme a mí también.

—¿Cómo sobrevivió?

—Acabé con él con mi viejo quadmecha. El *Harinezumi* es cien veces más fuerte.

Los tanques disparaban contra el homúnculo más cercano. No eran proyectiles normales; contenían algún producto químico que formaba redes negras alrededor de su presa e intentaban entrar por cualquier orificio. El homúnculo intentaba contraatacar y disparaba con los cañones de los brazos, pero los tanques dispararon al unísono y le agujerearon la coraza. Los zarcillos negros entraron por el centro de la máquina, se introdujeron en todos los engranajes y lo hicieron implosionar. Las piezas sueltas cayeron sobre varios edificios de viviendas y los sensores informaron de la muerte de miles de humanos, aplastados en cuestión de milésimas de segundo.

—Va a morir mucha gente sin necesidad porque algún oficial quiere demostrar algo con los estúpidos robots —dijo Kujira—. Los homúnculos no tienen *yamato damashii*.

—¿Para qué necesita honor un robot? —preguntó Ben.

—El honor es lo único que nos distingue de los animales.

—Los robots no son animales.

—Son algo peor: nuestro reflejo distorsionado.

Los tanques fueron tras el segundo homúnculo y desplegaron, por un cañón de riel lateral, lo que parecía una mezcla entre un taladro y una ventosa gigante. La protuberancia se agarró al pecho del robot y lo destrozó. Aunque era menor que el *Harinezumi*, seguía siendo un aparato de enormes dimensiones. Al caer destruyó dos edificios y derribó varios generadores. La zona circundante se quedó sin electricidad, y los faros se convirtieron en un vértice de muerte. Según los datos, había más de mil bajas.

—Siéntense y asegúrense —gritó Kujira a Wakana y a Ben.

Cada uno ocupó un asiento del lateral izquierdo y se puso los cinturones superior e inferior. También se colocaron los cascos y ajustaron las placas protectoras que colgaban sobre ellos.

—Los George Washingtons deben de tener ayuda externa. Es imposible que hayan conseguido esas armas por su cuenta —dijo Wakana.

—¿No decía que era el mercado ne...?

—El mercado negro italiano. Proporciona armas a los dos bandos; azuza a los unos contra los otros. Los nazis lo utilizan en ocasiones para ayudar a los George Washingtons, con el fin de descubrir nuestros puntos débiles.

—Si se demostrara, sería una acción bélica.

—Nunca se demostrará. El mercado negro italiano les proporciona una coartada. Nosotros hacemos lo mismo con ellos.

Los supertanques hicieron picadillo al último homúnculo con un disparo conjunto y giraron en el sitio con las patas, que les servían para moverse más deprisa incluso en espacios reducidos. El robot se debatía, disparando todas las armas con que contaba, pero causó sobre todo destrozos en la ciudad, lo que incluyó un misil perdido que dio de lleno en la biblioteca y la hizo estallar.

—Allá van las ideas y creencias que escribieron decenas de miles de personas —gimió Wakana.

—Mejor perder libros que personas —observó Ben.

Los tanques no giraron de inmediato para enfrentarse al *Harinezumi*, sino que se pusieron a atacar a los americanos.

—¿Por qué combaten a los suyos? —preguntó Ben.

Wakana tampoco lo entendía hasta que vio los escáneres del interior del tanque.

—Debían de incluir los pilotos biomórficos.

—¿Los George Washingtons no pueden controlarlos? Wakana negó con la cabeza.

—Nadie puede controlar a un biomorfo desencadenado. Por eso los alemanes acabaron por prescindir de ellos.

Wakana había leído que miles de biomorfos quedaron abandonados tras años de experimentos y preparativos. No se sabía qué destino corrieron después de que los alemanes los declarasen obsoletos, aunque era lógico que hubieran vendido a muchos.

—¡Vienen a por nosotros! —les advirtió Kujira, y activó el comunicador—. Los tanques se disponen a atacarme. Voy a aniquilarlos. Ordenen una evacuación de emergencia de toda la zona. Puede que haya más, y...

—Negativo —fue la respuesta.

—¿Por qué?

—Abandone la zona.

—¿Y los tanques?

—Ya nos ocuparemos de ellos.

—Van a atacar por todas partes.

—No es asunto suyo.

Kujira observó la ciudad y apagó el comunicador.

—¿Qué pasa? —preguntó Ben.

—Creo que el alto mando de los Estados Unidos de Japón quiere que los biomorfos sigan destruyendo la ciudad —conjeturó Wakana.

Con un movimiento inesperadamente ágil para una máquina de ese tamaño, Kujira desenfundó la espada de fusión y avanzó hacia los tanques. El primero que se fijó en ella disparó el cañón, pero Kujira lo esquivó y le abrió un tajo en la coraza mientras mantenía el equilibrio con la otra mano. Dentro de la esfera líquida se movía como una bailarina entre los cables, cambiando de postura con destreza. El tanque intentó liberarse, pero Kujira le rebanó el cañón con la espada, e incapacitó a los demás con tajos y estocadas. Wakana se alegró de que llevaran el cinturón de seguridad; de lo contrario habrían salido despedidos al fondo del puente.

Dos tanques dispararon contra ellos. El mecha recibió los proyectiles en el costado, pero se concentró en el tanque que tenía debajo hasta asegurarse de que quedaba destrozado por completo. Los biomorfos se prepararon para volver a disparar; el *Harinezumi* se incorporó y levantó el cadáver del tanque para usarlo de escudo. La artillería le llegaba más al bajo vientre que al pecho. Kujira lanzó el tanque contra los otros dos y empleó las piernas para dirigirse rápidamente a su presa. Usó la espada con uno, al que dividió en cuatro trozos, y golpeó a su compañero con los puños hasta que la parte superior cedió y aplastó al biomorfo de dentro, aunque siguió debatiéndose.

Las balas alcanzaron el último tanque por detrás. En tierra, civiles americanos disparaban contra él.

—¿Qué hacen esos idiotas? —murmuró Kujira—. ¿Acaban de darse cuenta de que no pueden controlar esta cosa?

El biomorfo, irritado por las balas que rebotaban en su coraza, centró la atención en quienes las disparaban y barrió la resistencia a cañonazos. No se limitó a los francotiradores; se puso a sembrar el caos en el resto de la zona. En los indicadores aparecían muertes sin parar. Las porticales registraban a los que iban identificados para ir elaborando la lista de bajas. Aunque eran parpadeos cortos, Wakana observó que casi todos eran ciudadanos de los Estados Unidos de Japón que no tenían ni idea de qué los había golpeado. Las etnias que se mostraban eran, entre otras, mexicana, francesa, brasileña, china, india, austriaca y australiana.

—¿No tenía órdenes de retirarse? —preguntó Ben a Wakana en un susurro.

—*Tosuiken* —replicó Wakana, en alusión a la independencia de los mandos en el campo—. Dentro del mecha es la *daigensui*, la comandante suprema.

—Si acabamos con los tanques, los rebeldes seguirán

con vida hasta que nuestros soldados los maten. Si dejamos el último tanque, hará el trabajo de nuestros soldados sin ponerlos en peligro —dijo Kujira evaluando las decisiones que podía tomar, sopesando lo horrible y lo más horrible que había mencionado antes—. En cualquier caso morirán inocentes, ¿verdad? ¿A nuestros soldados se les dará mejor que a los biomorfos distinguir entre los disidentes y los que pasaban por ahí?

—¿Me pregunta a mí? —dijo Wakana.

—No es como si pudiera contestarme —replicó Kujira. No era una pulla, sino una constatación.

Dirigió la vista al último Panzer Maus IX, cambió la espada por un cañón y disparó una andanada mucho peor que nada que pudieran hacer los americanos. El supertanque viró y cargó contra el mecha.

Kujira esperó a que se alineara la trayectoria; unas líneas rojas calculaban la distancia en la pantalla de portical, y sonaba un pitido que la avisaba cuando coincidían los ángulos. El blanco quedó fijado y el *Harinezumi* partió el carro de combate por la mitad. Kujira no esperó a que el biomorfo se recuperase; el *Harinezumi* saltó adelante e introdujo las manos en las tripas del tanque, lleno del líquido de camuflaje que habían visto antes. En la pantalla se registraba un humano, aunque ni Wakana ni Ben veían a nadie a través del líquido. Kujira apretó los puños y el monstruo que había dentro murió, fundido en un citoplasma de odio y rencor.

Kujira juntó las palmas de las manos e hizo una breve inclinación.

—Habéis luchado valientemente —dijo para honrar a los biomorfos, y luego se dirigió a Wakana—: Estamos a quince minutos de Otay.

—¿A usted va a pasarle algo?

—Estamos vivos, ¿no?

—Por no acatar las órdenes, quiero decir.

—Si me pasa, pues me pasa. *Shikata ga nai.*

—No se preocupe por las llamadas —dijo Ben.

—¿De qué habla?

—No se preocupe por ellas —insistió—. Yo me encargo de que no quede ningún registro.

Kujira miró a Wakana, que se encogió de hombros.

—Es bueno en eso —confirmó.

—¿Se le dan bien las porticales? —preguntó Kujira.

—Me las apaño —respondió Ben con modestia.

Wakana miró su aparato y vio que todas las conexiones externas estaban cerradas.

—¿Tienen un campo de *kikkai* interno?

Kujira le dio los algoritmos de conexión, y Wakana leyó los últimos informes.

—En esta última hora ha habido treinta atentados suicidas contra instalaciones militares —anunció, sombrío, mientras jugueteaba nerviosamente con el cinturón—. Ahora no queda otra salida que la aniquilación total de las fuerzas civiles. Dadas las circunstancias, ascenderán al teniente coronel Mutsuraga, así como al capitán Yoshioka. Se sorprenderá cuando se entere de que ahora es un héroe de guerra y está propuesto para una condecoración de campaña por San Diego: la primera *jugun kisho* de esta batalla.

—¿El alto mando de Tokio está decepcionado?

—Quiere que esta situación se resuelva cuanto antes. —Wakana apretó el bastón y deseó poder romperlo.

Llegaron a la base de Otay sin más complicaciones.

—Gracias por traernos —le dijo a Kujira.

—Patee algún culo por esto —replicó ella.

—Lo intentaré.

21.12

Wakana irrumpió en el despacho de Mutsuraga, que estaba sentado a su mesa. Tenía en la mano una botella de alcohol y se había desabotonado la parte superior del uniforme.

—¿Contento? —dijo Wakana.

—Vigile su tono, comandante —replicó Mutsuraga.

—Ya tiene lo que quería —y enfatizó irónicamente—: mi teniente coronel.

—¿Qué quería?

—Una guerra declarada.

—¿Me culpa por esto?

—Sí.

—Ha perdido la cabeza.

—Sé que envió a Yoshioka. Era un cebo para mí, para que lo persiguiese mientras enviaba al verdadero autor del atentado, ¿no es así? ¡Podíamos haber conseguido la paz!

—¡Hoy he perdido a mi mujer ahí! —espetó Mutsuraga—. No se atreva a hablarme ahora de paz. Pienso dar caza a todos los George Washingtons.

—¿Por qué iban a poner una bomba a los suyos?

—¡Porque son unos estúpidos y unos salvajes!

Dos guardias entraron apresuradamente y miraron al

teniente coronel, preguntando sin palabras si debían llevarse al comandante.

—Voy a sacarlo a la luz —dijo Wakana—. A usted y a sus celos miserables que van a llevar a innumerables inocentes a la tumba. ¿Es que no tiene un ápice de humanidad?

—¿De qué habla?

—¡De su mujer y Andrew Jackson!

Mutsuraga rugió, se puso en pie y cargó contra Wakana, pero los guardias se interpusieron antes de que llegaran a las manos.

—¿Cómo se atreve a hablar mal de mi esposa, y precisamente ahora? —gritó Mutsuraga.

—¡No afecte superioridad moral! —gritó Wakana a su vez—. ¿Cree que no le veo las costuras?

Mutsuraga echó mano a la espada, pero los guardias lo detuvieron. Abofeteó a uno de ellos. Ben, que estaba detrás, agarró a Wakana y lo sacó a rastras.

—¡Debería haber retado a duelo a Jackson en vez de enviar a un lacayo a hacer el trabajo sucio! —gritó Wakana.

Ben siguió sujetándolo. Los guardias cerraron la puerta en cuanto pusieron el pie fuera.

—¡Comandante Wakana! —dijo Ben, airado—. Tiene que calmarse.

—Ese hijo de puta ha arrastrado al Imperio a una guerra innecesaria y ha puesto en peligro a nuestros soldados.

—Acaba de perder a su mujer.

—¿Cree que sus sentimientos tienen importancia en comparación con todo el sufrimiento que va a provocar? Ya ha visto a cuántas personas han matado esos biomorfos. Cuando las cosas se pongan...

—¿Qué ha pasado?

Los dos giraron en redondo y vieron que se acercaba una adolescente. Wakana la reconoció: era Claire, la hija de Mutsuraga. Se apartó sin decir una palabra.

—¿Ben? —dijo Claire—. ¿Qué ocurre? Dicen que le ha pasado algo a mi madre.

—Deberías hablar con tu padre —dijo Ben.

Claire se dirigió al despacho de su padre y entró. Mutsuraga seguía soltando exabruptos cuando vio a su hija.

—¿Dónde está mamá? —preguntó ella, y cerró la puerta a su espalda.

—¿Quién ha ganado hoy? —dijo Wakana, retorciéndose el bigote. Ben se encogió de hombros.

—Antes introduje las nuevas variables. La simulación prevé dos resultados posibles: o bien gana el Imperio tras una serie de batallas sangrientas, o sufre tantas pérdidas que todo acaba en tablas.

—Sé que en realidad fue usted quien creó la simulación —dijo Wakana—. Mi presencia se debe en parte a que quería desenmascarar a Mutsuraga, pero no creo que sirva de nada a estas alturas.

—No sé de qué ha...

—No intente negarlo, teniente. Ya ha habido bastantes mentiras por un día. Mañana puede seguir con su farsa, pero hoy dígame la verdad. ¿Qué hizo usted por él?

—No sé...

—Me he ganado algo mejor que más mentiras. Dígame por qué. —Ben observó a Wakana, evaluándolo.

—Nadie se tomaba en serio nada que hiciera. Nadie confiaba en mí. Consideraban que no merecía mi puesto, y como me negaba a lamerles el culo y hacer lo posible por demostrarles mi valía, me dieron de lado. Me esforzaba, de verdad, pero los profesores y los otros alumnos de la AMLB me ponían en ridículo y saboteaban mi trabajo. Tenían la impresión de que yo era la vergüenza del Ejército y no daba pie con bola. Todos menos Mutsuraga. Era instructor y llegó a un acuerdo conmigo: la gente usaría mi simulación y jugaría a mi juego, pero él se llevaría el mérito. Era eso o quedar relegado para siempre.

—¿Sigue programando?

—He instruido a otras personas que actualmente se encargan de las tareas cotidianas.

—¿Por qué no se encarga usted?

—El teniente coronel tampoco acaba de confiar en mí —respondió Ben.

—¿Tiene motivos?

—¿Los tiene para no confiar tampoco en usted?

Wakana entrecerró los ojos.

—Puedo ayudarlo a conseguir otro cargo.

—Me gusta mi trabajo.

—Y ¿de qué trabaja ahora?

—De aficionado vago en medio de una guerra.

—Cuando este desastre esté bajo control, se abrirá una división de juegos. Necesitarán gente que dirija la Oficina de Censura. Podría proponerlo a usted, si sobrevive.

—¿Por qué iba a hacer eso por mí?

—Fue alumno mío, Ishimura. ¿Tiene algo de raro que le eche una mano?

Se hizo el silencio.

—Me gusta ser censor —dijo Ben al fin.

—Verá crecer las semillas de su creación.

—¿Para censurarlas?

—Para tutelar su crecimiento.

—Gracias, mi comandante.

—Las mentiras son la base de todo. La clave está en lo que se transige. Si no hubiera permitido que Mutsuraga se atribuyera su trabajo, no tendría la autoridad que tiene y el atentado de hoy no se habría producido. —Ben estaba a punto de protestar, pero Wakana continuó; no quería oír excusas—. Cuanto mayor sea la capacidad de una persona de tolerar los engaños, más alto llegará. Supongo que yo no llegaré muy lejos, sobre todo porque voy a escribir la verdad sobre Mutsuraga, aunque nadie tenga en cuenta mi informe. Por otro lado, no estaría mal llevar la voz cantante en vez de estar a merced de oficiales locos con más estrellas. *Sayonara*, teniente.

Ben saludó y Wakana se marchó.

11.41

Era muy tarde cuando Wakana concluyó su informe y volvió a su barracón privado. Justo delante había una hilera de quince prisioneros americanos. Uno intentó huir a la carrera y le pegaron un tiro. Los otros empezaron a armar barullo y los ejecutaron. Las balas eran el eco de la sirena de la muerte amortiguada por la pólvora que se disipaba en humo. Wakana estaba a punto de entrar en su habitación cuando se dio cuenta de que se había dejado uno de los expedientes impresos que tenía que transcribir en la portical. Regresó a las oficinas y oyó unas voces que discutían en el vestíbulo. Eran Ben y Claire, la hija de Mutsuraga.

—No me lo estás contando todo —decía ella.

—Te he dicho todo lo que sé.

—Nada de esto tiene el menor sentido —protestó Claire—. Sé que mi padre miente, pero no sé por qué. Dime qué pasó en realidad.

—Ya lo has oído a él.

—Siempre soy sincera contigo. Deberías corresponder.

—No sé.

—Paparruchas.

—Que no.

Claire suspiró.

—Mi madre estaba con los americanos, ¿verdad?

—Sí.

—¿Era un acto religioso?

—No lo sé.

—¿Qué sabes?

—Que ha sido imperdonable —dijo Ben—. Lo siento.

Wakana cogió el expediente y volvió a sus dependencias. Las paredes insonorizadas bloqueaban el ruido de la batalla que sacudía la ciudad. Un vistazo a la portical le indicó que la cifra de bajas civiles era elevada, tal como se pretendía. Apagó la luz y se tendió en la cama. Parpadeó varias veces, se cubrió la cabeza con una almohada y se tumbó de lado. Se rascó el cráneo y ajustó la posición de la manta para no tener nada por debajo. Resultaba difícil despejar la mente, e intentó no pensar en Yoshioka, en Andrew Jackson ni en Beniko Ishimura. Miró adelante y vio fugazmente a alguien que lo hizo estremecer.

Recordó Vietnam y la orden de incendiar un pueblo que, supuestamente, daba cobijo a terroristas. A pesar de que llamó al alto mando para informar de que solo había mujeres y niños, por lo que debían replantearse los planes, se negaron a revocar la orden.

Volvió a encender todas las luces, se levantó y cogió la espada. Acarició la hoja, y el filo, cortante como una cuchilla, le arrancó sangre de los dedos. El dolor agudo lo distrajo de sus pensamientos. Se pasó la mano por la frente con la esperanza de que el carmesí le borrara el autodesprecio. Le manchó la carne, pero en vez de devolver la pureza a las cosas, lo sumergió en el rojo sangriento de la culpa.

PRESENTE

Akiko tenía la esperanza de que hubiera sido un sueño. Le pareció sentir que se le movían los dedos y habría jurado que doblaba el codo, pero cuando intentó encender la luz tiró la lámpara con el extremo romo del brazo artificial. Los médicos le habían sustituido los dos. Uno de ellos llevaba una prótesis temporal que podía simular el movimiento básico de los dedos y, con un guante puesto, parecía casi normal. El otro era un tubo de color carne en el que se podían instalar armas que se activarían con los músculos del tríceps o mediante una palanca lateral. Los especialistas, basándose en bioescáneres previos, estaban elaborando una prótesis de silicona que imitaba con más exactitud la extremidad perdida, pero el antebrazo aún tardaría una semana en estar listo.

Echaba de menos a Hideyoshi. Se preguntaba si debería llamarlo. Pensó en sus padres; aún no sabía cómo explicarles lo sucedido. Su padre era capataz de construcción, por lo que había presenciado bastantes accidentes de compañeros de trabajo que habían perdido algún miembro. Los médicos contaban con un arsenal de anestésicos suficientemente eficaces para que la mayoría de los amputados no sufriera dolor pese a las partes artificiales. Recordó que el derrumbamiento de una pared había aplastado las dos piernas a un amigo de su padre. Antes era muy jovial, pero a raíz del accidente mostraba un carácter taciturno, apenas hablaba y ahogaba las penas en alcohol.

Pensó en los informes que había leído sobre los equipos médicos que realizaban audaces avances en la regeneración de extremidades en Vietnam, donde los guerrilleros habían cortado los brazos a muchos soldados. La investigación progresaba lentamente, y aún estaban lejos de lograr la regeneración total.

Entraron dos hombres en la habitación de hospital. Los reconocía de la noche anterior: eran los agentes de la Kempeitai que la habían interrogado sobre lo ocurrido después de que los George Washingtons la liberasen. ¿Solo habían transcurrido dos días? Había pasado en el quirófano la mayor parte de la víspera, ni despierta ni dormida, sumida en el sopor de la anestesia.

Los agentes eran gemelos, de cabello negro corto e idéntico, igual estatura, torsos rígidos enfundados en trajes grises impecables y el mismo ceño irritante. El Agente Uno llevaba un guante rojo en la mano izquierda, y el Agente Dos, en la derecha.

—Tenemos muchas preguntas que hacerle —dijo el Agente Uno.

—Bien. Yo también tengo muchas preguntas —contraatacó Akiko.

—¿Para quién trabaja? —dijo el Agente Dos.

—Para el Imperio —replicó Akiko, indignada por que consideraran necesario cuestionarlo—. Mi superior es el general Wakana.

—¿Empezó en el cuerpo diplomático?

Akiko negó con la cabeza.

—Tenían un programa con la AMLB para enviarnos por todo el mundo para reclutar agentes, pero no llegué a unirme.

—¿A qué ciudades viajó?

—A Beiping, Keijo, Berlín, Tojo y varias más.

—¿Estuvo en Hanói?

Miró a los dos agentes; no le había gustado el tono de aquella pregunta.

—Antes de la segunda rebelión, y solo dos días.

—¿Qué recuerdo conserva de Indochina?

Akiko tardó un momento en recordar que así se llamaba el país antes de adoptar el nombre de Vietnam como demostración de independencia.

—Florecía bajo el dominio del Imperio.

—El Imperio impuso el orden después del *seisen* —dijo el Agente Uno, refiriéndose a la guerra santa que unificó el mundo al amparo del *Hakko ichiu*—. Nuestro Ejército construyó hospitales, reformó el transporte público, puso la educación gratuita a disposición de todos y eliminó el hambre. ¿Por qué cree que Vietnam lleva tanto tiempo plantando cara al Imperio?

—Según los informes, los alemanes han estado alimentando el descontento en secreto y animándolos a separarse, aunque no entiendo cómo se puede rechazar el honor de formar parte del Imperio.

—¿Está de acuerdo con el alto mando de Tokio en que es importante preservar la facción proimperial contra los rebeldes independentistas?

—Si cayera, se produciría un efecto dominó de descontento en toda la zona —respondió Akiko.

—¿Usted sabe vietnamita?

—No.

—¿Qué idiomas habla con fluidez?

—Alemán, italiano, japonés e inglés. Aunque tengo problemas con el alemán escrito.

—¿Cuál es su lengua principal?

—El inglés.

—¿No es el japonés?

Akiko vaciló antes de responder con sinceridad.

—No es el japonés.

Los dos agentes cruzaron una mirada.

—¿Por qué no se unió al cuerpo diplomático? —preguntó Dos.

—Estaba dispuesta a ir allá donde el Imperio me necesitara, y tenía la impresión de que era en la Tokko donde podía prestar más servicio.

—En uno de los primeros informes que elaboró usted en la Tokko instaba al Ministerio de Educación a enseñar la historia «verdadera» del Imperio a los agentes clave, para que supieran qué había ocurrido en realidad. ¿Insinuaba que existe una historia falsa?

—Así es. En gran parte se trata de propaganda y exageraciones que transmiten la impresión de que Japón actuó de salvador a regañadientes durante la Guerra Santa. La historia verdadera es mucho más interesante y nos resulta más útil. Queríamos hacernos con las riendas de nuestro destino y configurarlo nosotros. Es deplorable que murieran tantos millones de personas durante la guerra, y si no se ocultaran esas cifras, todo el mundo se daría cuenta de lo fútil que es la resistencia —aseveró Akiko, recordando las críticas que recibió por lo que implicaba su informe—. Ahora la gente es mucho más feliz que cuando la explotaban las antiguas fuerzas occidentales.

—¿Cómo era la vida bajo el antiguo régimen americano? —preguntó el Agente Uno.

—Su «libertad» era una farsa. La población estaba controlada por una plutocracia, y los ricos mantenían a raya a los pobres con la promesa del «sueño americano». Su economía se basaba en la esclavitud, y casi todos los trabajadores tenían unas condiciones deplorables. Las desigualdades raciales convertían en una pantomima las ideas de igualdad que figuraban en su constitución. En el Imperio todos somos hijos del Emperador, y mientras seamos leales, se nos trata con honor y respeto. Eso también nos distingue de los nazis.

—¿En qué sentido?

—Están dispuestos a exterminar a cualquiera que no encaje con su visión del ideal ario. Incluso después de que Hitler intentara redefinir el arianismo, siguió excluyendo a la inmensa mayoría. —Recordó un informe sobre un grupo de oficiales alemanes que intentaron dar un golpe de Estado acusando al propio Hitler de no encajar en el molde ario.

—¿Es consciente de que los nazis son nuestros aliados?

—Por supuesto. También soy consciente de que deberíamos estar bien informados sobre su verdadera naturaleza y no bajar la guardia.

—Es interesante que hable de no bajar la guardia —dijo Dos—. Anoche declaró que los George Washingtons le cortaron las manos. ¿Por qué la dejaron con vida?

—No lo sé. El capitán Ishimura supuso que consideraron que dejarme vivir era un castigo peor que matarme.

—¿Está de acuerdo?

—Debería preguntárselo a ellos, no a mí.

—¿Dónde está el capitán Ishimura? —preguntó Uno.

—No lo sé.

Los gemelos entrecerraron los ojos con escepticismo.

—¿Cómo puede haberlo perdido?

—Estaba en el quirófano —respondió Akiko.

—Hemos recibido un informe alarmante según el cual usted mató a un hombre en Portical Valley.

—Así es.

—¿Sabe que ese hombre era un héroe de guerra? El coronel Nishino, conocido como Koushou, fue uno de los investigadores técnicos más destacados durante los sucesos de San Diego.

—Ya me lo advirtió el capitán Ishimura.

—¿Le dijo también que era un valioso activo para el Ejército y facilitaba información sustancial, así como tecnología indispensable a la que de lo contrario no habríamos tenido acceso?

—El capitán Ishimura me informó de que era un personaje importante.

—¿Y lo mató a pesar de saberlo? —preguntó Dos, airado.

—Así es —respondió Akiko sin pestañear.

—¿Por qué?

—Por su comportamiento inhumano. Tenía un zoo de personas que...

—Era su vida privada. Toda esa gente estaba ligada contractualmente a él. El Imperio respeta las elecciones personales de sus súbditos. ¿Tenía otro motivo para matarlo?

Akiko no entendía por qué tenía que dar explicaciones.

—Cuestionó la divinidad del Emperador. —Suponía que eso pondría fin al interrogatorio.

—¿Tiene alguna prueba?

—¿No basta con mi palabra?

—No cuando está bajo sospecha.

—Bajo sospecha, ¿de qué?

—Queda por determinar si de traición o de simple incompetencia.

—¿Incompetencia? —repitió furiosa—. Soy una sierva leal del Emperador. —De repente recordó su interacción con muchas de las personas a las que había interrogado.

—No entendemos que una agente de la Tokko se dejara capturar —dijo Dos.

—Es una vergüenza —añadió Uno.

—Una vergüenza y una deshonra —retrucó Dos.

—¿Cómo es que sigue con vida?

—Ya les he dicho que me dejaron vivir —replicó Akiko.

—No creo que entienda la pregunta —dijo Uno a Dos con tono perdonavidas.

—Puede que el miedo le hiciera perder la sangre fría y olvidar el sentido del honor.

—¿Por qué me interrogan? —preguntó Akiko, que aún no entendía qué estaba pasando.

—Porque su historia no cuadra.

—¿Qué es lo que no cuadra? Me atacaron los George Washingtons.

—Pero sigue con vida y el capitán Ishimura se encuentra convenientemente desaparecido —dijo Uno.

—Puede que estén los dos metidos en el ajo —aventuró Dos.

—¿Dónde está el general Wakana? —preguntó Akiko, irritada por la insinuación—. Él se lo explicará todo.

—El general Wakana no está disponible en estos momentos —dijo Dos.

—No intente ocultarse tras él —espetó Uno.

—No intento ocultarme. Int...

—No se muestra muy colaboradora.

Dos sacó una pistola.

—Sé que está vacunada contra la mayoría de nuestras enfermedades, pero hay unas cuantas para las que no tiene protección.

—¿Me están amenazando? —preguntó Akiko, furiosa.

—La conminamos a mostrarse más colaboradora.

—Todo esto sería mucho más fácil para usted si confesara —sugirió el Agente Dos.

—Podríamos volver a la comisaría, pero entonces tendríamos que dejarla en manos de los inquisidores.

—No se imagina lo que le harían.

—Claro que sabe qué hacen los inquisidores.

—Empezarían por desollarle la cara.

—No querrá eso, ¿verdad?

—No he hecho nada malo —se defendió Akiko, conteniendo un escalofrío. Había colaborado estrechamente con inquisidores y conocía su forma de tratar el cuerpo humano como si fuera un trozo de carne—. Quiero que venga un abogado.

—¿Para qué quiere un abogado si no es culpable?

—Se comporta como si lo fuera, ¿verdad? —comentó el Agente Dos.

—¿Por qué estoy bajo sospecha? Miren lo que me hicieron. Me soltaron para dejarme en ridículo. —Posó los ojos en las prótesis y después miró a los dos agentes. Dos rostros indiferentes le devolvieron la mirada.

—Los George Washingtons emplean muchas artimañas. Pueden hacerse pasar por víctimas de tortura para ganarse nuestra confianza.

—Es un antiguo truco chino —añadió Uno.

Akiko bufó, pero Dos no le dejó hablar y dijo:

—Lo vemos venir a la legua.

—¿Para quién trabaja?

—Ya se lo he dicho. Para el Imperio. Soy agente de la Tokko.

—Una agente que mata a uno de nuestros recursos principales, pierde al capitán Ishimura, vuelve inexplicablemente después de que la capturen los George Washingtons y exige un abogado cuando le planteamos unas sencillas preguntas —resumió el Agente Uno.

Akiko volvió a bufar.

—Pruebas circunstanciales. Nada de eso es concluyente.

—Pero la única persona que podría ratificar o negar lo que afirma ha desaparecido. ¿Ha matado usted al capitán Beniko Ishimura?

—¿Qué? ¿Se han vuelto locos? —estalló.

—Entonces, ¿dónde se ha metido? Usted es la última persona con la que lo vieron.

—Ya les he dicho que no lo sé. ¿No hay grabaciones del hospital?

—Todas están deterioradas —dijo Uno.

—Según los técnicos, hubo perturbaciones de portical que echaron a perder las grabaciones de los tres últimos días —explicó Dos.

—¿No estaba usted investigándolo esta misma semana?

—Sí —respondió Akiko.

—¿Por qué?

—Es sabido que Ishimura es uno de los soldados más leales del Imperio —añadió Dos.

—Denunció a sus propios padres cuando estaban a punto de cometer un acto de perfidia.

—¿Por qué lo investigaba?

—Eran mis órdenes —contestó Akiko.

—Y ahora ha desaparecido un importante censor de los juegos de portical de los Estados Unidos de Japón en la víspera del aniversario, justo cuando los George Washingtons intentan difundir su insidioso juego.

—¿Está tramando algo para las celebraciones de mañana? —preguntó Dos a bocajarro.

—¡Yo no tramo nada! —gritó, recordando todas las veces que otras personas le habían contestado lo mismo a ella.

—¿Cómo es que no dejamos de oír rumores sobre lo desacostumbrado de sus hábitos laborales?

—Alguien tiene que estar divulgando mentiras —respondió Akiko—. Yo no he hecho nada malo.

—La única persona que miente en esta habitación es usted.

Sabía que no le servía de nada frustrarse. Querían sacarla de sus casillas; era una práctica habitual. Pero no alcanzaba a entender por qué estaba bajo sospecha. Ella era la que imponía justicia. Se encontraba entre los agentes más destacados de la Tokubetsu Koto Keisatsu.

—¿Nos está escuchando? —preguntó el Agente Uno.

—Si no empieza a colaborar pronto, la pondremos en manos de un inquisidor.

No se podía creer que tan solo dos días atrás estaba en el otro lado.

4.02

Las preguntas de los agentes gemelos de la Kempeitai eran incesantes. La velocidad de sus ataques verbales la desconcertaba, y sus juegos de palabras la ponían nerviosa. Intentaban pescarla en alguna contradicción a base de insinuaciones sin acusarla directamente, para que ella misma se pillara los dedos.

—Hay informes de que tuvo un enfrentamiento con Tiffany Kaneko, una agente nuestra —dijo el Agente Uno.

—No fue un enfrentamiento. Se enfadó porque le descubrí la tapadera, y charlamos un rato.

—Eso no es lo que tenemos entendido.

—Pues lo han entendido mal.

—¿Qué opina de los George Washingtons? —preguntó el Agente Dos.

—Que son unos traidores a los que habría que aniquilar.

—¿El general Wakana simpatizaba con ellos? —preguntó el Agente Uno.

—Es uno de los oficiales más leales que conozco.

—Dice que seguía sus órdenes.

—Así es.

—¿Le ordenó que ejecutara a Koushou?

—El general Wakana no me dio órdenes de ejecutar a Koushou. La decisión fue mía —dijo Akiko.

—¿Por qué?

—Ya se lo he dicho. Lo que hacía era inhumano.

—¿Sabía que el general Wakana tuvo varias desavenencias con el alto mando de Tokio?

—Y con el de los Estados Unidos de Japón —añadió Uno.

—¡Déjese de mentiras y díganos qué ordenó Wakana en realidad!

—¡No son mentiras! —gritó Akiko a su vez.

—La relación del Ejército con sus veteranos es muy importante. ¿Con qué motivo la puso en peligro? —preguntó Dos.

—Usted es miembro de la Tokko y tiene fama de inmisericorde —afirmó Uno—. ¿Quiere hacernos creer que los hábitos personales de Koushou le importaban tanto como para poner en peligro los intereses del Imperio?

—¿Por qué mató a un héroe de guerra? —gritó Dos, airado.

—Al menos mantenía con vida a sus piezas.

—¿A cuántas personas ha torturado y matado usted?

—Puede que tenga dudas —dijo Uno.

—¿Sobre su posición?

—Sobre su lealtad al Emperador.

—No tengo dudas —aseveró Akiko, y lo repitió en silencio para sí.

—¿Cómo es que su novio declaró que está usted obsesionada con los americanos? —preguntó Uno.

Akiko hizo lo posible por contener la sorpresa.

—¿Hideyoshi?

—Tiene todo tipo de problemas con la Yakuza.

—Contrajo una deuda considerable a causa de su ludopatía.

¿La Yakuza? Nunca le había dicho nada de su relación con ningún gángster.

—La calificó de autoritaria y mala amante —afirmó Uno, consultando la portical.

—¿Dijo eso? —Akiko se arrepintió inmediatamente de haber hablado con voz dolida. Intentarían usarlo contra ella, por supuesto, y tramarían embustes para atacarla en sus puntos débiles.

—¿Qué parte le molesta más? —preguntó Uno con una sonrisita sádica.

—¿Por qué le preocupa tanto lo que hagan los americanos?

A Akiko se le aceleró el pulso.

—Mataron a mi hermano —respondió.

—Según Hideyoshi, estaba preocupada porque su hermano desertó y se adentró en territorio enemigo.

—Hideyoshi mentía. Mi hermano no hizo tal cosa.

—La hizo. Una pesquisa interna lo confirma.

—Mi hermano era un patriota que fue a investigar un incendio, sin darse cuenta de que era una emboscada —gritó Akiko. Había pasado innumerables noches estudiando el caso en privado.

—¿Cómo lo sabe?

—En el informe oficial no consta ninguna emboscada.

—Parece una tendencia de la familia, ¿verdad?

—¿Fue por incompetencia, o por traición?

—Pueden atacarme cuanto quieran —dijo Akiko, echando humo—, pero no metan a mi hermano en esto.

—¿Por qué no? Usted, en nuestro lugar, haría lo mismo —afirmó Uno con absoluta seriedad.

—Tenemos que inspeccionar más a fondo los registros de portical de su hermano. Habrá que ver si hay algún indicio de traición.

—¿O intenta protegerlo?

—¿Estarían conspirando juntos?

—Cállense —dijo Akiko.

—¿Disculpe?

—¡QUE SE CALLEN!

Uno le dio una bofetada. Dos le golpeó la mano protésica. Akiko se puso pálida; la humillación dolía más que el suplicio físico. Intentó agarrar un arma que no tenía.

—¿Y qué va a hacer si no queremos?

—Creo que no nos toma en serio.

—Puede que se tome más en serio al inquisidor.

El Agente Uno le sujetó el hombro mientras el Agente Dos le retiraba los catéteres. Akiko sabía que si golpeaba a cualquiera de ellos añadirían acusaciones, y tendrían carta blanca para devolverle los golpes. No se resistió, pese a que sabía que una cita con el inquisidor supondría el final de su vida. Esos agentes seguían siendo siervos del Emperador. Su preocupación principal era la seguridad de sus padres. Si la condenaban con acusaciones falsas, correrían peligro. Ni siquiera sabía si no los habrían detenido ya con la típica acusación en esas circunstancias: felonía parental por haber criado a un traidor.

La levantaron por la fuerza y se la llevaron a rastras. Se preguntaba dónde se habría metido el general Wakana.

4.59

En el coche hacía frío y las luces de la ciudad tenían un aspecto irreal, auroras de desaliento que se pudrían en la noche leprosa. La amarraron al asiento trasero y ocuparon los delanteros. A Akiko le habría gustado saber dónde estaba Hideyoshi y si realmente la había traicionado ante esos agentes. Pensó en su hermano, en los informes según los cuales había abandonado su puesto. Nadie sabía por qué, pero al final concluyeron que estaba investigando una anomalía. Las incertidumbres dejaban la puerta abierta a las malas interpretaciones, cosa que ya la incomodaba antes y en aquel momento le resultaba más molesta aún.

—Odio el turno de noche —comentó el Agente Uno.

—A mí me encanta —contestó el Agente Dos—. No me gusta nada el sol.

—Es bueno para la piel.

—Olvídate de la piel. ¿Te enteraste de lo que ocurrió realmente en Barstow?

—¿De qué hablas?

—De los hermanos Cera de Oídos.

—No me suenan de nada.

—Los Teruo.

—Ah, los niños mimados.

—Hace unos dos años fueron a detener a un tipo, pero

tuvieron un fallo de portical y no sabían de qué estaba acusado.

—¿Por qué no llamaron al alto mando?

—No querían que se enterasen de que tenían las porticales deterioradas. Así que lo detuvieron y se negaron a explicarle el motivo. Después resultó que a sus porticales no les pasaba nada; simplemente, habían detenido a quien no era.

—¿Qué pasó?

—No podían soltarlo porque eso los habría metido en problemas. Habría sido una pesadilla burocrática. Así que lo dejaron reposar y después empezaron a torturarlo. A los tres días confesó un delito por el que no lo buscaban.

—¿Sedición?

—El asesinato de tres ciudadanos de los Estados Unidos de Japón. Lo ejecutaron en el acto. Los Cera de Oídos se llevaron una condecoración, y desde entonces se dedican a detener a personas al azar sin decirles de qué se las acusa.

—Genial.

—Lo mejor es que esos tres ciudadanos a los que ese tipo confesó haber matado no existían. Eran personajes de un programa de portical alemán cancelado.

—¿Qué pasó con los hermanos?

—Los ascendieron, porque si se metían en líos, sus superiores también.

—Qué atrocidad.

Los dos hermanos rieron divertidos. Akiko se daba cuenta de que su desenfado era un intento de aligerar el ambiente para confundirla. Querían que se sintiera cómoda, darle un falso sentido de esperanza, como si fueran un par de chicos bromistas y dicharacheros con los que se podía razonar. Cuando llegaran a la comisaría intentarían ganársela; le dirían que estaban de su parte si se comportaba bien. De lo contrario recurrirían a la violencia física, una medida que se reservaba al inquisidor. Por lo general, los inquisidores eran excelentes fisiólogos con amplios conocimientos de anatomía. Todo aquel paripé le resultaba repugnante porque se lo conocía muy bien, y ellos lo sabían.

—Tenemos la obligación de eliminar las supersticiones —dijo Uno.

—A ti te dan miedo los fantasmas —dijo Dos.

—Los fantasmas no son ninguna superstición. Existen de verdad.

—No vuelvas a sacar ese incendio —gimió Dos.

—Sé lo que vi.

—¿Tres mujeres desnudas en un edificio en llamas? Inhalaste tanto humo que tuviste alucinaciones.

—No quiero volver a ejecutar traidores con dinamita. Es demasiado arriesgado, sobre todo si no se cronometra perfectamente.

—Siempre lo cronometro perfectamente. Fuiste descuidado.

Akiko deseaba que cerraran el pico. Tenía una barra en la espalda que ejercía una presión incómoda y le impedía sentarse correctamente. Los baches del pavimento acentuaban el dolor. Aún era de noche, por lo que unas luces intermitentes del exterior captaron su atención.

—Le pasa algo al coche —dijo Uno.

—¿Qué quieres decir?

—No responde al volante.

—Se han soltado los cinturones.

—¿Qué?

Un camión se dirigía hacia ellos. Akiko se preguntó si lo estaría soñando hasta que el camión los embistió. El coche se salió de la calzada y chocó contra un muro. Akiko se golpeó la cabeza contra el asiento delantero, aunque el cinturón la sujetó firmemente. Aparte de una fea magulladura y un dolor de cabeza, estaba bien. Los gemelos habían corrido peor suerte: sin cinturón de seguridad, se habían estrellado contra el parabrisas. Se abrió la puerta trasera y Akiko parpadeó, incapaz de dar crédito a sus ojos, sin fijarse en el olor de la sangre que le llenaba la nariz.

Ben le soltó el cinturón y la ayudó a salir.

—¿Qué...? ¿Qué hace usted aquí? —preguntó Akiko.

—La estoy rescatando.

—¿Por qué?

Ben se detuvo un momento.

—Me salvó el pellejo dos veces; no podía dejar que se cebaran con usted. Además, los dos somos siervos del Emperador, ¿no es así? —añadió parafraseándola—. ¿Tiene su portical?

—¿Por qué?

—Tengo que instalarle un inhibidor para que no puedan rastrearnos —explicó Ben.

—No la llevo encima.

Ben le entregó un poncho para que se tapara el camisón del hospital. Él iba con un pantalón de faena, un chubasquero marrón y un híbrido entre bufanda y pañuelo que se llevaba mucho entre los jugadores. Se acercó a los hermanos y les examinó el cuello.

—¿Están vivos? —preguntó Akiko.

—Por los pelos. —Los dos tenían pulso.

—Debería matarlos —aconsejó Akiko, pese a que estaban al servicio del Imperio.

—No creo que se levanten muy pronto.

—No podemos correr riesgos.

—Ya lo sé, pero de aquí a que se despierten ya estaremos muy lejos.

Akiko observó los dos vehículos, compungida.

—Esto no ha sido nada propio de usted.

—¿A qué se refiere?

—A estrellar un camión contra un coche en una operación de rescate.

—¿Gracias? —Ben blandió la portical—. Esto ha realizado todos los cálculos para impedirles controlar el coche y que chocaran en el ángulo perfecto para dejarlos incapacitados pero vivos, al tiempo que usted seguía a salvo.

Akiko miró a los agentes.

—Me han acusado de traición.

—Ya lo sé.

—¿Cómo?

—He estado siguiendo las comunicaciones de portical de la Kempei.

—¿Dónde está el general Wak...?

—El general Wakana ha muerto. Anoche le ordenaron que se suicidara —respondió Ben.

Akiko sintió que se le embotaba el rostro.

—¿Por qué?

—Incompetencia. Fallos de seguridad estando él al mando. A usted iban a darle una orden parecida tras llevarla a la base.

—Es imposible.

—¿Sí? —Abrió la portical y le enseñó las instrucciones que habían recibido los dos hermanos: la Kempeitai indicaba que deberían empezar por torturarla durante un día entero y darle después la opción del suicidio. El mensaje siguiente contenía el visto bueno de los superiores de Akiko en la Tokko.

—Pero... Pero... No he hecho mal nada.

—A sus ojos lo ha hecho todo mal, gracias en parte al testimonio de mi ex amante, Tiffany Kaneko. Bienvenida.

—¿Eh?

—A la vida de la gente normal.

—¿De qué habla?

—Del miedo constante a que nos detengan por crímenes que ni siquiera sabemos que hemos cometido. Somos caracoles en el filo de una navaja.

—¿Por..., por qué no me ha dejado morir simplemente? Ya no tengo futuro —dijo Akiko con la voz quebrada. Ben le observó los brazos protésicos.

—¿Va a darse por vencida?

—Le habría convenido dejarme morir.

—No actúo según lo que más me convenga y, como he dicho, estaba en deuda con usted.

—No me puedo creer que me hayan acusado de traicionar al Emperador, después de todo lo que he hecho. Soy sospechosa de corrupción ideológica.

—El que empuña la pistola puede inventarse las acusaciones que le parezcan —respondió Ben—. Tenemos que darnos prisa.

—¿Adónde vamos?

—A Long Beach.

—¿Por qué ahí?

—Solo tenemos una salida, tanto usted como yo: llevarles la cabeza de Mutsuraga —dijo Ben—. Entonces se nos perdonaría todo. A lo mejor hasta exonerarían a Wakana.

Akiko volvió a mirar a los dos interrogadores de la Kempei.

—No creo que pueda servirle de mucha ayuda —dijo.

—No espero que me ayude. Voy a dejarla con una amiga.

—¿Una amiga?

Ben miró la calle con aprensión mientras pasaba un coche.

—Tenemos que irnos, en serio.

—¿Mutsuraga está en Long Beach?

—No. En San Diego.

—¿En el interior de San Diego? —preguntó Akiko.

—Sí.

—¿Cómo lo sabe?

—Me lo ha dicho Martha Washington.

—¿Por qué?

—Porque he llegado a un acuerdo con ella —le comunicó Ben.

—¿Qué clase de acuerdo?

—Uno que nos ha salvado la vida a los dos.

—¿A cambio de qué? —dijo Akiko, alarmada por la idea de hacer cualquier trato con los terroristas.

—No pregunte.

—San Diego está completamente acordonada. Es difícil entrar o salir.

—Eso nunca ha sido un problema para los George Washingtons.

—Nuestras defensas tienen un punto débil —dedujo Akiko.

Ben volvió a examinar a los agentes. Los dos estaban inconscientes. Les cogió las porticales y tecleó algo.

—La Costa Oeste —respondió—. Los barcos de los Estados Unidos de Japón no pueden cubrir la orilla entera.

—¿Y los mechas que guardan la costa?

—Buena pregunta. No sé qué hacen para burlarlos.

—¿Qué va a hacer usted?

—Tengo una amiga en Catalina que puede ayudarnos —respondió mientras restituía las porticales.

—¿La cárcel de Catalina?

—Sí. Llevo todo el día con la Tokko y la Kempei respirándome en la nuca, así que no ha sido fácil. Cuando averigüen lo que ha pasado aquí, se lanzarán en nuestra búsqueda.

—Pero ¿có...?

—Seguiré explicándoselo por el camino. Tenemos que largarnos enseguida.

—¿No deberíamos esconderlos? —preguntó Akiko, mirando a los hermanos inconscientes.

—Necesitarán atención médica, y nadie va a poder seguirnos la pista a corto plazo.

Akiko se acercó y le dio una patada en la cara a cada uno.

Ben se dirigió a un coche que había aparcado cerca y abrió la portezuela con la llave digital de la portical.

—Vamos.

5.43

Akiko leyó y releyó las órdenes: «Si la agente Tsukino no colabora, tráiganla para que la interroguen directamente los inquisidores. Inflíjanle los daños físicos y mentales necesarios durante un máximo de un día e ínstenla a tener un final honorable.»

«Un final honorable» era una forma eufemística de referirse al *jigai*. Se estremeció al imaginar al general Wakana haciéndose el *seppuku*, con las vísceras saliendo por la herida.

—Solo seguía órdenes —insistió Akiko—. ¿Cómo puedo haberme metido en problemas por hacer lo que me dijeron?

—Tenían que culpar a alguien por los atentados. Cuando Tiffany los señaló con el dedo, los eligieron a Wakana y a usted como chivos expiatorios.

—Pero él no puso las bombas.

—Incompetencia bajo su supervisión. Entre las víctimas estaba uno de los ayudantes favoritos del gobernador, un hijo de puta sanguinario al que llamaban Rompetendones por la crueldad que demostró en San Diego. Todos los que murieron anteanoche sirvieron conmigo en San Diego.

—¿Es una venganza de los George Washingtons contra todos ustedes?

—Eso parece. Wakana era una de las pocas personas influyentes que abogaban por la paz. Aunque intentemos obrar con rectitud, jamás podremos evadirnos de nuestros pecados.

—No creo que nadie quiera.

—¿A qué se refiere?

—Todos queremos obtener lo que nos parece que merecemos, aunque lo neguemos de puertas afuera.

—¿Y qué merecemos?

—Cada cual tiene sus pecados.

—El concepto del pecado es una falacia —afirmó Ben.

—¿No se siente culpable por nada?

—Intento no pensar en ello.

—¿Tiffany también lo ha incriminado a usted?

Ben negó con la cabeza.

—No me menciona en sus informes.

Akiko pensó en lo que había dicho Hideyoshi a los agentes de la Kempei, o en lo que había dicho según ellos.

—El sufrimiento es real —dijo—. Y el dolor, también. Por sádico que fuera Koushou, quizá tuviera razón en que solo somos microorganismos que buscan denodadamente su lugar dentro de una entidad mayor.

—Los microorganismos no se matan entre ellos.

—Se matan todo el tiempo. Los virus arrasan y devoran sin piedad, hasta el punto de acabar con el huésped. Según algunas teorías, evolucionaron a partir de las bacterias, pero hay virus bacteriófagos que se ensañan especialmente con ellas.

—Los descendientes matan a sus antepasados.

—Casi todas las religiones intentan aniquilar las anteriores, aunque hayan contraído una deuda ideológica con ellas. El sintoísmo es una de las pocas que aceptan la simbiosis.

—¿Compara el sintoísmo con un virus?

—Un virus civilizado. Por eso absorbimos el budismo,

y por eso incorporamos aspectos del cristianismo al colonizar esta zona.

—¿Cómo le ha dado por las enfermedades?

—Me fascina su efecto —dijo Akiko.

—¿Aunque maten?

—Nuestros científicos emplean bacteriófagos para atacar bacterias mortales y protegernos de sus efectos.

—¿Y si un bacteriófago escapa al control de los científicos y los ataca a ellos?

—Entonces, los científicos mueren —respondió Akiko, mirando por la ventana. Ben se echó a reír.

—Esperemos que las cosas no lleguen a ese extremo. ¿Tiene hambre?

Akiko se dio cuenta de que le rugía el estómago. Le habían suministrado alimentación intravenosa para que no le faltaran nutrientes, pero necesitaba algo sólido.

—Estoy famélica.

—¿Tiene alguna preferencia culinaria?

—Lo que sea, mientras esté cocinado y no demasiado dulce.

—En Long Beach hay un restaurante mexicano que me encanta, muy cerca del sitio al que tenemos que ir. Lo único malo que tienen sus nachos es que los frijoles me endurecen la mierda y me pillo un buen estreñimiento. No me deje comer demasiado, porque siempre me paso.

—Gracias por comunicármelo. Acaba de hacerme perder el apetito.

—No me diga que tiene remilgos con la escatología.

—Claro que no. Lo que caga una persona dice mucho de ella —afirmó Akiko.

—¿Por ejemplo?

—Dónde ha estado comiendo, con quién ha tratado, la composición química, la...

—Olvide mi pregunta.

6.02

Long Beach era el lugar donde las tiendas lujosas cedían el paso gradualmente a los sórdidos locales del barrio de los lupanares. Bots vendedores recorrían las calles con sus ruedas y sus luces giratorias ofreciendo porticales extras, zumos de frutas y compañía. Una cúpula colosal cubría una amplia sección del distrito amoroso, con unos pectorales de luz tensados por el deseo que emanaba de los desconocidos que ejercitaban algo más que los músculos. Los clubs de sodomía, los bailarines exóticos con extremidades adicionales, las bibliotecas de pasatiempos fetichistas, la mayor colección de muñecos del mundo, un burdel de tema victoriano, los establecimientos de aumento del pene y el béisbol en *bondage* estaban entre las atracciones más llamativas. Cuatro prostitutas con kimonos traslúcidos recorrían la calle en monopatín ofreciendo sus servicios. Un grupo de moteros se marchaba tras una noche de libertinaje. Las amas de casa aburridas abandonaban de momento la compañía de sus efebos. Ya se servía el desayuno, sushi y tostadas sobre hombres y mujeres desnudos. En las esquinas de los edificios ondeaban banderas confederadas, y algunas mujeres solo lucían los colores del Sur en su atuendo. Había una hilera de nidos amorosos, cada uno pintado de forma distinta que el vecino, y formaban una franja rosa, verde hierba, malva, lila y amarillo pastel.

—¿Qué hacemos aquí? —preguntó Akiko.

—Necesito transporte —respondió Ben—, y los únicos barcos que pueden entrar en Catalina sin que se examine la identificación de los pasajeros son los que fleta el Gremio de Servicios Amorosos. Una amiga, Orochan, tiene uno de esos barcos.

Dejaron el coche en un aparcamiento de ocho plantas. Ya era por la mañana, por lo que muchos locales estaban cerrando. Ben llevó a Akiko al restaurante mexicano que había mencionado, donde dos camareras cansadas los recibieron con una reverencia. Había un escenario sin bailarines, y la máquina de música era una estrafalaria fortaleza de discos rayados. Tomaron asiento.

—Supernachos —pidió Ben.

Akiko optó por la tostada mexicana.

—¿Se han producido más muertes por atentados de los George Washingtons? —preguntó Akiko cuando se marchó la camarera.

—Siguen siendo una docena. Presuntamente, yo iba a ser el decimotercer afortunado.

—¿Conocía bien a alguna de las víctimas?

—Lo justo para no lamentar que hayan muerto. Todos ellos se comportaron como carniceros en San Diego.

—Como buenos soldados, quiere decir.

La camarera les sirvió la comida, y Ben comió sin decir una palabra. Akiko no intentó usar los palillos; ya le costaba bastante sujetar la cuchara con la mano protésica. Ben, por deferencia, se concentró en su plato. Bajó la boca a la tostada y comió directamente. No le gustó el sabor, pero tenía tanta hambre que le daba igual. Mientras se tragaba la ternera y la lechuga sentía que le imbuían fuerzas. Ben masticaba lentamente la carne asada y los nachos.

—¿A qué viene tanto silencio? —preguntó Akiko entre bocado y bocado.

—No quiero aburrirla con un intercambio de información inútil.

Akiko tardó un momento en recordar lo que ella misma había dicho a principios de aquella semana.

—No sabía que fuera tan sensible —comentó.

—No pretendía ofenderla.

—Necesito información útil.

—¿Como qué?

—¿Dónde puedo conseguir un arma para adaptármela al brazo?

—Puede que aquí haya vendedores. Pediré a Orochan que la ayude cuando me haya marchado.

—No dirá en serio que pretende dejarme atrás.

—Voy a dejarla con ella, y...

—Lo acompaño.

—Voy a entrar en San Diego —dijo Ben—. Usted misma ha dicho que no serviría de mucha ayuda.

—No puede sobrevivir por sí solo.

—Me las apañaré.

—Suspendió la instrucción de oficiales de campo porque no pu...

—Sé por qué suspendí.

—Me necesita —soltó Akiko a bocajarro.

—¿Por qué?

—Porque a mí no me da miedo matar.

—¿Cree que si no mato es por miedo?

—No sé por qué no mata, pero es una debilidad que le costará la vida. Estuvo a punto de hacer que lo expulsaran de la AMLB.

—Era una situación muy distinta.

—No fue capaz de cumplir la orden de decapitar a un prisionero. Es lamentable.

—¿Y cree que si se implanta un arma en el brazo tendremos más posibilidades?

—No lo creo; lo sé.

Ben se comió un nacho antes de responder.

—La salvé porque estaba en deuda con usted, pero creo que su fervor raya en la locura.

—El Emperador es nuestro dios. Un fervor que no llegue a la locura es traición.

—¿Sigue pensando eso? ¿Incluso ahora?

—Desde luego —respondió, aunque sabía que su fe se tambaleaba.

—Por eso no puedo llevarla.

—¿Qué?

—Si alguien insulta al Emperador mientras estemos en San Diego, ¿se pondrá violenta? ¿Se cree capaz siquiera de fingir afinidad por los George Washingtons?

Akiko intentó limpiarse la carne de los labios.

—¿Qué planea? —preguntó.

—Hacerme con Mutsuraga cueste lo que cueste, aunque suponga una traición directa al Emperador.

—Si me dice qué ocurrió en realidad en San Diego con él y con su mujer, le sigo el juego.

Ben rebañó los frijoles de su plato y se puso a relatar la verdadera historia de la mujer de Mutsuraga, Andrew Jackson, Wakana y el baño de sangre subsiguiente, aunque omitió el papel que había desempeñado él en la programación de la simulación y los juegos.

—Eso explica que todo el asunto sea confidencial —dijo Akiko cuando terminó—. No sabía que hubiera tenido una relación tan estrecha con el general Wakana.

—Fue quien me consiguió el trabajo de censor.

—A mí también me ayudó profesionalmente —dijo Akiko, apenada—. ¿Y su familia?

—No sé. —Ben negó con la cabeza—. Pero me temo lo peor.

Akiko recordó lo mucho que el general Wakana quería a sus hijos.

—Podremos llorar su pérdida cuando haya terminado

todo esto —dijo Ben, adelantándose a los pensamientos de Akiko—. Aún tenemos mucho que hacer.

—¿Qué pinta Mutsuraga en San Diego? ¿No odiaba a los George Washingtons?

—Sabía que lo acogerían como desertor y por ser el creador del *USA* —explicó Ben, y apuró el guacamole de la cuchara—. A los George Washingtons les ha contado una versión muy distinta de los sucesos de San Diego.

—¿Usted le dijo la verdad a Martha Washington?

—Por eso nos soltó y me reveló el paradero de Mutsuraga.

—¿Adónde va ella?

—Me dio a entender que era un viaje solo de ida. Ni siquiera sé si no habrá muerto ya.

—¿Qué más le dijo? —preguntó Akiko con aprensión.

—Le recuerdo que estoy dispuesto a hacer lo que sea para llegar a Mutsuraga.

—Les dio las contraseñas.

—Nada que no se vaya a modificar automáticamente con el cambio de turno.

Akiko contuvo el genio; sabía que discutir no serviría de nada.

—¿Cómo puede tomarse con tanta naturalidad una traición al Imperio?

—El resultado lo justifica.

Akiko se había comido la parte superior de la tostada, pero no podía seguir sin pringarse la cara de comida.

—¿Necesita ayuda? —le preguntó Ben.

—No —respondió. Se esforzó por agarrar el mango de la cuchara; aún no se había hecho al funcionamiento de la mano artificial. Tardó un rato, pero logró comer por sí misma. Entonces le empezaron a rugir las tripas—. Tengo que ir al servicio.

El cubículo privado solo tenía un agujero en el suelo, al estilo oriental. No conseguía echar el pestillo, así que se dio por vencida y se acuclilló.

Al cabo de veinte minutos abrió la puerta y llamó a Ben.

—¿Qué tal por ahí? —le preguntó él.

—Bien. Necesito ayuda.

—¿Qué pasa?

Akiko se miró la mano protésica, cubierta de mierda y jirones de papel higiénico. Estaba cohibida y a la vez desafiante. Ben observó en su rostro la batalla interior.

—¿Puedo entrar? —le preguntó.

—Sí.

Ben no se encogió ni mostró ninguna reacción mientras la ayudaba como podía. Después, los dos se limpiaron en el lavabo.

—Uno de mis superiores me dijo que la mejor forma de volver loco a un preso consiste en dejarlo a oscuras y no limpiarle la mierda —comentó Akiko—. Lo llamábamos «tortura con excrementos». Se lo hice a una mujer que estaba obsesionada con la limpieza: la encerré en una habitación durante un mes, sin dejar que se duchara ni le retirasen las deposiciones.

—¿Qué fue de ella? —preguntó Ben mientras se enjabonaba.

—Cuando la soltamos había perdido la humanidad. Consideré que era débil, pero ahora sé que yo tampoco lo habría soportado ni siquiera un día.

Se secaron en silencio.

7.44

En la puerta del bar de Orochan había dos hombres y una mujer en actitud amenazadora, con una porra cada uno.

—Está cerrado —anunció la mujer, que llevaba joyas por todo el cuerpo.

—Tengo que ver a Orochan —dijo Ben.

—Orochan no ha pagado su tasa, así que no puede recibir clientes que no tengan la aprobación de Mosquito.

—¿Quién es Mosquito? —preguntó Ben.

—Largo de aquí antes de que te haga daño —gruñó un hombre alto y barbudo. Llevaba botas altas, chaqueta de cuero y una cara de lagarto tatuada que le cubría parte de los ojos.

Ben no sabía muy bien qué hacer, pero Akiko se adelantó.

—Me llamo Akiko Tsukino.

—Me importa un carajo cómo te llames.

—Soy agente de la Tokko —añadió, y el lenguaje corporal de los gorilas perdió agresividad—. Lo sé todo sobre cada uno de vosotros y vuestra familia, y si hay algo que no sepa, lo averiguaré. —Miró a la mujer y observó el anillo de boda—. Sé lo que os traéis entre manos tu marido y tú; no creas que ha escapado a nuestra atención. —Se dirigió al hombre; había reconocido el tatuaje—. ¿Crees que no estoy al tanto de lo que le hiciste a tu amigo?

—¿De qué hablas? —preguntó el cara de lagarto.

—No te hagas el tonto si no quieres que te humille. Sé que te operaste, pero ¿tu jefe sabe por qué dejaste en realidad el clan Tokage?

—¿Có...? ¿Cómo sabes...?

—Aparta si no quieres meterte en un lío.

—Pero Mosquito...

—Ya me encargaré de él —zanjó Akiko.

Entró seguida por Ben y no intentaron detenerlos. Estaban demasiado preocupados por las consecuencias que podría tener que la Tokko los vigilara.

7.52

Orochan era una mujer corpulenta, más robusta que obesa. Llevaba una túnica ceremonial encima de un pantalón corto que realzaba sus gruesas piernas. La cresta morada hacía juego con las lentillas. Soltó una risotada al ver a Ben.

—¿Cómo habéis conseguido entrar?

—Es muy persuasiva —respondió Ben señalando a Akiko.

—No me cabe duda. ¿En qué lío te has metido ahora, Ishimura?

—¿Quién dice que me haya metido en un lío?

—Si no, ¿qué haces aquí a primera hora de la mañana?

El bar tenía veinte mullidos sofás de cuero que rodeaban mesas de mármol con juegos de *mahjong*. Las estanterías de las paredes estaban llenas de botellas de vino y sake. En las esquinas había once cabinas de juegos de portical que incluían un *pinball* muy conocido. No había clientes, aunque en la barra quedaban hombres y mujeres que se dedicaban a la prostitución, rodeados de halos de perfume. En la parte delantera, muy visible, había un cuadro del Emperador con una cohorte de estatuillas de Buda a cada lado. Ben entregó a Orochan unos costosos palillos, de palo de rosa minuciosamente tallado y pulido a mano.

—¿Son para mí? —preguntó Orochan—. Qué detalle.

—Encargados especialmente en Italia.

—¿Quién es tu amiga la persuasiva?

—Se llama Akiko.

Orochan le observó los brazos protésicos.

—¿Es policía?

—Algo así —respondió Ben—. Necesito transporte.

—Solo viajamos a Catalina.

—Ahí es adonde voy.

—¿A qué? —preguntó mirándolo con aprensión.

—Asuntos del Imperio. No quieres conocer los detalles. ¿Cuál es tu precio?

—Para ti no hay precio, pero tengo ciertos problemas, por si no lo has notado.

—¿De qué tipo?

—Mosquito, un matón de la Yakuza de por aquí, cree que somos de su propiedad y solo deja pasar a los clientes que tienen su visto bueno. Tiene a mis chicos y chicas revolucionados; ya les ha marcado la cara a tres. ¡Doug! ¡Doug! —Doug era un chico de veintipocos años, afeminado, que habría emanado un encanto inocente de no ser por la cicatriz que le cruzaba el rostro—. Era el acompañante de más éxito y ahora lo tengo de friegaplatos, porque Mosquito tenía algo que demostrar. ¿Dónde has dejado los modales, Doug? —El joven hizo una reverencia respetuosa a los dos visitantes—. Vuelve a dormir. —Doug se inclinó de nuevo y se marchó—. Mosquito exige un porcentaje de cada transacción y no nos deja salir al mar si no le pagamos el impuesto naviero. Se ha quedado nuestro barco para montar una sala de juegos en él.

—¿Puedo hacer algo? —preguntó Ben.

—No, a no ser que sepas cómo ayudarme a deshacerme de él, pero yo diría que no hay manera.

—¿Y eso?

—Sus guardaespaldas son antiguos luchadores de sumo. No hay quien se le acerque.

—¿Hay otra solución? Igual podemos llegar a un acuerdo.

—No negocia. Lo siento.

Ben no sabía qué más hacer.

—¿Te sobra un brazo armado? —terció Akiko.

—Puedo conseguirlo —respondió Orochan.

—Consígueme uno bueno y me encargo de tu Mosquito.

—Un mom... —intentó decir Ben, pero Akiko lo fulminó con la mirada.

—Yo me ocupo de esto, ¿entendido?

—No son como los gorilas de fuera —dijo Orochan mirando a Akiko.

—Da igual.

—Sus guardaespaldas son profesionales.

—¿Te parezco asustada?

Orochan se echó a reír y dio una palmada.

—Reiko-chan —llamó.

—*Hai* —respondió una joven diminuta, con una breve reverencia.

—¿Puedes atender a Ben unos minutos?

—¿Adónde vais? —preguntó Ben.

—Me llevo a tu amiga al almacén, a enseñarle armas para el brazo. No te meterás en líos durante mi ausencia, ¿no?

Orochan condujo a Akiko a través de una despensa situada detrás de la barra, hasta llegar a un pasillo poco iluminado al que daban las habitaciones. Las paredes estaban adornadas con cuadros europeos de parejas que copulaban en posturas extravagantes. Casi todas las puertas estaban cerradas, aunque quedaban unos pocos clientes que disfrutaban de una noche de exhibicionismo. Akiko siguió a Orochan escaleras abajo hasta una habitación cerrada llena de cajas, juguetes sexuales y armas.

—¿Qué te ha dicho Ben de mí? —preguntó Orochan.

—Nada.

—¿Eres de la Kempeitai?

—No, de la Tokko. ¿Cómo...?

—Mi trabajo consiste en darme cuenta. Serví con Ben en San Diego, como encargada de suministros.

—¿Proporcionabas armas? —preguntó Akiko mientras observaba los objetos expuestos. Orochan sonrió.

—Proporcionaba acompañantes a los soldados.

—La gobernadora Ogasawara prohi...

—Conozco la legislación, pero en privado se incumplía sin escrúpulos. Me ordenaron que prostituyera a los presos americanos para nuestros soldados. Casi todas las mujeres eran vírgenes, por esa extraña convicción religiosa que veta las relaciones prematrimoniales. Tenía que preparar mental y físicamente a esas chicas. Si una tenía un mal rendimiento y dejaba insatisfecho a algún agente caprichoso, le pegaba un tiro. Nos enviaban a los soldados más tontos y crueles. Era todo un reto, pero siempre protejo a los míos. Bajo mi techo no hay razas.

—Estudié los sucesos de San Diego y nunca oí hablar de eso.

—Claro que no. Los historiadores ocultaron un montón de las mierdas espeluznantes que ocurrieron.

—¿Por qué?

—Tú no viste San Diego. Los niños se acercaban a los oficiales para saltar por los aires con ellos. Nuestros soldados mataban civiles indiscriminadamente. Se arrasaron barrios enteros. Los prisioneros se suicidaban.

—Que no se hubieran rebelado.

—Antes de eso matamos a muchísimos.

—¿Crees que la culpa fue nuestra? —preguntó Akiko, indignada por la insinuación.

—No. Solo digo que es una historia larga y sangrienta —respondió Orochan, intentando tranquilizarla—. Ben me salvó el pellejo dos veces.

—¿Cómo?

—No me gusta remover el pasado. Basta que sepas que, si tiene problemas, haré todo lo posible por ayudarlo.

Los ojos de Akiko se dirigieron a un arma de aspecto particularmente mortífero, negra como la noche y con un cañón largo y grueso con surcos que parecían colmillos.

—¿Qué es eso?

—Un prototipo alemán. Se lo compré hace unos años a unos traficantes que venían de Roma.

—¿Qué hace?

—Lo llamaban el rayo de la muerte. Emplea cristales para alimentar rayos de energía más dañinos que las balas. El único problema es que pesa mucho y resulta poco práctico para un brazo. Tiene mucho retroceso, a pesar de los frenos de la bocacha, y es difícil apuntar y mantenerlo en el sitio.

Akiko observó que era de aleación de acero y tenía un cañón giratorio que lanzaba rayos láser en lugar de balas.

—¿Puedo probar? —preguntó.

—He intentado moverlo desde que me hice con él. Te joderá el hombro y la espalda. Deberías probar esta ametralladora ligera Tipo 22. No pesa mucho, dispara cartuchos de Arisaka y...

Akiko seguía con la vista clavada en el rayo de la muerte.

—Si no te importa...

Orochan la ayudó a quitarse la prótesis.

—Aún tienes la cicatriz fresca —comentó al ver los cortes y la herida—. Necesita más tiempo.

—No lo tengo.

—No aguantarás mucho.

—No hace falta —insistió Akiko—. Solo unos días.

Orochan tuvo que emplear los dos brazos para levantar el rayo de la muerte. Fijó los remaches, conectó los nervios eléctricos y calibró el disparador.

—¿Llevas una articulación de cinco ejes? —preguntó; Akiko respondió con un gruñido afirmativo—. Voy a emplear un proceso de oseointegración amplificada con este tornillo de titanio. Dolerá, pero irá sujeto al hueso con este estribo. Los parches aceleran la oseointegración, pero si no tienes cuidado, te destrozará el hueso.

La integración fue como sentir martillazos en todo el cuerpo, un movimiento punzante que la sacudía por completo. Apretó los dientes. Los cables parecían grietas en un desierto asolado por la sequía. Glóbulos de grasa y carne rodeaban la intersección. Tenía la impresión de que la penetraba un millar de agujas, de que le implosionaba la piel.

—¿Quieres que te lo quite? —preguntó Orochan. Akiko negó con la cabeza—. Espera a que la microportical se calibre con los nervios de tu brazo.

—¿Cuánto falta? —preguntó Akiko entre jadeos.

—Poco.

Tenía la vista borrosa y la acosaban pensamientos corrosivos. Beniko no se parecía a su hermano: era más seguro, alto y desenvuelto. Sin embargo, los dos emanaban nerviosismo e incomodidad. ¿De qué tenía tanto miedo su hermano? Se cepillaba la espalda del uniforme porque tenía mucha caspa, y los comentarios negativos de sus superiores lo desesperaban. Todas las noches soñaba que su sombra se enamoraba de una mujer y se marchaba sin él. El mundo era un caos irresoluble, sombras que consumaban entre sí con los impulsos de la noche. Sus pensamientos estaban tan abarrotados como aquellos sueños. En el techo había un estómago gigante. Podía oler la ternera picada y los intestinos salteados que le salían por el culo. Jenna Fujimori la invitaba a cenar. «Es una exquisitez», decía. Estaban dentro del estómago y la presión de la congestión forzaba la disolución.

—¿Estás despierta? —preguntó Orochan—. Te has quedado inconsciente.

Akiko contempló el cañón que tenía por brazo. Lo obligó a moverse, aunque le costaba mucho mantenerlo erguido.

—¿Cómo funciona? —se interesó.

—El nivel de energía se ajusta con ese mando —explicó Orochan, señalando una rueda giratoria con números—. Está el gatillo, o puedes activarlo con...

Akiko seleccionó el nivel más bajo y disparó. Un láser alcanzó un dildo y lo agujereó, antes de que se derritiera.

—El retroceso no es para tanto —comentó.

—Porque está al mínimo.

—¿Cómo se carga?

—Con energía solar. Si se acaba la batería del rayo, puedes cambiar a la ametralladora hasta que se recargue. Para eso hay que dar la vuelta al cañón lateral.

Akiko trasteó con las piezas.

—¿Tienes esteroides? —preguntó, acusando el esfuerzo de levantar el brazo.

—¿Para qué?

—¿Quieres que te resuelva el problema o no?

—Sí.

—Entonces dame suficientes para unos días.

—Están arriba.

Akiko volvió a examinar el cañón del brazo.

—¿Te da igual que tu Mosquito viva o muera?

—Prefiero que viva. Pero también prefiero que no pueda hablar. No quiero que sus cíborgs de la Yakuza vayan a por nosotros.

—¿Sabes dónde está?

—En un hotel, cerca de Murder Alley. Ahora te explico cómo ir. También tendrás que llevar un regalo.

—¿Qué clase de regalo?

—Una reliquia de la Guerra de Secesión. La Yakuza tiene un fetiche con los rebeldes americanos y Robert E. Lee.

Volvieron arriba. Reiko flirteaba con Ben e intentaba besarlo, aunque él le hacía la cobra con destreza, riendo, divertido por el comportamiento de la joven.

Orochan inyectó los productos químicos en el brazo armado, que a su vez estaba conectado intravenosamente al de Akiko. Introdujo varias cápsulas en un maletín, añadió una jeringa de repuesto y se lo entregó.

—Vamos —ordenó Akiko a Ben.

—¿Adónde? —preguntó él, observando el enorme cañón que tenía por brazo.

—Tenemos que fumigar unos mosquitos.

9.16

—¿Qué pretende? —preguntó Ben mientras camina-
ban hacia Murder Alley.

—¿Usted qué cree?

—Tenemos que aproximarnos con precaución a esos ci-
beryakuzas.

—¿Es que no tiene agallas? Jamás había conocido a un
oficial tan timorato, Ishimura. ¿Su animal totémico es la
gallina?

—Nuestra misión no consiste en cazar yakuzas, sino
en atrapar a Mutsuraga.

—Y no conseguiremos acercarnos a Mutsuraga si no
llegamos a Catalina, ¿no es así?

—Déjeme hablar un poco con él, tratar de razonar —dijo
Ben—. Sé que a Orochan le gustaría entablar una guerra
por el territorio, pero no vamos a declararla nosotros.

—¿Cuál es su historia con ella?

—¿Qué le ha dicho a usted?

—Que la salvó dos veces en San Diego.

—Lo que quiere decir es que la libré de un consejo de
guerra. Un coronel se enfadó con una de sus chicas y casi
la mató de una paliza. Orochan le cortó el *chinchin*, y ningún soldado volvió a ponerse violento. Pero presentaron
cargos.

—¿Cómo la sacó del atolladero?

—Unos cuantos regalos, unas cuantas revelaciones sobre información que habían mandado algunos oficiales por portical y que preferirían que no se difundieran...

—¿Por qué lo hizo?

—Tengo debilidad por los agentes en apuros —dijo Ben—. Por cierto, bonito farol se ha marcado antes con los gorilas de Mosquito. No estaba seguro de que fuera a funcionar.

—Los matones de bajo nivel de la Yakuza solo responden a la fuerza, y tampoco eran lumbreras precisamente.

—¿Y si no hubiera colado? Por ejemplo, la mujer podría no estar casada, y ese tipo podría haberse tatuado por error una noche de borrachera.

—En cuanto vi la debilidad en sus ojos al mencionar la Tokko supe que se tragarían cualquier cosa que dijera.

—Pero la verdad...

—Es irrelevante cuando se tiene una voluntad más fuerte. —De repente, un olor nauseabundo golpeó a Akiko: una mezcla de vómito, heces y carne podrida—. ¿Qué es eso?

—Murder Alley —contestó Ben.

—Huele a rayos.

—A quien entra lo asesinan de cien maneras distintas, y hay que pagar para volver a la vida.

—¿Es un servicio?

—Y muy caro.

Akiko escudriñó el callejón. Estaba oscuro; no se apreciaba nada desde fuera.

—¿Por qué lo contratan?

—El aburrimiento es la madre de todos los problemas del mundo.

—No entiendo que nadie pueda aburrirse habiendo tantos enemigos del Emperador a los que se debería eliminar.

—No todo el mundo cree en las mismas causas.

—¿No se siente mal? —preguntó Akiko.

—¿Por qué?

—Porque después de todo lo que sufrieron ustedes en San Diego, este es el mundo que han creado los supervivientes.

—Nunca lo había mirado de esa forma.

—Tenemos que convertir los Estados Unidos de Japón en un lugar mejor.

Ben soltó una risita dubitativa. Le parecía que Akiko estaba siendo irónica, pero mostraba una expresión muy seria.

—Vamos a empezar por Mutsuraga.

9.42

Los «mosquitos» eran cuatro antiguos luchadores de sumo con cuerpos que parecían bloques de hormigón, sin cuello visible y con rectángulos de grasa y músculo por brazos. Los ojos desaparecían en los rostros redondos, y llevaban el pelo fuertemente atado. Todos ellos tenían meñiques mecánicos: como rito de paso, los miembros de la Yakuza debían sacrificar el miembro menos importante. Custodiaban la habitación 301.

—Venimos a ver a Mosquito —dijo Akiko, y abrió un maletín con dos Derringer de bolsillo. La primera tenía el armazón de bronce y era de dos disparos; la segunda era una pistola minúscula con un calibre de cuatro décimas de pulgada.

Uno de los luchadores cogió el maletín y entró. Volvió al cabo de unos minutos y los invitó a pasar con un gruñido.

Entraron en una suite enorme atiborrada de antigüedades de la Guerra de Secesión, desde uniformes hasta espadas, pasando por banderas, águilas de bronce para el tahalí, insignias y armas de fuego. Diez pomeranias los rodearon, ladrando alegremente. Eran bolas de pelo adorables y monísimas, tanto que ni siquiera Akiko, a quien por lo general desagradaban los perros, pudo contener una sonrisa.

—Pomeranias modificados genéticamente. Saltan cuando huelen sangre. ¿Qué hace aquí con ese cañón por brazo?

Mosquito llevaba un chándal de cuero amarillo, unas gafas de sol enormes, una gorra con forma de caimán y cinco cadenas de oro. Era de estatura mediana y asiático a juzgar por la piel, probablemente mestizo; en los Estados Unidos de Japón era difícil saberlo sin documentación, sobre todo en la fosa séptica del Imperio. Tenía una voz estridente con notas discordantes.

—Queríamos traerle este regalo —respondió Ben, en referencia a las pistolas de bolsillo. Mosquito levantó la Derringer más pequeña.

—Con una de estas mataron a Lincoln, su señor de la guerra. Ese sí que era un conquistador, un hombre que se bebía la sangre de sus enemigos y se daba un banquete con los cadáveres. Los americanos lo convirtieron en un bufón jovial, pero era un tirano rencoroso y vengativo que impuso su voluntad a los rebeldes. ¿No les parece una genialidad propagandística haberlo convertido en un líder incompetente? ¡Hasta afirman que su último presidente fue un tullido! Los americanos sienten fascinación por la gente de a pie y se desviven por fomentar esas mentiras, cuando los gobernantes eran la élite, los patricios más despiadados, hasta que se desmoronó su república.

—Tenemos una petición —dijo Ben.

—Cómo no. ¿Quién los envía?

—¿Tiene importancia?

—Supongo que no. Quiere llegar a Catalina, capitán Ishimura —dijo Mosquito.

Akiko se preguntó cómo se habría enterado.

—Así es.

—Tengo entendido que se le dan muy bien los juegos.

—Me defiendo.

—En mi barco organizo combates de *USA*. Hay un torneo especial cada mes, con ocho jugadores. El que gana vive, y los otros mueren. Si sobrevive, lo llevaré gratis a Catalina. Si muere, se acabó la partida.

—No lo dirá en serio.

—Sí.

—No voy a arriesgar la vida por un viaje.

—Es la única forma de llegar a Catalina. Y usted —se dirigió a Akiko—, aunque me pegue un tiro con ese cañón del brazo, eso no le servirá para llegar.

—Por lo menos le cerraré la boca —replicó. Mosquito se echó a reír.

—Me gusta su espíritu. Y el de su novio.

—¿Qué?

—Se ha presentado ante mis guardas como Akiko Tsukino. He tenido que investigarla, pero estaba seguro de que ya había oído su nombre. Hideyoshi se jactaba de tener una novia policía siempre que iba a contraer una deuda considerable. Es ludópata, y suficientemente malo para convertirse en mi cautivo.

Akiko estaba anonadada, pero también furiosa.

—¿Cree que puede amenazarme? Hideyoshi está en otra ciudad.

—¿Está segura? Tanto Orochan como él jugarán en el torneo a muerte si usted no participa —añadió mirando a Ben.

—¿Por qué Orochan?

—Me ha contrariado que la envíe con ese cañón tan grande. No puedo evitar escamarme.

—Suéltelos o morirá —dijo Akiko, apuntando.

—Si me mata, puede estar segura de que Hideyoshi también morirá —respondió Mosquito; volvió a mirar a Ben—. Si juega y gana, los dejaré con vida y a usted lo llevaré a Catalina. ¿Qué me dice?

—Quiero ver a Hideyoshi —intervino Akiko.

Mosquito hizo una seña a uno de sus luchadores de sumo. Se abrió una puerta lateral y entró Hideyoshi. Tenía el pelo revuelto, apestaba a alcohol y estaba lleno de contusiones. Cuando vio a Akiko rompió a llorar.

—Me... Me dijeron que habías muerto.

—No se le dan muy bien los juegos, pero siempre está apostando y despilfarrando el dinero. Debería gastárselo en su novia —lo reprendió Mosquito—. Antes de pensar cosas raras, mírele el dedo.

El meñique de Hideyoshi era metálico.

—¿Qué hace eso ahí? —preguntó Akiko.

—Que se lo diga él.

—Lo siento —dijo Hideyoshi, incapaz de mirarla.

—Me pertenece —explicó Mosquito—. Y si me disgusta de algún modo, liberaré la toxina que hay en ese dedo y morirá en un minuto. Él ha consentido.

Akiko estaba tan furiosa que estuvo a punto de ponerse a disparar a ciegas; quería borrar todo aquello. La sonrisa de satisfacción de Mosquito le indicó que le gustaba verla colérica. Miró a Ben, que los observaba a Hideyoshi y a ella.

—¿Dónde está Orochan? —preguntó Ben a Mosquito.

—Le están acoplando el meñique.

—¿Cómo puedo confiar en que haga lo que ha dicho?

—¿Cree que estoy tan loco como para hacerle nada a un militar sin un acuerdo? Valoro mi vida —declaró Mosquito. Ben no se inmutó—. ¿Quiere un juramento de sangre?

—Sí.

Mosquito se remangó, sacó un cuchillo, se hizo un corte y se chupó la sangre.

—Juro por mi vida cumplir las reglas del torneo y, si gana, liberar a los prisioneros y llevarlo a usted a Catalina.

—Si juego, quiero que los libere sin condiciones.

—Son dos vidas por una.

—En efecto.

—Vale —dijo Mosquito tras pensárselo—. Los liberaré como cuota de participación.

—Ben —protestó Akiko—. No tiene por qué hacer esto.

—¿Quiere a su novio?

—Puede cuidarse él solo —respondió Akiko.

—Es posible —dijo Ben—. Estos juegos suelen estar amañados contra los competidores. ¿Ha amañado el torneo?

Mosquito negó con la cabeza.

—Solo está el hándicap habitual para los ganadores.

—¿Qué modalidad?

—Cuatro rondas. El ganador elige el nivel.

—Pase lo que pase, Akiko queda libre.

—Ella no juega —dijo Mosquito.

—Eso no es una respuesta.

—Tiene mi palabra de que no sufrirá ningún daño.

—No puede arriesgar la vida por un juego —afirmó Akiko.

—¿No considera que esto es tener agallas? —respondió Ben—. ¿Cuándo empieza el torneo?

Mosquito saltó de alegría.

—Esta noche, a las ocho y treinta y dos. Será la atracción principal después de la cena.

—Necesito dormir.

—Pida por esa boca.

11.13

Subieron a un buque disfrazado de carguero, lleno de acompañantes para el placer y porticales de juegos. La cubierta inferior alojaba un casino; aunque en aquel momento estaba vacía, en unas horas se llenaría hasta los topes. A bordo había lujosos camarotes para los clientes, con camas en forma de corazón, paredes pintadas con motivos de juegos de portical y monos que servían champán. Hideyoshi estaba aturdido cuando Akiko se lo llevó a la suite Stonewall Jackson.

—No me puedo creer que estés viva —balbuceó repetidamente hasta que se quedó dormido.

Akiko fue a la habitación de Ben, decorada como un cabaret; unos maniquíes de famosas bailarinas del salvaje Oeste custodiaban la puerta. Le pareció oír gritos e irrumpió sin llamar, pero encontró a dos mujeres bebiendo y jugueteando con Ben.

—¿Puedo hablar con usted? —le preguntó.

—Claro —dijo Ben.

—A solas.

—Vale. ¿Fuera?

Salió del camarote.

—¿Sabe lo que está haciendo? —preguntó Akiko.

—He pensado que, si voy a morir, ¿por qué no emborracharme por última vez con buen sake? ¿Ha conocido a mis nuevas amigas? Se han ofrecido generosamente a acompañarme durante mis últimos tragos.

—No hablo de las mujeres, Ishimura. Me refiero al torneo.

—No se preocupe.

—Su vida depende de esa partida.

—La suya no.

—Si pierde, me lío a tiros —dijo Akiko—. No soy optimista sobre mi probabilidad de supervivencia, pero me llevaré por delante a todos los que pueda.

—Usted dice que, en ocasiones, unas personas tienen que morir para que puedan vivir otras.

—Hideyoshi puede apañárselas solo, y si no, es mi responsabilidad, no la suya.

—Ya he firmado el acuerdo con Mosquito.

—¿Y qué hay de Mutsuraga?

—¡Ben! —llamó una de las mujeres.

—Se preocupa demasiado —le dijo a Akiko—. Todo saldrá bien. Y si no, siempre puede ir usted en su busca sin tener que cargar conmigo.

Akiko se preguntó cómo habría sido la niñez del capitán, creciendo sin padres y sabiéndose causante de su muerte. ¿Qué habría hecho ella en su lugar? Rememoró una tarde de verano de hacía casi diez años. Estaba estudiando alemán cuando oyó un alboroto en el exterior. La policía de los Estados Unidos de Japón había llegado, con sus ruidosas sirenas, a detener a un vecino. Su padre le dijo que no mirase, pero no pudo evitarlo. No conocía a aquella familia, pero la había visto: una pareja joven con una hija y un hijo. Los policías esposaron a los cuatro, les cubrieron la cabeza con bolsas y los arrastraron a una furgoneta negra. No volvieron a verlos.

—¿Ha jugado alguna vez al *USA*? —le preguntó a Ben.

—¿Qué importancia tiene? —preguntó él a su vez—.

Tengo que dormir unas horas antes del torneo. Usted también debería descansar, pasar tiempo con su novio. —Le sonrió—. Anímese. Hacía mucho que no me sentía tan joven. Aunque pierda, habrá valido la pena.

Volvió a entrar en el camarote con ademán desenfadado y cerró la puerta a su espalda.

Akiko volvió a su habitación, se tumbó junto a Hideyoshi y se estremeció. Rezó para quedarse dormida.

18.49

Nada más despertarse, Akiko volvió a desear que todo hubiera sido un sueño, pero se le desplomaron los párpados cuando vio el cañón del brazo. Le dolía el hombro y tenía jaqueca. Hideyoshi seguía inconsciente. Le temblaban los dedos, y calambres irregulares le sacudían distintas partes del cuerpo. Akiko fue a ponerle la mano en la frente, pero se dio cuenta de que el metal lo despertaría. Tenía quemaduras por todo el cuerpo, sobre todo en los pies.

Pensó en la primera vez que habían hecho el amor. Él era fuerte pero delicado, y se proporcionaron placer mutuo a base de caricias. A diferencia de la mayoría de los hombres con los que había estado, Hideyoshi no mostraba la menor impaciencia; no intentaba alcanzar el clímax cuanto antes. Con los anteriores, el sexo no le parecía gran cosa. Hideyoshi la exploró a fondo, demorándose en cada parte. Akiko sabía que tenía otras amantes, y él la animaba a acostarse también con otros hombres. No se parecía en nada a los jóvenes con los que se había acostado, fanáticamente celosos de su afecto, que soltaban palabras como «amor» y «eternamente» y ofrecían poca cosa a cambio.

Se habían conocido en un cóctel. Él iba con una chica a la que no hizo ni caso mientras colmaba de atenciones a Akiko.

—Tu novia se está poniendo celosa —bromeó ella cuando vio que la miraba con el ceño fruncido.

—¿Quién? —replicó Hideyoshi.

Estuvieron hablando del reciente descubrimiento de los alemanes de que Venus había estado habitado.

—Encontraron los restos de una civilización que acabó por destruirse cuando un desastre medioambiental condujo a una guerra apocalíptica, o eso dicen los alemanes. A su Ministerio de Propaganda le gusta interpretar las pruebas físicas de forma creativa.

—¿Por qué luchaban?

—Demasiada libertad —respondió Hideyoshi—. ¿Crees que es posible una sociedad completamente libre?

—Jamás ha habido una sociedad libre —declaró Akiko—. Se fomenta la creencia para aplacar a los que no soportan la esclavitud económica, pero a nivel filosófico depende del individuo. Algunos son capaces de tener libre albedrío; otros se desmoronan bajo esa carga. ¿Tú qué opinas?

—Creo que a la mayoría de la gente le da miedo amar porque quiere tener libertad para sufrir a solas.

—¿No estábamos hablando de la libertad filosófica?

—El amor es una renuncia voluntaria a la libertad —dijo Hideyoshi—. Es la única libertad que controlamos realmente.

—No creo que nadie pueda elegir de quién se enamora.

—¿No?

—No puedo obligarme a enamorarme de quien sea solo porque quiero. Si alguien no me atrae, no me atrae.

—Creía que más de la mitad de las familias de la isla principal se basan en matrimonios concertados.

—El amor no es el matrimonio —dijo Akiko—. ¿Has

estado casado alguna vez? ¿O esa chica a la que ninguneas a conciencia es tu mujer?

—No he conseguido convencerme de que la quiero.

—Acabas de darme la razón.

Hideyoshi se echó a reír.

—¿Qué crees que pensarán de nosotros los habitantes de la Tierra dentro de mil años?

—No creo que vayan a pensar en nosotros —respondió Akiko.

Hideyoshi cogió dos copas de vino de la bandeja de un camarero que pasaba, le entregó una a Akiko y alzó la suya en un brindis.

—Por la esperanza de que te enamores de mí.

—No es decisión mía —dijo Akiko.

Hideyoshi paladeó el vino antes de tragar.

—¿A que puedo hacerte cambiar de idea?

—Tienes libertad para intentarlo.

Volvió al presente cuando Hideyoshi, como si hubiera notado que ella estaba consciente, se despertó.

Una parte de Akiko deseó que hubiera seguido dormido.

—¿Dónde...? ¿Dónde estoy? —preguntó con los ojos desorbitados.

—Ya estás bien.

—Me... Me dijeron que habías muerto. —Alargó la mano para acariciarle el rostro.

—¿Quién te lo dijo?

—La Kempei. Me detuvieron en la clínica y me sacaron delante de todo el mundo. Me acusaron de haberme aliado contigo para derrocar el Imperio.

—Mentían.

Hideyoshi le observó los brazos.

—¿Qué...? ¿Qué te ha pasado? No los creí cuando me

dijeron que habías traicionado al Imperio. Eres la persona más leal que conozco.

—¿Qué les dijiste?

A Hideyoshi se le anegaron los ojos.

—Les... Les dije todo lo que querían oír.

—¿A qué te refieres?

—Me dijeron que habías muerto, que no importaba, y...

—¡Hideyoshi! —Él se dio un puñetazo en la cara e intentó golpearse la cabeza contra la pared—. ¡Basta! —gritaba Akiko mientras hacía lo posible por sujetarlo.

—Te traicioné —confesó; las lágrimas le surcaban el rostro—. Les dije que trabajabas con los americanos y odiabas al Emperador. Me dijeron que estabas conspirando para acabar con los Estados Unidos de Japón y les dije que estaban en lo cierto.

—¿Por qué?

—Para salvarme. Se pusieron a quemarme, y me dijeron que me iban a romper todos los huesos. No te haces a la idea de lo terrible que fue.

—En realidad, sí —dijo Akiko—. ¿Qué les dijiste de mi hermano?

—Todo lo que me contaste de él. Ya sabían mucho, y habían redactado mi declaración. Dije que sí a todo. Solo soy músico, Akiko. Nunca había tenido que enfrentarme a nada parecido.

—¿Qué haces aquí con Mosquito?

Hideyoshi sacudió la cabeza y se enjugó las lágrimas.

—Vine a morir.

—¿Qué quieres decir?

—La mañana en la que me liberaron vi un par de caracoles en la acera. ¿Recuerdas la primera noche que pasamos juntos? Llovía, y tú querías salir. En el patio había cientos de caracoles. Bebés, familias, grupos... Te encantaba mirarlos. Nunca te lo dije, pero siempre pensé que tendríamos nuestra propia familia. Cuando me di cuenta de lo que había hecho... Quería morir. Sabía que aquí hay torneos a muerte, así que vine a buscarla en una de esas partidas.

—Entonces, ¿por qué no moriste directamente?

—¿Qué?

—¿Por qué no te dejaste matar antes de traicionarme? —espetó Akiko. Hideyoshi se puso de rodillas.

—Po... Porque fui débil. Si me matas ahora, lo aceptaré.

Akiko se levantó y apartó la vista.

—¿Quieres que sea fuerte por ti?

—Por los dos.

—No lo has pillado. Procura que no vuelva a verte nunca.

Salió del camarote, subió la escalera y se topó con Orochan.

—¿Cómo te va? —le preguntó la otra mujer.

—¿Es difícil jugar al *USA*? —soltó Akiko, irritada por la pregunta.

—Mucho.

—¿Qué posibilidades crees que tiene Ben?

Orochan negó con la cabeza.

—Sinceramente, no muchas. Mataáguilas acabará con él.

—¿Quién es ese?

—La mejor jugadora de los Estados Unidos de Japón. No ha perdido ni una de dos mil partidas.

—¿Ben lo sabe?

—He intentado decírselo, pero está dormido —respondió Orochan—. ¿Qué hay en Catalina?

—¿Qué quieres decir?

—¿Por qué se arriesga tanto con tal de llegar?

Lo único que sabía Akiko de Catalina era que se trataba de una colonia carcelaria habitada por miles de disidentes, muchos de San Diego. Todo el mundo entendía que era un lugar donde el Imperio soltaba a sus peores prisioneros, sin más encierro que los límites de la isla. Había unos cuantos guardias, pero no imperaba ninguna ley. Había leído sobre las brutales justas a muerte que tenían lugar entre los presos, disputas territoriales que se resolvían en edificios abandonados y en las que los guardias cruzaban apuestas. Sabía que había sido una base naval, pero llevaba mucho tiempo abandonada. Supuestamente era el infierno en la Tierra, un hábitat brutal para los condenados. Entonces recordó una cosa que le había dicho Wakana, el rumor de que Catalina había albergado un laboratorio de construcción de mechas.

—No estoy segura —contestó.

Dejó a Orochan y se fue a pasear por el barco.

20.22

Ben tuvo que coger un arma falsa que servía como controlador y ponerse un traje de interacción táctil, unas gafas que simulaban el entorno del juego y un calzado especial que transmitía instrucciones a la cinta andadora que giraba en círculo completo en respuesta a su movimiento. Un aro entrelazado con fibra óptica lo rodeaba para evitar que cayera de la esfera de control a la vez que detectaba sus movimientos. Había ocho plataformas de juego y grandes pantallas que mostraban la acción en directo, además de una conexión por *kikkai* para que la gente pudiera verlo en las pantallas más pequeñas. Era un combate de gladiadores por portical. La cubierta alojaba cuatrocientos espectadores, a los que estaban sirviendo el «Banquete *USA*». A ambos lados, espectáculos menores hacían de aperitivo. En el ala oeste se desarrollaba un combate de sumo entre contendientes de ambos sexos, desnudos, aunque era más una coreografía estimulante que una lucha real. En el ala este había cantantes que intentaban atraer la atención con las cuerdas vocales mientras atacaban a los rivales con cuchillos sónicos. El público expresaba su desaprobación lanzándoles fruta a la cara; el que hubiera recibido más se ganaba las sobras de la velada.

Los asistentes eran una mezcla de aficionados a los juegos, parroquianos adinerados y acompañantes de lujo. Algunos de los más despampanantes iban ataviados solo con ropa de silicona que brillaba con el movimiento; los cuerpos parecían conjuntos de prismas arrugados andantes.

Akiko observó el dinamismo de Ben, que irradiaba energía.

—Me han dicho que hay una tal Mataáguilas que...

—La mejor jugadora del mundo —concluyó Ben por ella—. Dominaba el *Honor of Death*, y el *USA* se le da mejor aún.

—¿Puede con ella?

—Probablemente no.

—No parece muy preocupado.

—Si hubiera tenido un día como el mío, sabría que nada me lo podrá estropear.

—¿Y si acaba en su muerte?

Ben se quedó mirándola con el ceño fruncido.

—Gracias por recordármelo.

—Lo digo en serio. Debería haber dedicado el tiempo libre a practicar.

—Para eso está la primera ronda. —Inspeccionó la pistola controladora que llevaba en la mano y se aflojó los zapatos.

—¿En serio te lo tomas tan a la ligera?

—Tranquila. No creo que Mosquito vaya a dejarme morir tan pronto. Nos van a dividir en cuatro equipos de dos. Probablemente me emparejarán con Mataáguilas, para que no me eliminen nada más empezar. —Su vista vagó más allá de Akiko—. ¡Orochan! ¿Cómo estás?

—No deberías haber dado la cara por mí —dijo Orochan tras acercarse.

—Si no te hubiéramos pedido transporte, no estarías metida en este lío —respondió Ben.

—No debería haberos enviado a resolverme los problemas. Lo siento. Se ve que una de mis chicas trabajaba para él.

—Era Reiko.

—¿Cómo lo sabes?

—Estuvo aquí antes. No te enfades con ella. No tuvo más remedio, y nos lo hemos montado. Si gano, ¿Mosquito cumplirá su promesa?

—Es un hombre de palabra —confirmó Orochan, y alzó el meñique para demostrar que aún lo tenía—. Pero si pierdes, tendrás una muerte horrible.

—Por lo menos me ha permitido disfrutar mis últimas horas. ¿Me consigues una copa?

—Debería tener los reflejos al... —empezó Akiko, pero observó que a Ben le temblaban las manos—. Un momento.

Llamó a un camarero que iba vestido de bandera americana, con un pantalón corto que revelaba la mayor parte de la cadera.

—¿Qué desean? —dijo al llegar.

—Eso me vale —dijo Ben. Cogió una copa de vino de la bandeja y la apuró—. Mejor. Deberían sentarse.

Orochan y Akiko se dirigieron a su mesa.

—No sé interpretarlo —dijo Orochan—. ¿A ti qué te parece?

—Ni idea —mintió Akiko: no mencionó el temblor que le había visto en las manos.

Los camareros sirvieron de aperitivo un plato de tataki de atún. Ya había siete concursantes en sus puestos. Entonces apareció una mujer huesuda en silla de ruedas y el público estalló en vítores. Era morena, con pecas, y le faltaban las dos piernas. Tenía una mirada tremendamente punzante.

—¿Quién es esa? —preguntó Akiko.

—Mataáguilas.

—¿Por qué no lleva piernas protésicas?

—Se las extirpó para poder estar conectada permanentemente al juego —explicó Orochan—. Es habitual entre los más adictos —añadió al observar la estupefacción de Akiko—. La portical está conectada directamente a los músculos y los nervios, y el jugador está perpetuamente en el juego.

—¿Y cuando duerme?

—También quiere tener el subconsciente inmerso en el juego.

—¿Por qué la llaman Mataáguilas?

—Viene de cuando derrotó al antiguo campeón. Era un chulito invicto que iba por todas partes con una pareja de águilas amaestradas. Cuando lo derrotaron, se cogió tal cabreo que las mató a las dos. Desde entonces la llaman así.

Dos asistentes la ayudaron a anclarse al controlador, modificado para adaptarse a su cuerpo. Incluía dos piernas biónicas que le encajaban en la pelvis.

Los focos alumbraron a Mosquito.

—Vivimos en las ruinas de grandes imperios, lo que suele resultar muy deprimente —proclamó—. Pero ahora tenemos un juego que pone a prueba nuestra definición de grandeza; un juego en el que ganó América. Suena horrible, pero la libertad nunca fue tan dulce como en el *USA*. Para conmemorar el cuadragésimo aniversario de nuestra victoria en la Guerra del Pacífico, que se celebra mañana, tenemos un invitado especial: un patriota irredento, un censor que va a participar en el torneo. —Siguió parloteando un rato hasta que la música estridente presentó a los jugadores.

Ben y Mataáguilas, que formaban equipo, empezaron en las selvas de Luzón, en las Filipinas. Los japoneses estaban construyendo una antena parabólica para coordinar los ataques aéreos. Dos de los equipos, americanos con el apoyo de la guerrilla local, tenían que destruir la instalación, mientras que los otros dos, japoneses, la defendían. Mataáguilas eligió un fusil de asalto y subió a un lugar desde el que se dominaba gran parte del paisaje. Ben fue a seleccionar un arma, pero un enemigo disparó contra él y lo mató en el acto. Se puso a andar a trompicones, aturdido, intentando que los mandos obedecieran sus órdenes.

—¿Qué se hace para correr? —preguntó a un camarero.

—Las reglas del juego me impiden ayudar. *Sumimasen.*

El personaje de Ben daba saltos, echaba carreras esporádicas y parecía sufrir neurosis de guerra. Al final dejó de lado las armas disponibles y echó a correr en sentido contrario a las fuerzas japonesas.

—¿Qué hace? —preguntó Akiko.

—Parece que huir —respondió Orochan, observando la pantalla.

—¿Por qué?

Orochan intentó descifrar los desconcertantes actos de Ben.

—Puede que no haya entendido las reglas y crea que la mejor forma de ganar es sobrevivir. No estoy segura, pero si piensa eso, tiene un buen problema.

—¿Por qué?

—Así puede superar las dos primeras rondas, pero después va por puntos y quien huye no marca.

—¿Qué se hace para puntuar?

—Se obtienen puntos destruyendo cosas y matando gente, según dónde den los disparos. La victoria suma puntos, y también hay misiones accesorias. Mataáguilas está ganando puntos de reconocimiento por explorar todas las zonas antes de lanzarse a matar. Más puntos equivalen a armas mejores, selección de niveles y otras cosas que suponen una diferencia considerable en la última ronda.

Akiko observó las otras pantallas. Ya había comenzado el combate. La imagen era tremendamente realista: parecía un documental, aunque más nítido y colorido. Podía ver cada una de las briznas de hierba que se mecían con el viento, y el sol que adquiría un resplandor fascinante que llenaba el cielo. Había arroyos con pececillos, efímeras que volaban en su fútil búsqueda de existencia y serpientes que reptaban y siseaban a merced del combate. Dos cosas rompían el realismo: la falta de olores y los humanos. Los personajes tenían un realismo fotográfico cuando estaban quietos, pero la animación no era muy fluida. Tenían los hombros rígidos, y los movimientos eran a veces limitados y a veces exagerados. Lo mismo se podía decir de su expresión facial: demasiado emotiva o demasiado limitada en zonas, por lo que tenían más aspecto de robots que de humanos de carne y hueso. Los movimientos amplios eran aceptables, pero incluso la torpeza con que manejaban las armas daba muestras de las restricciones de la portical.

La rapidez de movimiento del ángulo de cámara de los jugadores le daba dolor de cabeza. Bebió un trago de agua y volvió a observar a Ben. Seguía corriendo en sentido contrario mientras las explosiones recorrían las pantallas de los otros jugadores. Una de ellas estaba cubierta de sangre y dividida por la mitad.

—¿Ese ha perdido? —le preguntó a Orochan.

—Cada jugador tiene tres vidas, a no ser que reciba un tiro directo en el cerebro. Casi todos evitan disparar a la cabeza, porque así consiguen menos puntos: lo que quieren es matar al adversario las tres veces.

La partida era un frenesí que parecía consistir en imágenes rápidas de la selva, lluvias de balas, explosiones aleatorias y soldados que cargaban antes de desaparecer entre los árboles. Le costaba seguir los acontecimientos, aunque los espectadores parecían hipnotizados y cambiaban de una perspectiva a otra en sus porticales personales. Examinaban los datos, comprobaban las posiciones en el mapa y apostaban. Dos docenas de camareros y camareras aceptaban las apuestas sobre el momento de la muerte, la duración de la partida y hasta el orden por el que morirían.

—¿Por qué les gusta tanto este juego? No es más que un puñado de soldados falsos que corren por ahí pegándose tiros.

Orochan no oyó la pregunta; estaba maldiciendo, vitoreando, sobresaltándose y alabando las decisiones de los jugadores.

La primera ronda acabó dieciocho minutos después; el equipo de Ben y Mataáguilas quedó en segundo lugar, a causa sobre todo de la ausencia de Ben en el combate. Mataáguilas era quien tenía más puntos individuales, trescientos cuarenta y dos, pero el total de Ben, de quince, les bajaba la media.

Desengancharon a los miembros del equipo perdedor de los controladores, los llevaron al estrado central y los encadenaron al suelo. Una camarera les hizo unos cortes profundos en el torso y las extremidades; la sangre formaba charcos a su alrededor. Los dos hombres suplicaban piedad, imploraban que los liberasen, hasta que unas paredes transparentes los rodearon para amortiguar el ruido. Tres camareras llegaron con jaulas que contenían los pomeranias que había visto Akiko anteriormente y los dejaron entrar por un orificio. Los perros atacaron; tenían unos colmillos anormalmente largos. Habría resultado casi cómico de no ser tan violento. Los monstruos peludos despedazaban a las víctimas desgarrando la piel, los pulmones, el estómago y el corazón, extrayendo los intestinos del cuerpo. Cada dentellada arrancaba aplausos a la multitud. Akiko apartó la vista y miró a Ben. Estaba hablando con Mataáguilas, que lo criticaba, aunque él se tomaba la reprimenda con indiferencia.

—¡Lo intento! —oyó insistir a Ben—. ¿Puede explicarme cómo van los mandos?

—Espero que en la próxima ronda elijan la muerte en el agua —comentó Orochan—. Te encantará.

—¿Ya habías estado? —preguntó Akiko, sorprendida.

—Solo una vez. Es muy caro.

—¿De dónde sacan a los concursantes?

—Se pueden presentar voluntarios, pero el número ha bajado muchísimo desde que juega Mataáguilas. Casi todos son deudores que quieren hacer borrón y cuenta nueva, aunque de vez en cuando sale alguien tan gilipollas como para apostarse la vida.

—¿Qué ganan con eso?

—Los campeones de los juegos son dioses —respondió Orochan—. Ben tiene que mejorar seriamente, o lo van a matar.

Empezó la segunda ronda, y lanzaron a los seis jugadores que quedaban a un edificio de dos plantas en ruinas. Desde fuera se acercaban miles de monstruos: los espíritus de los chinos masacrados en Nanking, que buscaban venganza. Las balas eran inútiles contra ellos, pero las flechas de fuego disipaban su forma incorpórea. Los espíritus eran espantosos e inquietantemente realistas. A muchos les faltaban miembros o lucían heridas de bala o espada, con un aspecto repugnante y una animación extraña que realzaba el elemento sobrenatural. Había mujeres y niños con la ropa desgarrada que clamaban justicia. Llevaban rastrillos, palos y cualquier cosa que pudieran agarrar.

—¿Qué es esto? —preguntó Akiko.

—Un nivel estándar de matar a tantos como se pueda sin acabar muerto —explicó Orochan—. Gana la pareja que haya matado a más cuando hayan llegado todos los espíritus. Es una ronda muy larga; tienen que acabar con sesenta mil espectros para sobrevivir hasta el amanecer, pero Mataáguilas intentará cargárselos a todos porque así obtiene más puntos.

—¿Sesenta mil?

—El número de víctimas de Nanking. Los creadores querían autenticidad.

Según los informes que había leído Akiko, el número real de civiles que habían muerto en Nanking oscilaba entre dos y trescientos mil. Había visto fotos de mujeres embarazadas decapitadas, bebés asesinados para afilar las espadas y puertas de las que colgaban cabezas de chinos.

Habían masacrado a los campesinos y a las chicas las empalaban desde los genitales, por no mencionar a los muertos en los bombardeos. Pese a que conocía la necesidad de infundir temor entre los civiles, le había resultado difícil de digerir. En los registros históricos se había reducido el número de víctimas para que la batalla resultara más aceptable al gobierno de títeres establecido por Puyi, el antiguo emperador de China, así como a los ciudadanos del Imperio que considerasen sobrecogedora la cantidad. Lo que el alto mando de Tokio denominaba «el incidente de China» estaba muy lejos de llegar al final cuando tuvo lugar la batalla de Nanking, y lo último que necesitaban era azuzar a los supervivientes y a los que deseaban la paz. Cincuenta años después, nadie recordaba a los muertos fuera de aquel videojuego. Ni siquiera Mutsuraga había acertado con la cifra.

De nuevo, Ben parecía desorientado. Su personaje logró matar unos cuantos espíritus antes de que dos de ellos lo acorralaran y se lo comieran miembro por miembro. Con la segunda vida subió la escalera y se quedó en una esquina probando los mandos, intentando averiguar qué combinaciones de órdenes hacían qué. Al cabo de un rato se quitó las gafas de portical, llamó a una camarera y le pidió un cóctel y unas gambas.

«¿Qué demonios hace ese *baka*?», maldijo Akiko para sí.

—¿Es que quiere morir? —preguntó Orochan en voz alta. Varios espectadores más expresaron ideas parecidas, decepcionados por el juego de Ben.

Como si pretendieran distraerlas, les sirvieron el siguiente plato: puré de coles de Bruselas con vinagreta de beicon y huevos escalfados; pulpo a la parrilla en mantequilla rubia con setas asadas, y judías verdes con ajo, chalota y avellanas caramelizadas. Akiko no tenía hambre, pero comió lo suficiente para reponer fuerzas. Estuvo a punto de escupir el bocado cuando miró hacia atrás y vio a Ben coqueteando con la camarera. En la pantalla, su personaje seguía escondido, fuera de la zona de combate. Los otros jugadores se enconaban matando oleada tras oleada de asaltantes espectrales. Un jugador tardó en recargar el carcaj y un espíritu entró saltando por la ventana, lo agarró del cuello y le rodeó la cara de tentáculos. El jugador perdió el control, ya que su personaje estaba poseído, y atacó a su compañero con una pistola. Este disparó a su vez y los dos murieron rápidamente; después los resucitó un médico. Les quedaban dos vidas.

Mataáguilas no se conformaba con disparar desde su puesto seguro. Con el fin de sembrar más destrucción, salió del edificio, extrajo las flechas de los *kami* muertos y las empleó como cuchillos para matar a más. Cogió un rastrillo, incendió la punta y mató a mil con un giro rápido. Sus movimientos eran fluidos e intuitivos. Se adelantaba a las acciones de todos los jugadores; todos excepto Ben. Cuando al fin un espíritu entró por una ventana del piso superior, Ben corrió escaleras abajo y se refugió detrás de otro jugador, que despachó al espíritu. Ben intentó entablar combate con unos cuantos *kami*, pero lo mataron de inmediato. Parecía atónito.

—¿No vas a comerte el pulpo? —preguntó Orochan.

—Adelante —dijo Akiko.

La ronda acabó treinta minutos después, cuando Mataáguilas consiguió un lanzallamas y acabó con la oposición. Su personaje fumaba un cigarrillo encendido con las llamas de los enemigos.

Ben y ella volvieron a quedar en segundo lugar. Esta vez, Mataáguilas le echó una buena bronca a su compañero.

—Me estás costando puntos —acusó—. Es la puntuación más baja que he tenido nunca a estas alturas de la partida. ¿Qué crees que estás haciendo?

—Lo que puedo. No estoy acostumbrado a estos mandos. Además, deberías estar contenta: tu puntuación individual nunca había sido tan alta, ¿a que no?

—Porque no te encargas de tu parte. Ni siquiera lo intentas. Si quieres morir, muere en tu tiempo libre. Esto es un desastre, y me haces perder el tiempo. ¿Se puede saber qué haces aquí?

—Eres mucho más simpática en la portical —comentó Ben.

—Quiero ver a Mosquito —dijo Mataáguilas a un camarero.

—Ya conoce su norma: nada de comunicación con los jugadores durante el torneo.

—¿Cómo esperan que juegue con este idiota en mi equipo? —preguntó, furiosa.

Mataáguilas tenía una puntuación de mil doscientos treinta y dos; la de Ben era de treinta y cinco. Llevaron a la tarima central al primer equipo que había sucumbido a manos de los espíritus. Los dos tenían sobrepeso; uno era de ascendencia japonesa, y el otro, de aspecto coreano. Las paredes transparentes subieron a su alrededor. A diferencia de la primera vez, no les encadenaron los brazos y las piernas. La jaula empezó a llenarse de agua, pero al principio no parecían preocupados; bromeaban entre ellos e incluso reían. Hasta que el agua les alcanzó el cuello. Pronto los cubría, y poco después solo quedaban unos centímetros de aire. Los dos tenían que nadar y chapotear para mantenerse por encima de la superficie.

—¿Por qué no llenan la jaula del todo? —preguntó Akiko al ver que dejaba de entrar agua.

—La tortura consiste en ver cuánto tiempo resisten, porque seguirán vivos mientras naden —explicó Orochan—. Lo peor es la esperanza de sobrevivir.

Los dos trataban de seguir a flote. En la parte superior no había bastante espacio para flotar boca arriba, por lo que no paraban de mover brazos y piernas. Sabía que los

dos se daban cuenta de que era el fin, pero seguían debatiéndose en vano.

—¿Crees que Ben tiene alguna posibilidad de ganar?
—le preguntó a Orochan.

—Es difícil, pero el otro equipo ha elegido la misión del
convoy en la invasión de Hiroshima. Si hace un buen trabajo ahí, igual se salva.

Akiko se levantó y se acercó a Ben, que estaba charlan-
do con una camarera. Esta se marchó apresuradamente al
ver lo enfadada que parecía la agente.

—¿Va a jugar a este juego o va a pasarse toda la noche
ligando? —le preguntó.

—Estoy jugando.

—No muy bien. Tiene que mejorar mucho en la próxima ronda.

—Lo intento, pero sigo sin hacerme a los mandos. Necesito pillarles el truco.

—Solo quedan dos rondas.

—Lo sé —dijo en tono sombrío—. Hago lo que puedo.

—Mírelos —espetó Akiko.

Los perdedores empezaban a moverse con lentitud; se
estaban quedando sin fuerzas. Nadaban desesperadamente, resoplando y golpeando el cristal mientras suplicaban
clemencia. La gente había estado cruzando apuestas sobre
el tiempo que tardarían en ahogarse y cuál sería el primero
en rendirse. Se había entablado una competición tácita entre los espectadores de etnia coreana y los descendientes de
japoneses sobre el jugador que aguantaría más.

—Va a acabar así si no se pone las pilas —continuó Akiko—. Y esos —añadió señalando a la multitud— disfruta-
rán viéndolo morir.

Ben apartó la vista del estrado.

—Entonces moriré y el mundo será un lugar mejor
—dijo con tanto aplomo como pudo. Akiko notó la vacilación en su voz.

—Le agradezco que nos salvara la vida a Hideyoshi y a mí, pe...

—¿Qué tal está? Da la impresión de haber tenido un día duro.

—Todos hemos tenido unos días muy duros.

—Pero no es soldado. No está preparado para esta mierda.

—Usted no sabe lo que hizo.

—Fuera lo que fuese, se siente culpable. No dejaba de lloriquear. Me da lástima.

—Las lágrimas emocionales se deben a hormonas proteicas como la leuencefalina, un analgésico que mejora el estado anímico. Llorar es de débiles.

—No siempre.

—Siempre.

—¿Usted no llora nunca?

—No desde que era pequeña —dijo con aplomo.

—Entonces supongo que soy débil, porque lloro todo el rato. —Al ver que Akiko no respondía, continuó—: Gracias por el apoyo. ¿Dónde está Hideyoshi?

—Me he deshecho de él.

La sonrisa de Ben se evaporó.

—¿Qué quiere decir con que se ha deshecho de él? Sigue vivo, ¿no?

—¿Por quién me toma?

—Por una agente de la Tokko.

—Sigue vivo —confirmó Akiko.

Ben se relajó de nuevo, aunque percibía la agitación de la mujer.

—Gracias por no hacer que la apuesta carezca de sentido.

—Ha sido una apuesta estúpida y no voy a permitir que lo ejecuten sin plantar cara.

—Si intenta combatirlos, la matarán.

—La muerte es un honor si tiene una finalidad. Si no juega, lo matarán por nada.

—Se lo agradezco, pero, como he dicho, no se preocupe por mí.

—No basta con que huya como antes. Si su equipo pierde, lo matarán. Sería una muerte estúpida. ¿Y qué hay de Mutsuraga? Si no lo capturamos, puedo darme por muerta.

—Así que eso es lo que le preocupa en realidad.

—Ishimura. ¿No se da cuenta de que su vida está en juego?

—Soy muy consciente de ello. En la próxima ronda me esforzaré más. Y si fracaso, cruzaré los dedos y rezaré por reencarnarme en uno de esos pomeranias.

—Usted no cree en la reencarnación.

—Haré como si me hubiera convencido.

Akiko suspiró, se acercó más a él y susurró:

—¿Tiene algún plan, o está perdiendo de verdad?

Ben se afanó en busca de algo que decir.

—Voy a esforzarme más. Ya le pillaré el tranquillo.

Aquella respuesta no tranquilizó a Akiko.

Los camareros limpiaron el estrado y se llevaron en carretilla a los dos concursantes muertos. Poco después empezó la tercera ronda, con solo cuatro jugadores. Ben seguía emparejado con Mataáguilas. Su misión consistía en defender un tren que llevaba refuerzos y suministros para los americanos que atacaban Hiroshima por tierra. El otro equipo tenía que hacer todo lo posible por evitar que el tren llegara a su destino y realizara la entrega. Mataáguilas eligió un Parker Hale M85 clásico, adaptado al combate nocturno y cargado con balas explosivas: iba a hacer de francotiradora. La otra pareja tramaba una emboscada en la vía férrea. Ben se dirigió al polvorín del tren y se escondió entre las conservas de alimentos.

—¿Adónde vas? —le preguntó Mataáguilas.

—Estoy custodiando los suministros —respondió Ben.

—¡Tienes que volver al techo y colocarte!

Ben no le hizo ni caso; como ella seguía arengándolo en el juego, desactivó el sonido.

A Akiko le resultaba extraño ver la Patria bajo ataque directo de los americanos, aunque fuera solo en un juego de portical. No podía imaginar qué habría pasado si los soldados extranjeros hubieran invadido Japón y se hubieran hecho con el control del territorio; la simple idea de que los japoneses se vieran expuestos a la violencia de la guerra le resultaba ofensiva. Si Japón hubiera perdido, ¿qué habría sido del Emperador?

—Lo bueno está a punto de empezar —le dijo Orochan.

Llegaron al lugar de la emboscada y empezaron las explosiones. Mataáguilas estaba por todas partes, matando a miles de enemigos. Por muchos soldados japoneses que se lanzaran contra ellos, los americanos, gracias a ella, llevaban las de ganar. A Akiko le resultaba repugnante ver morir a tantos japoneses, aunque fuera en una simulación. Odiaba aquel juego más y más, y crecía su convicción de que había que borrarlo de la faz de la Tierra.

Ben, apoltronado en el vagón de las raciones, se puso a comérselas para reponer la energía y otras variables. A diferencia de la ronda anterior, esa fue corta. Mataáguilas era un ejército de una sola mujer, y había acabado con los dos enemigos. Los americanos lograron reabastecer sus tropas, y ella alcanzó seis mil trescientos cuarenta y dos puntos, mientras que Ben se quedó en un triste setenta y cinco.

—¿Qué viene ahora? —preguntó Akiko.

—Uno contra uno. Pero aunque gane Ben, su puntuación total será menor —respondió Orochan.

—¿Qué puede hacer para ganar?

Orochan volvió a examinar el marcador.

—Ya es imposible que gane.

—Tiene que haber alguna forma.

—No creo. Mataáguilas elige el nivel y, sea el que sea, machacará a Ben. ¡Es que ni lo intenta! Es frustrante mirarlo —dijo Orochan, verdaderamente furiosa—. Fíjate. Ni siquiera presta atención.

—¿Podemos hacer algo por él?

—No, a no ser que encontremos la forma de convencer a Mosquito para que le perdone la vida.

Akiko salió disparada hacia la mesa de Mosquito. Dos mujeres con trajes anticontaminación inyectaban productos químicos a los perdedores. A los dos empezaron a salirles ampollas. No ligeras excrecencias como las de una coliflor, sino bultos llenos de pus que crecían hasta alcanzar el tamaño de un puño. Akiko no miró mientras les cubrían el cuerpo. La indefensión de sus rostros verrugosos le resultaba demasiado conocida; muchas veces había inoculado enfermedades semejantes a sus víctimas.

Mosquito estaba rodeado de varios japoneses con meñiques metálicos: otros yakuzas que lo acompañaban en una noche de ocio.

—¿Podemos hablar en privado? —preguntó Akiko.

—Puede hablar aquí —respondió Mosquito, sin apartar la vista de la matanza—. ¿Qué desea?

—Tiene que modificar los parámetros de la última ronda.

—¿Cómo?

—Quien la gane gana el torneo, independientemente de la puntuación.

—No es así como jugamos —dijo Mosquito. Akiko se dio cuenta de que dos luchadores de sumo se cernían sobre ella—. Él aceptó las condiciones y se atendrá a ellas.

—Pero...

—Mis clientes se están quejando de lo poco que se involucra y lo mal que juega. Les he dicho que es uno de los mejores jugadores de los Estados Unidos de Japón, pero esto es una pérdida de tiempo. Nunca es bueno tener clientes descontentos, y estoy bastante cabreado. No ponga a prueba mi paciencia.

—Tanto Ishimura como yo somos soldados del Emperador. Si mostrara clemencia...

—Aquí, el Emperador ni pincha ni corta.

—La jurisdicción del Emperador abarca todo su Imperio —le recordó Akiko, enfurecida por su tono insolente—. Por su bien, le recomiendo que no lo olvide nunca.

—Y de lo contrario, ¿qué? —Miró a los guardias y uno apoyó el brazo en Akiko.

Ella le dio una patada en la rodilla, tan fuerte como pudo. El luchador se desmoronó y el peso hizo que la rodilla se le doblara en sentido contrario, rompiéndose. Akiko lo golpeó en la nariz con el cañón del brazo y lo giró para alcanzar en el bajo vientre al segundo, que se aproximaba. El guardaespaldas cayó al suelo, y Akiko le aplastó la cabeza con el brazo metálico.

—No intente asustarme —advirtió.

Mosquito dio un bocado a la comida.

—Mi padre era *tokubetsu kogekitai*, piloto kamikaze. Se sacrificó en San Diego, y aún no entiendo para qué. Todas las mañanas, mi madre quemaba incienso por su alma y rezaba a un cuadro del Emperador. Era criada en una casa de geishas y no faltó ni un día. La atropelló un coche y siguió insistiendo en ir con las costillas rotas. Sabía que si perdía el trabajo nos quedaríamos en la calle. ¿Dónde estaba entonces el Emperador? Yo me metía en líos por pasarme el día jugando con la portical, pero mi madre estaba demasiado ocupada para darse cuenta. Estaba enganchado al *Honor of Death*, y una vez que me emocioné demasiado jugando molesté sin querer a un matón de la familia Nakayama. Me puso una pistola en la cabeza y me ordenó que terminase la partida sin que me mataran; si perdía, me pegaba un tiro. Fueron las dos horas más largas de mi vida, pero jugué a la perfección. Póngale a alguien una pistola en la cabeza y lo convertirá en la persona más lúcida del mundo. ¿Dónde estaba entonces el Emperador? Vuelva a su mesa. Ben ha dado la vida por la de su novio en esta lamentable demostración. Dele las gracias.

Akiko suspiró, más colérica aún por la indiferencia que mostraba Ben. ¿Buscaba la muerte a propósito, tras haberse dado cuenta de lo buena que era Mataáguilas? ¿Un fatalismo mal encaminado lo impulsaba a aceptar lo que ocurriera?

—No haga ninguna tontería —dijo Mosquito, sin quitar ojo al brazo armado—. Hemos llegado a un acuerdo, pero si intenta algo, no sobrevivirá.

—¿Cree que si realmente quiero matarlo me importará si sobrevivo o no?

Akiko volvió a su asiento.

La última etapa era la batalla de Pearl Harbor, una de las derrotas más aplastantes que había sufrido América. En la nueva versión, el Japón imperial atacaba Pearl Harbor antes de que los alemanes estuvieran listos para invadir los Estados Unidos de América. Como resultado, parte de la flota americana se encontraba estacionada allí, lista para repeler el ataque. Mataáguilas eligió representar el bando americano, y a Ben le tocaba atacar como los japoneses. Antes de que empezara la ronda apareció en pantalla un poema del Emperador Meiji:

Si todos los mares
están hermanados,
¿por qué el viento y la discordia
campan por el mundo?

En la batalla original, el mariscal Rommel, del bando alemán, ya había desembarcado en la Costa Este americana. Cuando la tropa japonesa atacó Hawái se encontró una resistencia simbólica. En esta nueva historia, Japón atacaba a América demasiado pronto y, aunque lograba destruir parte de su flota, el ataque movilizaba al pueblo americano para contraatacar con todas sus fuerzas. Pearl Harbor representaba un punto de inflexión en la guerra, una batalla de aniquilación que infundió ánimos en el pueblo americano. Ben, en el bando japonés, participaba en la Operación Zeta, que debía su nombre a la zeta que representaba al almirante Togo en la batalla de Tsushima, una acción desesperada encaminada a inhabilitar y mermar la flota americana. Cuando empezó la ronda, Ben corrió inmediatamente hacia las colinas. Mataáguilas no lo siguió; se puso a eliminar a los soldados japoneses uno por uno. Después se agenció un cañón antiaéreo y destruyó varios cazas Zero. Su puntuación total sobrepasaba los diez mil.

Si no hubiera estado tan preocupada, Akiko podría haberse maravillado ante la belleza de la imagen, la perfecta representación de los entornos y su reacción a los disparos, con una desintegración obtenida mediante simulaciones en tiempo real de dinámica geométrica. Todos los edificios y barcos se podían destruir; los polígonos se separaban faceta por faceta. Mataáguilas emprendió la búsqueda de Ben, que seguía intentando esconderse en las colinas. Podría haberle disparado a la cabeza varias veces, pero prefería matarlo de cerca: obtendría más puntos si eliminaba al adversario con un cuchillo.

—¡Ben! —gritó Akiko.

Pero no la oía.

En la sala se oían gruñidos de decepción. El público, sabedor de que el final estaba cerca, volvió a su ternera con puerros y a su lenguado de Dover recubierto de trufas. Akiko, con un nudo en la garganta, se volvió hacia Orochan, que estaba concentrada en su plato para no ver la conclusión de la partida. ¿De verdad no podían hacer nada ninguna de las dos? Ben siguió huyendo colina arriba. A Akiko le parecía sobrecogedor que su vida estuviera ligada al éxito en ese juego, aunque sabía que mucha gente había muerto por menos. Se preguntó si Ben querría morir, aunque ¿por qué, después de haber llegado tan lejos? ¿O siempre le había gustado vivir al límite?

Se palpó el cañón del brazo; sabía qué tenía que hacer después de que Ben perdiera. Al parecer, Mosquito lo preveía, porque varios guardas rodearon su mesa. Los miró uno por uno, intentando decidir por qué orden los mataría para aumentar al máximo sus posibilidades de sobrevivir, pero...

Se oyeron exclamaciones y murmullos. La gente volvía a mirar las pantallas. Akiko no quería ver la matanza final, la representación paródica en portical de la vida de un hombre. Pero se obligó a mirar. La tierra temblaba. Akiko estaba desconcertada; no sabía si el juego habría fallado. Las colinas se separaron y emergió una mano enorme, seguida por el torso de un mecha gigantesco.

—¿Qué está pasando? —preguntó Akiko, sin dirigirse a nadie.

Saltaba a la vista que todo el público se hacía la misma pregunta.

El colosal mecha, con un sol naciente japonés pintado en la coraza, pasó por encima de Mataáguilas y se puso a destruir la flota americana con rayos láser. En un minuto, todo Pearl Harbor estaba en llamas, y Ben ya tenía nueve mil puntos y se acercaba rápidamente a los diez mil. Otro minuto después había doblado su puntuación. El mecha pisó a Mataáguilas y destrozó su personaje.

Ben había ganado.

—¡Está haciendo trampas! —gritó Mataáguilas mientras se quitaba el equipo y lanzaba el controlador—. ¡Es un sacrilegio! ¡Eso no debería ser posible! ¡Yo he ganado el torneo! ¡Él ha amañado el juego!

Mosquito se dirigió al estrado con un trofeo.

Los guardas encadenaron a Mataáguilas a la silla de ruedas y la amordazaron. Intentaba gritar, pero la bola que tenía en la garganta se lo impedía.

—¡Vamos! Esto no puede ir en serio —dijo Ben, en defensa de Mataáguilas—. Es la mejor jugadora que verán nunca. ¡Mosquito! ¡Mosquito!

—Ha perdido —dijo Mosquito, impertérrito—. Las reglas son las reglas.

—Ella no las conocía todas.

—Problema suyo. Súbanla.

—¿Qué va a hacer?

—Nada por lo que usted deba preocuparse. ¿Ha comido ya?

Mientras empujaban a Mataáguilas, Akiko supo por la expresión nerviosa de Ben que se estaba obligando a pensar en la misión.

—Estoy muerto de hambre.

—Bien. Le hemos preparado una comida. Tal vez podamos hablar de más partidas en el futuro.

—Solo quiero mi viaje a Catalina.

Mosquito asintió.

—Cumpliré mi palabra, pero quizá podría tentarlo...

—No, gracias —dijo Ben, y subrayó la negación con un movimiento de cabeza.

—¿Cómo sabía lo del mecha?

—Es mi secreto.

Ben se acercó a Akiko, que lo abofeteó.

—¿A qué ha venido eso? —preguntó. Ella no contestó; estaba furiosa—. Me muero de hambre —añadió.

—Pues coma —dijo, e hizo lo posible por ocultar que en esa ocasión era ella quien temblaba por los nervios.

Las pantallas de portical habían cambiado a una vista de la cubierta del barco, enfocando una plancha que se extendía hacia el mar. Mataáguilas gritaba que habían hecho trampas.

—¡Me he pasado la vida jugando! ¡No hay nadie que sepa tanto como yo del *USA*! ¡Tiene que haber hecho trampa! Ha convertido todo el juego en una farsa. Ha corrompido los datos y...

Los guardas, sin hacerle ni caso, la tiraron por la borda. El público estalló en carcajadas cuando golpeó la superficie. La mujer pedía socorro y suplicaba otra oportunidad. Sin piernas y arrastrada por la silla de ruedas, tardó poco en hundirse, y su voz se sofocó.

—¡A ver si puede cazar águilas en el mar! —bromeó Mosquito, dirigiéndose a un público enardecido.

23.43

Les dieron una motora sin identificación para llegar a Catalina. Ben sugirió que se aproximaran por el oeste, ya que era una zona sin minas y con muy poca seguridad. A Akiko no le gustaban el olor del mar ni las salpicaduras de agua salada en la cara, pero cuanto más se alejaban del barco de Mosquito, mejor se sentía.

—¿Dónde está Hideyoshi?

—No lo sé —confesó Akiko—. Ni me importa.

—Siento oír eso —dijo Ben.

—No elegimos a la gente de la que nos enamoramos. ¿Cómo sabía lo del mecha?

—Le pedí a Mutsuraga que lo incluyera en el *Honor of Death*. Una trampa para malos jugadores como yo que tuvieran que llegar al final. Solo se puede activar con una desventaja de diez mil puntos o más, y hay que introducir una orden especial.

—¿Por eso huía? —preguntó Akiko. Ben asintió.

—Habría preferido poder enfrentarme a ella honradamente, pero no estoy ni de lejos a su altura, y los controles eran distintos de los del *Honor of Death*.

—¿Cómo sabía que había incluido esa trampa en el *USA*?

—La verdad es que no lo sabía hasta que funcionó.

—¿Se la jugó por una corazonada?

—Me la jugué por lo que sabía del general Mutsuraga.

—¿Qué sabía?

—Que le gusta dar una oportunidad a los perdedores.

—Es usted más osado de lo que suponía, Ishimura.

—No tenía más remedio. Como dijo el difunto primer ministro Tojo: «En ocasiones hay que saltar con los ojos cerrados desde la terraza del templo de Kiyomizu.»

—¿Cuándo dijo eso?

—Antes de hacerse monje budista y ponerse a promover la paz por todo el Imperio. Lo oí cuando estaba en la AMLB.

—Todo esto ha tenido un poco de *deus ex machina*.

—Al menos en la parte de *machina*. Es una pena lo de Mataáguilas. Era una jugadora excepcional. Ya sé que Mosquito es de la Yakuza, pero debería haberla perdonado.

—Nos amenazó a todos. Eso es inaceptable.

—Qué se le va a hacer.

—Le he dejado una sorpresa —comentó Akiko.

—¿Una sorpresa?

—En las Derringer, para la próxima vez que juegue con ellas.

—¿Cuándo la preparó?

—Le pedí a Orochan que la montara antes de salir. —Se sujetó a la lancha—. No será rápido. —Intentaba pasar por alto el malestar, el desmoronamiento de la estructura militar en la que se había apoyado hasta entonces, el recuerdo de Jenna Fujimori que la acosaba en el rostro de todos los que habían muerto en el torneo de aquella noche—. No sabía que hubiera tanta injusticia social en los Estados Unidos de Japón. Si vuelvo a la Tokko, procuraré cambiar las cosas para que no vuelvan a producirse crímenes como estos.

—Eso espero —respondió Ben, observando la determinación de su rostro—. Creo que ni a Mutsuraga le gustaría la forma en que se usa su juego en ese barco.

—¿Cree que le importa?

—Como mínimo se sentiría asqueado.

—¿Por qué la gente no lucha por cambiar las cosas?

—Porque se persigue a los que lo intentan.

Akiko dirigió los ojos al mar, con la mirada perdida en el vacío negro mientras pensaba en todos aquellos que habían muerto en las deterioradas ruinas del tiempo.

—Mi madre me hablaba de las heroicidades del Emperador y su padre, de lo duro que trabajaron para proporcionar justicia a la humanidad, a pesar de que los humanos desacataban los decretos de sus dioses. No puedo quitarme de la cabeza ese poema del Emperador Meiji.

—¿El del juego?

Akiko asintió.

—«Si todos los mares están hermanados, ¿por qué el viento y la discordia campan por el mundo?»

Una ola los golpeó con fuerza, empapándolos de agua marina.

—Seguro que nunca cogió una motora en plena noche para visitar una colonia penitenciaria con el fin de dar caza a un desertor tras haberse jugado la vida en una partida de portical.

—No se haga el listillo.

Isla de Catalina
4 de julio de 1988
0.18

A Beniko Ishimura le había resultado muy difícil fingirse confiado durante el torneo de *USA*. Tenía los nervios hechos trizas tras haber hecho lo posible por mantener la fachada de despreocupación. Nadie podía sospechar que tenía un plan, una «trampa» que ni siquiera estaba seguro de que existiera en la versión definitiva del juego. No dejaba de pensar que se delataría con una mirada llena de pánico o un tartamudeo inconsciente. Toda su vida había sido una farsa, y se preguntaba si los demás jugadores también se sentirían actores que danzaban al son de una balada mortal. El Emperador era un absoluto lejano, un espectador presente incluso en la ausencia.

El general Kazuhiro Mutsuraga había sido una figura de autoridad durante la mayor parte de la trayectoria profesional de Ben. Impartía órdenes que Ben obedecía, y lo había salvado de que lo destinaran a los confines del Imperio. Ben sabía que el general no era un programador muy creativo ni un táctico sobresaliente. Se le daba bien la política; encajaba en el papel de estricto comandante japonés. No necesitaba aptitudes. Ben había sido su subordinado de buena gana durante los primeros años. Se estremecía al recordar cómo había adulado a oficiales y compañeros que no le darían ni la hora. Invitaciones a cenar, reverencias obsequiosas, halagos por trivialidades… Casi todos suponían, simplemente, que les hacía la pelota para conseguir algo, y no le hacían ni caso. A sus ojos, Ben no era solo un lacayo; también era el joven que había medrado gracias a una traición. No merecía ni respuesta.

La isla de Catalina tenía un aspecto desolado. La habían bombardeado innumerables veces en maniobras militares, y los arbustos que constituían toda su flora eran escasos. En la playa había cabañas, basura y cientos de hombres y mujeres con la mirada perdida sentados alrededor de hogueras. Ni siquiera reaccionaron al desembarco de Ben y Akiko. Esta intentó sacar a uno del estupor tocándolo ligeramente, y después, golpeándolo en la cabeza. El hombre se mostraba ajeno a su presencia. Miró a Ben, que estaba examinando a una prisionera. La mujer llevaba unos pantalones y nada en el torso; tenía el pecho caído y la mirada inexpresiva clavada en el mar. Se le veían unas tiras metálicas en la cabeza y unas cicatrices a medio curar en el cuello. En las costuras de la carne habían impreso caracteres japoneses.

—«Pereza» —leyó Akiko en voz alta.

—En este pone «Gula».

—¿Qué les ha pasado?

Ben dio unos golpecitos en la placa metálica y les pasó la mano por delante de la cara.

—Creo que están lobotomizados.

Casi todos estaban sentados sin mostrar la menor emoción, con el cerebro tan vacío como el paisaje.

—¿Sabía algo de esto? —le preguntó Akiko a Ben.

—Le iba a preguntar lo mismo.

—Ningún informe lo menciona —replicó Akiko.

Ben sabía que los informes omitían muchas cosas. Recordó una de sus charlas con Claire Mutsuraga, la difunta hija del general, después de que este los mandara de San Diego a Los Ángeles.

Claire estudiaba programación de porticales mientras Ben ocupaba su nuevo puesto de censor, lo que significaba tomar muchas copas con los compañeros. Tras una noche de borrachera, al llegar trastabillando a casa, se encontró la puerta abierta. Claire lo esperaba en el sofá, blandiendo la portical.

—¿Qué...? ¿Qué haces aquí? —A Ben le funcionaba la lengua más despacio que el cerebro.

Claire le entregó la portical.

—¿Por qué son secretos todos los informes relacionados con la muerte de mi madre?

Ben examinó la pantalla: todos los expedientes mostraban el rótulo «Prohibido».

—Pregunta a tu padre.

—¿Qué quieres decir?

Ben se sentó, mareado por la bebida.

—Pregúntale cómo murió tu madre.

—Ya se lo pregunté. Dice que los soldados del Imperio la mataron accidentalmente con una bomba destinada a los George Washingtons. Él quería firmar la paz, pero los mandos se lo impidieron.

—¿Eso te dijo? —La voz de Ben estaba cargada de sorna.

—¿No fue lo que pasó?

Ben se concentró, intentando recordar lo que debía decir.

—Sí.

—Entonces, ¿por qué es confidencial? —le preguntó Claire.

—Eso queda entre él y tú.

—¿No estás involucrado de ninguna forma?

Ben estaba a punto de contestar, pero Claire levantó la mano.

—Si mientes en esto, no te perdonaré —añadió.

Ben se esforzó por dar con una respuesta.

—¿Por qué no puedes decírmelo sin más? —preguntó Claire—. ¿De qué tienes miedo?

Después de tantos años, aún no lo sabía. ¿Debería haberle dicho la verdad en aquella ocasión, en vez de esperar a que ella la averiguase por su cuenta?

—Esos barracones parecen vacíos —le dijo a Akiko—. Deberíamos dormir.

—¿Estaremos a salvo?

—En el lado oeste no hay guardias —respondió Ben, y examinó la portical—. ¿Ves esta cuadrícula? Muestra todas sus posiciones. No hay ninguno cerca, y los puestos más cercanos están en Avalón. Si alguien detectara nuestra presencia, podríamos fingir que estamos lobotomizados.

—¿A qué hemos venido?

—A ver a una vieja amiga —respondió Ben.

—¿En qué nos ayudará eso a encontrar a Mutsuraga?

—Kujira estaba entre los mejores pilotos de mechas de los Estados Unidos de Japón. Se reunirá aquí con nosotros mañana por la mañana.

—¿Qué hace en la isla?

—Ocultarse de las autoridades.

—¿Tiene un...?

—Sí. Si nos lleva en su mecha, será la forma más segura de entrar en San Diego y salir, y la mejor forma de asegurarnos de que capturamos a Mutsuraga.

Había muchos camastros sin colchón. Todos eran duros como rocas e incomodísimos. Ben se tumbó en la parte inferior de una litera, y Akiko, en la de enfrente. Estaba a punto de quedarse dormido cuando la agente preguntó:

—¿Se arrepiente de algo?

Ben pensó en Claire.

—Intento no cuestionarme mis decisiones. ¿Y usted?

—Últimamente, de muchas cosas. No entiendo que el

alto mando de los Estados Unidos de Japón permita la existencia de lugares así.

—¿Se refiere a Catalina?

—Sí, y al casino de Mosquito.

—Es más probable que no tengan ni idea o que se haya perdido en la burocracia y alguien haya dejado de informar por no meterse en líos.

—La ignorancia es peor que la connivencia.

—Usted tampoco sabía de la existencia de esos sitios.

—Un error que me alegro de haber subsanado. Siempre pensé que los traidores eran los que intentaban derrocar el Imperio activamente, pero ahora sé que existen formas de rebeldía más insidiosas. Me he descuidado en mis deberes para con el Emperador.

—Seguro que la perdona.

—Está muy por encima de las diatribas morales de un gusano como yo.

Ben se echó a reír.

—Es una forma interesante de describirse.

—Para el Emperador todos somos gusanos.

—Y nos metamorfoseamos en moscas que se ganan la vida a duras penas comiéndose la mierda de los oficiales superiores.

A Ben le dolía la cabeza. Volvió a cerrar los ojos.

Oyó que Akiko se levantaba.

—Debería descansar, mañana nos espera un día duro —dijo Ben.

—¿Ha oído hablar del *Toxoplasma gondii*?

—¿Es un arma nueva?

—Es un parásito de muchos animales de sangre caliente, pero solo puede reproducirse sexualmente en los gatos. Cuando infecta a un roedor le reprograma el cerebro: modificaciones conductuales muy sutiles que hacen que a los gatos les resulte más fácil cazarlo. Esos parásitos los reescriben bioquímicamente. Nuestros científicos han observado que también los humanos infectados empiezan a comportarse de forma distinta, con menos agresividad, según el sujeto. Pero no se puede saber si se está infectado sin hacerse las pruebas.

—Qué repelús.

—El arrepentimiento es como un parásito mental que modifica la conducta —dijo Akiko—. Quiero que sea sincero conmigo. ¿Cree que soy estúpida?

—Desde luego que no. ¿Por qué lo dice?

Akiko se acercó en actitud desafiante.

—¿Por qué tiene siempre tanto miedo de decir lo que piensa?

—¿Eh?

—Casi siempre me contesta lo que cree que quiero oír, no lo que piensa en realidad.

—¿Quiere que nos sinceremos?

—Quiero que me diga la verdad —respondió Akiko.

—De acuerdo. Le tengo pánico.

—¿Pánico?

—Tan pronto parece una buena agente, incorruptible y dedicada a su causa, como se vuelve loca de remate, y nunca sé qué lo va a provocar.

—Eso es ridículo.

—¿Sí? Mata con tanta facilidad que tengo miedo de meter la pata y que me pegue un tiro.

—¿Por eso sospechó que había matado a Hideyoshi?

—Por lo que sé, podría ser carnada para tiburones. ¿No se le pasó por la cabeza?

Akiko se quedó inmóvil. Ben se puso en tensión, preguntándose si habría llegado demasiado lejos.

—Nunca es fácil —dijo Akiko al fin—. En la instrucción de la Tokko estudian nuestra respuesta emocional a la tortura y la muerte. Reclutan a los operativos de campo sobre todo entre los candidatos que muestran poca o ninguna aversión hacia lo que podría considerarse cruel o inhumano.

—¿No siente nada al torturar? —preguntó Ben, aunque le costaba concebir que eso pudiera cuantificarse o medirse.

—Según los diagnósticos, muy poco.

—No pregunto por los diagnósticos.

—Así es mejor, para que podamos servir al Emper...

—¿Quiere que me deje de gilipolleces? Pues haga lo mismo. Deje de escudarse tras el Emperador.

—Lo único que hago es...

—Sí, claro. Creo que le gusta.

—¿Qué?

—Ya me ha oído. Y eso la incomoda, ¿no es así?

Akiko se frotó las cejas con el cañón; no poder negarlo la inquietaba.

—Cuando me vuelvo «loca de remate» actúa otra parte de mí.

—Su yo verdadero.

—¿Por qué va a ser más verdadero que cualquier otra faceta?

—Porque no puede controlarlo.

—Claro que puedo —aseveró, aunque la incertidumbre le minaba la confianza—. Casi siempre. Pero a veces..., a veces... hay cosas que disparan otras cosas y no sé qué pasa. Me da miedo esa parte de mí.

Ben se incorporó.

—¿En serio?

—¿A usted no?

—Ya le he dicho que le tengo pánico —dijo Ben.

—Quiero decir, ¿no le da miedo esa parte de usted?

—No lo sé. Nunca he matado con mis propias manos.

—Los soldados le dirán que cada vez resulta más fácil el acto físico, y es así. He ideado formas cada vez más creativas de hacer que la experiencia resulte espantosa para los prisioneros, todo en nombre del Emperador. Pero ¿y si el Emperador es falible?

—Entonces, ¿qué?

—Entonces, la verdad de lo que hacemos sería demasiado terrible para aceptarla. —Akiko se miró los pies—. He infligido demasiado dolor como para intentar aplacar la poca conciencia que me queda, y jamás he buscado la aprobación de nadie. Tenía que asumirlo. Los imperios no se construyen sobre las espaldas de buenas personas.

—Se construyen sobre sus cadáveres.

—Las cosas tienen que cambiar. —Akiko miró al exterior—. Voy a dar una vuelta.

Salió sin dar a Ben la oportunidad de replicar. Él sabía que era mejor no seguirla y estaba demasiado cansado para pensar. Hasta sus sueños se ausentaron durante aquella noche; su reposo estuvo inmerso en un enjambre de negrura.

10.11

Ben se despertó con el cuerpo aún más dolorido. Fuera hacía frío, y el camastro rígido le había hecho polvo la espalda. Le dolían los antebrazos y tenía los tobillos helados. Hizo lo posible por no pensar en la gente que había muerto la noche anterior, aunque se puso a pensar en la larga jornada que tenían por delante y eso hizo que se sintiera peor. Akiko dormía en otro camastro, en posición fetal.

Salió del barracón. No había pájaros, y las plantas escaseaban. Los presos seguían sumidos en su estupor, un nirvana inducido quirúrgicamente que les había desligado la mente de lazos terrenales. Sabía que muchos de ellos eran de San Diego, «criminales de guerra» a los que habían trasladado allí para rehabilitarlos. Había un árido camino que conducía al interior de la isla. Los arbustos luchaban por conservar las raíces. Las moscas infestaban los cuerpos putrefactos de los prisioneros, a los que no parecía importar que los nidos de larvas bulleran en sus heridas.

—¿Eres Ben Ishimura? —preguntó un corpulento adolescente de cara pecosa que lo apuntaba con una pistola. Llevaba la misma ropa que los otros presos e incluso una placa metálica en la cabeza.

—Sí —respondió Ben.

—Así que eres el que ha estado bombardeándonos con mensajes. ¿Tienes alguna identificación?

—¿Qué necesitas?

—Envíame el permiso de tu portical.

Ben se sacó la portical del bolsillo y pulsó unas cuantas teclas.

—¿Te manda Kujira?

El joven sacó una portical y confirmó el código de Ben. Le mostró la pantalla y dijo:

—Pon aquí el pulgar.

—¿Por qué?

—Tengo que comprobar tu huella.

Ben inspeccionó apresuradamente la portical, pero no vio nada peligroso. Apretó el dedo contra la pantalla. El adolescente examinó el resultado, que confirmaba la identidad de Beniko Ishimura.

—Ahora ya sabes quién soy —dijo Ben—. ¿Quién eres tú?

—Kujira.

—No eres Kujira.

—Sí —insistió.

—La conozco y, desde luego, no eres ella.

—Buscas a mi madre.

—¿Tu madre? ¿Eres el hijo de Kujira?

—Palmó hace dos años.

—Me comuniqué con ella hace unos días.

—Fue conmigo.

—¿Te hiciste pasar por ella?

—No sabía si eras quien decías ser. Hay mucho marrullero por ahí.

—Soy uno de ellos —dijo Ben.

—Dijo muy pocas cosas malas de ti —dijo Kujira—. Eso significa que le caías bien.

Ben examinó al chaval. No veía más parecido que la fiereza de sus ojos.

—Siento la noticia. Era la mejor piloto de mechas que he conocido nunca.

—No le fue mal.

—¿Qué le pasó?

—La radiación, por haber pilotado tanto. El Ejército no mencionó nada hasta que cayó enferma, y siguieron negándolo hasta el final.

—Lo siento.

—¿Por qué? No la mataste tú —soltó el joven Kujira.

—Era una de los mejores oficiales que he conocido.

—¿Qué haces aquí, viejo? No eras muy concreto en tus comunicados.

—Porque no estaba seguro de que no nos vigilaran. Necesitaba pedirle un gran favor. Y no soy tan viejo.

—Lo pareces. ¿Qué clase de favor?

—Que me llevara a un sitio.

—¿Y solo has venido por eso?

—Es un sitio al que solo podría llevarme ella —dijo Ben.

—¿San Diego?

—Es una zona de guerra, y solo sería posible entrar con un mecha.

—Me dijo que en San Diego eran todos unos asesinos o unos mentirosos.

—Se acerca bastante a la verdad. —Ben recordó que toda su filosofía se reducía a los preceptos del Sanko Sakusen, la política de los Tres Todos: matar todo, saquearlo todo, destruirlo todo—. Pero había oficiales que intentaban mejorar las cosas. Tu madre estaba entre ellos.

—¿Y tú?

Akiko salió, apuntando con el cañón del brazo a la cabeza de Kujira.

—¿Qué está pasando aquí? —preguntó.

—¿Ha dormido lo suficiente? —preguntó Ben.

—Unas horas. ¿Quién es este chico?

—El hijo de la amiga a la que buscaba.

—¿Puede ayudarnos?

—¿Por qué iba a ayudarte? —preguntó Kujira, aunque apartó el arma para que Akiko hiciera lo mismo—. Ni siquiera te conozco.

—No tienes por qué, por supuesto —dijo Ben, y se sacó una portical de un bolsillo interior—. He traído el regalo que quería tu madre, aunque supongo que en realidad eras tú. Mil de los últimos juegos para portical: aventuras de acción, juegos de rol con tiros y simuladores.

Kujira se lanzó hacia la portical, extasiado.

—He jugado millones de veces a todos mis juegos y estoy harto de ellos, sobre todo de los americanos. Como vuelva a ver a James Leyton haciendo de Jesucristo, me crucifico en esas rocas.

—Tenemos que buscar otra forma de llegar —dijo Ben.

—¿Qué opciones tenemos?

—No sé. Deberías haberme dicho que estaba muerta —le dijo Ben a Kujira. Este se encogió de hombros.

—No pensaba que fueras a venir de verdad. Por lo menos llegas a tiempo para los festejos, viejo.

—¿Aquí también se celebra el aniversario?

Kujira negó con la cabeza.

—Han capturado a un montón de George Washingtons. Acaban de llegar en el barco. Creo que intentaron atacar el Ayuntamiento y fracasaron. Van a troquelarlos pronto.

—¿Troquelarlos?

El joven Kujira se dio con el puño en la cabeza.

—Tic, toc —dijo, y emitió un zumbido—. ¿Has visto alguna vez el telerreformador?

—No.

—Oh, tienes que verlo. Muy eficaz. Lo construyó hace siete años el comandante Hatanaka, como castigo definitivo. Era cirujano antes de que lo hicieran alcaide. Ven, te lo enseño.

—¿A ti también te lo hicieron?

Kujira se retiró la placa metálica y se la volvió a encajar.

—Así es más fácil pasar desapercibido. Los soldados no me hacen ni caso.

—¿Qué seguridad tienen aquí?

—De risa. Los soldados también odian esto. —Les entregó unas placas metálicas—. Ponéoslas en la cabeza.

Ben se la caló como un casco. Akiko lo imitó, aunque a ella se le resbalaba todo el rato. Ben se la cambió y quedó mejor sujeta.

Kujira echó a correr.

—¿No corremos peligro si lo seguimos? —le preguntó Akiko a Ben.

—No lo sé, pero no creo que podamos hacer otra cosa. Cuando conocí a Kujira no sabía que tuviera un hijo.

—Casi todos sabemos muy poco de la gente con la que servimos —respondió Akiko.

Los músculos de Ben se iban desagarrotando mientras andaba, aunque tuvo que detenerse unas cuantas veces a estirarse algún tendón.

—Catalina era una base naval, ¿no? —preguntó Akiko.

—Hace mucho, antes de que la abandonaran para convertirla en penitenciaría. Aquí había unas instalaciones experimentales donde se construían los prototipos de la segunda generación de mechas, después de la guerra. Por eso vino aquí Kujira madre, con un mecha que robó en San Diego. Decía que había piezas antiguas que podía usar para reparaciones.

—Es un sitio espantoso para morir —dijo Akiko.

—Los he visto peores.

Atravesaron un valle y salieron a la carretera desde las montañas. Había miles de prisioneros apelotonados alrededor de un dispositivo de aspecto extraño. Parecía una pagoda, pero tenía engranajes alrededor, formando una circunferencia, y el interior estaba a la vista. Dentro había una losa y, sobre ella, un maxilar de púas parecido a una grada, cubierto de sangre. Un militar entrado en años, con un uniforme de los Estados Unidos de Japón y la cabeza rapada, estaba de pie, encorvado, con la boca abierta como si le colgara de la cara. De no ser porque movía los ojos habría parecido tan descerebrado como los demás. Llevaba galones de comandante.

Los soldados de los Estados Unidos de Japón custodiaban una hilera de americanos esposados y los empujaban hacia la máquina. Uno de los presos estaba atado a la losa. El oficial pulsó unos botones y el grupo observó mientras la máquina cobraba vida. Las piezas despertaron y las agujas empezaron a moverse rápidamente. La pagoda devoró la cabellera del soldado con voracidad, y unas incisiones cauterizaron la piel para abrirla. El prisionero estaba inconsciente, así que no gritó. La lobotomía fue rápida; solo duró un minuto. Despertaron al hombre, que salió con una placa metálica en la cabeza y una insignia que indicaba que se había eliminado su resistencia. Obligaron al preso siguiente a entrar en el telerreformador. Los lobotomizados se comportaban como si adoraran la máquina; la observaban con reverencia y casi parecían idolatrarla.

Akiko empezó a caminar hacia delante.

—¿Adónde va? —le preguntó Ben.

—Esa es Martha Washington.

Ben identificó a la americana de cabeza rapada que había supervisado la amputación de los brazos de Akiko. Su mente se puso en marcha.

—Eso podría venirnos bien.

—¿De qué hablas? —preguntó Kujira.

Ben señaló el telerreformador con la cabeza.

—Esa prisionera es una importante cabecilla de los George Washingtons.

—¿Los terroristas que combatía mi madre?

—El mismo grupo, aunque con gente distinta. Si nos llevamos a Martha, nos servirá de seguro en San Diego si algo sale mal —explicó Ben, y observó a Akiko para evaluar su reacción, pero ella, consumida por la cólera, no se dio por enterada—. ¿Me ha oído? —insistió.

—Sí. Y no va a funcionar, porque voy a matarla.

—Mátela cuando tengamos a Mutsuraga —dijo Ben—. Ahora puede sernos útil. —Al ver que Akiko no respondía, dijo—: Contrólese, agente Tsukino.

Akiko respiró a fondo. A pesar de su expresión calmada, las cejas y las fosas nasales rezumaban odio.

—¿Recuerda lo que estuvimos hablando anoche? —le dijo Ben.

—Esto es distinto.

—¿En qué?

Se señaló los brazos con la cabeza.

—Voy a hacerle lo que ella a mí, multiplicado por diez.

—No seré yo quien se lo impida. Solo le ruego que lo posponga.

—¿Y pretende que la llevemos para que nos ayude?

—Algo así.

—Ni siquiera quiero respirar el mismo aire que ella —dijo Akiko entre dientes.

—No será mucho tiempo. Recuerde nuestra misión.

Akiko echó humo durante un buen rato; la furia le convertía los ojos en dos gélidas obsidianas.

—Como intente algo, me la cargo en el acto.

Dos soldados captaron la conmoción y se volvieron hacia ellos; por fortuna, el ruido del telerreformador impedía oír su discusión. Aun así, se acercaron a investigar. Kujira y Ben se apresuraron a hacerse los tontos y pusieron los ojos en blanco. Los brazos protésicos de Akiko oscilaron.

—¡Usted! —le gritó un soldado—. ¡Identifíquese!

Akiko se desmoronó, intentó levantarse y volvió a caer con la cara contra la arena, murmurando incoherencias. Los soldados, al verle el casco metálico, volvieron a su puesto y se pusieron a fumar mientras se burlaban de los George Washingtons recién lobotomizados.

Ben estaba visiblemente aliviado por la actuación de Akiko, pero palideció al mirar a uno de los presos, un hombre con dientes de burro y el pelo largo.

—¿Qué pasa? —preguntó Akiko mientras se sacudía la tierra.

—Me... Me ha parecido que lo conocía.

—¿Y?

Ben negó con la cabeza demasiado deprisa.

—No. O sí. Puede ser.

—¿Quién es?

—Sirvió conmigo. Se metió en problemas por criticar a sus superiores. —Intentó no mirarlo a la cara—. Creo que si finge ser una agente de la Kempei y está realizando una inspección sorpresa podremos llevarnos a Martha Washington.

—¿Y si me piden la autorización?

—Yo me encargo —dijo Ben, sacando la portical—. ¿Le importa hacerse pasar por Tiffany Kaneko?

Akiko caminó hacia los soldados sin esperar el visto bueno de Ben.

—¿Llaman seguridad a esto? —dijo con tono autoritario. Los guardias apuntaron con los fusiles.

—¿Quién es usted?

—Tiffany Kaneko, de la Kempeitai. Vengo a llevarme a esa prisionera. ¡Ozawa! —gritó mirando a Ben.

Ben corrió hacia ella mientras se afanaba con la portical.

—Sí, mi comandante.

—¿Cómo calificaría la seguridad de este centro penitenciario?

—Penosa —dijo Ben, siguiéndole la corriente.

—Tengo que seguir interrogándola. —Akiko señaló a Martha Washington—. Si tiene algo útil que ofrecer, se la devolveré; si no, me desharé de ella.

Ben creó las órdenes falsas por si en Avalón preguntaban por la agente Kaneko. También cambió la foto identificativa de Tiffany por la de Akiko, para que pasara la inspección visual. Era imposible que aquello superase un control oficial, pero aquellos guardias no tenían pinta de meticulosos.

—¿Puedo ver su identificación? —le preguntó un cabo.

—¿Se atreve a pedírmela después de que haya atravesado sus defensas? —dijo Akiko con desdén—. Si no fuera quien digo ser, ¿cómo habría llegado hasta aquí?

—Podría ser una rebelde —apuntó el militar con timidez.

—Deme su clave de portical —dijo Ben.

El soldado se la facilitó y Ben le envió las órdenes falsas. El cabo las examinó y se disculpó con una reverencia.

—Disculpe, mi comandante. La prisionera queda bajo su custodia.

Pusieron a una Martha Washington esposada en manos de Ben. Era más alta que él, a pesar de que le costaba mantenerse erguida, y estaba llena de magulladuras y heridas por el encarcelamiento en las instalaciones del Imperio. Tenía la ropa sucia y rasgada, y se le veían las cicatrices de los disparos de San Diego. Akiko emprendió la marcha y Ben la siguió, arrastrando a Washington. El oficial al mando, ocupado con el telerreformador, no pareció fijarse.

—Creía que ibas a San Diego —dijo Martha cuando estuvieron lejos de los soldados.

—Y pienso ir —respondió Ben—. Me sorprende verte con vida.

—Forma parte de la farsa del Imperio de someternos a juicio y enviarnos a Catalina para rehabilitarnos. —Escupió un diente acompañado de sangre—. A mí me sorprende verla a ella de pie. —Ben iba a contestar algo, pero no tuvo tiempo—. ¿Qué quieres?

—Ayuda para atrapar a Mutsuraga.

—Y yo, ¿qué gano?

—Pondremos freno a sus mentiras y después te liberaremos —mintió Ben.

Martha Washington, no muy convencida, miró hacia Akiko.

—¿Ella está de acuerdo?

—Sí —dijo Ben.

—Quiero oírlo de su boca.

Ben vaciló, y Martha se dio cuenta.

—¡Agente Tsukino! —gritó Ben. Akiko se volvió—. Está de acuerdo con el trato, ¿verdad? La vida de la prisionera a cambio de su ayuda.

—Lo que él diga —respondió Akiko sin ocultar la hostilidad.

—Muy convincente —dijo Martha Washington con una risa burlona—. Ni quiero posponer mi ejecución ni tengo el menor interés por ayudaros a ninguno de vosotros. Prefiero volver ahí atrás; es una muerte más limpia.

—Lo plantearé de otra forma —dijo Ben—. La hemos secuestrado y no tiene elección.

—Así que os acompaño y me matáis en cuanto dejéis de necesitarme, ¿no? —resumió Martha Washington.

—Eso mismo —dijo Akiko; el brazo del cañón ardía en deseos de apuntar. Ben estaba a punto de interponerse cuando Akiko continuó—: La habría matado antes, pero el capitán Ishimura cree que puede sernos útil. Eso le proporciona un poco más de tiempo y esperanza.

—¿De qué sirve la esperanza?

—Está la posibilidad de que metamos la pata y pueda aprovechar una distracción nuestra para huir.

—No es gran cosa.

—Mejor que la lobotomía.

Akiko siguió andando sin esperarlos. Martha meditó un instante y la siguió, aunque le costaba caminar por las heridas.

—¿Qué les hiciste? —preguntó Kujira directamente, desconcertado.

—Me rebelé contra la tiranía del Imperio y le asesté un golpe por nuestra causa —respondió ufana.

—América ha muerto —dijo Kujira—. ¿Por qué malgasta energías?

—El espíritu de los Estados Unidos de América no morirá mientras uno de nosotros siga en pie. Y después perdurará como ideal de resistencia contra la herejía de un hombre que afirma ser un dios. Creemos que todas las personas son iguales y nacen con ciertos derechos inalienables.

—Qué curioso —observó Kujira.

—Sé que te resulta extraño. Tienes una concepción distorsionada del mundo, pero eres demasiado joven para saberlo.

—Mi madre decía que sois un hatajo de fanáticos y no os parecéis en nada a los americanos de verdad.

Martha soltó una risa irónica.

—Los primeros americanos eran unos rebeldes que lucharon en circunstancias imposibles.

—Como los últimos —replicó Kujira.

Martha Washington forcejeó con las cadenas; odiaba estar inmovilizada.

12.12

Ben no estaba seguro de que sus identificaciones falsas pudieran dar el pego en el caso de una inspección seria, así que propuso que Akiko y Kujira se adelantaran para asegurarse de que no encontrarían más guardias en la carretera. Ben se quedó atrás para custodiar a Martha Washington. La marcha no era demasiado dura, pero a la mujer le costaba trabajo subir las colinas. Se negó a aceptar la ayuda de Ben e insistió en avanzar por sus propios medios.

—Tengo que descansar —dijo.

—No tenemos tiempo —replicó Ben.

—Entonces sigue sin mí.

—Sabes que no puedo.

—Si los otros George Washingtons llegan siquiera a sospechar que te he ayudado, ¿sabes qué harán conmigo?

—¿Lo mismo que le hiciste tú a la agente Tsukino? —aventuró Ben.

—Algo peor. Nunca confiarían en mí, ni siquiera si hubiera escapado. Yo no confiaría en mí si estuviera en su lugar.

—¿Por qué tardan tanto? —dijo Akiko, acercándose a ellos. Ben señaló a la prisionera.

—Necesita un descanso.

Akiko observó lo agotada que estaba Martha.

—Cinco minutos —le dijo; después se dirigió a Ben—:
La carretera está despejada.

—Debería haberte matado —dijo Martha Washington,
y se lamió la sangre de los labios. Akiko se volvió hacia
ella.

—Deberías. ¿Qué te lo impidió?

—En principio, las patéticas súplicas de tu socio. Te habrías conmovido si hubieras visto cómo me pedía que te
dejara vivir.

Akiko miró a Ben en busca de un desmentido, pero este
se encogió de hombros.

—Lo siento —dijo.

—No te perdoné por eso —dijo Martha—. Fue después
de que te hubieran comido los dos brazos y estuvieras a
punto de perder el sentido. Te pusiste a hablar con Jenna.
¿Te acuerdas de ella? Nos ayudó únicamente porque su sobrino formaba parte del grupo. Su sueño era actuar en la
Compton Opera House y ni siquiera le dejaste alcanzarlo.

—No tengo por qué justificar mis actos ante una traidora.

Martha Washington sonrió, y en aquella expresión hubo
algo siniestro que hizo intervenir a Ben.

—¿Dónde está Kujira? —preguntó.

—Pero tampoco fue por eso —prosiguió Martha Washington—. Fue cuando empezaste a hablar con tu madre.
¿Lo recuerdas?

—No.

—Le pediste perdón por lo de tu hermano. ¿Cómo dijiste...? Algo sobre haber fracasado en cumplir con tu responsabilidad. Tú...

Akiko apuntó con el cañón a la cara de Martha Washington. Ben intentó detenerla, pero Akiko giró el brazo
hacia él.

—No se meta.

—La está provocando.

—¿Y qué?

—¿Recuerda nuestro trato?

—Le doy tres segundos para quitarse de en medio.

—Está desarmada —dijo Ben, buscando un argumento desesperadamente—. Tiene que respetar el código *bushido*.

—El *bushido* no pinta nada aquí.

—¡Callaos! —gritó Martha Washington, escupiendo sangre—. Ninguno de los dos tiene derecho a hablar de honor. Vuestros soldados mataron a toda mi familia mientras dormía. Aquella noche me grabé en el cuerpo diez agujeros de bala, uno por cada víctima. Los usé para dar caza a los asesinos, y los encontré a todos. «Lo único que lamento es tener solo una vida que dar por mi país.»

—Quiere morir —dijo Ben—. Le está siguiendo el juego.

—Quiero morir, sí. Pero no tanto como ella —dijo Martha Washington, dirigiendo a Akiko una mirada perversa—. Tenías que haber oído cómo se humillaba por su hermano...

Akiko disparó contra la mano de Martha, desintegrando huesos y tendones y haciéndola desaparecer. Martha aulló de dolor.

—Vaya a esperar con Kujira —ordenó Akiko, con un tono fiero que no admitía réplica.

Ben se obligó a bajar la colina hasta reunirse con Kujira, que ya regresaba.

—¿Ocurre algo? —preguntó el joven. Oyeron más disparos, más gritos. Kujira estaba a punto de correr en su dirección, pero Ben lo detuvo—. ¿Qué diablos pasa?

Ben le resumió lo ocurrido.

—¿Y lo vas a permitir? —dijo Kujira.

—¿Qué harías tú en su lugar? Además, Martha Washington desea morir.

—¿Y por qué va a desear eso nadie?

—La muerte es su única salida —dijo Ben con un suspiro.

—De eso nada. Solo es la salida más fácil.

—La muerte nunca es fácil. Tu madre decía que el honor es lo único que nos distingue de los animales.

—¿Y qué?

—Esta es la forma en que Martha Washington intenta mantener el honor hasta la muerte.

—*Honor* es solo una palabra que la gente usa para quedarse con la conciencia tranquila —dijo Kujira.

Tras ellos sonaron cinco disparos. Akiko se acercó.

—Vámonos.

13.45

Kujira vivía al sudoeste del telerreformador, en una cueva oculta. Akiko, en la playa, lavaba el arma.

—¿Por qué tenéis que ir a San Diego? —preguntó Kujira.

—Es una larga historia —respondió Ben.

—Me lo puedes contar, viejo.

—Tengo que matar a alguien más viejo aún.

—¿Qué os pasa a vosotros dos con las matanzas?

—Hace mucho tiempo prometí matar a ese hombre.

—¿Es malo?

Ben negó con la cabeza.

—No es peor que cualquiera de nosotros.

—San Diego está vigilado en todo el perímetro.

—Por eso confiaba en que tu madre pudiera ayudarnos. Era la mejor piloto de mechas de los Estados Unidos de Japón, y sé que tenía acceso a uno.

—¿Crees que os habría ayudado sabiendo que ibais a matar a alguien?

—Me habría gustado poder preguntárselo.

Kujira sacó la portical nueva y probó unos cuantos juegos.

—¿De qué va este que se llama *USA*?

—Acaba de salir. Se desarrolla en la Guerra del Pacífico desde el punto de vista de los americanos, suponiendo que hubieran ganado.

Kujira ya se había puesto a jugar.

Ben lo dejó y bajó a la playa. Akiko se estaba limpiando la sangre del cañón del brazo. El olor de la sal se llevaba por delante todos los demás. Las olas arrastraban conchas y guijarros a la orilla.

—¿Se siente mejor? —preguntó Ben.

—Bastante.

—¿Qué hará si llevamos la cabeza de Mutsuraga y no la restituyen en el cargo?

—Aceptaré la muerte si esa es la voluntad del Emperador.

—Sé que la aceptaría. Pero ¿cómo sabría que es su voluntad? Nunca se lo hemos oído decir en persona.

—Los oficiales representan sus deseos por delegación.

—Es usted demasiado inteligente para creer eso.

—Aun así, respeto la estructura.

—Si la respetase, habría acabado muerta gracias a esos dos agentes de la Kempei.

Aquel comentario la irritó.

—¿Adónde pretende llegar?

—Lo que ha hecho antes...

—Lo he hecho por mí. No por el Emperador. Por mí.

—Martha Washington podría habernos ayudado.

—Para empezar, nunca formó parte del plan. Procederemos según lo previsto.

—¿Y todo eso que me dijo anoche?

—Lo decía en serio. Pero lo de hoy ha sido diferente. Esa mujer fue quien hizo que las hormigas se me comieran los brazos.

—Usted había ejecutado a una de los suyos.

—Cumplía órdenes. ¡No quería matar a Jenna! —insistió Akiko con estridencia. A Ben le sorprendió que usara el nombre de pila—. Les dije que era un desperdicio, que se la podría rehabilitar. Pero las órdenes eran inapelables.

—Aunque su muerte fuera inapelable, la forma en que la mató no lo era.

—Deje de fastidiarme con detalles —dijo Akiko con desdén.

—No son detalles. No sabe controlarse.

—Claro que sí. Como decía, esto ha sido una excepción.

—¿Y la próxima vez que la misión esté en peligro y surja otra excepción?

—Nadie más me ha echado a las hormigas.

Ben suspiró.

—No puede venir conmigo —dijo.

—¿Cree que tiene elección? —preguntó Akiko con tono intimidatorio—. «Oh, no me gusta cómo se comporta, la voy a dejar atrás.»

—¿Me está amenazando? —replicó Ben, airado—. Pues ya estoy harto de sus amenazas. ¿Me va a pegar un tiro también? Adelante. —Le aferró el brazo armado—. ¡Dispare!

Akiko lo apartó de un empujón.

—Ya vale, Ishimura.

—Lo digo en serio. Prefiero morir aquí a recibir un tiro por la espalda.

—Sabe lo que me hizo esa mujer.

—Lo que está en juego es más importante que usted y yo.

—Lo sé.

—¿De verdad? —preguntó Ben.

—De verdad —respondió Akiko con firmeza.

Ben estaba a punto de replicar cuando el suelo se estremeció y se oyó un intenso chirrido metálico. Los temblores se hicieron cada vez más fuertes, y un géiser brotó del mar. Una cabeza con forma de jaguar mecánico surgió de entre las olas. Aunque el agua le corría por la cara, la forma era inconfundible: un mecha de la clase Korosu, o quizá de la antigua clase Torturer. Ben sabía que los más antiguos tenían más placas pectorales cuadradas y artillería limitada en los brazos, y que carecían de los cañones láser de los Korosu, pero eran más duraderos y se comportaban mejor

en el combate acuático. En cualquier caso, independientemente de su clase, si quisiera podría aniquilar a todos los
que estaban en la playa en menos de un minuto. Como la
mayoría de los mechas, tenía el cuerpo y los hombros pintados de rojo, como una armadura de samurái. Incluso tenía fundas con espadas eléctricas capaces de cortar edificios
como si fueran tallos de maíz. Por regla general, la tripulación estaba en la cabeza, y unos espejos unidireccionales en
los ojos escudaban el puente de mando. Caminó hacia la
orilla y se detuvo cuando el agua le llegaba a media pierna.
Se oyó un sonido vibrante y la cabeza examinó la playa de
un extremo a otro.

Se abrió una escotilla en el pecho del mecha.

Kujira se acercó a ellos.

—El *Musasabi* —anunció con orgullo.

—¿Hay algún piloto en la isla? —preguntó Ben.

—Tienes delante al mejor piloto de mechas del mundo
—se jactó Kujira—. ¿Crees que en los Estados Unidos de
América la vida era tan buena como la pintan?

—¿Qué quieres decir?

—El juego dice que los americanos vivían en libertad,
que podían pensar o decir lo que quisieran sin miedo a que
los detuvieran o los matasen.

—Creo que la imagen está un poco idealizada —dijo Ben.

—Muy idealizada —puntualizó Akiko.

—Si bastantes personas creyesen en ese mundo, podríamos tenerlo —afirmó Kujira.

—Es improbable —replicó Ben.

—Antes de que el Imperio conquistase medio planeta,
la gente pensaba lo mismo sobre nuestras posibilidades de
victoria —dijo Kujira—. Vamos, os lo enseñaré a bordo de
mi chico.

—¿Vas a llevarnos?

—Mi madre me dijo que estaba en deuda contigo por
algo que pasó hace mucho.

—Era su deuda, no la tuya —dijo Ben.

—Es lo mismo.

—Para mí, no. No me debes nada, Kujira. Si haces esto por mí, quedaré en deuda contigo.

Kujira levantó la portical nueva.

—Mándame los juegos que salgan todos los años y estaremos en paz. —Echó a correr hacia el agua y subió por la escalera de acceso al mecha.

—Mucha gente está en deuda con usted —le dijo Akiko a Ben.

—No llevo la cuenta.

—¿De verdad suplicó a Martha Washington que me perdonara la vida?

—Y si fuera así, ¿qué?

—Es usted un idiota. —Akiko ajustó un cierre del cañón del brazo—. No me ha traído porque seamos amigos. Me ha traído porque... —Hizo una pausa, como evaluando sus palabras—. Porque soy capaz de matar sin piedad ni vacilación. Vamos a acabar con esto; así podremos seguir cada uno por nuestro lado o morir en el intento.

Ben tenía sentimientos encontrados.

—¿De verdad tengo que justificarme ante usted? —preguntó Akiko—. Martha Washington me dejó con vida para humillarme. —Casi sonaba arrepentida.

—Basta de amenazas —declaró Ben. Akiko gruñó un asentimiento.

Ben echó a andar hacia el mecha.

—Es muy poco probable que salgamos con vida de San Diego —dijo.

—Lo sé. ¿El chico será capaz de conducir el mecha?

—Si ha salido a su madre, desde luego.

14.37

—El *Musasabi* es mucho más avanzado que ninguno de los mechas en los que fui en San Diego, y este puente es realmente cómodo —dijo Ben.

—Ahora son así todos —dijo Akiko.

—No vio los viejos pozos con tuberías por todas partes y chorros de vapor que daban en la cara.

La sala era circular y Kujira estaba en el centro, con cables conectados a los músculos, sintonizados para recibir y amplificar la actividad nerviosa. La tensión de controlar el mecha ocupaba casi toda su atención, y la tripulación del puente, compuesta de porticales con ruedas, se encargaba de casi todas las demás actividades, incluido el manejo de los sistemas de regulación y mantenimiento. Se desplazaban rodando, aunque disponían de hélices por si necesitaban volar, y se aseguraban de que todo estuviera en su sitio. Ben y Akiko estaban en los asientos que flanqueaban la estación de radar. Era el puesto del general, ya que recibir un mecha era un privilegio excepcional para cualquier oficial. Las dos sillas adyacentes eran para sus edecanes. El *Musasabi* avanzaba en modo sumergible: flotaba horizontalmente como un barco, con la cabeza girada hacia arriba para actuar como la torre de un submarino. Kujira comía piña de una lata, descansando mientras la portical pilotaba hacia San Diego.

—En los Estados Unidos de Japón siempre hacen falta buenos pilotos de mechas —le dijo Akiko a Kujira—. ¿Por qué no te alistaste?

—¿Para ser un lacayo? ¿Para besar el culo a los superiores que se llevarían mi mérito? ¿De qué sirve? —Se acabó la lata y la tiró al suelo; una portical circular entró y la recogió—. Aquí soy mi propio jefe y no tengo que partirme el espinazo trabajando para idiotas.

—Nunca has estado en el Ejército. Es muy difer...

—Mi madre me contó todo lo que me hace falta saber —dijo Kujira con una risilla—. ¿Crees que nunca hemos pisado los Estados Unidos de Japón? Siempre están intentando reemplazarnos. Primero con homúnculos, que no valen para nada; luego, con pilotos más baratos. Visitamos una base de Vancouver con un montón de reclutas que creían que podrían pilotar mechas. La mayoría se mataba a trabajar y conseguía llegar a la tripulación auxiliar en el mejor de los casos. Escatimaban en la construcción de los mechas, y no eran capaces de plantar cara a un auténtico luchador. Los oficiales al mando eran unos estirados que solo se preocupaban por sus ascensos y ni siquiera reconocían el mérito a quienes lo merecían, y todo el mundo aguantaba los abusos. Sí, señor, sí, señor, sí, señor, gracias, señor. Mi madre me dijo que podía volver allí cuando quisiera, pero preferiría comer mi propio vómito.

Volvió a concentrarse en manejar el mecha. Akiko se volvió hacia Ben.

—¿Está de acuerdo con él?

—La burocracia es una mierda —respondió encogiéndose de hombros.

—Podemos utilizarla o dejar que nos utilice.

—Ojalá supiera utilizarla mejor —replicó Ben—. El alto mando tenía manga ancha con la madre de Kujira porque era una piloto excelente, aunque siempre decía exactamente lo que pensaba.

—¿Y usted?

—Yo me guardaba mis pensamientos.

—Quizá por eso no lo tomaban en serio.

—Cuando decía a mis superiores lo que pensaba, lo único que conseguía era meterme en líos. ¿A usted le fue mejor con los suyos?

—Hasta la Tokko tiene burocracia y un sistema jerárquico basado en la antigüedad. —Akiko siguió con la mirada una portical circular—. No me gustaba. Me educaron en la creencia de que lo único que importaba era el mérito. A mi padre le daba igual la procedencia de la gente mientras trabajase duro.

—¿Tampoco sabe que está en la Tokko?

—Igual que mi madre, cree que trabajo en una empresa asociada al cuerpo diplomático del Ejército.

—¿Por qué se lo oculta? —Akiko entrecerró los ojos.

—Para protegerlos y evitar que se preocupen por mí. —La respuesta fue demasiado rápida para resultar convincente—. Mi padre cree firmemente en el *bushido* tradicional. Por las mañanas, cuando se levanta, prende incienso en honor del Emperador. Por las noches me hablaba de su divinidad; decía que era descendiente de Amaterasu, la diosa del sol, y que deseaba la paz para toda la humanidad. Es incapaz de entender que algunos aspectos del *bushido* no funcionan en un mundo como el nuestro. —Tensó los brazos y apretó con fuerza el lateral del asiento; Ben se dio cuenta de que estaba inquieta—. ¿Hay alguna forma de saber si están bien?

—Claro —dijo Ben—. ¿Cómo se llaman?

Akiko se lo dijo. Ben realizó un par de verificaciones antes de confirmar:

—De momento no les ha pasado nada, y no he visto que nadie los mencione.

—Gracias. —Akiko suspiró aliviada.

—Si tenemos éxito, volverá como heroína de guerra y podrá decir a sus padres a qué se dedica en realidad.

—Si fracasamos, lo descubrirán de la peor manera posible.

—¿Hay alguien en el mundo a quien no tengamos que mentir?

Akiko lo rumió un momento.

—A nosotros mismos.

—Casi todo el mundo se engaña —dijo Ben.

—Casi todo el mundo se engaña —confirmó Akiko.

15.14

Ben meditó sobre Mutsuraga y el pasado, y sobre la venganza personal que había modelado el destino de no solo unos cuantos individuos, sino de una sociedad entera. ¿Cuántas guerras se habían librado por rivalidades personales? ¿Cuántas masacres eran el resultado de circunstancias individuales?

—Eh, viejo. Llegaremos a la isla de Coronado en diez minutos —dijo Kujira con la boca llena de frutos secos. Coronado estaba justo al oeste de San Diego. Kujira se puso a comer salchichas crudas y preguntó—: ¿Tenéis hambre? Estos perritos de pavo están muy buenos. —Ben y Akiko asintieron. A Ben le pareció que las salchichas sabían a botas de goma parcialmente congeladas—. A mi abuelo le encantaban. Me los daba todo el tiempo; decía que eran una buena fuente de energía para pilotar. Siempre me he preguntado por qué se llaman perritos cuando no llevan nada de carne de perro.

—¿Tu abuelo conducía mechas? —preguntó Ben.

—Fue piloto de Zeros en la Guerra del Pacífico. Decía que cuando estaba en el aire y veía un piloto americano sabía de inmediato cómo era de bueno. Memorizó las estrellas; me dijo que había que tener ojos en la nuca e incluso le cortó a su avión la estructura de la antena para ganar un nudo extra. Yo también he hecho unas cuantas modificaciones en mi chico, y normalmente adivino el nivel de un piloto en cuanto me enfrento a él. Mi madre y yo hacíamos *sparring* en Catalina algunas noches.

—¿*Sparring*?

—Combates de mechas. Hay un puñado de modelos viejos almacenados en Catalina, muy resistentes; fabricados para durar, no como esas mierdas que hacen ahora. A veces, sus antiguos compañeros pilotos se acercaban y nos batíamos en...

De repente sonó la alarma, y el mecha ascendió con rapidez al tiempo que se ponía en pie. Estaban bastante cerca de la orilla para que el agua le llegase por la cintura. Kujira también se había levantado, y los cables que tenía conectados al cuerpo zumbaban. El sistema de navegación reproducía exactamente sus movimientos, y el vidrio que lo rodeaba mostraba diversos indicadores y datos de combate.

—¿Qué ocurre? —preguntó Kujira.

—Ocho *bogeys* —respondió la portical con una voz sintética femenina que se parecía a la de Kujira madre—. Designación EUJ.

—Guau. Eso se sale de la tabla. ¿Qué está pasando ahí fuera? —dijo Kujira.

Ben se levantó.

—¿Algún problema?

—No sabía que tuvieran una red de seguridad tan fuerte a esta distancia de la costa. Parece que se está reuniendo un ejército en el perímetro, y también hay barcos de guerra. He andado arriba y abajo por esta costa cientos de veces y nunca he visto nada parecido.

Ben tampoco.

—¿Quién es usted? —atronó una voz por el comunicador.

—Identifíquese —preguntó Kujira a su vez.

—General Itoh, de la Decimoquinta. Se encuentra en una zona de acceso estrictamente limitado. ¿Con quién está?

A través del cristal verde de los ojos, Ben vio que cuatro mechas salían del agua. Por detrás se acercaban otros cuatro. Estaban rodeando al *Musasabi* con una formación en pinza. En San Diego, los mechas no tenían más rival que los biomorfos, muy difíciles de controlar. Incluso los ataques kamikaze de los Estados Unidos de Japón eran inútiles, pues las gruesas placas de blindaje de los mechas los hacían inmunes a cualquier cosa por debajo de una bomba atómica. Al ver a aquellos ciclópeos guerreros disponiéndose para el combate, Ben lanzó una mirada a Kujira. Akiko también lo estaba observando. El piloto, sin mostrar emoción alguna, terminó de comerse la salchicha.

—¿Qué quieres que haga, viejo? —preguntó con la boca llena.

—La Decimoquinta es el batallón personal de la gobernadora Ogasawara, ¿verdad? —preguntó Ben.

—He oído hablar de Itoh —dijo Akiko—. Se dice que está entre los mejores pilotos de mechas.

—Pronto vamos a ver si es tan buena —dijo Kujira.

—¿Qué alternativas tienes? —preguntó Ben.

—Luchar o huir. No; corrijo: si intentamos huir, nos destrozarán.

—No podemos enfrentarnos a ocho mechas, ¿verdad?

—Ataos los cinturones —ordenó Kujira. Ben y Akiko obedecieron.

El *Musasabi* colocó las manos mecánicas sobre la cabeza, con los codos hacia delante como una lanza. Giró sin moverse del sitio y cargó contra los cuatro que se le acercaban por detrás, que se apartaron rápidamente. El *Musasabi* no dejó de correr, huyendo de los ocho. Por el comunicador resonó una risa burlona.

—¿No tienes honor? —gritó Itoh, regodeándose en aquel acto de cobardía.

Los otros mechas emprendieron la persecución.

—¿Qué hacemos? —preguntó Akiko.

—Correr —dijo Ben.

—No me diga que este también sigue su estrategia de juego —gruñó Akiko.

El *Musasabi* surcaba el agua a gran velocidad. Kujira soltó una risita y murmuró:

—Seguidme, seguidme, seguidme, seguidme, seguidme.

Los giróscopos mantenían el puente razonablemente estable, aunque la carrera por el mar fue dura para Ben incluso con el cinturón de seguridad puesto, pues no estaba habituado a aquellas sacudidas frenéticas. Justo ante ellos se alzaba una isla. Se trataba de una construcción laberíntica, anomalías metálicas que sobresalían como *piercings* errantes. En cierto modo parecían pinceladas aleatorias soldadas en un conjunto. Las estructuras caprichosas solo tenían en común una altura impresionante, destinada a albergar un mecha. El puente entero apestaba a gasolina quemada, con los órganos internos en combustión.

—¿Qué es eso? —preguntó Ben.

—La base Susano, una zona de prueba de mechas —explicó Kujira—. Ahí comprobaban el desplazamiento y el equilibrio. La abandonaron hace tres años por culpa de los recortes presupuestarios y la noticia de que los nazis volvían a centrar su atención en Tejas.

Kujira condujo el *Musasabi* hasta la entrada del laberinto, que era estrecha y solo permitía a los mechas pasar de uno en uno. Tan pronto como la atravesó se desvió a la izquierda y se agazapó. La marca térmica de tres mechas hostiles se iba acercando. En cuanto el primero entró en el laberinto, Kujira desenvainó la espada eléctrica y le golpeó la placa pectoral. El impacto, combinado con la velocidad de la carga del adversario, tuvo como resultado un sonoro estallido que lo obligó a retroceder. Ben supo que si no se hubiera puesto el cinturón habría salido volando hasta el techo. Kujira levantó el hombro, cargó contra el mecha y lo hizo caer contra el que le seguía los pasos. El segundo mecha llevaba la espada desenvainada y electrocutó al que le caía encima. Kujira retiró su espada, giró y se quitó de en medio. Una explosión dañó gravemente los dos mechas atacantes y obstruyó la vía de entrada. El humo se arremolinó en torno a ellos, y el fuego se cebó en las armaduras.

—¡Zumo de huevo! —pidió Kujira. La portical circular le llevó un vaso grande con una docena de yemas, y Kujira lo vació de un trago—. Estos pilotos entrenados en Vancouver no son tan buenos como los de antes.

Condujo el *Musasabi* por el laberinto hasta llegar a una serie de construcciones semejantes a torres y empezó a escalarlas lentamente; con cada movimiento temblaba toda la estructura. Las articulaciones de los dedos se enganchaban en los orificios de la espiral, con leves movimientos que habrían aplastado cualquier materia orgánica. A cien metros de altura, Kujira miró por una abertura lateral desde la que se podía observar la isla entera. Una columna de humo ocultaba la puerta, pero podía ver que cuatro mechas circundaban la base en busca de otra entrada.

Kujira se sentó, y los cables que lo rodeaban se apagaron.

—Voy a dormir un poco. Despiértame cuando consigan abrirse paso —ordenó a la portical.

—¿Cuánto tardarán? —preguntó Ben.

—Por lo menos quince minutos —respondió Kujira mientras se hurgaba entre los dientes. Después se durmió.

Ben volvió a mirar hacia la entrada. Dos mechas intentaban derribar el muro, sin mucho éxito.

—¿Qué ocurre? —preguntó Akiko.

—Creo que tendrán que volar los dos mechas averiados que bloquean la entrada.

—Pero la tripulación...

—Una misión de rescate para sacarla de ahí llevaría horas. Probablemente la sacrificarán para poder entrar cuanto antes.

Las porticales del *Musasabi* estaban en alerta máxima, comprobando los escáneres sin cesar. En su asiento, Kujira roncaba.

Los mechas estaban intencionadamente desconectados de la *kikkai* eléctrica para quedar aislados de cualquier intento de control externo. Ben se preguntó qué podría predecir una simulación si se introdujeran los parámetros actuales: un mecha contra los seis restantes.

—¿Es normal que duerma así?

—Para un piloto, sí —dijo Ben—. Así descansan los nervios, ya que nunca saben cuándo podrán volver a dormir otro rato. He oído hablar de pilotos que perdieron la cabeza después de pasarse una semana entera enganchados al mecha.

Kujira disfrutaba del reposo. Un hilo de saliva le caía hasta el hombro.

Se produjo una intensa explosión seguida de una columna de humo.

—Han destruido los mechas —le comunicó la portical.

Kujira parpadeó. Echó un vistazo a los escáneres y comprobó las huellas térmicas.

—Dieciséis mamones muertos porque su jefe no tiene ni idea de táctica básica.

Uno tras otro, los seis mechas restantes se abrieron paso entre los dos cadáveres. Nadie lloraba a las máquinas.

Kujira sacudió la cabeza atolondradamente.

—A bailar, a bailar, uno, uno, dos, cuatro, uno, uno, tres, cuatro.

El *Musasabi* se soltó de la torre, cayó a plomo y aterrizó de pie con elegancia a pesar de abrir un cráter. Cargó la espada y la clavó en el suelo. No se hundió a la primera, y Kujira mantuvo la presión con ambas manos en la empuñadura, empujando con toda la fuerza del mecha. Era como cortar una montaña con un cuchillo. Mientras, seis máquinas letales se dirigían hacia ellos.

—¿Qué haces? —preguntó Akiko.

—El estabilizador central está justo debajo. Si lo alcanzo, se hundirá la isla entera —explicó Kujira.

«¿Queremos que pase eso?», estuvo a punto de preguntar Ishimura, pero se lo pensó mejor.

El *Musasabi* levantó el brazo izquierdo. Los dedos giraron hacia abajo, y se retiraron ocho placas de los nudillos. Por el orificio salió un cañón y cargó el pulso magnético antes de lanzar un chorro de balas contra el suelo. La superficie cedió y empezaron a abrirse grietas. Kujira levantó la espada con la mano derecha, volvió a clavarla y rompió el suelo por fin.

—Vamos, vamos, vamos —animó, sacudiendo las manos rápidamente.

El *Musasabi* perforó el núcleo y lo desgarró. La isla entera tembló, se sacudió y empezó a hundirse. El terreno iba cubriéndose de agua de mar.

—¿Activo el autoequilibrio? —preguntó la portical principal como medida de precaución.

—Tonterías —dijo Kujira—. ¿Tenemos pinta de aficionados? Que lo activen esos monos entrenados en simulaciones. Los haremos pedazos y no serán capaces de reaccionar.

—¿De qué habla? —preguntó Akiko.

Ben se lo pensó un momento.

—El sistema de autoequilibrio compensa cualquier movimiento. Si está activado y hay una sacudida repentina, como un ataque, reacciona en sentido contrario a lo que indique el piloto.

—¿Y no lo saben?

—Por lo que tengo entendido, en Vancouver han recortado el presupuesto y casi todos los recién alistados se entrenan con simuladores. No tienen experiencia real de combate, pero así ahorran dinero a los Estados Unidos de Japón. En el alto mando creen que se puede subcontratar fácilmente el pilotaje.

—Todos aceptan mentiras como verdades —dijo Kujira— porque son unos cobardes. Nadie lucha contra la locura colectiva. Hasta los veteranos tienen demasiado miedo para luchar por sus derechos.

Los otros mechas tenían un aspecto similar al del *Musasabi*, pero el mecha personal de la general Itoh lo sobrepasaba en una cuarta parte, con hombreras carmesí y un penacho de titanio color lavanda en lo alto del casco. Llevaba púas curvadas en ambos brazos y armamento adicional en el cinturón. Las manos eran completamente negras, por lo que parecía que llevaba guantes de cuero.

La voz de Itoh se oyó por el comunicador.

—No sé quién es, pero si no se desconecta de inmediato, desmontaré personalmente ese montón de manteca y fundiré hasta la última pieza para hacer chatarra.

Kujira rio entre dientes.

—Puedes intentarlo, Itoh —dijo, y apagó el comunicador.

Itoh dividió los mechas en tres parejas para atacar al *Musasabi* desde tres ángulos diferentes. Ben esperaba que Kujira se retirase en busca de una posición más fácil de defender, pero el mecha siguió inmóvil, o tan inmóvil como podía estar teniendo en cuenta que la isla entera se sacudía y se sumergía en el mar. El agua llegaba por las rodillas. Kujira movía los controles sin parar para mantener el equilibrio, ajustando, compensando, retorciendo, como si caminara por la cuerda floja. El hundimiento de la isla no era lento y uniforme; se parecía más a un galope irregular: se inclinaba creando una pendiente y de repente daba una sacudida y oscilaba hacia el lado contrario. El olor del combustible y el agua de mar se hizo más intenso, un aroma acre que en la nariz de Ben resultaba exacerbado al mezclarse con el del sudor. Se agarró al cinturón cuando aumentaron las sacudidas. El *Musasabi* realizaba un esfuerzo agotador solo para mantenerse en el sitio.

El primero de los mechas pequeños cargó contra el *Musasabi* con una lanza. A la vez, otro atacó por el flanco derecho con una espada eléctrica. Kujira la bloqueó con la del *Musasabi* y se las arregló para aferrar al mismo tiempo la lanza que se acercaba por el otro lado y desviarla hacia el otro mecha. Tres torretas del pecho lanzaron un torrente de balas contra la rejilla de ventilación del mecha atacante, que se negaba a soltar la lanza. Los respiraderos se cerraron de inmediato, y un momento después, los reguladores hidráulicos de la columna vertebral dejaron de moverse. Kujira levantó el pie derecho, lo estampó contra el pecho del adversario de la espada y lo lanzó hacia atrás, aunque los compensadores de equilibrio impidieron que las piernas cayeran de la forma esperable en condiciones normales, por lo que la parte superior del cuerpo se sacudió y rebotó de forma cómica. La máquina parecía un contorsionista. El *Musasabi* se limitó a blandir la espada, a la espera de que el otro mecha se autoequilibrase y cometiera una especie de *seppuku* al recuperar la postura inicial. Indefectiblemente, el mecha se ensartó en la espada del *Musasabi*; el generador central del sistema de autoequilibrio lo obligó a enderezarse aunque ello supusiera destrozar el casco contra el filo de la hoja enemiga. El atacante de la lanza tenía una movilidad limitada mientras el equipo de reparación intentaba arreglar el sistema hidráulico de la columna vertebral. No tenían mucho tiempo, pero justo cuando el *Musasabi* estaba a punto de asestar el golpe de gracia, otro mecha lo atacó por la espalda.

Los movimientos de Kujira eran tan veloces que a Ben le pareció que estaba viendo una película de portical en avance rápido. Tenía una expresión concentrada, aunque traslucía también un regocijo inconfundible. El campo de batalla era su lienzo. Un mecha de puños enormes conectó en la parte izquierda del pecho del *Musasabi* un gancho que afectó a los circuitos de la cadera izquierda. El *Musasabi* estuvo a punto de caer a un lado, pero en el último momento se las arregló para detener la caída con los impulsores y apoyarse en el muro. Mientras recuperaba el equilibrio, el *Mangusu*, el mecha personal de Itoh, lo golpeó con un mangual. La cadena se enroscó en el brazo del *Musasabi* y lo partió en dos; la extremidad, desde el codo, se desprendió y cayó. Las luces de emergencia tiñeron de rojo el puente de mando.

—¡Apaga eso! —ordenó Kujira a la portical—. Eh, viejo.

—¿Sí? —dijo Ben.

—Tu socia y tú tenéis que ir a la cápsula de salvamento.

—¿Por qué?

—San Diego no está lejos, y yo voy a hacer algo arriesgado. Si no sale bien, esto estallará. Solo puedo daros un minuto.

—¿Y tú?

—Yo me quedo.

—Dices que si no sale bien, el mecha estallará.

—¿Y qué?

—Que morirás.

—Mejor morir aquí que ahí fuera. Esto me lo regaló mi madre. No lo puedo abandonar.

—Pero...

—Os quedan treinta segundos.

Ben le hizo una reverencia.

—Intenta sobrevivir.

—No te preocupes. Si caigo, me los llevaré a todos por delante.

Akiko y Ben corrieron a la cápsula de salvamento, una vaina tubular con dos asientos. Se ataron los cinturones y accionaron la palanca. Los cohetes de la cápsula la lanza-

17.53

—San Diego-Tijuana era una de las ciudades más prósperas de los Estados Unidos de Japón —explicó Ben—. Recibía millones de turistas.

Habían salido de la cápsula de salvamento y lo único que alcanzaban a ver era tierra pelada con alguna que otra ruina. No había árboles ni flora de ningún tipo. Tenía un aspecto tan desolado como Catalina; la única diferencia eran los amasijos de chatarra y las paredes hechas escombros.

—¿A qué distancia estamos de la ciudad? —preguntó Akiko, pálida y sudorosa.

Ni siquiera Ben, que había presenciado la destrucción de San Diego, podía ocultar la impresión.

—No lo sé. El Imperio no usó aquí armas atómicas; no entiendo por qué está todo tan devastado.

—Probablemente por la combinación de bombardeos aéreos y tropas de choque dedicadas a arrasar cualquier cosa con pinta de oponerse a los Estados Unidos de Japón. La muralla que rodea San Diego impidió cualquier actividad de reconstrucción —aventuró Akiko.

—Antes había casas, edificios grandes, museos y todo lo que se pueda imaginar, de aquí a Los Ángeles, al norte. —Ben dejó vagar la vista por un pasado fosilizado.

Akiko se inyectó un potenciador de esteroides, y el alivio físico que le proporcionó fue más que evidente. Su rostro recuperó el color.

—¿Eso es seguro? —preguntó Ben.

—Provisionalmente, pero solo me quedan unas cuantas dosis. ¿Qué plan tenemos?

Ben contempló el desierto en silencio.

—Albergaba la esperanza —dijo al fin— de que el mecha nos llevase directamente al sitio donde podríamos encontrar a Mutsuraga.

—¿Y dónde está?

—Con el Congreso. —Ben alzó la portical—. Cuando le di los códigos de acceso a Martha Washington, le robé todos los datos de la portical. Tengo información detallada de prácticamente todos los que están allí.

—¿Qué hacemos ahora?

—No lo sé. No lo sé... —Abrió la portical e introdujo órdenes nuevas. Suspiró unas cuantas veces, frustrado—. No hemos llegado tan lejos para que nos detengan ahora. Esto no lo había planeado en la simulación.

—¿Simuló todo esto?

—Todo lo que puedo, siempre. Se suponía que llegaríamos hasta el Congreso en el mecha y obligaríamos a sus miembros a parlamentar. Después recogeríamos a Mutsuraga y volveríamos. Como los George Washingtons no tienen mechas, el pronóstico de éxito era del setenta y ocho por ciento. Pero ahora no tengo ni idea. Maldita sea. Necesito nuevos datos para las nuevas variables. —Intentó modificar las órdenes, pero aquello lo irritó más aún—. No tengo mapas actualizados de San Diego. Esto es ridículo. No me puedo creer que estemos atascados aquí. ¿Cómo pude ser tan idiota? ¿Por qué no preparé un plan de contingencia por si nos encontrábamos con mechas de los Estados Unidos de Japón? El...

—Tranquilícese.

—Estoy tranquilo.

—No lo parece.

—No sé qué hacer.

—¿Ha oído hablar de la improvisación? —preguntó Akiko.

—He probado a introducir parámetros nuevos.

—Inténtelo sin la portical.

—¿Cómo? Los cálculos humanos son imprecisos y propensos a errar.

—¿Qué tal si se presenta ante uno de los guardias y le pide que lo lleve ante Mutsuraga? —propuso Akiko.

—Lo haría si pudiéramos dar con uno. Ahora mismo no tengo ni idea de dónde estamos respecto al Congreso.

—Los George Washingtons tienen que haber visto la cápsula de salvamento. Mandarán a alguien a investigar.

—¿Cómo está tan segura?

Akiko estaba observando por la mira del brazo armado y vio a lo lejos indicios de que se acercaba un automóvil.

—Considérelo un presentimiento. ¿Tiene escáner térmico en la portical?

—Sí.

—Ajústelo para buscar vehículos.

Ben comprobó el escáner y descubrió huellas térmicas que identificó como automóviles.

—¿Son americanos?

—¿Qué van a ser si no, a este lado de la muralla? —replicó Akiko—. ¿Puedo seguirle el rastro de alguna manera?

—¿Por qué?

—Dialogue con ellos. Intente que lo lleven ante Mutsuraga. Después lo sacaré.

Ben volvió a examinar la portical.

—¿Cómo llegará hasta mí?

—Ahí hay coches de gasolina. —Akiko señaló cuatro amasijos de chatarra—. Mi padre trabajaba con ellos y me las apaño bastante bien con un motor. Dé con Mutsuraga e iré a buscarlo en el momento oportuno.

—Pero...

—No tenemos tiempo para discutir. O seguimos mi plan, o esperamos a que lleguen los americanos e intentamos capturar a uno y matar a los demás. —Ben seguía dudando, y Akiko añadió—: Voy a esconderme en los coches. ¿Cómo puedo rastrearlo?

Ben le dio una portical.

—Aquí aparecerán mis coordenadas.

—¿No le hace falta?

—Siempre llevo unas cuantas de reserva. Esta tiene una llave digital; quizá sirva para poner en marcha coches antiguos.

—¿Se las podrá arreglar? —le preguntó Akiko con voz seria.

—No tengo muchas alternativas.

—Ishimura —dijo con más empatía—, esto no es una simulación. Si no estoy a su lado para matar...

—Soy capaz de arreglármelas.

—Pero si se encuentra con los George Washingtons y son hostiles...

—¿Le preocupa que no pueda defenderme?

—Me preocupa que no pueda matar.

—El día que denuncié a mis padres —dijo Ben frunciendo el ceño— se pegaron un tiro. Los soldados les cortaron la cabeza para exhibirla en público. Cada vez que intentaba decapitar a un prisionero en las prácticas para oficial, aquella imagen me volvía a la memoria. No se preocupe. Puedo matar si hace falta.

La mirada de Akiko perdió parte de la dureza.

—No estaré lejos —dijo.

—Gracias.

Se escondió justo cuando llegaban los viejos jeeps militares. Los americanos olían como si no se hubieran lavado en varias semanas. Aunque no era raro que en un grupo hubiera diversas etnias, a Ben le extrañó ver tan pocos japoneses. Casi todos llevaban ropa vieja, recosida y parcheada con cualquier tejido disponible. La mitad de los americanos llevaban la cabeza rapada, y algunos lucían las pelucas blancas características de los George Washingtons.

—¿Adónde crees que vas? —preguntó un americano. Era de la altura de Ben y llevaba un traje caqui y una gorra de béisbol. Tenía una nariz exageradamente grande y unos ojos saltones como los de un insecto.

—Vengo a ver al general Mutsuraga —respondió Ben.

—¿Quién es ese?

—El hombre que diseñó el juego *USA*. Martha Washington me dijo que estaba con los George Washingtons.

—¿De dónde sales?

—He huido de las fuerzas de los Estados Unidos de Japón. Me habían atacado.

—¿Tienes nombre?

—Beniko Ishimura. Mutsuraga me conoce.

Los recién llegados se pusieron a debatir qué hacer. Ben hizo lo posible para no mirar hacia el escondite de Akiko. Al final, alguien dijo:

—Es el tipo que mencionaba Martha en su mensaje.

—¿Estás seguro?

—Antes de que la atrapasen nos dijo que alguien venía hacia aquí.

Le hicieron sitio en la parte trasera del jeep.

18.39

Condujeron durante veinte minutos hasta llegar a una carretera llena de edificios derruidos. Una muchedumbre de americanos en la miseria se apiñaba alrededor de bidones de aceite y formaba glóbulos de actividad que parecían desvanecerse cada vez que Ben volvía la cabeza. La mayoría de las paredes tenían pintadas con palabras que no reconocía. La ciudad estaba formada por edificios cuadrados que eran básicamente chabolas, erigidas sin prestar ninguna atención a la estética. Las calles separaban los bloques en mazacotes irregulares, y de vez en cuando aparecía algún edificio más alto, como uno que parecía un santuario sintoísta y otro que era idéntico al instituto al que había asistido, ambos en muy mal estado. Frente a la escuela habían ahorcado a tres soldados de los Estados Unidos de Japón. Dos eran asiáticos; el de la izquierda incluso se parecía vagamente a Ben, aunque le habían cortado las manos y los pies. La tercera era una mujer que llevaba un uniforme ensangrentado. Parecía más una estatua de cera que alguien que hubiera servido al Imperio. Los cadáveres aún estaban frescos y giraban sobre sí mismos.

Cruzaron un puente roto sostenido por puntales. Había pilas de grava que intentaban llamar la atención, pero nadie les hacía caso. El territorio estaba salpicado de ascensores de carga de cereales y graneros que nadie había usado en años, y la hierba crecía contra corrales que solo contenían aire y sangre. Los americanos se detuvieron ante un edificio de cuatro plantas. Unos andamios intentaban ocultar viejos lanzamisiles antiaéreos y cañones de artillería guardados tras las ventanas sin cristales. Eran armas robadas hacía un decenio a los Estados Unidos de Japón, instaladas como defensa contra ataques enemigos; modelos antiguos que ofrecían una seguridad mínima contra las incursiones de la *kikkai*. Ben abrió la portical para ver si podía acceder a los sistemas de control de los lanzamisiles.

—¿Qué haces? —preguntó un americano.

—Mirar la previsión meteorológica —respondió Ben. Para su sorpresa, no intentaron impedírselo—. ¿Adónde vamos?

—Al Congreso.

Una mujer embarazada daba de mamar a un bebé mientras jugaba al *USA* con la portical. Cinco adolescentes intercambiaban trucos para vencer a más soldados japoneses. Una fila de desconocidos competía en una partida de *USA* de todos contra todos. La mayoría de los americanos habían sucumbido a las cadenas invisibles de portical que los enlazaban con una historia alternativa en la que eran los vencedores en una tierra de libertad.

El salón del Congreso era una estancia en ruinas que conservaba el lustre de la respetabilidad. No se veían elementos decorativos ni marcas que revelasen su función, aparte de una gran bandera americana. Había un centenar de personas sentadas en círculo, agarradas de las manos y entonando rezos. Estaban en duelo por alguien, y la mezcolanza caótica de voces creaba un coro discordante que saltaba de la elegía al panegírico. La poesía de aquella religión se templaba con la esperanza que emergía de la marea de las circunstancias. Los ataúdes vacíos representaban a los camaradas caídos. Ben sabía que los líderes adoptaban el nombre de personajes históricos. Cuando uno caía, otro ocupaba su lugar. Aquel George Washington, el décimo desde que empezó el conflicto una década atrás, era un negro que había perdido la pierna izquierda en un accidente minero de La Jolla, si Ben recordaba correctamente los informes. Tenía una mirada taciturna y la mandíbula rígida como recuerdo de la vez que lo habían molido a palos en los Estados Unidos de Japón. Bajo aquella máscara de sufrimiento se ocultaba una inteligencia que observaba a Ben con una mezcla de curiosidad y desconfianza. Al lado de Washington estaba alguien que Ben supuso que sería Abraham Lincoln, un integrante de su «Congreso». Llevaba una máscara que necesitaba para respirar después de que un ataque con gases venenosos le destrozara los pulmones. Se decía que dio caza a los soldados que lo habían dejado en aquel estado, les arrancó los pulmones y los guardó en tarros como recuerdo.

—Jesucristo murió en la cruz por vosotros —rezaba George Washington—. Y casi dos mil años después, Yillah, la hija de Cristo, vino a rescatarnos de nuestras iniquidades. La Parusía prometida ha tenido lugar. Jesús volvió para salvar a aquellos que confiaban en Él. Sin Dios, el mundo cayó en la desesperación, y el Eje explotó el mundo que Dios había abandonado. Miles de millones fueron asesinados. Caímos. Pero porque Él es misericordioso, porque Él no quiso que quienes habían quedado atrás cayeran sin esperanza en manos del enemigo, envió a Yillah para volver a guiarnos, para darnos una segunda oportunidad de salvación. Era una americana que prometió liberarnos de la tiranía de la Alianza del Eje, pero solo si confiábamos en Dios. Debemos creer en Ella para que nuestras almas se liberen del fuego infernal de la existencia. Si creemos, si tenemos fe, recibiremos la salvación, el Tercer Advenimiento, con Jesús y Yillah juntos. Pues Dios es a la vez hombre y mujer, humano y deidad. Nuestro Señor nos enseña que la fe trasciende la historia, el género, la raza, la cultura e incluso la muerte.

Señaló la pierna que le faltaba y continuó.

—Después de perder la pierna, creí con certeza que iba a morir. El Imperio me castigó brutalmente, me golpeó, hizo todo lo que pudo para borrar de mí cualquier rastro de humanidad. Pero me aferré a la fe. Rogué a Yillah que me socorriera. Ella estaba a mi lado; ella me liberó del dolor. Y más tarde, cuando me rescataron y cuando, poco después, tuve a mis captores a mi merced, recé por ellos. Recé para perdonarlos antes de ejecutarlos. «Poner la otra mejilla» solo sirve para las bofetadas físicas; solo funcionaba en los tiempos anteriores al Segundo Advenimiento. Contra las armas, las bombas y las prácticas más inhumanas jamás concebidas, debemos protegernos. Debemos convertirnos en los instrumentos de la venganza de Dios. Yillah no es como Cristo, que se dejó matar. Su concepción...

Mientras hablaba, George Washington dirigía a Ben una mirada compasiva e invitadora. Abraham Lincoln inspiraba profundamente con su máscara, esforzándose por captar aire. Demasiadas caras americanas tenían expresiones melifluas, ajenas y hostiles.

—¿Sabes cuál es la frase más importante de la Biblia? —preguntó George Washington de repente, dirigiéndose a Ben. Todo el mundo volvió la vista hacia él. Ben se encogió de hombros.

—No tengo ni idea.

—«Jesús lloró.» Dos palabras. Así de sencillo. Aparece justo después de que su buen amigo Lázaro muriese y Él viera a todos los que lo rodeaban postrados en duelo. Es un momento simbólico, la metamorfosis de un dios que evoluciona del creador implacable que no tiene idea de hasta qué punto sufre su creación a un dios encarnado en hombre, lleno de empatía y pesar por las aflicciones de la humanidad. Independientemente de cuáles hayan sido nuestro entorno, nuestras creencias pasadas y nuestros pecados más graves, esa frase representa todas las dificultades que afrontamos. Es la trinidad en el interior de cada individuo, la capacidad contradictoria de ser creador, destructor y salvador. También es el reconocimiento de que siempre que se toma una decisión sufre alguien. Si Jesús no se hubiera retrasado, Lázaro no habría muerto. No odio a los Estados Unidos de Japón. Simpatizo con ellos, incluso mientras los combato. —A Ben no le importaba demasiado la religión y escuchó dubitativo, preguntándose por qué George Washington perdía el tiempo echándole un sermón—. Sé que no crees en Dios, pero te agradecería que rezaras con nosotros.

—Mi dios vive en Tokio —dijo Ben.

—Tu dios desea tu muerte. Mi dios quiere tu salvación y te bendice. —Cerró los ojos y bajó la cabeza—. Padre y Madre que estáis en los cielos, os agradecemos que nos hayáis traído a estos peregrinos sanos y salvos y os alabamos por...

Mientras los americanos rezaban, a Ben le sorprendió que parecieran tan convencidos, tan anhelantes, tan ansiosos por alcanzar la salvación. Aquel George Washington creía de verdad que con solo hablar entraba en una especie de comunión con un ser sobrenatural. Le recordaba a Claire. Ben ni siquiera creía en el *Tenno*, el Supremo Emperador Celestial, pero tampoco tenía fe alguna en el dios americano al que mataron los romanos miles de años atrás, ni en Yillah, muerta hacía bastante menos a manos de los nazis. Sabía que los sucesivos George Washington habían ordenado la muerte de un sinnúmero de sus compatriotas.

—Oramos en nombre de Jesús y de Yillah, amén —concluyó George Washington—. Este es un día de lamentaciones y de celebración para nosotros. ¿A qué has venido?

La hostilidad que rodeaba a Ben era palpable.

—Busco al general Mutsuraga —respondió.

—En el aniversario de nuestra gran derrota buscas a aquel que nos infunde esperanzas, el sueño de un mundo en el que se derrotó a los conquistadores. ¿Por qué no te unes a nosotros? Sin duda, nuestro mensaje te llegará de alguna forma. Cree en el Padre, en el Hijo, en la Hija y en el Espíritu Santo, y te salvarás. En comparación con tu blasfemo *yaoyorozu no kami* —el colectivo sintoísta de ocho millones de dioses o más—, cuatro deben de ser fáciles de gestionar, ¿no? Cuatro que realmente se preocupan por ti.

Ben ya conocía la idea de los cuatro seres distintos pero idénticos.

—Solo existe un dios. Como el agua, que es vapor, hielo o líquido —explicó George Washington—. Las manifestaciones son diferentes, pero las moléculas básicas son las mismas.

—Si me convierto en un cubo de hielo o en vapor, moriré.

—Por eso necesitas fe que te auxilie en tu incredulidad.

—La fe en un cubo de hielo no me resulta muy tranquilizadora.

Washington lo miró con lástima.

—¿Siempre lo cuestionas todo?

—¿Por qué sacrificaría un dios su vida si era Dios? Si mostrara su auténtico poder y enviara un ejército de ángeles, se acabarían las discusiones.

—Jesús y Yillah demostraron que eran superiores al mundo muriendo por él.

—No parece mucha superioridad —comentó Ben.

—La palabra *samurái* procede de la raíz *saburau*, «servir» —dijo George Washington—. El sacrificio es el servicio definitivo; el acto trascendente definitivo.

—El sacrificio y el servicio no han hecho mucho bien a vuestra causa.

—Y eso, ¿por qué?

—Porque vuestro intento de «sacrificio» ha fracasado —dijo Ben—. Capturaron a Martha Washington.

—Eso he oído —replicó George Washington—. Pero ¿estás seguro de que hemos fracasado? ¿Cómo puedes afirmarlo cuando no comprendes qué es el sacrificio, qué es el servicio? La salvación de un alma es tan valiosa como una victoria militar. Te lo pregunto de nuevo: ¿te unirás a nuestra causa y nos servirás?

—Dejadme hablar con Mutsuraga y me lo pensaré.

George Washington se echó a reír.

—Valoramos la libertad y damos a la gente la oportunidad de elegir el camino correcto. Has tomado tu decisión. La luz cayó sobre el mundo, y tú, como el resto de la humanidad, amas la oscuridad.

Washington y el resto de los reunidos se levantaron y empezaron a marcharse. Ben estaba a punto de seguir al líder cuando dos americanos lo sujetaron y lo obligaron a sentarse en un sillón. Le quitaron la portical y las botas. Otro americano llevó un barreño con agua y un carrito con una máquina que parecía un desfibrilador. Washington había desaparecido, pero Lincoln se le acercó.

—Jesús lavó los pies de sus discípulos —dijo—. Yillah también; descubrió que era un método muy eficaz para convertir a sus enemigos. Para purificar sus corazones y sus cuerpos.

Los americanos le metieron los pies en el agua y le lavaron los dedos, con guantes de goma. Ben odiaba el aspecto de sus dedos, un desgarbado conjunto de nudos que se le hacía extraño.

Un americano metió en el agua un cable conectado a la corriente.

Las sacudidas eléctricas recorrieron el cuerpo de Ben. Sus células enviaron millones de señales de alarma a la metrópoli de su interior. Las civilizaciones se negaban a aceptar las legiones de voltios que las atravesaban corriendo una maratón. Ben podía sentir cómo los nervios intentaban calmar a sus seguidores, a las dendritas y los axones que enviaban mensajes que profetizaban la condenación y pasaban desapercibidos en medio del malestar exorbitante. No era un dolor manifiesto, sino un miasma desgarrador que lo paralizaba. Se sentía como un reactor que entraba en un huracán que lo absorbía hasta el vórtice y lo desmenuzaba en un millón de cesáreas de nirvana. Tan repentinamente como empezó, se detuvo.

—Este es el primer nivel —dijo Lincoln.

—¿Qué quieres?

Lincoln frunció el ceño.

—No quiero nada. No puedes dar nada, salvo tu aceptación de Dios todopoderoso. Prepárate.

El segundo nivel fue mucho más doloroso. Ben creyó que le iban a estallar las venas del cuello, y la cabeza le gritaba de dolor. Quería desmayarse, pero oyó una perorata en forma de migrañas palpitantes. Las voces eran cautivadoras, ruidos que chapoteaban sobre él y lo hacían pensar en ratas agotadas que se suicidaban. Vio hojas relucientes que le crecían en los brazos, corteza de árbol que le cubría los dedos de chispas. Estaba inmóvil y las costillas se le descomponían por la acción de las bacterias del descontento, que le mordisqueaban el cartílago para alimentar su apetito insaciable. Las células se le disolvieron en un ciclo de fotones que les proporcionó un hogar que consumir hasta que estuviera disponible el siguiente cuerpo portátil. La electricidad se intensificó. El agua burbujeaba, y Ben podía oler la piel quemada. Reconoció el desagradable aroma de San Diego, un popurrí de gasolina y carne chamuscada. Había tantos cadáveres carbonizados... Le ardía la lengua, y las pulsaciones eran un susurro estruendoso, más vociferante que los ecos que reverberaban. El tormento era una aflicción inflamada que ascendía a la estratosfera de un absceso que vomitaba pus con forma de uvas. La uva se convirtió en la cabeza de una joven Claire Mutsuraga.

—Deberías habérmelo contado —dijo Claire; tenía al lado la compleja portical de cinco conexiones que había utilizado para acceder a los informes secretos.

—¿Cómo iba a contártelo?

—Todos arderemos en el infierno.

—Si existe el infierno.

—No sabía que mi padre fuera el causante de esto.

—No es tan sencillo.

—¿De verdad? Todos somos culpables de los pecados de algún otro hasta que los hacemos nuestros. Entonces intentamos transmitirlos, pero no volveré a hacerlo.

—No puedes decir en serio lo de crear este juego...

—¿Me ayudarás?

—¿Cómo puedo ayudar?

—Vamos a usar la simulación y configurar parámetros nuevos. Yo tardaría demasiado. Si trabajamos juntos podremos recordarles a los americanos lo cerca que estuvieron de ganar.

Claire, con el pelo sujeto en una coleta y la piel color arena, los ojos caramelo que se fundían en la disipación de la angustia.

Era la Mutsuraga opuesta; una mujer que se burlaba del absurdo de los modales contemporáneos y los convertía en sátira, que se mofaba de los ritos que hacían hombres a los hombres y mujeres a las mujeres.

Los voltios se interrumpieron. Los americanos le estaban lavando las piernas, los brazos y la cara.

—Hace cuatro decenios, nuestros progenitores lucharon por que este continente siguiera siendo una nación concebida en libertad y entregada a la idea de que todos somos creados iguales. Destruisteis eso. Yillah siempre dijo que Saulo era el mayor enemigo de nuestra fe hasta que quedó ciego y se convirtió en Pablo. El perseguidor, el verdugo y asesino de todo lo que se relacionaba con nuestra fe se convirtió en el máximo proselitista y defensor. ¿No es una curiosa ironía? Prepárate para ser cegado.

La electricidad lo arrasó, estirándole los dolores de un cuerpo en que las células morían por centenares, predigeridas en piezas y fragmentos congelados, almacenadas y empaquetadas en ataúdes. Los minutos, los años y los segundos se dividieron en trozos de tiza y tubos de escape que no lograban superar los estragos de la edad. División del itinerario ritualizado de los perseguidos. Era una caja de arena dedicada a los más ínfimos detalles del dolor, donde la regla y el ábaco reinaban como emperatriz y emperador de la antigüedad en una malhadada era dorada de la miseria, pilas de incertidumbre ascendente tan implacables como un mausoleo saqueado. Ben sabía que no podía morir. Aún no. Tenía que cumplir la promesa que había hecho a Claire. La fe de la joven era un millón de petardos encajados dentro de un gran explosivo y encendidos todos a la vez a pesar de que no se celebraba nada especial; su presencia era motivo suficiente. Ella canalizó sus creencias en el juego.

—Soy tan culpable como mi padre —había dicho Claire—. Debo morir.

—¿De qué eres culpable? No hiciste nada malo.

—Después de descubrir la verdad no hice nada por conseguir justicia para mi madre.

—Ninguno de nosotros hizo nada. Somos los culpables.

—Si leyeras la mitad de las cosas que he descubierto sobre San Diego —dijo Claire—, no podrías conciliar el sueño.

—Por eso opté por no leer la mayoría —reconoció Ben—. Este juego lo sobrepasa.

—¿Sí? Nadie lo jugará.

—Me aseguraré de divulgarlo —le prometió Ben—. Lo meteré en todos los juegos que censuro, y como ya los he aprobado, nadie los comprobará hasta que sea demasiado tarde.

—¿Qué pasará cuando, una mañana, la Tokko llame a tu puerta?

Ben se tocó la muñeca con incomodidad.

—Rezaré a tu dios cristiano y tendré preparada la cápsula de veneno.

—No tiene gracia.

—No bromeo. Además, lo más probable es que culpen a tu padre.

—Se pondrá furioso. Lo único que le preocupa es su legado.

—Esto lo destrozará.

—No del todo —dijo Claire—. Me aseguraré de ser la última de su estirpe.

—No...

—¿Qué pasará con mi padre? —interrumpió Claire.

—¿Qué pasará?

—Tendrás que ocuparte de él después de mi muerte.

—¿Qué quieres decir?

—Ya lo sabes. Prométemelo.

—Nunca te prometeré eso.

—Ben...

—Olvídalo.

—¡Ben! Prométemelo.

—Es tu padre y mi *senpai*. ¿Cómo puedes siquiera...? —Pero supo la respuesta antes de acabar la frase—. Eres injusta. —Al mismo tiempo, no quería que Claire fuera culpable de la muerte de su padre.

—¿Lo harás? —preguntó ella, aunque por la forma en que lo miró estaba claro que ya tenía la respuesta.

¿Fue el resentimiento por haberse visto obligado a aceptar lo inconcebible lo que provocó todas las discusiones posteriores? Poco después de aquello, Claire le dijo que se marchaba de Los Ángeles y nunca volvieron a hablar.

La corriente aumentó. Sentía el cuerpo como un terremoto con el epicentro en los pies. Era un temblor constante que disparaba fibrilaciones en el corazón, acompañadas de alucinaciones. Hubo un momento en que el dolor dejó de ser dolor para convertirse en un estado, en el que el sufrimiento se transformó en droga. Habría jurado que estaba en una feria y los voltios evocaban recuerdos. La corriente alterna le dibujaba figuras de Lichtenberg en las pantorrillas; las contracciones musculares le lavaban el cerebro mediante la insurrección de la neuropatía. Alguien tiró del enchufe.

20.46

Ben se sentía como un trapo arrugado. La voz que se cernía sobre él tuvo que llamarlo varias veces para despertarlo.

—Arriba, Ishimura.

—¿Ge..., general?

—Qué extraño que nos reencontremos en estas circunstancias —dijo Mutsuraga con su voz grave e imperiosa—. No tiene muy buen aspecto.

—Usted ha envejecido, mi general —respondió Ben.

—Quería verlo antes de que lo mataran.

Ben estaba atado al sillón. Habían retirado el barreño de agua y no había nadie más en la sala del Congreso. Mutsuraga seguía teniendo aspecto de oso, pero un oso ya algo anciano y más dominante. Tenía las cejas canosas y usaba el vestuario heterogéneo propio de los americanos, en vez del uniforme con el que Ben estaba acostumbrado a verlo. Sin embargo, aún llevaba sus espadas tradicionales de samurái, con la funda escrupulosamente inmaculada.

—¿Qué hace aquí? —preguntó.

—Debería saberlo, mi general —respondió Ben. Estaba agotado, aunque la cólera lo había reanimado un poco.

—Ya no soy su oficial superior, Ishimura. ¿Se ocupó de los ritos funerarios de Claire?

—Se comporta como si fuera el salvador cuando fue usted quien ocasionó todo esto.

—Lo de San Diego habría ocurrido hiciera yo lo que hiciera. El alto mando de Tokio no estaba dispuesto a tolerar semejante sedición.

—Sus celos privados le dieron la excusa para arrasar la ciudad.

—Esta ciudad estaba condenada desde antes de mi llegada. En Tokio querían establecer un precedente para demostrar a los nazis que íbamos en serio —dijo el general.

—¿Los nazis?

—¿No vio sus propias simulaciones? Los nazis codiciaban la parte occidental de América, sobre todo Tejas, por los oleoductos. El Imperio necesitaba Tejas, aunque solo fuera para evitar que los alemanes echaran mano a ese combustible. Los nazis querían ver cómo gestionábamos lo de San Diego. Si hubiéramos dejado que se descontrolase, nos habrían considerado débiles.

—Es curioso que siga hablando del Imperio en primera persona.

—Siempre ha sido un listillo.

—¿Llama así a los que hacen observaciones inteligentes? —preguntó Ben.

—Llamo así a los que hacen observaciones superfluas para sentirse inteligentes.

—¿Cómo llama a los responsables de la masacre de una ciudad entera?

—¿Me culpa a mí?

—Sabía lo inestable que era la situación. ¿Creía que los George Washingtons aceptarían ciegamente la muerte de uno de sus dirigentes?

—Wakana y usted insisten en que hice algo que ningún hombre podría concebir. Estamos hablando de mi mujer.

—Yo estaba allí cuando ocurrió.

—Yo también —dijo Mutsuraga.

—Si quiere negar su responsabilidad, bien, pero sé qué pasó realmente. Me repugna esta farsa.

—Ya no es tan comedido en sus palabras, ¿eh?

—Le lamía el culo porque no tenía más remedio —dijo Ben con sinceridad.

—Yo le brindé una oportunidad que no habría tenido de otra forma. La aceptó voluntariamente.

—No sabía qué clase de hombre era.

—Quería difundir su juego —gritó Mutsuraga—. Ahí lo tiene.

—Y ayudé a un demente a hacerse con las riendas.

—¿Ahora soy un demente?

—Se oculta con la gente que contribuyó a aniquilar.

—El Imperio no durará eternamente —afirmó Mutsuraga—. Esta es una base de operaciones perfecta para los americanos, y puedo ayudarlos.

—Wakana estaba a punto de llegar a un acuerdo hace diez años, cuando aún habría servido de algo.

—¿Por qué no puso objeciones entonces? ¿Por qué no lo sacó a la luz cuando tuvo la ocasión?

—Desde entonces me hago esa pregunta a diario —dijo Ben.

—Wakana fue listo y guardó silencio. Usted también. Consiguió un trabajo muy cómodo, ¿no?

—¿No podría haber esperado hasta después del pacto?

—Pensar que la mujer a la que quería me traicionó por uno de ellos... —Mutsuraga se quedó meditabundo—. Todas las noches se ponía a cantar. Yo estaba tan absorto en el trabajo que me enfadaba y le pedía que se callase. Debería haberla escuchado más por aquel entonces.

—¿Busca la redención?

—No tenía ni idea de que las cosas fueran a salir como salieron.

—Quería provocar el mayor sufrimiento posible a tantos de ellos como pudiera —acusó Ben—. Y se encargó de conseguirlo.

—¿Qué hizo usted con mi juego? —preguntó Mutsuraga.

—No es su juego —dijo Ben. Tosió y se salpicó el pecho de sangre.

—Usted creó la base, no se lo niego, pero desde entonces lo he modificado, lo he modelado a mi imagen. He creado mundos nuevos; he diseñado juegos que han llevado a los jugadores a lugares que jamás podrían imaginar. Esa abominación que creó usted, el *USA* que todo el mundo me atribuye, ¿es su venganza?

—¿Por qué cree que lo hice yo?

—¿Cree que no reconozco su obra? Su visión utópica de la antigua América. Presenta un mundo que nunca existió. ¿Los Estados Unidos de América, tierra de los libres y los valientes? Nada de eso. Detuvieron a japoneses leales solo por su ascendencia y, cuando las cosas se les pusieron feas en la guerra, torturaron a decenas de miles de personas y ejecutaron a una cuarta parte de los prisioneros. Lo que el *USA* proporciona a la gente es una quimera.

—Y usted le proporcionó la peor masacre de la historia.

—Estoy dispuesto a pagar por mis actos. Ya he perdido todo lo que tenía.

—Lo dudo.

—El juego se ha difundido por todas partes y el Imperio cree que es obra mía. Tuve que dejarlo todo y venirme.

—Quien diseñó el juego fue su hija.

—¿Qué?

—Claire fue la creadora del *USA*.

Mutsuraga le clavó la mirada, incrédulo.

—¿Có..., cómo es posible? ¿Por qué lo creó?

—Para expiar los pecados de su padre.

Mutsuraga se encogió.

—¿Sabía lo de Meredith?

Ben se percató del reconocimiento implícito, aunque el general no se hubiera dado cuenta.

—Era un genio con la portical. Claro que lo sabía. Averiguó todo lo que pudo sobre el caso y me pidió que le contara el resto.

—¿Se lo dijo?

—Ya lo sabía —respondió Ben.

—¿Pero usted se lo confirmó?

—Sí.

—¿Y la ayudó a crear el juego?

A Ben no le pareció necesario responder a lo evidente. Mutsuraga daba vueltas con las manos a la espalda. Ben respiró a fondo, porque su jaqueca empeoraba y le costaba concentrarse.

—Todo este tiempo creí que había sido usted —dijo el general—. El *USA* tenía todos sus indicadores, cosa que, en honor a la verdad, me sorprendió. Lo consideraba el soldado más leal, dispuesto a morir por el Imperio. Pero Claire... Jamás habría sospechado que albergara tanta furia y descontento, ni que fuera tan ingenua.

—Creía en algo. A diferencia de usted, que aprovechó el poder para una venganza personal.

—La puse en sus manos porque tenía que alejarla de aquí y usted era la única persona en la que ella confiaba. Creía que la cuidaría debidamente.

—Lo intenté, pero se parecía demasiado a su padre.

—¿Qué quiere decir?

—Era imprevisible.

Mutsuraga gruñó, aunque Ben no supo si por aceptación o por enfado.

—No debería haberla ayudado —dijo.

—Si no la hubiera ayudado, la habrían detenido y ejecutado hace mucho.

—¿Estaba enamorado de ella? —se interesó.

—Me comporté como su custodio —dijo Ben—. Y honré sus deseos como hija de mi *senpai*.

—¿No hubo nada...?

—Nada —afirmó Ben de inmediato—. No tendría ni que preguntar. Jamás habría traicionado así su confianza.

—Oí rumores.

—Infundados. La quería como a una hermana. Tenía novios, y me aseguraba de que la trataran bien.

—Siento haberlo mencionado.

Ben tiró de la cuerda que lo sujetaba, pero estaba muy tensa.

—Ya hubo una relación ilícita que causó demasiada muerte y destrucción.

—Habríamos librado una guerra sin cuartel independientemente de mi presencia.

—Y los oficiales deberíamos habernos opuesto. Si los alemanes nos hubieran atacado, los americanos nos habrían ayudado a combatirlos. Nadie quiere vivir bajo un Gobierno nazi. Pero después de lo que hicimos en San Diego no somos distintos de ellos.

—¿De qué lado está?

—No del suyo.

—Si solo ha venido a acusarme, deje de hacerme perder el tiempo.

—He venido a por usted.

—¿Qué quiere decir? —preguntó Mutsuraga.

—Le prometí su cabeza a Claire.

—¿Por qué?

—Por la muerte de su madre.

Mutsuraga agarró los brazos del sillón. Se le habían hinchado las venas de la frente, y los ojos eran dos ranuras. Tenía un aspecto espantoso y cruel, la colisión del ímpetu con el enrevesado revoltijo de la revelación.

—¿Tanto me odiaba?

—No —respondió Ben. Tenía la vista nublada y le parecía que la cabeza del general había doblado su tamaño—. Lo quería. No podía perdonarle lo que hizo, pero tampoco podía odiarlo.

—¿Y por eso ha venido a por mi cabeza en vez de ocuparse de las disposiciones funerarias?

—Forma parte de su última voluntad.

—Entonces, ¿de verdad se suicidó?

—Quería que la línea Mutsuraga terminase con ella. Cuando intenté disuadirla, se marchó.

—¿Por qué no me dijo nada? —preguntó Mutsuraga, no como oficial superior, sino como padre.

—¿Qué iba a decirle? ¿«Su hija desea su muerte porque ejecutó a su madre»?

Mutsuraga se puso a pasear de nuevo.

—He pasado los últimos meses con estos americanos. Son un pueblo curioso. Creen en cosas curiosas. Pero entiendo el atractivo. Su mundo habría sido un sitio interesante si no hubieran perdido la guerra, incluso aunque nos hubieran esclavizado. El Ejército de los Estados Unidos de Japón ha enviado un contingente invasor para atacar a los George Washingtons. Están en los límites de San Diego, y ya ha empezado la incursión.

Ben recordó lo que había dicho antes Kujira.

—¿Para qué?

—Para celebrar el aniversario demostrando a Tokio que siguen teniendo el control. Pero los derrotarán.

—¿Cómo?

—El juego *USA* tiene una versión abierta del simulador.

—¿La que usamos?

—Otra más avanzada. He ayudado a establecer los parámetros para predecir las tácticas de los invasores. Además, alguien, supongo que usted, ideó diversas situaciones que se podrían producir durante el ataque, basándose en estrategias que catalogamos hace mucho como amenazas potenciales.

Muchos niveles se basaban en análisis estratégicos que Ben había elaborado con Claire: las peores pesadillas tácticas para los Estados Unidos de Japón.

—Las he actualizado con las defensas nuevas —dijo Ben.

—Y ha hecho un trabajo excelente. Estos George Washingtons le van a dar al Imperio una paliza que no olvidará.

Entró un grupo de americanos.

—George Washington solicita su presencia en el frente —dijo uno.

Mutsuraga apoyó la mano en el hombro de Ben.

—Intenté que le perdonaran la vida, pero estos americanos insisten en llevar a cabo sus pintorescos rituales. Lo van a bautizar con electricidad, así que al menos no recordará todo esto. Siento que no pueda cumplir la promesa que hizo a Claire.

—Todavía no estoy muerto.

—Adiós, Ishimura —dijo dándole una palmada.

Siguió a los americanos al exterior. Otros tres entraron con la máquina de electrocución y un barreño de agua, para continuar con el bautismo. Sus rostros eran una neblina, y Ben sentía que perdía la consciencia. Toda esa corriente había dispersado la portical de su cerebro en tantas piezas que no conseguía retener el pensamiento coherente.

—Lincoln dice que acabemos con él. Sube el voltaje a tres mil.

—No me hace gracia el olor de la carne a la parrilla. Mi chica no se me acerca hasta que me he duchado unas cien veces.

—No se te acercaría ni aunque te...

Una lluvia de balas rodeó a Ben, y un láser fundió la cara del americano que tenía delante. Los otros dos echaron a correr, pero los disparos los alcanzaron.

—Siento haber tardado tanto en encontrarlo —dijo Akiko mientras corría a socorrerlo. Detrás de ella había varios americanos muertos. Los... —Contuvo el aliento al verle la carne ennegrecida—. Nuestros soldados están atacando San Diego. Casi me cosen a tiros.

—Se han metido en una emboscada. Tenemos que encontrar a Mutsuraga.

—No está en condiciones. El...

—¡Tengo que encontrarlo! —interrumpió Ben.

—¿Puede tenerse en pie?

Akiko desató a Ben, que se desplomó, incapaz de mantener el equilibrio. Intentó incorporarse, pero estaba demasiado débil. Sus brazos y piernas eran una pesadilla electrocutada de ceniza incrustada en la carne.

—Deme el brazo —ordenó Akiko.

—¿Por qué?

—¡Démelo!

Akiko sacó la jeringuilla de la mochila, buscó una vena en el brazo de Ben y le inyectó la última dosis de potenciador de esteroides. Poco después se sintió imbuido de energía. El dolor quedó amortiguado por los productos químicos que estimulaban el crecimiento hormonal e inhibían los receptores de dolor.

—¿Tiene la portical que le di? —preguntó.

Akiko se la entregó. En aquel momento dispararon contra ellos. Usaron el sillón de parapeto, aunque no ofrecía mucha protección. Akiko lanzó un rayo láser intenso apuntando lo mejor que pudo. Mató al atacante, pero se quedó encogida, con los músculos del hombro agarrotados.

Otro George Washington entró y disparó. Akiko le devolvió el fuego, pero el dolor hizo que el brazo le temblase y fallara. Afortunadamente, el disparo dio en el techo, y el trozo que cayó les proporcionó suficiente cobertura para cruzar una puerta que daba a una habitación sin ventanas: un callejón sin salida. En cuanto entraron, una andanada de balas salió en su dirección. A Akiko le sangraban los codos y el cañón del brazo parecía suelto, como si se le hubieran desgarrado los músculos. Además le habían pegado un tiro mientras entraba.

Ben accedió a la portical e intentó recordar los códigos de los misiles que custodiaban el edificio, pero las neuronas fritas se lo impedían.

—Ishimura —dijo Akiko.

—¿Qué?

—Tiene que ayudarme a subir el brazo.

—¿Por qué?

—No puedo moverlo. Creo que me he roto un hueso.

El cañón era muy pesado, y Ben se preguntó cómo habría sido capaz Akiko de cargar con él tanto tiempo. Apuntó más o menos en la dirección de los George Washingtons, y Akiko apretó los dientes y se mordió la lengua. Un hueso crujió y más músculos se desgarraron. Akiko, haciendo caso omiso del dolor, disparó. El retroceso los envió a los dos hacia atrás. Ben miró por la puerta, pero no podía ver cuántos enemigos quedaban. Oyó que se gritaban entre ellos y supuso que intentarían flanquearlos. Las balas seguían cayendo. Ben volvió a concentrarse en la portical y realizó un seguimiento de los misiles que había visto antes, buscando de forma manual conexiones antiguas de la *kikkai* que ya no aparecían en los rastreos automáticos. Encontró una con un número de designación anticuado, una serie de códigos que recordaba de una década atrás. No le costó romper la contraseña y hacerse con el control del sistema de guía. Había dos automóviles cerca del Congreso, alejándose a gran velocidad. Disparó a los dos y dirigió otro misil al edificio, al lugar donde se aglomeraban varias huellas calóricas humanas frente a ellos. Lo lanzó y se volvió hacia Akiko.

—Tenemos que salir —le dijo.

—No podemos ir por ahí —respondió ella, mirando la puerta.

—Entonces, ¿qué hacemos?

Akiko inspeccionó las paredes.

—Ayúdeme a poner esto al máximo —ordenó, señalando con los ojos un mando del brazo armado.

Ben lo giró hasta la posición más alta; después levantaron el arma y dispararon contra la pared. Los dos cayeron hacia atrás. El impacto había creado un hueco por el que podían salir del edificio, pero a Akiko se le había desprendido el cañón por el retroceso. Todo estaba lleno de sangre. Akiko gruñía, intentando por todos los medios contener el suplicio. Ben la ayudó a levantarse y ella, aunque tenía náuseas, controló el dolor. Saltaron por el hueco apoyados el uno contra el otro. En el exterior, el fuego rodeaba los restos de un vehículo volteado y a sus tres ocupantes, que habían intentado salir a rastras. El segundo transporte seguía su camino. Ben miró la portical y vio que había recorrido más de ocho kilómetros; el misil debía de haber fallado. El tercer misil se había estrellado contra el edificio y había provocado una explosión moderada que, esperaba, retrasaría los refuerzos. Ben corrió hacia los tres George Washingtons caídos. Dos estaban inconscientes, pero vivos. El tercero, Mutsuraga, intentaba alejarse a rastras.

—¿Tiene un coche? —preguntó Ben a Akiko.

Ella señaló una vieja berlina de bastidor corrugado.

—El único que he encontrado que funcionara.

—Prepárese —ordenó Ben.

—¿Adónde va?

—A cumplir una promesa.

Se aproximó a Mutsuraga, que alzó la vista hacia él.

—¿Recuerda aquello que me dijo una vez? —preguntó Ben—. «La espada es una extensión del alma. Si la empleamos bien, se convierte en quienes somos, en una expresión de nuestro ser. Si se mata a un hombre con una pistola, no se tiene ninguna relación con él; cuando se mata con la espada, las almas se entrelazan.» —Desenvainó la espada de Mutsuraga.

—No quiero que existan las almas ni la vida después de la muerte. No soportaría tener que mirar de nuevo a la cara a ninguna de ellas, Ishimura —dijo Mutsuraga, lastimero.

—Yo no creo en la vida después de la muerte, mi general.

—Eso significa que por fin puedo descansar.

—Sí, mi general.

Mutsuraga cerró los ojos. Ben recordó la primera vez que se había fijado en él en la AMLB, cuando le preguntó por sus intereses y alabó la velocidad a la que programaba. Mutsuraga le había cambiado la vida, y Ben iba a arrebatársela a él. Obligó a los brazos a descargar el filo contra el cuello de Mutsuraga. No fue un tajo limpio; no estaba acostumbrado a la densidad de la carne y el hueso. La espada llegó hasta la mitad y se quedó atascada. La sangre salía a borbotones, una riada viscosa que pintaba el cuello de bermellón. El general gritaba de dolor. Ben tiró de la espada, pero no salía, de modo que tuvo que sujetarle el cuerpo con un pie. Mutsuraga intentaba decir algo; sus labios se contraían en zigzag. Le salía sangre de la boca y la piel de alrededor de la barbilla estaba salpicada de rojo. Ben intentó rematarlo, pero solo conseguía exacerbar su dolor y empaparse los dedos de la sangre que corría por la espada. Consiguió liberarla.

—Perdóneme, mi general. —Volvió a golpear y logró desprender la cabeza. La recogió y le cerró los ojos.

Akiko, conduciendo con el brazo protésico, detuvo la berlina al lado. El motor chirriaba, y del tubo de escape salía humo gris a borbotones. Ben se sentó en el asiento del copiloto y dejó la cabeza de Mutsuraga en el de atrás.

—¿Por dónde? —preguntó Akiko.

—Al norte. Hacia el perímetro de seguridad del Muro. —Volvió a examinar los escáneres en la portical; no solo el vehículo que se alejó había dado media vuelta, sino que otros cuatro se dirigían hacia ellos. Se lo comunicó a Akiko.

—¿Americanos? —preguntó ella.

—Probablemente. ¿Quiere que conduzca yo? —Cambiaron de sitio, y Ben le entregó la portical.

—¿Lleva pistola? Porque yo no.

Ben negó con la cabeza.

—Solo tengo esta espada.

En San Diego había matado, pero no así. Siempre había sido desde una mesa, examinando las simulaciones tácticas y enviando regimientos en distintas direcciones. La simulación no gestionaba bien las guerrillas, por lo que tenía que modificar los parámetros continuamente. Las muertes que había provocado las habían ejecutado otros. Le temblaban las manos en el volante, y seguía escociéndole lo que le había dicho el general Wakana, a pesar de que habían transcurrido diez años: «Si no hubiera permitido que Mutsuraga se atribuyera su trabajo, no tendría la autoridad que tiene y el atentado de hoy no se habría producido.» Y se habría evitado lo de San Diego.

—Ha aparecido un montón de huellas de calor en sentido contrario —dijo Akiko, mostrando la portical.

Ben echó un vistazo rápido y las identificó como fuerzas de los Estados Unidos de Japón. Tras ellos, los cinco vehículos que los seguían se habían convertido en diez. Probablemente, las Fuerzas Imperiales, que controlaban todo el tráfico rodado procedente de San Diego, supondrían que el coche que iba en cabeza era hostil y lo destruirían, con el fin de evitar que se acercara lo suficiente para un ataque kamikaze. Ni el coche ni los cazas tenían porticales abiertas por las que pudiera comunicarse, y no tenía tiempo de descifrar sus códigos. Seguir adelante suponía la muerte; detenerse suponía algo aún peor.

—¿De qué se ríe? —preguntó Akiko.

Ben no se había dado cuenta de que se había echado a reír. Pisó el acelerador. Akiko se recostó en el asiento.

—Si no deceleramos, nos atacarán —añadió.

—Sería una buena muerte, ¿verdad? Aniquilados a la vez por los americanos y el Imperio.

Akiko vio al frente el contorno de un mecha enorme. Varios tanques se dirigían hacia ellos.

—Supongo que es lo adecuado —dijo—, porque este ya no es nuestro sitio.

—Los Estados Unidos de Tsukino e Ishimura —bromeó Ben—. Destruidos por falta de comunicación.

—Está verdaderamente empeñado en morir, ¿no?

—Es la única forma de vengar la muerte de mis padres.

—¿Qué?

—¿Quién los llora? Ni siquiera su propio hijo.

Cuatro tanques avanzaban hacia ellos. Los mechas seguían en el sitio. Ya se veía la barrera defensiva, con varios cañones, una batería de tanques, un batallón de mechas y focos que recorrían el terreno sin cesar. Abarcaban toda la zona, por lo que Ben podía ver.

—Tiene que haber una forma de decirles quiénes somos —dijo Akiko.

—En el Muro no hay ninguna portical con acceso al exterior.

Akiko miró atrás. Los coches americanos les ganaban terreno, sin amilanarse por la presencia del Ejército de los Estados Unidos de Japón, ni siquiera cuando empezó a lanzar andanadas de artillería. Varios proyectiles impactaron junto a ellos, pero no los alcanzaron directamente. Los americanos contraatacaron. Una bala les destrozó la luna trasera y otra alcanzó un neumático; el coche se desvió lateralmente y se detuvo en seco. Ben hizo lo posible por girar y recuperar el control, pero los americanos estaban muy cerca. Akiko se pasó al asiento trasero, vio la espada de Mutsuraga e intentó agarrarla, aunque la mano protésica no lograba empuñar el arma. Ben le tocó el hombro y negó con la cabeza.

—Siento que tenga que acabar así.

—¿Ya...? ¿Ya está? —preguntó Akiko con los ojos entrecerrados. Él asintió.

Akiko se reclinó en el asiento e intentó instintivamente mover el cañón que ya no tenía en el brazo.

—Pese a cualquier cosa que haya dicho en el pasado, ha sido un honor servir con usted —le dijo a Ben.

—Muy amable por su parte. Lo mismo digo.

—¿Sigue teniéndome miedo?

—Más que nunca.

Los coches de los americanos los alcanzaron, pero pasaron de largo y aceleraron más. Los tanques seguían disparando y los mechas se situaban en sus posiciones. Ben, perplejo, miró a Akiko y después al frente. El primer coche alcanzó un tanque y se estrelló contra él; los dos saltaron por los aires. Por la intensidad del fuego, Ben supuso que estaban cargados de explosivos.

—Se dirigen al Muro.

—¿Cree que pretenden atravesar la barrera?

—Puede ser —dijo Ben. Abrió los ojos desmesuradamente—. O podría ser una distracción, una estrategia de la simulación.

—¿Para qué?

Lo reconocía demasiado bien. Era una situación que había ideado con Claire: enviar tantos coches como fuera posible a chocar contra el Muro y adentrarse por mil puntos distintos. Se había inspirado en la antigua batalla de Chibi, en la que el general Huang Guai embistió la flota enemiga con barcos llenos de material incendiario para prenderle fuego.

—Para que no reaccionen al ataque real, que puede producirse aquí o en otro sitio. Si tenemos suerte, puede que nos hayamos desembarazado de los americanos de momento.

—¿Por qué suena decepcionado?

—No lo estoy.

—Si tiene tantas ganas de morir, hay formas más fáciles.

—No quiero forzar las cosas antes de que llegue el momento.

—Ni que hablara de ligar.

—Para el caso... Se juguetea un rato, y después... —Chasqueó los dedos—. Al final de la velada puede que la chica quiera que la bese o que la deje en su casa y me largue.

Delante de ellos, los nueve automóviles habían estallado, llevándose unos cuantos tanques por delante. En la portical aparecieron varios americanos más, como puntos que se acercaban a la barrera. Ellos ocupaban demasiado poco para que los detectaran las fuerzas de los Estados Unidos de Japón, pero Ben sabía que las defensas acabarían por escanear su coche e identificar dos cuerpos vivos.

—En cuanto nos localicen dispararán —dijo.

—Podemos esperar, a ver si hay suerte y mandan soldados.

Ben negó con la cabeza.

—Nos detectarán con los escáneres y, si seguimos dentro, desconfiarán y nos harán saltar por los aires.

—Podríamos salir corriendo.

—Para ir, ¿adónde? Se está pasando el efecto de los esteroides y no tenemos armas. —Miró el asiento de Akiko, teñido de rojo—. Ha perdido mucha sangre.

—Sobreviviré.

—No mucho tiempo. Quédese aquí e intentaré conseguir ayuda.

—¿Dónde?

Ben pensó en Claire, en Wakana, en Kujira madre y en todos los compatriotas que ya habían muerto. Era el único que seguía con vida.

—En la puerta. Con suerte harán un bioescáner y me identificarán. Si no, me matarán, pero ahí hay un tanque —dijo señalando uno en llamas, parcialmente destruido por los americanos—. Si puedo conectar la portical directamente a su sistema de comunicaciones, a lo mejor consigo establecer contacto directo con los agentes del Muro.

—¿Eso va a funcionar?

—No lo sé —dijo Ben—, pero es la mejor opción. —Miró varios informes de los sensores en la portical; tenía una idea general de lo que significaban, gracias a la simulación que había creado con Claire años atrás. Los americanos la estaban poniendo en práctica a la perfección—. Parece que el Imperio se está llevando una paliza. Si les dice que todo lo que hizo estaba encaminado a capturar a Mutsuraga y lo presenta de tal forma que puedan hacerlo parecer una victoria, la condecorarán por matar al creador del juego *USA*. Pregúnteles si van a ascenderme por fin.

—Sé que no fue Mutsuraga quien creó el *USA* —dijo Akiko frunciendo el ceño.

—¿Qué quiere decir?

—He oído su charla con el general.

A Ben estuvo a punto de caérsele la portical.

—Si lo sabía, ¿por qué me salvó?

—No lo sé —respondió Akiko—. ¿Por qué colaboró en su diseño?

—Quería crear un mundo en el que San Diego fuera tan hermoso como lo recordaba.

—No estuve nunca antes de que lo destruyeran.

—Es una pena. No había un lugar mejor.

—Mi hermano decía lo mismo. Le encantaba la idea de los Estados Unidos de América.

—¿De verdad?

Akiko asintió.

—Envió nuestros secretos militares a los americanos de Colorado. Los admiraba tanto que nos traicionó.

Ben estaba anonadado.

—¿Cuándo se enteró?

—No cubrió muy bien su rastro, así que me costó poco averiguarlo. Pero ni siquiera después de saberlo fui capaz de delatarlo. Desertó, y si no lo paraba, todo se habría acabado para mis padres y para mí. Pero aun así lo dejé marchar.

—¿Por qué?

—Porque era mi hermano.

—¿No decía que lo habían matado los americanos?

—Así fue. En la frontera. Lo quemaron por error. O puede que no se fiaran de él. Cuando mis padres se enteraron de su muerte, hicieron como si no hubiera ocurrido. Yo los visitaba en las fiestas y veía que le ponían un sitio en la mesa, y hablaban de él como si estuviera en alguna misión.

—¿Y usted?

—Estaba furiosa por haber permitido que llegara a ese punto. Hubo muchas ocasiones en las que debería haber intervenido para evitar que se descarriara.

—¿Por qué se abstuvo?

—Porque... Porque no podía negar algunas de las cosas que había averiguado sobre el Imperio y lo que habían hecho nuestros soldados —confesó Akiko—. Siempre que torturaba y mataba a un prisionero me aterrorizaba que mis supervisores se dieran cuenta de que yo también tenía dudas. Odiaba hasta el último minuto que pasaba con ellos.

—No... No tenía ni idea.

—Claro que no.

Oyeron un chirrido a su espalda cuando otro coche se lanzó contra el Muro. Ben miró a Akiko.

—¿Recuerda lo que decía de la justicia? ¿De arreglar las cosas?

—Claro.

—¿Sigue pensándolo?

—Nunca he flaqueado.

—Evite que mi sacrificio sea en vano.

—Pero, Ishim...

Ben saludó, dio media vuelta y echó a andar.

—¡Ishimura! ¡Ishimura! —gritó Akiko.

—No se preocupe por mí —le dijo Ben, y siguió andando. En circunstancias normales era posible que los guardias lo escanearan primero, pero en la batalla, sin duda dispararían antes.

Los americanos debían de haberles asestado un buen golpe, porque los guardias seguían sin fijarse en él. Corrió hacia el tanque inutilizado. La torreta estaba ardiendo, pero la coraza seguía intacta gracias a los sistemas de refrigeración instalados en el blindaje. Saltó a la parte superior y encontró un panel en el cañón. Estuvo a punto de resbalar antes de alcanzarlo. Intentó soltar el cierre, pero estaba tan caliente que se quemó las manos. Se sopló los dedos y abrió el cierre protegiéndose con la camisa. Sacó el cable de la portical y lo conectó directamente al sistema del tanque. La portical mostró una serie de algoritmos cifrados; Ben los reconoció y activó un disyuntor numérico. Sintonizó la barrera con la esperanza de que alguien oyera su llamada. Casi todos los puntos de acceso estaban taponados por coches americanos en llamas. Había una puerta intacta con una señal de advertencia que prohibía la entrada de personal no autorizado, pero no indicaba nada más. Ben se preguntó qué habría dentro. En el tanque hacía tanto calor que salió, con el cable de la portical extendido al máximo.

Fue entonces cuando un mecha apuntó. Los focos lo iluminaron. Ben activó una señal de emergencia de la portical y gritó al micrófono:

—Soy capitán de los Estados Unidos de Japón. Me llamo Beniko Ishimura y traemos la cabeza del general Mutsuraga. Tenemos información crucial sobre los americanos. Mi compañera, la agente Akiko Tsukino, está herida, y necesitamos ayuda urg...

Sintió una oleada de calor que le perforaba el pecho, una luz intensa que salía del mecha. Los recuerdos se encendieron como luciérnagas y pensó en las noches de desenfreno en San Diego, en las puestas de sol rojizas de La Jolla. Recordó todas las veces que había hablado con Claire sobre los juegos de portical que le gustaban de niño y los que siempre le habría gustado hacer, para crear unos Estados Unidos de América que siguieran representando los viejos valores. Se alegraba de saber que se jugaba, sobre todo entre los supervivientes americanos. Tenía el pecho abierto, le cedían las piernas y sentía que le hervía el cuello. Recordó el día en que sus padres lo llamaron para decirle...

Su cadáver carbonizado se desmoronó en el suelo. Poco después, los coches de los kamikazes americanos pasaron por el lugar donde había muerto y dispersaron sus restos. Eran cuatro docenas en total, el sueño americano que se lanzaba directamente hacia la impenetrable muralla imperial, dispuesto a sacrificarlo todo por la posibilidad del cambio. Los automóviles estallaron en una conflagración que destruyó la puerta hasta entonces intacta. Ni los americanos ni Beniko Ishimura llegaron a saber qué había detrás. Pero solo era cuestión de tiempo y vidas que otros lo averiguaran.

Norte de San Diego
5 de julio de 1988
5.23

Akiko oía una canción que no conocía. Soñaba con el fin del mundo. Los recuerdos caían en picado en una hemorragia hambrienta, y los nervios giraban erráticos en su conciencia subconsciente. El tiempo era una especie de gangrena que le pudría las convicciones.

—Ha sido una suerte que uno de nuestros operadores captara la comunicación de su compañero. No conseguimos salvarlo, pero usted se pondrá bien, comandante —dijo alguien.

Veía un mundo modelado en cera fundida. Todos desayunaban insectos y veneno teñido. Ondeaba una bandera americana. Dieciséis desconocidos afirmaban ser el presidente. Una alfombra de polución migratoria le bloqueaba la vista. Todos los poetas eran cleptómanos. Las convicciones eran una placa de Petri que daba vueltas. El planeta se calentaba a pesar de que todo el mundo negaba la potencia de los huracanes. Los historiadores y los aficionados aburridos borraban la historia; decían que el Imperio se veía abocado a una guerra que no quería librar, que todas sus victorias eran propaganda exagerada y que no habían muerto millones de personas en la marcha hacia la gloria. Quería llorar al ver su amado Imperio incapaz de controlar su propio destino, con un pasado letal desungulado por una vergüenza mal encauzada.

—Los George Washingtons se infiltraron en Los Ángeles, y pusieron bombas en cinco de nuestras instalaciones y en tres objetivos civiles —oyó—. Las bajas se cuentan por millares y aún no tenemos ni idea de cuántas bombas quedan. Se ha impuesto el silencio informativo. El príncipe ya ha regresado a Tokio, junto con nuestros visitantes del alto mando. Están muy disgustados. La gobernadora Ogasawara quiere resultados inmediatos.

A Akiko se le nublaba la vista. Añoraba miniversos creados con moléculas hidrogenadas y compuestos químicos extintos. El insecticida les deformaba la mente en módulos electrificados y daba a sus vidas la forma de panales de ignorancia. La dicha hexagonal tenía sus ventajas y la paz tenía multitud de inconvenientes, ahogada en un entretenimiento interminable. Se habían olvidado las apuestas importantes. Las naciones guerreaban por hormigueros y orgullo. No había montañas de muertos; solo miles de millones de voces que pugnaban por ser escuchadas, aunque el resultado fuera la indiferencia sensorial.

—¿Cree que puede oírme?

—Está muy sedada, pero no inconsciente.

—Comandante Tsukino. ¡Comandante Tsukino!

Akiko alzó la vista y se encontró con varios oficiales superiores que la observaban. Todos medían tres metros y llevaban armaduras de samurái. ¿Era de nuevo su universo?

—Ha prestado un gran servicio al Imperio al traer la cabeza del general Mutsuraga. Nuestros médicos dicen que se repondrá; en unos días estará en pie. Debería estar orgullosa. Es una heroína de los Estados Unidos de...

Cerró los ojos y se concentró en la música. Un violinista desconocido tocaba una canción americana que había oído una vez, llena del virulento resplandor de la esperanza. Era preciosa. Akiko se echó a llorar.

VEINTIOCHO AÑOS ANTES

Los Ángeles
6 de julio de 1960
16.12

Ezekiel Ishimura estaba que echaba humo. Trabajaba de técnico, reconvirtiendo paneles solares viejos en terminales de juegos de guerra. Le habían asignado un ataque de blindados de la batalla de Imfal, en la India, pero no conseguía que las órdenes funcionasen como era debido. En la gran nave industrial trabajaba un centenar de técnicos, sentados en mesas colocadas en diez hileras de diez trabajadores cada una. El techo alto y el suelo de hormigón hacían que la temperatura de la nave fuese siempre demasiado alta o demasiado baja. El sol del verano la convertía en un horno. Sentía las manos torpes, y el sudor que le humedecía los dedos hacía que le resultase difícil trabajar con precisión. Le habría gustado que Ben, su hijo, estuviera allí para ayudarlo a localizar los errores. Aunque era muy joven, tenía un talento intuitivo para descubrir la lógica de los programas. Un alboroto sacó a Ezekiel de sus pensamientos. Cuatro soldados de uniforme se dirigían hacia él. Se le quedaron las manos heladas y se preguntó qué habría hecho mal. Los soldados se detuvieron ante su mesa, giraron a la derecha y agarraron al técnico que estaba al lado, un tal Tenzo. Tenzo se puso a gritar y protestar.

—¡Soy inocente! ¡No he hecho nada malo!

Le pusieron una bolsa en la cabeza, lo esposaron, y le

soltaron un puñetazo en el estómago y una advertencia:

—Si no se calla, será peor para su familia.

Se lo llevaron a rastras. Todos los demás volvieron a concentrarse en el trabajo, como si no hubiera pasado nada. Veinte minutos después llegó otro técnico y se sentó en la antigua mesa de Tenzo. A Ezekiel le temblaban las manos y era incapaz de conectar correctamente los cables. Le dolía un brazo debido a todo lo que había tenido que teclear últimamente, lo que lo había obligado a seguir escribiendo solo con los índices. Pero eso había incrementado el número de errores e irritado a su supervisor, Mogi-san, que le ordenó que se reuniera con él antes de que acabase la jornada.

El supervisor era un tipo insidioso que se dedicaba a sacar defectos a todo el mundo. Teniendo en cuenta que temía más por su puesto trabajo que por el de cualquiera de sus subordinados, Ezekiel casi no podía culparlo.

—Este es el cuarto informe que entrega tarde —señaló Mogi-san con frialdad. Ezekiel se inclinó para pedir disculpas.

—Le ruego que me perdone.

—Las tres primeras veces estuve dispuesto a pasarlo por alto, pero ¿cuatro? Mis superiores me considerarían negligente. Le he dado un margen razonable, teniendo en cuenta que es de etnia mestiza y su familia está relacionada con traidores conocidos.

—Se lo agradezco extremadamente —dijo Ezekiel. Odiaba que le recordasen a su tío, ejecutado por insurrección casi diez años atrás.

—¿De verdad? Algunos de sus compañeros han informado de que muestra descontento, que dice que echa de menos el Gobierno americano y la forma en que eran las cosas.

—Jamás, jamás —declaró enérgicamente Ezekiel—. No echo de menos aquel Gobierno en absoluto. Me tuvieron prisionero. Estaré eternamente agradecido al Emperador por habernos salvado.

—Por eso no he hecho caso de los rumores. Pero quizás otros no sean tan confiados.

—¿A qué se refiere?

—Su incompetencia notoria, unida a esos rumores y a su pasado cuestionable, ha hecho que la Tokko se fije en usted. Han venido hace un rato a hacer preguntas. ¿Sabe qué significa eso?

—No. ¿Qu... qué significa?

—Váyase a casa y ponga sus asuntos en orden.

—Me... me está diciendo que... —dijo Ezekiel con los ojos como platos.

Mogi-san asintió, quizá con apatía, quizá con compasión reprimida.

—Lo más probable es que ocurra mañana por la mañana.

—P... pero no he hecho nada malo.

—Puede explicárselo a ellos mañana, o resolver el problema esta noche.

—¿Mi familia también?

—Ya sabe cómo va esto. Aproveche sus últimos momentos.

Ezekiel salió corriendo del edificio, cogió el autobús y pasó todo el trayecto pensando en Ruth y en el pequeño Beniko. El tráfico era denso, y muchas calles estaban cortadas por la construcción de la nueva línea de metro. Una de las rutas alternativas que se vieron obligados a seguir pasaba por una plaza donde habían ejecutado públicamente a una familia acusada de traición. La transición del dólar al yen había sido brusca, y a la mayoría de los americanos de edad avanzada les costaba trabajo adaptarse a la nueva devaluación económica; como resultado, la disidencia había ido en aumento. Los Estados Unidos de Japón se esforzaban por acallar el descontento recurriendo a aquellas ejecuciones públicas.

Cuando por fin llegó a casa, a su piso de una sola habitación, se encontró a Ruth preparando unas gachas de arroz con el mijo barato que habían ido guardando. No tenían carne, pues solo se la podían permitir una vez por semana (y normalmente era cerdo con más grasa que carne). Ruth se las había arreglado para darles un poco de gusto con las sobras del tomate que había guisado la noche anterior. La veía más delgada que hacía un mes, y tenía ojeras oscuras debidas al insomnio. Justo al lado de la vivienda corría una vía férrea; en aquel momento pasaba un tren y todo el edificio temblaba con el toque del silbato.

Ezekiel la abrazó con fuerza.

—Tenemos problemas.

—¿Qué ha pasado? —preguntó Ruth.

—Vienen a por nosotros.

—¿Quién?

—La Tokko.

—¿Por qué?

—No lo sé. Puede ser un centenar de cosas. O ninguna.

—¿Has dicho algo?

Una semana antes había estado hablando con Tenzo, el compañero de trabajo al que habían detenido. Tenzo se quejaba de los gobernantes japoneses, de las pocas oportunidades que daban a cualquiera que no se encontrase entre sus lacayos y de que la economía estaba completamente estancada. Ezekiel había intentado tranquilizar a su compañero, conminándolo: «Sé discreto y no te quejes mucho. Al menos estamos vivos.» Tenzo no hizo caso y expresó su descontento en voz bastante alta para que unos cuantos compañeros de trabajo oyeran la conversación.

—¿Qué va a hacer la Tokko? —preguntó Ruth.

—Lo más probable es que ahora mismo estén torturando a Tenzo y a su familia.

—Eso significa...

—Que nos pasará lo mismo.

Ruth negó con la cabeza.

—Puede que solo te interroguen. La...

—Mogi-san me ha dicho en resumidas cuentas que resuelva el problema esta noche.

—¿Resolver el problema?

Ezekiel bajó la vista al suelo; no podía mirar a Ruth a los ojos. Se abrió la puerta, y Ben, su hijo de once años, entró tras pasar el día en el colegio. Llevaba una portical rota.

Ezekiel no sabía qué hacer; no podía ni concebir que los soldados le pusieran las manos encima. Pero Ruth pensaba con más claridad; se acercó a Ben y lo agarró por los brazos. Sabía que intentar tranquilizarlo con mentiras sería una farsa en aquel momento tan crítico.

—Los oficiales de los Estados Unidos de Japón van a venir a detenernos a tu padre y a mí —le comunicó.

—¿Por qué?

—Creen que somos traidores.

—Diles que no es verdad.

—No me creerán. —Ruth miró a su hijo durante un largo rato—. Era muy joven cuando perdí a mis padres, y tenía la esperanza de que tu vida fuera diferente, de que estuviéramos aquí para cuidarte. Siento mucho lo que te vamos a pedir.

—¿Qué?

Miró a Ezekiel y a continuación le dijo a Ben:

—Ve a la comisaría y pregunta por el detective Mifune. Denúncianos a las autoridades.

—¿Qué estás haciendo? —preguntó Ezekiel.

—Es la única forma de que sobreviva.

—Pero le estás pidiendo que...

—Sé lo que le estoy pidiendo —cortó Ruth—. Pero si no, lo ejecutarán junto a nosotros. —Volvió a mirar a Ben—. Diles que nos has oído hablar en contra del Imperio cuando estabas comiendo.

—Diles que tu madre se oponía, pero que yo me obcequé —añadió Ezekiel.

—Ezekiel... —empezó a decir Ruth.

—Quizás así tengas una oportunidad.

—Tenemos que ser los dos. De lo contrario, no se lo creerán —dijo Ruth; era consciente de que también ella había soltado su ración de críticas al Imperio. Inspiró profundamente y volvió a mirar a su hijo—. Ben, quiero que me des una bofetada.

—Mamá...

—Pégame.

Ben vaciló, y Ruth le cruzó la cara.

—Que me pegues.

—Per...

Ruth lo abofeteó otra vez.

—¡Pégame!

—Pa...

—¡PÉGAME!

Ben obedeció, pero dio un golpe suave.

—Más fuerte.

—No quiero.

—¡PÉGAME MÁS FUERTE!

—Mamá.

—¡MÁS FUERTE!

Ben le dio un puñetazo a su madre.

—Ahora, insúltanos —ordenó Ruth.

—No puedo.

—¡Llámame traidora! Llámame cobarde.

—¡Mamá!

—Es la única forma de que sobrevivas. Si no, te matarán a ti también.

—Pero...

—Si no haces lo que digo, te matarán.

—Entonces no quiero vivir.

—¿Quieres que nuestras muertes no sirvan para nada? —preguntó Ruth—. Por favor, Ben, hazlo por nosotros.

—Ruth —dijo Ezekiel—, sabes lo que significa esto para él.

—La vida —replicó Ruth—. La supervivencia.

—¿Por qué tengo que sobrevivir? Odio este mundo. Odio todo lo que hay en él —dijo Ben—. ¡Mataré a todos los del Imperio! ¡Se lo haré pagar!

—¡No! —gritó Ruth—. Entonces no serás mejor que ellos.

—¡Son malos!

—No es una ideología; solo es gente. Y hay muchas personas buenas en los Estados Unidos de Japón, aunque también haya muchas personas malas. —La invadió la nostalgia—. Había un lugar llamado América en el que la gente podía creer, una tierra de libertad. El lugar físico murió, pero el sueño está vivo. Dales a los Estados Unidos de Japón un sueño en que creer.

—¿Cómo? ¿Cómo voy a hacer eso sin vosotros?

—Encontrarás la manera —dijo Ruth. Entonces miró la portical que tenía en la mano—. Manejas esas cosas mejor que tu padre.

—Solo son juegos.

—Quizá. Pero pueden ser mucho más si descubres cómo. Únete al Ejército; conviértete en oficial. Quizás un día te llamen comandante Ishimura. Pero tienes que ser fuerte, ¿me escuchas?

—No. No. No... no puedo hacer eso —dijo Ben—. ¿Cómo voy a unirme al Ejército? Nunca me aceptarían. Son... Son...

Ezekiel abrazó a su hijo. Ruth los abrazó a los dos. Estaba llorando.

Ezekiel lo besó en la frente.

—Papá...

—Ve antes de que sea demasiado tarde.

—Pero...

—¡Vete ya! —le ordenó.

Ben negó con la cabeza, sin dejar de llorar.

—¡Prefiero morir!

Ruth volvió a abrazarlo, le acarició la cabeza y dijo:

—Eres el chico más valiente que conozco. —Le limpió las lágrimas—. Vive tu vida de forma que nuestro sacrificio no sea en vano. Corre, Beniko. —Lo apartó de sí, y cuando él intentó abrazarla otra vez, lo rechazó con firmeza—. ¿No has oído lo que he dicho? ¡Vete!

—Pero, mamá...

—Ya no soy tu madre. Él ya no es tu padre. Somos enemigos del Imperio. ¿Entiendes?

—No. ¡No entiendo nada!

Ruth fue al dormitorio y regresó empuñando una pistola, una semiautomática Nambu 18. Apuntó a su hijo.

—Vete.

—Pero...

—¡Vete o te mato, porque será un destino mejor que el que te espera si te quedas aquí!

Sacó a Ben a empujones y cerró la puerta. El niño llamó varias veces, pero no le hicieron caso. Al cabo de un rato acabó por marcharse. Ruth acarició la puerta con los dedos y murmuró: «*Sayonara*», haciendo todo lo posible por contener las lágrimas.

—Le irá bien —dijo Ezekiel—. Los Ishimura son fuertes; lo sabes.

—Eso espero.

—Nunca... Nunca debí pedirte que te casaras conmigo. Lo siento.

—¿De qué estás hablando?

—Mi pasado, mi vida entera, no ha sido más que un lastre para ti. Solo te he causado pesares.

—No digas eso. Hicimos lo mejor que podíamos con lo que teníamos.

—¿Eso crees?

—Sí. No seas débil ahora.

—¿No te arrepientes de haberte casado con un traidor?

—No eres un traidor.

—He traicionado al mundo entero por ti —dijo Ezekiel.

—Y yo también. —Parpadeó para reprimir las lágrimas—. ¿Cuánto tardarán en llegar?

—No lo sé.

—En la próxima vida nos cambiamos —dijo Ruth—. Yo seré el hombre.

—¿Seguro que también te fijarás en mí?

Ruth le rodeó la cara con las manos.

—Siempre.

—Te quiero —dijo Ezekiel.

—¿Cuánto?

—Tanto como pelos tengo en la cabeza. —Ya había usado montones de veces las estrellas del cielo y los granos de arena del mar.

—No tienes tanto pelo.

Se echaron a reír y se abrazaron durante un rato antes de entrar en el cuarto de baño. Ruth blandió la pistola.

—¿La recuerdas?

—¿Es la misma?

Ella negó con la cabeza.

—El mismo modelo. Hay algo poético en usar esta pistola. Como un haiku.

—Nunca se me dieron muy bien los haikus.

—A mí tampoco —confesó Ruth.

Ezekiel se puso nervioso y empezó a hablar atropelladamente.

—Nunca creí que las cosas saldrían así. Siempre pensé que irían para bien, que todo mejoraría y...

—Calla. No tengas miedo —dijo Ruth—. Pronto habrá acabado todo.

Pasó otro tren. Dos disparos señalaron el final, pero nadie los oyó.

Agradecimientos

Estados Unidos de Japón no existiría de no ser por una serie de personas maravillosas. Obviamente, el primero al que quiero dar las gracias es Philip K. Dick, que me inspiró enormemente mientras crecía, sobre todo con *El hombre en el castillo*. Aunque somos muy distintos como escritores, ha tenido una gran influencia sobre mí y me ha ayudado a observar el mundo con un prisma radicalmente distinto.

Quería asegurarme de plasmar bien los datos, ya que tenía presentes en todo momento a todos aquellos que sufrieron durante los sucesos de la Segunda Guerra Mundial. Me gustaría atribuir su mérito a algunos de los muchos libros que consulté para investigar e informarme, incluidos, sin limitarse a ellos, *The Rising Sun*, «El Sol Naciente», de John Toland; *A Modern History of Japan*, «Historia moderna de Japón», de Andrew Gordon; *Taiko*, de Eiji Yoshikawa; *Inside the Third Reich*, «Dentro del Tercer Reich», de Albert Speer; *Hirohito and the Making of Modern Japan*, «Hirohito y la creación del Japón moderno», de Herbert Bix; *Japanese Cruisers of the Pacific War*, «Cruceros japoneses de la guerra del Pacífico», de Eric Lacroix y Linton Wells II; *The Shifting Realities of Philip K Dick*, «Las realidades cambiantes de Philip K. Dick», de Philip K. Dick (que incluye algunas de sus ideas para una secuela de *El hombre en el castillo*); *The Rise and Fall of the Third Reich*, «Auge y caída del Tercer Reich», de William L. Shirer; *El libro de los cinco anillos*, de Miyamoto Musashi; *Return to the Philippines*, «Regreso a las Filipinas», de Rafael Steinberg; *Japan at War: An Oral History*, «Japón en guerra: Narrativa oral», de Haruko Taya Cook y Theodore F. Cook; *Shogun*, de James Clavell; *La violación de Nanking*, de Iris Chang; *La luna se ha puesto*, de John Steinbeck, y muchísimos más, sin mencionar un sinnúmero de artículos, películas y documentales que me resultaron inestimables para comprender mejor aquella época.

La cultura japonesa ha tenido siempre una gran influencia en mí, y mientras crecía reverencié la obra de artistas, escritores y dibujantes como Hayao Miyazaki, Hideo Kojima, Yukio Mishima, Yukito Kishiro, Mamoru Oshii, Hideaki Anno, Kinji Fukasaku, Rieko Kodama, Hironobu Sakaguchi, Akira Kurosawa y Katsuhiro Otomo. Recomiendo encarecidamente el San José Japanese American Museum, y en especial las visitas guiadas. Mi paso por ese museo me impresionó profundamente e inspiró una parte fundamental de esta novela. Quiero dar las gracias a Ken Liu por escribir «The Man Who Ended History: A Documentary» («El hombre que puso fin a la historia: Documental»). Cuando terminé el primer borrador de *Estados Unidos de Japón* me daba miedo la documentación que conllevaba, y recuperé el valor gracias a la lectura de la excelente novela corta de Ken.

Agradezco sobremanera al genial John Liberto que creara la ilustración original de portada de *Estados Unidos de Japón*, así como el increíble arte conceptual que realizó para el libro. Su talento me ha impresionado y considero un honor que haya dedicado tiempo a esta portada. Doy las gracias a mi amigo Geoff Hemphill por haberme presentado a John, y también por haberme animado en los momentos difíciles. Eres uno de mis mejores amigos y siempre te agradeceré tus inteligentes sugerencias y tu sinceridad. Asimismo quiero mostrar mi profunda gratitud a Sam Boettner, también conocido como Chang Yune, por todas sus fantásticas preguntas y por su entusiasmo ante este proyecto, así como por algunos diseños de *fan art* realmente buenos. Bonny John: tu representación de los biomorfos me sigue dando escalofríos. Richard Thomas: gracias por ser uno de los primeros lectores y por tus maravillosos consejos para la construcción del mundo de los Estados Unidos de Japón. James Chiang: un día jugaremos al *DR 2*, pero entre tanto quiero agradecerte tu sabiduría, tu paciencia y tu amistad. Mucho de lo que descubrí investigando sobre Japón empezó con nuestra novela gráfica, y estoy impaciente por que la terminemos. Y, por supuesto, siempre doy las gracias a Dios.

¡Judy Hansen! Eres la agente de mis sueños y tengo suerte de que me representes. Gracias por atender mis incesantes preguntas y por orientarme a través del mundo editorial.

Un agradecimiento inmenso al amor de mi vida, Angela Xu, sin quien no sería ni la mitad del escritor que soy. Ensayo con ella todas mis ideas, le pregunto constantemente sobre todo y recurro a ella en busca de sugerencias cuando me atasco en una historia. Ve todas las películas conmigo, juega a los juegos en los que busco inspiración y es la mejor amiga que podría tener. Gracias por todo.

El equipo de Angry Robot es extraordinario y le estoy muy agradecido por haberse arriesgado con esta novela y haber creído en ella a lo largo de todo el proceso. Son, literalmente, los editores de mis sueños, y trabajar con ellos ha sido un sueño convertido en realidad. Gracias, Penny Reeves, por ser la agente de publicidad más extraordinaria del mundo y una persona increíble. Es muy posible, lector, que si has oído hablar de *Estados Unidos de Japón* en los medios de comunicación sea gracias a su trabajo. Soy un gran admirador de la obra de Mike Underwood y fue increíble poder recurrir siempre a él para pedirle consejo sobre prácticamente cualquier cosa. Si te gusta la portada de *Estados Unidos de Japón*, agradéceselo a Marc Gascoigne por su brillante diseño de portada y por ser un editor formidable. Paul Simpson llevó a cabo un fantástico trabajo de corrección de estilo, mirando con lupa línea por línea y asegurándose que todos los detalles técnicos eran correctos. Amanda Rutter y Trish Byrne pillaron todos los gazapos que se escaparon por las rendijas y fueron unas correctoras de galeradas maravillosas.

Debo dar también las gracias a mi director editorial, Phil Jordan, a quien he dedicado esta novela. Gracias por creer en mí, por ver en esta obra cosas que ni siquiera vi yo, y por darme la oportunidad de compartir mis extrañas historias. Eres uno de los mejores editores en activo y trabajar contigo ha sido un honor.

Si diera las gracias a todos los que han mostrado su apoyo a *Estados Unidos de Japón* desde que se anunció hasta que se publicó, creo que debería nombrar a todas las personas que conozco. Gracias a todos por vuestra generosidad, vuestras amables palabras y vuestra fe en el proyecto.